카탈로니아 찬가

Homage to Catalonia

세계문학전집 **46**

카탈로니아 찬가

Homage to Catalonia

조지 오웰

정영목 옮김

민음사

차례

미련한 자의 어리석은 소리에 대꾸하지 마라. 너도 같은 사람이 되리라.
미련한 자의 어리석은 소리엔 같은 말로 대꾸해 주어라. 그래야 지혜로운 체
하지 못한다.

— 잠언 26:4-5

1장

의용군에 입대하기 전날이었다. 나는 바르셀로나의 레닌 병영에서 장교 탁자 앞에 서 있는 한 이탈리아인 의용병과 마주쳤다.

스물대여섯 살의 강인해 보이는 젊은이였다. 금발은 붉은색이 감돌았고 어깨는 단단했다. 챙이 있는 가죽 모자를 밑으로 세게 잡아당겨 한쪽 눈이 보이지 않았다. 나와는 직각으로 서 있었는데, 고개를 숙이고 찌푸린 얼굴로 어떤 장교가 탁자에 펼쳐 놓은 지도를 곤혹스러운 듯 살피고 있었다. 그의 얼굴에 풍기는 어떤 분위기가 나를 강하게 끌었다. 친구를 위해서라면 살인이라도 마다하지 않고 자기 목숨을 내던질 사람의 얼굴이었다. 무정부주의자에게서 기대해 볼 만한 얼굴. 물론 그는 공산주의자일 수도 있었다. 어쨌든 그 얼굴에는 정직함과 잔인함이 공존했다. 그에게는 무식한 사람들이 자기보다 우월하다고 여기는 사람들에게 가지는 감상적인 존경심도 있었다. 그는 지도에서 어디가 산이고 어디가 강인지도 가릴 줄 모를 터였다. 지도를 읽으려면 엄청난 지적 능력이 필요하다고 여길 터였다. 이유는 잘 모르겠다. 하여간 나는 보자마자 이토록 마음이 끌리는 사람을, 정확히 말하자면 남자를 거의 만난 적이 없다. 탁자에 둘러앉아 이야기를 나누던 사람들 사이에서 내가 외국인이라는 말이 나왔다. 그러자 이탈리아인은 고개를 들더니 빠른 말투로 물었다.

"이탈리아노?"[1]

나는 형편없는 스페인어로 대답했다. "노. 잉글레스. 이 투?"[2]

"이탈리아노."

밖으로 나가는데 그가 가로질러 오더니 내 손을 아주 강하게 움켜쥐었다. 처음 보는 사람에게 애정을 느낄 수도 있다니, 신기한 일이었다! 그의 영혼과 내 영혼이 언어와 관습의 간극을 뛰어넘어 순간적으로 완전히 밀착된 것 같았다. 내가 그를 좋아하는 것만큼이나 그도 나를 좋아했으면 하고 바랐다. 그러나 동시에 그에 대한 첫인상을 유지하려면 두 번 다시 그를 만나서는 안 된다는 것도 알았다. 물론 나는 그를 다시 보지 않았다. 스페인에서는 언제나 그런 식으로 만나고 헤어질 수 있었다.

---

1) 이탈리아인?
2) 아니, 영국인. 너는?

이 이탈리아인 의용병 이야기를 꺼낸 것은 그가 내 기억에 생생하게 남아 있기 때문이다. 그의 남루한 군복과 사나우면서도 애처로워 보이는 얼굴은 당시의 특별한 분위기를 상징하는 것 같다. 그는 그 전쟁과 관련한 내 모든 기억과 얽혀 있다. 바르셀로나의 적기(赤旗), 초라해 보이는 병사들을 가득 태우고 전선으로 기어가던 가늘고 긴 기차, 전선 쪽으로 한참 올라가면 나오는 전쟁에 찌든 잿빛 소도시, 질퍽질퍽하면서도 얼음 속처럼 추운 산속 참호.

1936년 12월 말이었다. 지금 이 글을 쓰는 순간으로부터 불과 일곱 달 전이다. 그럼에도 이미 엄청난 거리 밖으로 멀어져 버린 시기이다. 뒤에 일어난 사건들이 그 시기를 지워 버렸다. 1935년이나 1905년을 지운 것보다 훨씬 더 완벽하게 지워 버렸다. 나는 신문 기사를 쓸까 하는 생각으로 스페인에 갔다. 하지만 가자마자 의용군에 입대했다. 그 시기, 그 분위기에서는 그것이 해 볼 만한 가치가 있는 유일한 일이었기 때문이다. 그때까지도 카탈로니아[3]는 무정부주의자들이 실질적으로 장악하고 있었다. 혁명은 여전히 활발하게 진행 중이었다. 처음부터 그곳에 있었던 사람이라면 12월이나 1월에 들어서면서 이미 혁명기가 끝나간다고 생각했을 것이다. 그러나 영국에서 바로 간 사람에게는 바르셀로나[4]의 상황이 깜짝 놀랄 만한 것이었다. 사람을 압도하는 느낌이었다. 나로서는 노동 계급이

---

3) 스페인 북동부 지방의 이름이다.
4) 마르크스주의 통일당의 약칭이다.

권력을 잡은 도시에 들어가본 것은 그때가 처음이었다. 좀 크다 싶은 건물은 거의 예외 없이 노동자들이 장악했다. 건물마다 빨간색 깃발이나, 검은색과 빨간색이 섞인 무정부주의자들의 깃발이 드리워져 있었다. 담벼락마다 소련 국기나 혁명 정당들의 머릿글자를 휘갈겨 놓았다. 교회는 내부가 거의 다 박살났고, 성상들은 불에 탔다. 노동자 무리들은 여기저기서 조직적으로 교회를 철거했다. 상점과 카페마다 집산화(集産化)되었다는 글이 붙어 있었다. 심지어 상자 같은 구두닦이들의 점포조차 집산화되어, 빨간색과 검은색으로 칠해 놓았다. 웨이터와 매장 감독들은 손님의 얼굴을 똑바로 바라보며, 동등한 입장에서 손님을 맞이했다. 굴종적인 말투나 격식을 차린 말투까지도 일시적으로 사라졌다. 아무도 '세뇨르'나 '돈'이라는 말을 하지 않았다. 심지어 '우스테드'[5]라는 말도 사용하지 않았다. 모두 상대를 '동지'나 '당신'이라고 불렀다. '부에노스 디아스' 하고 인사하는 대신 '살루트!'[6] 하고 인사를 했다. 프리모 데 리베라(Primo de Rivera)의 통치기[7] 이후로 팁을 주는 것은 법으로 금지되었다. 엘리베이터를 운전하는 직원에게 팁을 주려고 하다가 호텔 지배인에게 훈시를 들은 것이 내가 그곳에서 겪은 첫 사건이라고 할 수 있다. 자가용은 없었다. 모두 징발당했다. 모든 전차와 택시, 그리고 다른 교통 수단도 대부분 빨

---

5) '세뇨르'와 '돈'은 인명 앞에 붙이는 존칭어이고 '우스테드'는 공손한 표현의 2인칭이다.
6) 전자는 격식을 차린 인사말이고 후자는 격식을 차리지 않은 인사말이다.
7) 1923년부터 1930년까지의 우익 독재 시기를 말한다.

간색과 검은색으로 칠해 놓았다. 도처에 혁명 포스터들이 붙어 있었다. 빨간색과 파란색이 선명한 포스터들은 벽에서 활활 타오르는 것 같았다. 몇 개 남지 않은 다른 광고물들은 서툴고 하찮게 보였다. 도시의 대동맥이라 할 수 있는 람블라스 거리는 언제나 사람들의 이동이 많은 곳이었다. 그 거리를 따라 낮 동안은 물론이고 밤 늦게까지 확성기에서 혁명가가 쩌렁쩌렁 울려 퍼졌다. 가장 신기한 것은 군중의 모습이었다. 겉으로 볼 때 그 도시는 부유한 계급이 실질적으로 멸절된 곳이었다. 소수의 여자와 외국인들을 제외하면 '옷을 차려입은' 사람들은 찾아볼 수 없었다. 거의 모두가 노동 계급의 거칠거칠한 옷을 입었다. 또는 파란 작업복을 입거나, 의용군 군복을 약간 고쳐서 입었다. 이 모든 것이 신기했고, 또 감동적이었다. 내가 이해하지 못하는 것도 많았다. 어떤 면에서는 마음에 들지 않는 면도 많았다. 그러나 나는 즉시 그 도시의 모습이 내가 싸워서 지킬 만한 가치가 있다고 확신했다. 또한 나는 눈에 보이는 모습이 전부라고 믿었다. 그것이 정말로 노동자들의 '국가'이며, 모든 부르주아지는 달아났거나, 죽임을 당했거나 아니면 자발적으로 노동자들의 편으로 넘어왔다고 믿었다. 많은 수의 부유한 부르주아지가 기회를 엿보며 당분간 프롤레타리아 행세를 하고 있을 뿐임을 깨닫지 못했다.

이 모든 것과 더불어 전쟁 특유의 흉흉한 분위기도 얼마간 느껴졌다. 도시는 을씨년스럽고 깔끔하지 않은 모습이었다. 도로와 건물은 보수가 안 돼 있었다. 공습을 염려하여 밤거리의 가로등은 침침했다. 상점들은 대부분 초라하고 진열대의 반은 비었다. 고기는 귀했다. 우유는 거의 구할 수 없었다. 석탄, 설탕, 석유는 부족했다. 그 가운데도 빵 부족은 정말 심각했다. 이 시기에도 빵을 구하려는 줄은 종종 수백 미터씩 늘어서곤 했다. 그러나 전체적으로 사람들은 만족해했고 희망이 넘쳤다. 실업은 없었다. 생활비는 여전히 매우 낮았다. 눈에 띄게 곤궁해 보이는 사람은 찾아보기 힘들었다. 집시를 제외하면 거지는 없었다. 무엇보다도 혁명과 미래에 대한 믿음이 있었다. 갑자기 평등과 자유의 시대로 들어섰다는 느낌이 있었다. 인간은 자본주의 기계의 톱니가 아니라 인간으로서 행동하려고 노력했다. 이발소에 가면 이발사들이 이제 노예가 아니라고 엄숙히 천명하는 무정부주의자들의 벽보가 붙어 있었다. (이발사들은 대부분 무정부주의자들이었다.) 거리에는 매춘부들에게 매춘부 일을 그만두라고 호소하는 천연색 포스터가 붙어 있었다. 현실적이고 냉소적인 영어 문명권 사람들에게는 이 이상주의적인 스페인 사람들이 진부해진 혁명적 표현들을 문자 그대로 받아들이는 모습을 보고 왠지 애처롭다는 느낌을 지울 수 없었다. 당시에는 거리에서 아주 소박한 혁명 발라드를 한 곡에 몇 센티모(centimo)씩 받고 팔았다. 모두 프롤레타리아의 형제애와 무솔리니의 사악함에 대한 노래였다. 무식한 의용군 병사가 이런 발라드를 한 곡 사서 띄엄띄엄 읽어 가다가, 대충 뜻을 이해하면 적당한 곡조에 맞추어 노래를 부르는 모습이 자주 눈에 띄었다.

나는 레닌 병영에 있었다. 형식적으로는 전선에 가기 위한 훈련을 받는 중이었다. 의용군에 입대했을 때는 다음 날 전선으로 파견될 것이라는 말을 들었다. 그러나 사실은 새로운 센투리아가 준비될 때까지 기다려야 했다. 전쟁이 발발하면서 노동조합들이 급조한 노동자 의용군은 아직 일반적인 군대처럼 조직되지 않았다. 서른 명가량으로 이루어진 지휘 단위는 그냥 '과'라고 불렀다. 센투리아는 백 명가량으로 이루어졌다. 사람만 많으면 무조건 '대오'라는 이름을 붙여 주었다. 레닌 병영은 훌륭한 석조 건물들이 모인 곳이었다. 승마 학교도 있었고, 자갈을 깐 엄청난 크기의 안마당도 있었다. 원래는 기병대 병영이었으나 7월 전투에서 빼앗은 것이었다. 내가 소속된 센투리아는 여러 마구간 가운데 한곳에서 잤다. 돌로 만든 여물통들 밑이었다. 여물통에 새겨진 기병대 군마의 이름이 지워지지 않은 채 그대로 남아 있었다. 말들은 모두 붙들어 전선으로 보냈다. 그래도 아직 말 오줌 냄새와 썩은 귀리 냄새가 났다. 나는 그 병영에서 일주일 정도를 보냈다. 가장 기억에 남는 것은 말 냄새, 음정을 못 맞추고 떨리는 나팔 소리(나팔수들은 모두 아마추어였다. 나는 나중에 파시스트 진영 바깥에서 스페인의 집합 나팔 소리의 곡조를 처음으로 제대로 들었다.), 병영 연병장에서 징을 박은 장화가 쿵쿵거리는 소리, 겨울 햇빛을 받으며 오랫동안 계속되던 아침 열병식, 자갈이 깔린 승마 학교에서 한편에 오십 명씩 먹고 벌어지는 거친 축구 시합 등이다. 병영에는 1000명쯤 있었다. 취사를 담당하는 의용병 부인들 외에도 여자가 스무 명 정도 있었다. 많지는 않았지만, 의용군으로 참전한 여자들도 있었다. 초기 전투에서는 여자들도 당연히 남자와 어깨를 나란히 하고 싸웠다. 혁명의 시기에는 자연스럽게 여겨지던 일이다. 그러나 이미 생각이 바뀌고 있었다. 여자들이 승마 학교에서 훈련을 받는 동안에 의용군 남자들은 가까이 가지 못하게 했다. 남자들이 비웃는 바람에 여자들 기가 꺾였기 때문이다. 몇 달 전만 해도 여자들이 총을 다루는 것을 보고 웃는 사람은 없었다.

병영 전체는 더럽고 혼란스러웠다. 의용군은 건물을 점령하기만 하면 모두 그렇게 만들어 버렸다. 그것도 혁명의 부산물인가 보다. 구석마다 부서진 가구, 망가진 안장, 놋쇠로 만든 기병대 군모, 기병대가 쓰던 빈 칼집, 썩어 가는 음식이 잔뜩 쌓여 있었다. 음식, 특히 빵은 엄청나게 낭비했다. 내가 있던 내무반에서만도 식사 때마다 빵을 들통으로 하나씩 버렸다. 민간인이 빵이 모자라 난리인 것을 생각하면 면목 없는 일이었다. 우리는 긴 가대식 탁자에 앉아 늘 기름으로 미끌미끌한 양철 접시에 놓인 음식을 먹었다. 마실 것은 포론이라고 부르는 끔찍한 것에 담겨 있었다. 포론은 일종의 유리병인데, 끝이 뾰족한 주둥이가 달려 있다. 그것을 기울이면 포도주가 가늘게 뿜어져 나온다. 따라서 입을 대지 않고 거리를 두고 마실 수 있다. 포론 하나를 가지고 돌아가면서 마실 수 있다는 이야기다. 나는 포론이 사용되는 것을 본 순간 즉각 물컵을 쓰자고 요구했다. 내가 보기에 그것은, 특히 백포도주가 가득 차 있을 때는, 병실에서 쓰는 오줌통과 아주 비슷해 보였다.

점차 신병에게 제복이 지급되기 시작했다. 그러나 다른 곳이 아닌 스페인이었기 때문에, 모든 것이 따로따로 지급되었다. 따라서 누가 무엇을 받았는지 아무도 확실히 알 수가 없었다. 우리에게 가장 필요한 것들, 예를 들어 허리띠나 탄약 상자 같은 것들은 마지막 순간에, 전선으로 떠날 기차가 우리를 기다리는 시점에 지급되었다. 방금 의용군의 '제복'에 대해 이야기를 했는데, 혹시 그것이 잘못된 인상을 주었을지 모르겠다. 그것은 딱히 제복이라고 할 수가 없었다. 차라리 '제각각 복'이라고 부르는 것이 나을지도 모르겠다. 모든 사람의 복장이 하나의 똑같은 규칙을 따른 것이었지만, 실제로는 어느 누구의 복장도 똑같지 않았다. 군대의 거의 모든 사람이 코듀로이 반바지를 입었다. 그러나 거기서 제복다운 통일성은 끝이 났다. 어떤 사람들은 각반을 찼고, 어떤 사람들은 코듀로이 각반을 찼고, 어떤 사람들은 가죽 정강이 받이를 댔고, 어떤 사람들은 높은 장화를 신었다. 모두 지퍼가 달린 저고리를 입었다. 그러나 어떤 사람들 저고리는 가죽이었고, 어떤 사람들 것은 모직물이었다. 게다가 상상할 수 있는 모든 색깔이 다 있었다. 모자도 쓰는 사람 숫자만큼이나 여러 가지였다. 모자의 앞쪽에는 정당 배지를 다는 것이 상례였다. 거기에다가 거의 모든 사람들이 목에는 빨간 손수건이나 빨간색과 검은색이 섞인 손수건을 묶었다. 당시의 의용군 대오는 아주 특이해 보이는 오합지졸 집단이었다. 제복은 이 공장 저 공장에서 만드는 대로 지급해야 했다. 사실 당시 사정을 고려하면 나쁜 옷은 아니었다. 그러나 셔츠와 양말은 면으로 만든 형편없는 제품으로, 추위를 이기는 데 전혀 도움을 주지 않았다. 이나마의 조직화도 이루어지기 전인 초기 몇 달 동안 의용군 병사들이 어떤 고생을 했을지는 생각하고 싶지도 않다. 나는 우연히 두 달 전의 신문을 보게 되었는데, 거기에는 마르크스주의 통일 노동자당[8])의 지도자 한 사람이 전선을 방문한 뒤에 '모든 의용군 병사가 모포를 한 장씩 가질' 수 있도록 노력하겠다고 말했다는 기사가 실려 있었다. 참호에서 자본 경험이 있는 사람이라면 그 말만 들어도 몸서리를 칠 것이다.

병영에서 지낸 지 이틀째 되는 날 '교육'이라는 우스운 일이 시작되었다. 처음에는 무시무시한 혼돈의 장면들이 벌어졌다. 신병들은 대부분 바르셀로나 뒷골목 출신의 열여섯이나 열일곱 살짜리 아이들이었다. 그들은 혁명적 열정은 가득했지만 전쟁의 의미에 대해서는 완전히 무지했다. 줄을 제대로 세우는 것조차 불가능했다. 규율은 존재하지 않았다. 명령이 마음에 들지 않으면 대열에서 빠져나와 장교와 심하게 말싸움을 벌였다. 우리를 교육한 중위는 몸집은 건장하지만 얼굴은 해맑은 유쾌한 젊은이였다. 정규 육군 장교 출신이었다. 절도 있는 몸가짐과 말쑥한 옷차림 때문에 여전히 정규 육군 장교로 보였다. 그런데 묘하게도 신실하고 열렬한 사회주의자였다. 그는 모든 군인들 사이에 완전한 사회적 평등이 이루어져야 한다고 부하들보다도 더 열심히 고집을 부렸다. 무지한 신병이 그를 '세뇨르'라고 부르자 그는 무척 당황했다. '뭐! 세뇨르라고! 누가 나를 세뇨르라고 부릅니까? 우리는 모두 동지가 아닙니까?' 그런 평등 정신 덕분에 그의 일이 더 쉬워졌던 것 같

---

8) Partido Obrero de Unificación Marxista, 이후부터 약칭으로 통일 노동자당이라 칭한다.

지는 않다. 한편 갓 들어온 신병들은 그들에게 조금이라도 도움이 될 수 있는 군사 훈련을 전혀 받지 못했다. 나는 외국인들은 '교육'에 참석할 의무가 없다는 이야기를 들었다.(가만 보니 딱하게도 스페인 사람들은 외국인들이면 무조건 자기들보다 군사 문제에 대해 더 많이 안다고 생각하고 있었다.) 그러나 나는 자연스럽게 다른 사람들과 함께 어울려 밖으로 나갔다. 나는 기관총 다루는 법을 배우고 싶은 마음이 간절했다. 한 번도 다루어 보지 못한 무기였기 때문이다. 그러나 실망스럽게도 우리는 무기 사용법에 대해서는 아무것도 배우지 못했다. 이른바 교육이라는 것은 연병장 훈련이었는데, 그나마 가장 어리석고 낡은 방식으로 이루어졌다. 우향우, 좌향좌, 뒤로돌아, 차려 자세로 3열 종대 행진 등, 내가 열다섯 살 때 배웠던 아무짝에도 쓸모 없는 것들이었다. 게릴라군이 받는 훈련치고는 의외였다고 할 수 있다. 병사를 훈련시킬 기간이 며칠밖에 없다면 그에게 가장 필요한 것을 가르쳐야 할 것이다. 지형지물을 이용하여 숨는 방법, 열린 공간에서 전진하는 방법, 보초를 서고 흙벽을 쌓는 방법, 그리고 무엇보다도 무기를 다루는 방법. 그러나 마음만 뜨거운 이 어린 무리는 며칠 후면 전선으로 내던져질 것임에도, 소총을 쏘거나 수류탄의 핀을 뽑는 방법조차 아직 배우지 못했다. 무기가 없기 때문이라는 것을 당시에는 몰랐다. 통일 노동자당 의용군의 소총 부족은 심각했다. 전선에 도착하는 부대는 물러나는 부대의 소총을 인계받아야 했다. 레닌 병영 전체를 통틀어 소총이라고는 보초들이 사용하는 것 외에 한 자루도 없었던 것 같다.

며칠이 지나자, 일반적인 기준에서 보자면 여전히 갈 데 없는 오합지졸이었음에도, 상부에서는 우리가 사람들 앞에 내놓을 만큼 준비가 되었다고 판단한 모양이었다. 우리는 아침이면 에스파냐 광장 너머 작은 산에 있는 공원까지 행군을 했다. 그 공원은 단총부대[9]와 새로 형성된 인민군의 첫 파견대만이 아니라, 모든 정당 의용군의 공동 연병장 역할을 했다. 공원에서는 낯설면서도 가슴이 뭉클한 광경을 볼 수 있었다. 공원에 가꾸어 놓은 꽃밭들 사이의 모든 좁은 길과 골목마다 분대와 소대가 뻣뻣한 자세로 가슴을 쑥 내밀고 행군을 했다. 군인답게 보이려고 안간힘을 쓰고 있었다. 모두 비무장이었으며, 제복을 완전히 갖춰 입은 병사는 하나도 없었다. 오히려 제복들은 대부분 여기저기가 찢어져 누더기나 다름없었다. 순서는 늘 비슷비슷했다. 우리는 보통 세 시간 정도 으쓱거리며 행군을 했다. (스페인 사람들은 짧은 보폭으로 빠르게 행군한다.) 이어 쉬는 시간이 되면 헤쳐서 자그마한 식료품점에 모인다. 산 중턱에 있는 이 가게는 목마른 우리를 상대로 싸구려 포도주를 많이도 팔아먹었다. 모두들 나한테 잘해 주었다. 나는 영국인이었기 때문에 호기심의 대상이었다. 단총부대 장교들은 나를 대단하게 여겨 술을 사 주곤 했다. 한편 나는 우리 중위와 정면으로 마주칠 때마다, 기관총을 다루는 법을 가르쳐 달라고 으르렁거렸다. 호주머니에서 휴고의 스페인어 사전을 꺼내 들고, 형편없는 스페인어로 퍼부어 대곤 했다.

---

9) 기총병(騎銃兵)을 뜻한다.

"요 세 마네자르 푸실. 노 세 마네자르 아메트랄라도라. 키에로 아프렌데르 아메트랄라도라. 쿠안도 바모스 아프렌데르 아메트랄라도라?"[10]

답은 늘 지친 웃음이었다. 이어 기관총 교육은 **마냐나**[11]에 있을 것이라고 약속했다. 물론 그 마냐나는 결코 오지 않았다. 며칠이 지났다. 신병들은 제법 발을 맞추어 행군하고, 절도 있다 싶게 차려 자세를 취할 줄도 알게 되었다. 그러나 소총의 어느 쪽에서 총알이 나오는지는 알았을까? 알았다 해도 그것이 전부였다. 어느 날 우리가 쉬고 있을 때 무장한 단총부대 병사가 우리 쪽으로 어슬렁어슬렁 다가오더니 소총 구경을 시켜 주었다. 그 결과 우리 소대 전체에서 나를 제외한 어느 누구도 소총 조준은커녕, 장전도 할 줄 모른다는 사실이 드러났다.

이 기간 내내 나는 스페인어와 씨름을 했다. 병영에는 나말고 영국인이 단 한 사람뿐이었다. 장교들 가운데도 불어 한마디 할 줄 아는 사람이 없었다. 내 동료들은 자기들끼리 말할 때는 보통 카탈로니아 말로 했기 때문에[12] 나로서는 더욱 난감할 따름이었다. 내가 그들과 함께 지낼 수 있는 유일한 방법은 늘 작은 사전을 가지고 다니다가 위기의 순간에 얼른 꺼내 보는 것이었다. 그러나 나는 외국인으로 지내야 한다면, 다른 어느 나라보다 스페인을 택하고 싶다. 그곳에서는 친구를 사

---

10) 나는 소총을 다룰 줄 알지만 기관총은 다룰 줄 모른다. 기관총 교육을 받고 싶다. 교육은 언제인가?
11) '내일' 장차라는 뜻이다.
12) 카탈로니아는 스페인에 속하지만 별도의 언어가 있다.

귀는 것이 얼마나 쉬운지 모른다! 하루 이틀 지나자 친근하게 성이 아니라 이름을 부르고, 이것저것 가르쳐 주고, 나를 숨막힐 정도로 환영해 주는 의용병이 수십 명이나 생겨났다. 나는 지금 선전용 책자를 쓰는 것도 아니고, 통일 노동자당 의용군을 이상화하려는 것도 아니다. 의용군 체계 전체에 심각한 결함이 있었다. 병사들은 어중이떠중이라고 할 수 있었다. 이 무렵 자원병은 줄고, 쓸 만한 병사들은 이미 전선에 나가 있거나 죽었기 때문이다. 우리 가운데 몇 퍼센트는 정말 아무짝에도 쓸모 없는 사람들이었다. 부모들은 열다섯 살짜리 소년을 의용군에 넣으려고 데려왔다. 부모들은 의용군 임금인 일급 10페세타 때문이라고 공공연하게 밝혔다. 또한 의용군에는 빵이 풍부하게 지급되기 때문에, 그것을 몰래 집으로 가져오게 하려는 목적도 있었다. 그러나 나처럼 스페인 노동 계급(나는 아라곤이나 안달루시아 사람들하고는 거의 접촉이 없었기 때문에, 정확히 말하자면 카탈로니아 노동 계급이라고 말해야 할지도 모르겠다.) 속에 들어가 함께 어울려 본 사람들은 그들의 타고난 품위에 감명받지 않을 수 없다. 무엇보다도 그들의 솔직함과 관대함에 감명받지 않을 수 없다. 스페인 사람의 관대함은 때로 사람을 당혹스럽게 만들 정도이다. 담배 한 개비를 달라고 하면 한 갑을 억지로 떠안긴다. 또 이런 흔한 의미의 관대함을 넘어서는, 더 깊은 의미의 관대함이 있다. 영혼의 웅대함을 느끼게 되는 경우이다. 나는 대단히 가망 없는 상황에서도 그런 관대함과 여러 번 마주쳤다. 전쟁 동안 스페인을 여행한 기자나 외국인들 가운데 스페인 사람들이 속으로는 그들을 도우러 온 외국인들을 몹시 시샘한다고 떠드는 사람들이 있었다. 그러나 나는 그런 시샘을 본 적이 없다고 말할 수 있다. 내가 병영을 떠나기 며칠 전, 병사들 한 무리가 전선에서 휴가를 받아 돌아온 적이 있다. 그들은 전선에서 겪은 일에 대하여 흥분해서 떠들었다. 그러는 가운데 우에스카에서 그들 옆에 있던 프랑스인 부대들에 대해 열변을 토하기도 했다. 프랑스 사람들 정말 용감하던데. 그들은 그렇게 말하더니, 열띤 목소리로 덧붙였다. "마스 발리 테스 케 노스트로스!(우리보다 더 용감해!)" 물론 나는 이의를 제기했다. 그러자 그들은 프랑스 사람들이 전쟁 기술에 대해 자기들보다 더 잘 안다고 설명했다. 폭탄이나 기관총 같은 것들에 대한 전문 지식이 더 많다는 이야기였다. 어쨌든 의미가 있는 말이었다. 영국인이라면 그런 이야기를 하느니 차라리 손을 잘라 버리는 쪽을 택할 테니까.

의용군에서 복무하는 외국인들은 모두 첫 몇 주 동안 스페인 사람들을 사랑하게 되고, 동시에 그들의 어떤 특징들에 화를 내게 된다. 전선에서 나의 분노는 가끔 격분 상태에까지 이르렀다. 스페인 사람들은 많은 일에 능숙하다. 그러나 전쟁만큼은 아니다. 외국인들은 하나같이 그들의 비능률에 경악한다. 무엇보다도 그들은 시간을 안 지키기 때문에 사람을 미치게 만든다. 어떤 외국인이든 반드시 배우게 되는 스페인 단어가 마냐나 즉, '내일'(문자 그대로는 '아침')이다. 그들은 가능하다고만 생각되면, 오늘 할 일을 마냐나로 미룬다. 이것은 워낙 악명 높은 악습이라서 심지어 스페인 사람들끼리도 그것을 놓고 농담을 한다. 스페인에서는 식사에서 전투에 이르기까지 정해진 시간에 되는 것이 없다. 보통은 늦는 쪽이다. 그러나 가끔씩은 너무 빠르다. 아마 어떤 일이든 정해진 시간보다 늦게 이루어질 것이라고 믿고 행동하지 못하게 막으려는 것인지도 모르겠다.

8시에 떠날 예정인 기차는 보통 9시에서 10시 사이에 떠난다. 그러나 일주일에 한 번쯤은 기관사의 개인적인 변덕 때문에 7시 반에 떠난다. 이런 일을 당하면 약간 약이 오르게 된다. 입으로야 스페인 사람들에게는 우리 북쪽 사람들과 같은 시간 강박증이 없다는 점을 존경한다고 말할 수 있다. 그러나 불행히도 나 역시 그런 강박증을 가진 북쪽 사람 아닌가.

마냐나에는 가게 될 것이라는 끝도 없는 소문 뒤에, 여러 번 연기가 이루어진 뒤에, 갑자기 두 시간 뒤에 전선으로 출발한다는 명령이 떨어졌다. 장비 가운데 많은 부분이 아직 지급되지도 않은 상태였다. 병참 창고에서는 무시무시한 소란이 벌어졌다. 결국 많은 병사들이 장비를 다 갖추지 못한 상태에서 출발할 수밖에 없었다. 병영은 갑자기 여자들로 가득 찼다. 땅에서 솟아나기라도 한 것 같았다. 그들은 남자들이 담요를 말고, 군장을 꾸리는 것을 도왔다. 나는 좀 창피하게도, 스페인 여자에게서 새 가죽 탄약통 차는 법을 배워야 했다. 그녀는 또 한 사람의 영국인 의용병인 윌리엄스의 부인이었다. 검은 눈동자를 가진 상냥한 여자로, 요람 흔드는 일을 평생의 업으로 삼을 것 같은, 대단히 여성적인 부인이었다. 그러나 사실 그녀는 7월 시가전에서 용감하게 싸운 전사였다. 이때 그녀는 임신 중이었다. 아기는 전쟁 발발 후 꼭 열 달 만에 태어났으니, 아마 바리케이드 뒤에서 태어난 아기였을 것이다.

기차는 8시에 떠날 예정이었다. 그러나 지친 표정으로 땀을 뻘뻘 흘리던 장교들이 우리를 병영 연병장에 그럭저럭 정렬시킨 시간이 8시 10분쯤이었다. 횃불 아래 드러난 그 광경이 지금도 아주 생생하다. 소란과 흥분, 횃불 빛을 받으며 펄럭이는 적기, 등에는 배낭을 메고 어깨 위에는 둘둘 만 모포를 탄띠처럼 걸친 채 줄줄이 늘어선 수많은 의용병들. 외치는 소리, 군화와 양철 접시가 부딪치는 소리. 이윽고 쉿쉿 하는 소리가 엄청나게 크게 들려오더니 마침내 사람들은 입을 다물었다. 넘실거리는 엄청난 크기의 적기 밑에 선 정치 위원이 카탈로니아어로 연설을 했다. 그리고 나서 드디어 우리는 역으로 행군해 갔다. 6, 7킬로미터 정도 되는 가장 먼 길을 택했다. 도시 구석구석에 우리 모습을 보여 주려는 것이었다. 우리는 람블라스 거리에서 발을 멈추었다. 돈을 주고 데려온 악단이 혁명가 한두 곡을 연주했다. 정복의 영웅들을 환송하는 장면이 다시 전개되었다. 여기저기서 열렬히 소리를 지르고, 빨간색 기와 빨간색과 검은색이 섞인 기가 사방에 나부꼈다. 우리를 보러 나온 우호적인 군중이 거리를 가득 메웠다. 여자들은 창문에서 손을 흔들었다. 그때는 그 모든 것이 얼마나 자연스러워 보였는지! 그런데 지금은 왜 그것이 그렇게 멀게 느껴지고, 비현실적인 일로 느껴지는지! 기차에는 병사들이 꽉꽉 들어차, 좌석은커녕 바닥에도 앉을 자리가 없었다. 기차가 떠나기 직전 윌리엄스의 부인이 플랫폼으로 달려오더니 포도주 한 병과 어른 팔뚝만 한 붉은색 소시지를 주었다. 설사를 일으키곤 하는, 비누 냄새가 나는 소시지였다. 기차는 전시의 평상 속도인 시속 20킬로미터 이하로 카탈로니아를 천천히 빠져나가더니, 이윽고 아라곤 고원 지대로 다가갔다.

2장

바르바스트로는 전선에서 먼 곳이었다. 그런데도 박살이 난 듯 황량해 보였다. 허름한 제복을 입은 의용병 무리는 추위를 이기려고 거리를 따라 어슬렁거렸다. 거의 무너져내린 벽에는 지난해에 붙은 포스터가 눈에 띄었다. 몇 월 며칠에 투우장에서 '멋진 황소 여섯 마리'를 죽일 것이라는 광고였다. 포스터의 바랜 빛깔이 어찌나 처량해 보이던지! 그 멋진 황소들과 멋진 투우사들은 지금 어디에 있을까? 그즈음에는 바르셀로나에서조차 투우 경기가 거의 열리지 않는 것 같았다. 어떤 이유에서인지 훌륭한 투우사들은 전부 파시스트들이었다.

우리 소대는 화물차를 타고 시에타모로 갔다. 우리는 그곳에서 서쪽 알쿠비에레로 갈 예정이었다. 알쿠비에레는 사라고사를 마주 보는 전선 바로 뒤쪽에 있는 도시였다. 무정부주의자들은 무려 세 번의 전투 끝에 10월에 시에타모를 점령했다. 도시는 폭격으로 군데군데 부서졌다. 집들은 대부분 총에 맞아 곰보가 되었다. 우리는 해발 450미터 고지까지 올라갔다. 엄청나게 추웠다. 갑자기 자욱한 안개가 소용돌이를 치며 몰려왔다. 화물차 운전사는 시에타모와 알쿠비에레 중간 지점에서 길을 잃었다. (이것도 전쟁의 일상적 특징 가운데 하나였다.) 우리는 안개 속에서 몇 시간을 헤맸다. 결국 늦은 밤이 되서야 알쿠비에레에 도착했다. 우리는 누군가의 안내를 받아 진창을 걸어 노새 우리로 갔다. 우리는 왕겨 속에 몸을 파묻고 곧 잠이 들었다. 왕겨는 깨끗하기만 하면 잠을 자는 데 불편함은 없다. 건초보다야 못했지만 짚보다는 나았다. 아침이 밝아서야 나는 왕겨 속에 빵 부스러기, 찢어진 신문지, 뼈, 죽은 쥐, 깔쭉깔쭉한 우유 깡통 조각 따위가 가득하다는 사실을 알았다.

우리는 전선 근처에 온 셈이었다. 전쟁 특유의 냄새를 맡을 수 있을 만큼 가까웠다. 내 경험상 그것은 배설물과 음식 썩는 냄새였다. 알쿠비에레는 폭격을 받은 적이 없었다. 전선 바로 뒤에 있는 대부분의 마을보다 상황이 더 나은 편이었다. 그러나 평화시라 하더라도 스페인의 그 지역을 돌아다녀 보면 아라곤 마을 특유의 비참함에 충격을 받지 않을 수 없을 것이다. 그 마을들은 요새와 같은 모습이다. 진흙과 돌로 지은 초라하고 작은 집들이 교회 주위에 밀집해 있다. 봄에도 어디에서건 꽃을 찾아보기가 힘들다. 집에는 정원이 없다. 뒤뜰만 있는데, 그곳에 가득 깔린 노새의 똥 위에서 비루먹은 날짐승들이 미끄럼질을 친다. 안개와 비가 계속 엇갈리는 궂은 날씨였다. 좁은 흙길은 거대한 진창으로 변해 어떤 곳은 그 깊이가 60센티미터까지 패였다. 화물차들은 헛바퀴를 돌리며 그곳을 통과하느라 안간힘을 썼다. 농부들은 노새가 끄는 꼴사나운 마차를 몰고 지나갔다. 부대가 끊임없이 오가는 바람에 마을은 말할 수 없이 더러웠다. 알쿠비에레에는 수세식 변기나 하수도 같은 것이 없었다. 있어 본 적도 없었다. 때문에 발 조심을 하지 않고 마음대로 걸어갈 수 있는 땅을 1평방미터도 찾아보기 힘들었다. 교회는 변소로 사용된 지 오래였다. 그곳에서 3, 400미터 떨어져 있는 주위의 밭도 모두 마찬가지였다. 지금도 전쟁의 처음 두 달을 생각할 때마다, 그루터기만 남은 겨울 들판 가장자리에 똥이 딱딱하게 굳어 있는 광경부터 떠오른다.

이틀이 지났는데도 소총은 지급되지 않았다. 코미테 데 게라[13)]에 가서 벽에 지어 뚫린 구멍들을 살펴보았다면, 알쿠비에레의 전모를 다 본 것이라 할 수 있다. 그 구멍들은 소총 일제 사격 때 뚫린 것으로, 파시스트들이 처형된 흔적이다. 전선은 매우 고요했다. 부상자들이 이송되는 경우도 거의 없었다. 그곳에서 가장 흥분되는 일은 파시스트 탈주병이 건너오는 것이었다. 그들은 감시를 받으며 전선으로부터 알쿠비에레로 후송되었다. 이쪽 전선 건너편에 있는 병사들 가운데 다수는 파시스트가 아니었다. 그들은 전쟁이 발발했을 때 때마침 병역을 때우고 있던 불쌍한 징집병들이었다. 따라서 어서 도망 가고 싶은 마음밖에 없었다. 이따금씩 그들 가운데 몇 명

---

13) 전투 위원회이다.

이 무리를 지어 우리 쪽으로 건너오는 모험을 감행했다. 만일 파시스트 지역에 사는 가족만 없었다면 더 많은 병사들이 진작 우리 쪽으로 넘어왔을 것이다. 이 탈주병들이 내가 처음으로 본 '진짜' 파시스트들이었다. 나는 그들이 우리와 별다를 것이 없다는 데 놀랐다. 카키색 바지를 입었다는 것만 달랐다. 우리가 있는 곳에 왔을 때 그들은 항상 굶어 죽기 직전이었다. 양군이 대치하는 중립 지대에서 하루나 이틀씩 총알을 피해 다니다 왔으니 그럴 만도 했다. 그러나 우리 쪽에서는 그것이야말로 파시스트 군대가 굶주리고 있다는 증거라고 의기양양하게 이야기했다. 나는 탈주병 가운데 하나가 어느 농가에서 식사하는 것을 보았다. 어쨌거나 딱한 광경이었다. 키가 큰 스무 살짜리 청년이었다. 피부가 바람에 많이 상했다. 군복은 넝마에 가까웠다. 그런 행색으로 불 가에 쭈그리고 앉아, 엄청나게 빠른 속도로 스튜를 접시째 들이마시고 있었다. 그러는 동안에도 탈주병의 두 눈은 그의 주위에 둘러서서 지켜보고 있는 의용병들을 초조하게 흘끔거리기 바빴다. 아마 그때까지도 그는, 우리가 피에 굶주린 '빨갱이들'이라는 생각, 식사만 마치면 그를 쏴 죽일 것이라는 생각을 떨쳐 버리지 못했을 것이다. 그를 데려온 무장병은 계속 그의 어깨를 쓰다듬으며 안심이 될 만한 이야기를 해 주었다. 한번은 열다섯 명의 탈주자가 한꺼번에 몰려온 적이 있었다. 기념할 만한 날이었다. 백마를 탄 사람이 의기양양하게 그들을 인솔하며 마을을 한 바퀴 돌았다. 나는 사진을 한 장 찍어 두었다. 초점이 맞지 않아 희미한 사진이었다. 그나마도 누군가가 나중에 훔쳐가 버렸다.

알쿠비에레에 머문 지 사흘째 되는 날에야 소총이 도착했다. 꺼칠한 구릿빛 얼굴의 한 상사가 노새 우리에서 소총을 나누어 주었다. 나는 소총을 보고 그만 질려 버렸다. 1896년에 독일에서 제작한 모제르 소총이었다. 40년도 넘은 것이었다! 전체적으로 녹이 슬어 노리쇠는 뻑뻑했고, 나무로 만든 총신 받침은 금이 가 있었다. 총구만 살펴봐도 부식이 심해 고쳐 쓰기 어렵다는 사실을 금방 알 수 있었다. 대부분의 소총이 그 모양이었다. 어떤 것들은 더 심했다. 총을 다룰 줄 아는 사람들에게 가장 좋은 무기를 주겠다는 배려 따위는 애초에 없었다. 그 가운데서 그나마 가장 좋다는 소총, 불과 십 년밖에 안 된 소총을 받은 사람은 마리콘(남성 동성애자간의 성관계에서 삽입을 당하는 쪽)이라고 불리는 열다섯 살짜리 얼간이였다. 상사는 우리에게 5분 간 '교육'을 했다. 소총에 장전하는 방법과, 노리쇠를 분해하는 방법을 설명했다. 의용군 가운데 많은 수는 이전까지 총을 한 번도 만져 본 적이 없었다. 아마 가늠쇠가 무엇에 쓰는 것인지 아는 사람도 극소수였을 것이다. 탄약 상자도 지급되었다. 한 사람당 50발이었다. 이어 우리는 대오를 정비하여, 군장을 메고 5킬로미터 정도 떨어진 전선으로 출발했다.

팔십 명의 병력과 몇 마리 개로 구성된 센투리아는 남루한 모습으로 도로를 따라 구불구불 올라갔다. 모든 의용군 종대마다 마스코트로 개가 적어도 한 마리씩은 배당되었다. 우리에게 배속되어 함께 행군하게 된 짐승의 몸에는 큰 글자로

P.O.U.M.[14]이라 찍혀 있었다. 그 개는 자기 겉모습에 뭔가 잘못된 것이 있음을 의식한 듯 살금살금 걸었다. 종대의 선두에서는 게오르게스 콥이 검은 말을 타고 적기와 나란히 움직였다. 그는 건장한 몸집의 벨기에인으로, 우리의 지휘관이었다. 그보다 조금 앞선 곳에는 산적 떼 같은 의용군 기병대 출신의 한 젊은이가 의기양양하게 오거니 가거니 했다. 그는 둔덕이 보일 때마다 말을 달려 올라가, 꼭대기에서 그림 같은 포즈를 취했다. 스페인 기병대의 좋은 말들은 혁명기에 대량으로 의용군에 넘겨졌다. 물론 의용군은 말들이 죽어 나갈 지경이 되도록 열심히 타고 다녔다.

도로는 노란색의 메마른 밭 사이로 구불구불 이어졌다. 밭은 지난해 추수 이후로 내내 묵혀 두었다. 앞쪽으로는 알쿠비에레와 사라고사의 경계를 이루는 낮은 산맥이 우뚝하니 자리하고 있었다. 이제 전선이 가까웠다. 포탄, 기관총, 진창이 가까웠다. 나는 내심 겁을 먹었다. 물론 전선이 소강 상태라는 것은 알았다. 그러나 대부분의 주변 사람들과는 달리 나는 제1차 세계 대전을 기억할 수 있을 만큼 나이가 들었다. 그렇다고 참전을 했을 만큼 나이가 들지는 않았지만. 나에게 전쟁이란 시끄럽게 날아다니는 발사체들과 스치며 지나가는 강철 조각들. 그리고 무엇보다도 진창, 이, 굶주림, 추위를 의미했다. 이상한 일이지만 적보다 추위가 더 무서웠다. 나는 바르셀로나에 있는 동안 추위에 대한 공포로 내내 시달렸다. 참호 속

---

14) 마르크스주의 통일 노동자당의 약칭이다.

의 추위, 소름끼치는 새벽의 경계 근무, 얼어붙은 소총을 들고 오랜 시간 서 있어야 하는 보초 근무, 군화를 덮는 차가운 진흙 등을 생각하며 밤에 잠을 이루지 못하기도 했다. 나와 함께 행군하는 사람들을 보며 어떤 공포를 느꼈다는 것도 인정해야겠다. 우리가 얼마나 형편없는 오합지졸로 보였는지 상상도 못 할 것이다. 우리는 뿔뿔이 흩어져 걸어갔다. 우리의 대오정렬 수준이라는 것은 양 떼보다도 훨씬 못했다. 3킬로미터를 못 가서 종대의 후미가 보이지 않았다. 실제로 병사들 가운데 반은 아이들이었다. 기껏해야 열여섯을 넘지 않는 아이들이었다. 그러나 모두들 마침내 전선에 도착했다는 기대로 마음이 잔뜩 부풀어 행복한 표정이었다. 전선이 가까워지자 앞쪽 적기 주변의 아이들이 목청껏 소리치기 시작했다. '비스카 P.O.U.M.!'[15] '파시스타스 마리코네스!'[16] 등등의 구호였다. 역전의 용사들처럼 위세를 떨쳐 보자는 속셈이었다. 그러나 아이들 목청으로 내는 소리인지라 새끼 고양이 울음처럼 구슬프게 들리기만 했다. '공화국'을 수호한다는 자들이 다룰 줄도 모르는 낡아 빠진 소총을 가진 이런 남루한 차림의 아이들 무리라는 사실이 두렵게 느껴졌다. 파시스트의 비행기가 우리 길로 지나가면 어떻게 될까? 그런 걱정을 했던 기억이 난다. 조종사가 굳이 이곳까지 내려와 우리에게 기관총을 갈길까? 아무리 공중이라 해도 우리가 진짜 군인들이 아니라는 것쯤

---

15) '통일 노동자당 만세!'라는 뜻이다.
16) '파시스트들은 동성애자!'라는 뜻이다.

은 알아볼 수 있지 않을까?

도로가 산맥에 이르자, 우리는 오른쪽으로 방향을 꺾었다. 그곳에서부터 노새가 다니는 좁은 길을 오르기 시작했다. 산 허리를 둘러 나선형으로 올라가는 길이었다. 그 지역의 산들은 생김새가 기묘했다. 말굽 모양에 꼭대기가 펑퍼짐한가 하면, 갑자기 경사가 가팔라지면서 까마득한 골짜기로 내닫기도 했다. 조금 높이 올라가면 왜소한 관목과 히스 이외에 어떤 식물도 자라지 않았다. 사방에 석회암이 허연 뼈처럼 돌출해 있었다. 이곳의 전선은 참호들이 연속해서 이어진 선이 아니었다. 이런 산악 지대에서 그런 식으로 참호를 판다는 것은 불가능한 일이었다. 산꼭대기마다 요새처럼 만든 초소들이 점점이 박혀 있을 뿐이었다. 우리끼리는 그냥 '진지'라고 불렀다. 멀리서도 말발굽의 꼭대기에 자리 잡은 우리의 '진지'를 볼 수 있었다. 모래주머니를 대충 쌓아 만든 바리케이드에 적기가 펄럭이고, 방공호에 피워 놓은 불에서 연기가 피어올랐다. 조금 더 가까이 가면 욕지기가 치미는 들척지근한 악취가 났다. 그 냄새는 그 후로 몇 주 동안 내 콧구멍을 떠나지 않았다. 진지 바로 뒤에 있는 패인 틈에는 몇 달 동안 버려진 쓰레기가 쌓여 있었다. 그곳에서는 빵 부스러기, 배설물, 녹슨 깡통 들이 잔뜩 쌓여 썩어 갔다.

우리와 교대하는 중대는 군장을 꾸리고 있었다. 그들은 석 달 간 전선을 지켰다. 제복에는 진흙이 딱지처럼 말라붙었고, 군화는 헤어졌으며, 얼굴에는 수염이 덥수룩했다. 진지의 지휘관은 레빈스키라는 이름의 대위였다. 그러나 모두들 베냐민이라고 불렀다. 그는 폴란드에서 태어난 유태인이었다. 그러나 모국어는 불어였다. 베냐민이 호에서 기어 나와 우리를 맞았다. 작은 키에, 스물다섯 살가량 되어 보이는 젊은이였다. 검은 머리카락은 억셌고, 창백한 얼굴은 열의로 가득했다. 그러나 전쟁 시기에는 누구나 그렇듯이 모두들 얼굴이 몹시 더러웠다. 머리 위로 빗나간 총알이 날아가며 소리를 냈다. 진지는 반원형으로 담을 쌓아 놓은 곳이었다. 반경이 약 50미터 정도였다. 흙벽의 일부는 모래주머니이고, 일부는 석회암 덩어리였다. 바닥에는 쥐구멍 같은 호가 3, 40개 파여 있었다. 윌리엄스와 나, 그리고 스페인 사람인 윌리엄스 처남은 얼른 가장 가까운 빈 참호로 뛰어들었다. 그나마 살 만해 보이는 곳이었다. 앞쪽 어딘가에서 이따금씩 소총이 땅땅거렸다. 그 소리가 돌산들을 따라 묘하게 구르는 듯한 메아리로 울려 퍼졌다. 우리가 막 군장을 내던지고 참호에서 기어 나왔을 때, 다시 땅 하는 소리가 들렸다. 그와 동시에 흙벽 쪽으로 갔던 우리 중대의 아이들 가운데 하나가 흙벽 뒤로 벌렁 나자빠졌다. 얼굴에서는 피가 쏟아졌다. 소총을 쏘았는데, 어떻게 했는지 노리쇠가 터져 버린 것이다. 터진 탄피 조각들 때문에 머리 가죽이 리본처럼 갈기갈기 찢어졌다. 우리의 첫 부상병이었으며, 스스로 자초한 부상이었다.

오후에 우리는 첫 경계 근무를 섰다. 베냐민이 진지 주위를 안내했다. 흙벽 앞에는 바위를 깎아 좁은 참호들을 만들어놓았다. 그리고 석회암 조각들을 쌓아 극히 원시적인 총안을 만들었다. 보초는 열두 명이었다. 참호와 흙벽 뒤쪽의 여러 지점에 배치되었다. 참호 앞에는 철조망이 있었다. 그 너머 언덕 사면은 바닥이 보이지 않는 골짜기로 이어졌다. 맞은편은 민둥산들이었다. 군데군데 바위 절벽들이 보였다. 모두 을씨년스런 잿빛으로, 어디에도 생명체는 보이지 않았다. 새 한 마리 없었다. 나는 총안으로 조심스럽게 밖을 살폈다. 파시스트 참호를 찾으려는 것이었다.

"적은 어디 있습니까?"

베냐민은 손으로 넓게 원을 그렸다.

"쪼기."(베냐민은 영어를 했다. 형편없는 영어였지만.)

"어디 말입니까?"

나의 참호전 개념에 따르면 파시스트들은 50미터나 100미터는 떨어져 있어야 했다. 그러나 아무것도 보이지 않았다. 참호를 아주 잘 위장한 것 같았다. 순간 나는 베냐민이 가리키는 곳이 어디라는 걸 알고 놀랐다. 골짜기 너머 맞은편 산꼭대기에 흉벽의 윤곽이 아주 작게 보이고, 붉고 노란 깃발도 하나 보였다. 그것이 파시스트 진지였다. 적어도 700미터는 되는 거리였다. 나는 말할 수 없을 정도로 실망했다. 우리는 그들 근처에도 가지 못한 것이다! 이런 거리에서라면 우리 소총은 무용지물이었다. 그러나 그 순간 흥분된 외침이 들렸다. 파시스트 두 명이 건너편의 벌거벗은 산 중턱을 기어 오르고 있었다. 물론 멀리 희끄무레하게 보일 뿐이었다. 베냐민은 옆에 있는 사람의 소총을 집어 들더니 겨냥을 하고 방아쇠를 당겼다. 철컥! 불발탄이었다. 나는 그것이 불길한 징조라고 생각했다.

새로운 보초들은 참호에 자리를 잡자마자 무시무시하게 연속 사격을 퍼붓기 시작했다. 특별히 겨냥을 하지도 않았다. 나는 파시스트들을 볼 수 있었다. 개미처럼 작아 보였다. 흉벽 뒤에서 총알을 피하듯 몸을 흔들어 댔다. 때로는 검은 점 하나가 잠시 멈추어 있기도 했다. 머리였다. 건방지게도 머리를 노출한 것이다. 물론 총을 쏴 보았자 소용없었다. 그러나 곧 왼쪽에 있던 보초가 전형적인 스페인식 동작으로 자기 위치를 뜨더니 내 옆으로 살금살금 다가와, 나더러 총을 쏘라고 재촉해 댔다. 나는 이 정도의 거리에서 이런 소총으로는 우연으로라도 사람을 맞출 수가 없다고 설명하려 했다. 그러나 그는 어린아이에 불과했다. 자기 소총으로 그 점들 가운데 하나를 자꾸 가리켰다. 자갈이 던져지기를 기다리는 개처럼 간절한 표정으로 싱긋싱긋 웃고 있었다. 마침내 나는 가늠쇠를 700으로 맞추고 총알을 날렸다. 검은 점은 사라졌다. 내가 쏜 총알이 상대가 놀라서 펄쩍 뛸 만큼만 가까이 갔어도 다행이라고 할 수 있었다. 어쨌든 나는 생애 최초로 인간을 겨냥하여 총을 쏘아 보게 되었다.

전선을 보고 나자 나는 심한 메스꺼움을 느꼈다. 이것이 전쟁이란 말인가! 적과는 만날 수도 없는데! 나는 참호 밑으로 머리를 박을 생각조차 하지 않았다. 그러나 잠시 후 총알 하나가 불쾌한 소리를 내며 내 귀를 스치더니 뒤편 흉벽에 가 박혔다. 슬프게도 나는 고개를 숙이고 말았다! 나는 그때까지 총알이 내 머리 위를 스쳐 갈 때 절대 고개를 숙이지 않겠다고 맹세하며 살아왔다. 그러나 그 동작은 본능적인 것 같다. 그리고 거의 모두가 적어도 한 번은 그렇게 고개를 숙인다.

3장

참호전에서는 다섯 가지가 중요하다. 땔감, 식량, 담배, 초 그리고 적이다. 겨울의 사라고사 전선에서는 이 다섯 가지가 이런 순서별로 중요했다. 적이 가장 나중이었다. 밤에는 늘 기습 공격을 염두에 둘 수밖에 없었기 때문에 불안했다. 그러나 그때를 제외하면 아무도 적에게 신경을 쓰지 않았다. 그들은 멀리 떨어진 검은 벌레들에 지나지 않았다. 이따금씩 뛰어다니는 것이 눈에 띌 따름이었다. 실제로 양군이 가장 관심을 쏟는 문제는 추위를 쫓는 것이었다.

이야기가 나온 김에 한마디 하겠는데, 나는 스페인에 있을 때 전투를 본 적이 거의 없다. 나는 1월부터 5월까지 아라곤 전선에 있었다. 1월부터 3월 말까지는 테루엘 지역을 제외하고는 그쪽 전선에서 거의 아무런 일도 일어나지 않았다. 3월에는 우에스카 주위에서 큰 싸움이 있었다. 그러나 나는 작은 역할을 맡았을 뿐이다. 나중에 6월에는 우에스카에 대한 엄청난 공격이 있었다. 그때는 하루에 수천 명이 죽었다. 그러나 나는 그 일이 일어나기 전에 부상을 당해 불구가 되었다. 보통 전쟁의 참사로 여겨지는 일들이 내게는 거의 일어나지 않은 셈이다. 비행기가 내 근처에 폭탄을 떨군 적도 없었다. 내 주위 50미터 내에서 포탄이 터진 적도 없었던 것 같다. 육박전은 딱 한 번 해 보았다. (그러나 그 한 번으로 끝장나는 경우가 너무 많다고 말할 수는 있겠다.) 물론 심한 기관총 사격은 많이 받아 보았다. 그러나 보통 먼 거리에서였다. 우에스카에서도 적당히 조심하면 보통은 안전했다.

내가 있던 사라고사 주위의 산은 전선이 교착 상태였기 때문에 권태와 불편이 섞인 분위기가 지배적이었다. 도시 사무직원의 생활처럼 하루하루가 아무 일 없이 지나갔다. 거의 규칙적이라고 할 수 있었다. 보초 근무, 정찰, 참호 파기. 참호 파기, 정찰, 보초 근무. 파시스트나 국왕파가 주둔하는 산꼭대기마다 초라하고 지저분한 병사들이 깃발 주위에 똘똘 뭉쳐 벌벌 떨면서 어떻게든 온기를 유지해 보려고 안간힘을 쓰고 있었다. 밤낮으로 의미 없는 총알들이 텅 빈 골짜기를 가로질렀다. 그러나 그 총알이 사람 몸에 가 맞는 일은 거의 없었다.

나는 을씨년스런 겨울 풍경을 둘러보며, 그 모든 쓸모 없는 짓에 놀라곤 했다. 어떤 결말에도 이르지 못하는 그런 전쟁!

10월쯤에는 그 산들을 차지하기 위한 야만적인 전투가 벌어졌다. 그러다가 이제 병력과 무기, 특히나 포가 부족하여, 대규모 작전은 불가능해졌다. 각 부대는 자기가 차지한 산꼭대기에 땅을 파고 주저앉아 버렸다. 우리 오른쪽 건너에는 작은 전초 기지가 있었다. 역시 통일 노동자당의 진지였다. 7시 방향의 왼쪽 돌출부에는 카탈루냐 통일 사회당[17]의 진지가 있었다. 그 진지는 더 높은 돌출부를 마주 보고 있었는데, 그곳에는 봉우리마다 파시스트의 작은 진지들이 점점이 박혀 있었다. 이른바 전선이라는 것이 지그재그식으로 형성되어 있어서, 진지마다 깃발이 나부끼지 않는다면 어느 게 어느것인지 도무지 알 수가 없었을 것이다. 통일 노동자당과 통일 사회당의 깃발은 빨간색이었고, 무정부주의자의 깃발은 빨간색과 검은색이 섞여 있었다. 파시스트들은 일반적으로 군주제주의자의 깃발(빨강, 노랑, 빨강)을 걸었는데, 이따금씩 공화국 깃발(빨강, 노랑, 자주)을 걸기도 했다.[18] 경치는 무척 좋았다. 물론 산꼭대기마다 군대가 주둔해 있고, 따라서 깡통과 똥이 널려 있다는 사실을 잊을 때라야 좋아 보였지만. 산맥은 우리의 오른쪽에서 남동쪽으로 휘며 넓고 곁가지가 많은 골짜기를 열었다. 골짜기는 우에스카까지 뻗어 있었다. 평원 한가운데에는 아주 작은 육면체들 몇 개가 주사위를 굴려 놓은 듯 흩어져 있었다. 이것이 소도시 로브레스였다. 국왕 지지자들이 차지하고 있는 곳이었다. 아침이면 골짜기는 구름밭에 가려 보이

---

17) P.S.U.C., 앞으로는 통일 사회당으로 약칭한다.
18) (원주)오웰이 죽은 뒤 그의 문서들 가운데 정오표가 발견되었다. "지금 생각해 보니 파시스트들이 공화국 깃발을 건 것을 본 적이 있는지 확실치가 않다. 가끔 작은 나치 십자를 그려 넣은 공화국 깃발을 본 것 같기는 하다."

지 않았다. 그 위로 산들이 푸르스름하고 펑퍼짐하게 솟아 있었다. 전체적으로 음화 사진 같은 묘한 풍경을 연출하고 있었다. 우에스카 너머로는 우리가 주둔하고 있는 산들과 생김새가 같은 산들이 또 있었다. 그 산들 위로 눈이 줄무늬를 그렸는데, 그 무늬는 매일 변했다. 멀리 눈이 녹는 법이 없는 피레네의 우람한 봉우리들은 허공 위에 둥둥 떠 있는 것처럼 보였다. 아래의 평원은 모든 것이 죽고 헐벗은 것처럼 보였다. 우리 맞은편의 산들은 잿빛이었으며, 코끼리 가죽처럼 주름이 잡혔다. 하늘에는 새 한 마리 없었다. 그렇게 새가 드문 땅은 본 적이 없는 것 같다. 언제라도 볼 수 있는 새라고는 까치 종류가 유일했다. 그리고 밤이면 자고 한 무리가 느닷없이 소리를 내며 날아올라 사람을 놀라게 했다. 아주 드물지만 독수리들이 천천히 허공을 비행하기도 했다. 독수리들 뒤로 으레 소총 소리가 따라붙곤 했는데, 독수리들은 거들떠보지도 않았다.

밤이나 안개가 낀 날에는 우리와 파시스트 진영 사이에 난 골짜기로 정찰대를 파견했다. 병사들은 그다지 좋아하지 않았다. 날씨도 너무 추웠고, 자칫하면 길을 잃기 십상이었기 때문이다. 나는 원하기만 하면 언제든지 정찰에 참가할 수 있다는 사실을 곧 알게 되었다. 거칠고 거대한 골짜기에는 어떤 종류의 길도 찾아볼 수 없었다. 매번 정찰을 나가 그때마다 새로운 지형지물을 눈에 익히는 방식으로 길을 익혀 나갈 수밖에 없었다. 총알이 날아가는 거리로 따졌을 때, 가장 가까운 파시스트 진지는 700미터 정도 떨어져 있었다. 그러나 유일하게 나 있는 길을 따라 그곳까지 간다면 2.5킬로미터 정도는 가야 했다. 머리 위로 길 잃은 총알들이 붉은발도요의 울음소리를 내며 날아다니는 가운데 어두운 골짜기들을 헤매고 돌아다니는 것도 그런대로 재미있는 일이었다. 안개가 자욱할 때가 밤보다 더 좋았다. 하루 종일 안개가 끼는 날이 많았는데, 대개는 산꼭대기에만 자욱하고 계곡은 아주 맑았다. 파시스트의 방어선 근처에 다가갈 때는 달팽이처럼 느릿느릿 움직여야 했다. 사실 그곳 산허리에서는 조용히 움직인다는 것이 무척 어려운 일이었다. 쉽게 부러지는 관목과 달그락거리는 석회암 때문이었다. 세 번인가 네 번인가 시도한 끝에 나는 간신히 파시스트 진영까지 가는 길을 찾아낼 수 있었다. 안개가 몹시 심했다. 나는 철조망까지 기어가 귀를 기울였다. 안에서 파시스트들이 이야기하고 노래 부르는 소리가 들렸다. 이어 그들 가운데 몇 명이 내 쪽을 향해 산을 내려오는 소리가 들렸다. 나는 깜짝 놀라 덤불 뒤로 몸을 감추었다. 갑자기 덤불이 몹시 작게 느껴졌다. 나는 소리를 내지 않고 노리쇠를 잡아당기기 위해 안간힘을 썼다. 그러나 그들은 옆으로 새더니, 보이지 않는 곳으로 가 버렸다. 나는 숨어 있던 관목 뒤에서 예전 전투의 흔적을 여러 가지 발견했다. 수북이 쌓인 탄피, 총알 구멍이 난 가죽 모자, 아군 것이 분명한 적기. 나는 적기를 우리 기지로 가져왔다. 우리 진지에서는 아무런 감정 없이 그것을 찢더니 걸레로 사용했다.

전선에 도착하자마자 나는 하사가 되었다. 그곳에서는 까보라고 불렀다. 나는 보초 열두 명을 지휘하게 되었다. 그것은 결코 쉽지 않은 일이었다. 특히 처음에는 그랬다. 센투리아는 대부분 훈련받지 못한 십대 소년들로 구성된 집단이었다. 의용군에서는 열한 살, 열두 살짜리 아이들도 쉽게 만날 수 있었다. 대부분 파시스트 지역에서 피난 온 아이들로, 먹고 사는 가장 손쉬운 방법으로 의용군에 입대한 것이다. 그들은 보통 후방에서 쉬운 일을 맡았다. 그러나 때때로 살금살금 전선까지 오기도 했는데, 그곳에서 그들은 모두에게 위협적인 존재가 되었다. 어떤 조그만 녀석 하나가 '장난으로' 개인호의 모닥불에 수류탄을 던진 일도 있었다. 포세로산에는 열다섯 이하의 아이들은 없었던 것 같다. 그래도 평균 연령은 스무 살 한참 아래였을 것이다. 이런 나이의 아이들은 절대 전선에 내보내면 안 된다. 이 아이들은 참호전에서 피할 수 없는 수면 부족을 견딜 수 없기 때문이다. 처음에는 밤에 우리 진지를 제대로 경비하는 것이 거의 불가능한 일이었다. 내 소대에 소속된 가엾은 아이들은 발을 붙잡고 참호에서 질질 끌어내야만 잠을 깼다. 그것도 잠시, 등만 돌리면 그 즉시 자기 위치를 이탈하여 잠잘 곳을 찾아 들어갔다. 그 아이들은 몹시 추울 때도 참호 벽에 기대어 그대로 잠들곤 했다. 적군들의 모험심이 강하지 않기 망정이었다. 어떤 날 밤엔 공기총으로 무장한 소년단원 스무 명만으로도 우리 진지를 휩쓸어 버릴 수 있을 것 같다는 생각이 들었다. 아니, 빨랫방망이를 든 소녀단원 스무 명만 있어도 충분할 것 같았다.

이 무렵, 또 훨씬 이후까지도 카탈로니아 의용군은 전쟁 초기에 마련했던 근거지에서 떠나지 않았다. 프랑코가 반란을 일으킨 초기에는 여러 노동조합과 정당에서 의용군을 서둘러 모집했다. 각각의 의용군은 기본적으로 정치 조직이었으며, 중앙 정부만이 아니라 자신의 정당에게도 충성했다. 대체로 평범하다고 할 수 있는 노선에 기초하여 조직된 '비정치적' 군대인 인민군은 1937년 초에 모집했다. 그와 더불어 정당별 의용군은 형식적으로 인민군에 통합되었다. 그러나 오랜 기간 동안 그런 변화는 서류상의 변화에 불과했다. 6월이 될 때까지 인민군 부대는 아라곤 전선에 본격적으로 투입되지 않았다. 따라서 그때까지 의용군 체제는 변함없이 유지되었다. 의용군 체제의 핵심은 장교와 사병 간의 사회적 평등이었다. 장군에서부터 사병에 이르기까지 모두가 똑같은 보수를 받았고, 똑같은 음식을 먹었고, 똑같은 옷을 입었고, 완전한 평등 관계를 유지하며 함께 생활했다. 사단을 지휘하는 장군의 등을 툭 치며 담배 한 대 달라고 하고 싶으면, 그렇게 해도 무방했다. 아무도 그것을 이상하게 생각하지 않았다. 어쨌든 이론적으로는, 모든 의용군이 위계가 아니라 민주주의를 원칙으로 삼았다. 물론 명령에 복종해야 한다는 것은 알았다. 그러나 명령도 윗사람이 아랫사람에게 내리는 것이 아니라, 동지가 동지에게 하는 것임을 인식했다. 장교도 있고 하사관도 있었으나, 일반적인 의미에서의 군사적 계급은 없었다. 계급 명칭도, 계급장도, 뒤꿈치를 소리 나게 붙이며 경례를 하는 일도 없었다. 의용군 내에서 일시적이나마, 계급 없는 사회의 산 표본을 만들어 보려 했던 것이다. 물론 완전한 평등은 없었다. 그러나 평등의 수준은 내가 그때까지 보아 온 모든 것 이상이었고, 또 내가 전시에 가능하리라고 생각했던 것 이상이었다.

그러나 나는 솔직히 처음에는 전선의 상황 때문에 겁에 질렸다. 도대체 이런 군대를 가지고 어떻게 전쟁에 이길 수 있단 말인가? 당시에는 모두 그런 이야기를 했다. 그것은 사실을 정확히 본 것이었다. 그러나 동시에 대책 없는 이야기이기도 했다. 여건상 의용군은 그 수준보다 별로 나아질 수 없었기 때문이다. 현대적으로 기계화된 부대는 어느 날 갑자기 땅에서 솟아나지 않는다. 인민 전선 정부가 자기 뜻대로 할 수 있는 훈련된 부대를 양성할 때까지 기다렸다면, 아예 프랑코에 대한 저항을 시작할 수도 없었을 것이다. 나중에는 의용군을 비난하는 것이 유행처럼 되었다. 그 결과 훈련과 무기 부족으로 인한 결함이 마치 평등주의적 체계의 결과인 것처럼 호도되기도 했다. 새로 모병한 의용군 병사들이 군기가 안 잡힌 무리였던 것은 사실이다. 그러나 그것은 장교들이 사병들을 '동지'라고 불러서가 아니라, 신병 부대라는 것이 원래 규율이 잡히지 않은 무리이기 때문이다. 실제로는 민주적이고 '혁명적'인 규율은 예상했던 것보다 믿을 만했다. 이론적으로 따지자면, 노동자들의 군대에서 규율은 자발적인 것이다. 이들의 규율은 계급에 대한 충성에 기초한다. 반면 부르주아 징집병 부대의 규율은 궁극적으로 공포에 기초를 둔다.(의용군을 대체한 인민군은 두 유형의 중간쯤이었다.) 의용군에서는 일반 군대에서 일상적으로 행해지는 기합이나 학대가 조금도 용납되지 않았다. 일반적인 군사적 징계는 있었다. 그러나 매우 심각한 죄목에만 한정되었다. 어떤 사람이 명령에 복종하지 않는다고 해서, 그 자리에서 처벌하지는 않았다. 우선 동지애의 이름으로 호소를 했다. 사람을 다루어 본 경험이 없는 냉소적인 사람들은 금방 이런 방식이 아무런 '효과'가 없다고 말할 것이다. 그러나 실제로는 그런 방법이 장기적으로 '효과'가 있다. 최악의 상태에 처한 의용군 신병들이라 해도 그 규율은 시간이 지나면서 눈에 띄게 나아졌다. 1월에는 여남은 명의 미숙한 신병들을 나무랄 데 없는 수준으로 끌어올리느라 내 머리카락이 다 셀 지경이었다. 5월에는 잠시 상사 대리로 서른 명 정도를 지휘해 보았다. 영국 사람도 있었고, 스페인 사람도 있었다. 우리 모두 몇 달 동안 포화 속에서 살았다. 그러나 나는 명령을 따르게 하거나, 위험한 일의 자원자를 얻는 데 전혀 어려움을 느끼지 않았다. '혁명적' 규율은 정치적 의식에 달려 있다. 왜 명령에 복종해야 하는지 이해하는 것에 달려 있다는 뜻이다. 정치적 의식을 확산하는 데는 시간이 걸린다. 그러나 연병장에서 사람을 자동인형으로 조련하는 데도 시간이 걸리기는 마찬가지다. 의용군 체제를 비웃는 기자들은 인민군이 후방에서 훈련을 하는 동안 의용군은 전선을 지탱해야 했다는 사실을 제대로 기억하지 못한다. 사실 의용군이 전장에 그대로 남아 있었다는 것 자체가 '혁명적' 규율의 힘 덕분이다. 1937년 6월 무렵까지는 계급에 대한 충성심 외에 그들이 전장에 그대로 있어야 할 이유가 전혀 없었다. 개별적인 탈주자들은 총살할 수 있었다. 실제로 이따금씩 총살이 집행되기도 했다. 그러나 1000명의 병사들이 전선을 떠나기로 작정했다면, 그들을 막을 힘은 없을 것이다. 징집병들로 이루어진 군대가 똑같은 상황에 처했을 경우, 헌병이 없었다면 군대는 눈 녹듯이 사라져 버렸을 것이다. 그러나 의용군은 전선을 지켰다. 비록 승리를 거두지 못했다는 것은 세상이 다 아는 사실이지만. 개인 탈주병도 거의 없었다. 통일 노동자당 의용군에서 네다섯 달을 보내면서, 내가 아는 한 탈주병은 단 네 명뿐이었다. 그 가운데 둘은 처음부터 정보를 얻기 위해 입대한 첩자라는 것이 거의 확실했다. 처음 한동안 나는 무질서한 상황, 전반적인 훈련 부족, 명령 하나를 관철시키기 위해서 때때로 5분 동안 논쟁을 벌여야 했던 일 등 때문에 경악했고 또 격분했다. 영국군을 염두에 두고 있었기 때문이다. 물론 스페인 의용군은 영국군과는 달랐다. 그러나 상황을 고려할 때, 그들은 예상보다 뛰어난 군대였다.

한편, 땔감, 늘 땔감이 문제였다. 그 기간 동안 내 일기장에서 땔감이 언급되지 않았던 적은 단 한 번도 없을 것이다. 정확히 말하면 땔감이 부족하다는 사실을 언급했다고 해야겠다. 우리는 해발 600미터에서 900미터 사이에 있었다. 한겨울이었다. 추위는 말로 표현할 수 없을 정도였다. 기온이 그렇게 낮지는 않았다. 얼음이 얼지 않은 밤도 많았다. 낮이면 겨울 해가 한 시간 정도 비추어 주는 경우도 많았다. 실제로 그리 춥지는 않았으나, 꼭 그렇게 추운 것 같았다. 때때로 사나운 바람이 불어와 모자가 벗겨지고 머리카락이 사방으로 흩날렸다. 때때로 안개가 참호 속으로 액체처럼 쏟아져 들어와 뼛속까지 파고드는 것 같았다. 비가 자주 내렸다. 15분만 비가 와도 주변은 견딜 수 없는 상태가 되었다. 석회암 위의 얇은 흙은 곧 미끌미끌한 기름처럼 바뀌었다. 늘 경사면을 걸어다녀야 했기 때문에 미끄러지지 않을 수가 없었다. 깜깜한 밤에는 20미터를 가는 데 여남은 번 넘어지기 일쑤였다. 이것은 위험한 일이었다. 그러다가 소총의 발사 장치에 진흙이 들어가 망가지기 때문이다. 며칠 동안 옷, 군화, 모포, 소총 할 것 없이 모든 것이 진흙 범벅이었다. 그나마 나는 두껍다는 옷들을 최대한 많이 가져갔지만, 옷이 부족한 사람들이 태반이었다. 주둔지에는 모두 200명 정도가 있었는데, 그 가운데 외투를 가진 사람은 열둘뿐이었다. 이 외투는 보초들이 교대로 입었다. 대부분이 모포는 한 장뿐이었다. 몹시 추운 어느 날 밤, 나는 일기에 내가 입고 있는 옷의 목록을 적어 보았다. 인간의 몸이 얼마나 많은 옷을 걸칠 수 있는지 보여 주는 것도 재미있는 일일 것이다. 나는 그때 두꺼운 조끼와 바지, 플란넬 셔츠, 스웨터 두 개, 면 재킷, 돼지가죽 재킷, 코듀로이 반바지, 각반, 두꺼운 양말, 군화, 질긴 방수 외투, 머플러, 안감을 댄 가죽 장갑, 모직 모자 차림이었다. 그런데도 나는 벌벌 떨었다. 사실 내가 추위를 유난히 타는 편이기는 하다.

땔감은 정말로 중요한 것이었다. 땔감이 거의 없었기 때문이다. 우리가 주둔하고 있는 민둥산은 가장 좋은 계절에도 풀과 나무가 그렇게 많지 않았다. 그나마 추위에 떠는 의용군들이 몇 달 동안 샅샅이 뒤져다가 닥치는 대로 때 버렸다. 그 결과 손가락보다 굵은 것은 재가 된 지 오래였다. 우리는 먹거나, 자거나, 보초를 서거나, 사역을 하지 않을 때는 진지 뒤의 골짜기로 땔감을 찾으러 갔다. 그 시절과 관련하여 내 머릿속에 남아 있는 것은 거의 수직에 가까운 경사를 오르내리며, 날카로운 석회암에 군화를 찢기면서 아주 작은 나뭇가지를 향해 사납게 달려들던 기억뿐이다. 세 사람이 두 시간 동안 찾아다녀야 개인호의 모닥불을 한 시간 정도 피울 수 있는 땔감을 모을 수 있었다. 그렇게 열심히 땔감을 찾아다닌 덕분에 우리는 모두 식물학자가 되었다. 우리는 산자락에 자라는 모든 식물을 불에 타는 특성에 따라 분류했다. 여러 가지 히스와 풀은 불을 붙이기에는 좋았지만 몇 분이면 다 타 버렸다. 야생 로즈메리와 아주 작은 가시금작화 덤불은 불이 잘 지펴진 후에야 타기 시작했다. 구스베리 덤불보다 왜소한 떡갈나무는 거의 불이 붙지 않았다. 바짝 마른 갈대 같은 것이 있었는데, 이것은 불쏘시개로 아주 좋았다. 그러나 진지의 왼쪽에 자리한 산꼭대기에서만 자랐다. 따라서 그것을 가지러 가려면 총 맞을 각오를 해야 했다. 파시스트 기관총수는 우리를 발견했다 하면 둥그런 탄창의 총알이 다 떨어질 때까지 쏘아 댔기 때문이다. 대체로 그들은 높게 조준을 하여, 총알이 새처럼 소리를 내며 머리 위로 날아갔다. 그러나 가끔은 근처의 석회암 조각을 튀게 하여 가슴이 덜컥 내려앉는 경우도 있었다. 그럴 때는 납작 엎드렸다. 그래도 우리는 갈대를 계속 꺾으러 갔다. 땔감보다 중요한 것은 없었기 때문이다.

추위 외에 다른 불편은 사소하게 여겨졌다. 물론 우리 모두는 늘 더러운 상태였다. 물은 식량과 마찬가지로 알쿠비에레에서 노새 등에 실려 올라왔다. 한 사람 몫은 하루에 약 1리터 정도였다. 그나마도 더러운 물이었다. 우유만큼이나 불투명했다. 원래는 식수였으나, 나는 늘 한 잔 정도 남겨 두었다가 아침에 세숫물로 사용했다. 하루는 세수를 하고, 하루는 면도를 했다. 두 가지를 한꺼번에 할 만큼 물이 충분한 경우는 한 번도 없었다. 진지에서는 심한 악취가 났다. 바리케이드로 둘러싸인 작은 공간을 넘어가면 어디나 배설물이었다. 의용군 가운데 일부는 습관적으로 참호 안에서 변을 보았다. 병사들이 어두울 때도 참호 안을 돌아다닌다는 것은 역겨운 짓이었다. 그러나 우리는 더러움을 걱정한 적은 없었다. 사실 사람들은 더러움에 대해 너무 법석을 떤다. 그러나 손수건 없이 사는 것에, 씻을 때 사용하는 양철 접시를 먹는 데 사용하는 것에 얼마나 빨리 익숙해지는지 놀랄 정도였다. 옷을 입고 자는 것도 하루 이틀만 지나면 전혀 어렵지 않았다. 물론 옷이나, 특히 군화를 밤에 벗는다는 것은 불가능한 일이었다. 언제든 적이 공격해 오면 즉시 뛰쳐나갈 준비가 되어 있어야 했기 때문이다. 나는 그곳에서 여든 밤을 보내면서 딱 세 번 옷을 벗어 보았다. 물론 낮에는 이따금씩 옷을 벗기도 했다. 너무 추워서 이가 슬 걱정은 없었지만, 쥐와 생쥐는 많았다. 흔히 쥐와 생쥐는 한 장소에서 보기 힘들다고 말한다. 그러나 먹을 것만 충분하면 그것도 가능하다.

우리는 다른 면에서는 가난하지 않았다. 음식은 훌륭했다. 포도주도 많았다. 담배도 어쨌든 하루에 한 갑은 지급되었다. 성냥은 이틀에 한 번씩 지급되었다. 심지어 초도 지급되었다. 크리스마스 케이크에 꽂는 것과 같은 아주 가는 초였다. 다들 교회에서 약탈한 물건일 것이라는 생각이 들었다. 개인호마다 하루에 7, 8센티미터가량 되는 초가 지급되었다. 그것이면 20분

정도 불을 밝힐 수 있었다. 당시만 해도 아직 초를 살 수가 있어서 나는 어느 정도 분량의 초를 지니고 있었다. 나중에는 성냥과 초가 부족해서 생활은 더욱 비참해졌다. 이런 것들은 없어 봐야 그 중요성을 깨닫는 것들이다. 예를 들어 밤에 경보가 울려 참호 안의 모든 사람이 제각기 소총을 찾으려고 서로 엉기며 다른 사람의 얼굴을 밟을 때, 성냥 하나를 켤 수 있느냐 없느냐로 삶과 죽음이 엇갈릴 수도 있다. 의용병은 모두 부싯돌과 노란 심지 몇 미터를 가지고 다녔다. 그것은 소총 다음으로 중요한 소지품이었다. 부싯돌은 바람이 불 때도 불꽃을 일으킬 수 있다는 것이 큰 장점이었다. 그러나 그것은 연기만 낼 뿐이다. 따라서 불을 밝히는 데는 아무런 소용이 없었다. 성냥 부족이 최악에 달했을 때 우리가 불꽃을 얻는 유일한 방법은, 탄창에서 총알을 끄집어내 부싯돌을 이용해서 폭약을 터뜨리는 것이었다.

우리는 특별한 생활을 했다. 그것을 전쟁이라 부를 수 있다면, 전쟁을 하는 특별한 방법이라고 할 수도 있겠다. 의용병들 모두 아무것도 하지 않는 데 화가 나 있었다. 왜 공격을 허락해 주지 않는지 알고 싶어 늘 아우성이었다. 그러나 적이 먼저 도발하지 않는 한, 앞으로도 오랫동안 전투가 벌어지지 않을 것은 매우 분명했다. 조르쥐 콥은 정기적인 검열 때면 우리에게 모든 것을 솔직하게 털어놓았다. "이것은 전쟁이 아니오." 그는 말하곤 했다. "이따금씩 사람이 죽어 나가는 희가극이오." 사실 아라곤 전선의 교착에는 정치적 이유가 있었다. 나는 당시에는 그것을 몰랐다. 그러나 순수하게 군사적인 어려움(지원병 부족은 별도로 하고라도) 역시 누구의 눈에나 분명해 보였다.

우선 그 지역의 자연이 문제였다. 우리의 전선과 파시스트의 전선 모두 천혜의 요새에 자리를 잡고 있었다. 보통 한쪽으로만 접근할 수 있는 곳이었다. 그런 고지는 참호만 몇 군데 파 놓으면, 압도적 숫자가 아닌 한 보병만으로는 점령할 수 없다. 우리의 진지나 우리 주변 대부분의 진지가 여남은 명이 기관총 두 대만 갖고 있으면 한 대대라도 막아 낼 수 있는 곳이었다. 우리처럼 산꼭대기에 자리를 잡고 있으면 대개 포대의 좋은 표적이 되기 마련이었다. 그러나 포대는 없었다. 때때로 나는 풍경을 둘러보며 대포 두 문만 있으면 더 바랄 것이 없겠다는 생각을 하곤 했다. 아, 얼마나 간절하게 바랐던지! 그것이면 망치로 호두를 깨듯 적 진지를 차례차례 부술 수 있었다. 그러나 우리편에는 대포라는 것이 존재하지 않았다. 파시스트들은 이따금씩 사라고사에서 대포를 한두 문 가져와 포탄을 몇 발 쏘았다. 그러나 너무 적게 쏘는 바람에 사정(射程)을 확인하지도 못했다. 그래서 포탄은 아무 피해도 못 주는 텅 빈 골짜기에 떨어지곤 했다. 대포 없이 기관총과 마주했을 때 할 수 있는 일이라곤 세 가지밖에 없다. 안전한 거리를, 가령 400미터 정도를 두고 땅을 파고 들어가 앉는 것. 트인 공간을 가로질러 전진하다가 학살당하는 것. 전체적인 전황에는 영향을 주지 못하지만 소규모의 야간 공격을 감행하는 것. 사실상 교착이냐 자살이냐 둘 중의 하나를 선택하는 것이었다.

이 밖에도 모든 종류의 전쟁 물자가 완전 결핍 상태였다.

이 당시에 의용군의 무장 상태가 얼마나 형편없었는지를 알려면 약간의 노력이 필요하다. 영국의 여느 공립 학교의 장교 훈련생 후보대도 당시의 우리 의용군보다는 훨씬 더 현대적인 군대일 것이다. 우리 무기가 얼마나 형편없었는지 정말 놀랄 정도였기 때문에, 이것은 자세히 기록할 만한 가치가 있다.

이 지역 전선의 전체 포대는 네 문의 박격포로 구성되어 있었는데, 각 포마다 포탄은 열다섯 발이었다. 물론 그 포탄은 너무 귀중한 것이라 사용하지 않고 알쿠비에레에 보관했다. 기관총은 대략 오십 명에 한 정씩 배당되었다. 낡은 총이었지만 3, 400미터까지는 매우 정확했다. 그 밖에는 소총뿐이었다. 그러나 소총 대부분은 고철이나 다름없었다. 사용되는 소총은 세 가지 종류였다. 첫 번째는 모제르 장총이었다. 20년 넘지 않은 것은 드물었다. 그 가늠쇠들은 너무 오래 써서 망가진 속도계나 다름없었다. 대부분의 경우는 강선(鋼線)이 가망없을 정도로 부식되어 있었다. 그러나 열 자루 가운데 하나는 쓸 만했다. 이것 말고 짧은 모제르, 흔히 무스케톤이라고 부르는 것이 있었다. 이것은 원래 기병대의 무기였다. 이것이 긴 모제르보다는 인기가 좋았는데, 들고 다니기가 가볍고 또 참호에서도 성가시지 않았기 때문이다. 게다가 비교적 새것이라 효율적으로 보였다. 그러나 이 총은 거의 쓸모가 없었다. 부속을 재생해서 만든 것으로 노리쇠 하나도 제 것이 아니었다. 그래서 그 총들 가운데 4분의 3은 다섯 발만 쏘면 어김없이 고장이 나 버렸다. 이 두 가지 외에도 윈체스터 소총이 몇 자루 있었다. 이것은 사격하기에는 좋았지만 너무 부정확했다. 탄창이 없었기 때문에 한 번에 한 발만 쏠 수 있었다. 총알은 너무 귀해, 전선에 들어오는 병사 한 명당 50발씩만 지급받았다. 그 총알들 대부분이 너무나 형편없는 것이었다. 스페인제 총알은 모두 속을 다시 채운 것이라, 최고급 소총일지라도 금방 고장이 나 버렸다. 멕시코제 총알은 그보다 나았기 때문에, 기관총용으로 아껴 두었다. 가장 좋은 것은 독일제 총알이었지만, 이것은 포로나 탈주병들에게서만 얻을 수 있었기 때문에 흔치가 않았다. 나는 급할 때 쓰려고 호주머니에 독일제 총알과 멕시코제 총알이 든 탄창을 늘 넣고 다녔다. 그러나 긴급한 상황이 실제로 닥쳤을 때 나는 총을 거의 쏘지 못했다. 나는 그 빌어먹을 소총이 망가질까 봐 너무 겁을 먹었다. 또 어쨌든 간에 제대로 나가는 총알이 든 탄창을 하나 정도는 남겨 놓고 싶은 마음이 너무 간절했다.

우리에게는 철모도, 총검도 없었다. 리볼버나 피스톨도 없었다. 폭탄은 다섯 명이나 열 명에 하나씩이었다. 이 시기에 사용되던 폭탄은 'F.A.I. 수류탄'으로 알려진 무시무시한 것이었다. 전쟁 초기에 무정부주의자들이 생산하던 폭탄이었다. 이것은 원리상으로는 달걀 모양의 밀스 수류탄과 같았으나, 레버가 핀이 아닌 테이프 조각으로 고정되어 있었다. 테이프를 떼는 즉시 최대한 빠른 속도로 수류탄을 던져야 했다. 이 수류탄을 '공평하다'고들 했다. 맞은 사람과 던진 사람을 다 죽였기 때문이다. 다른 종류도 몇 가지 있었는데, 'F.A.I. 수류탄'보다 더 원시적이기는 하지만, 그래도 약간은 덜 위험할 것 같았다. 그러니까 던지는 사람에게 말이다. 그나마 던질 만한 수류탄을 보게 된 것은 3월 말이 지나서였다.

무기 말고도 전쟁의 사소한 필수품들 모두가 부족했다. 예를 들어 지도나 해도가 없었다. 스페인 땅은 한 번도 완벽하게 측량된 적이 없었다. 이 지역을 상세하게 그린 지도로는 옛 군사 지도가 유일했다. 그러나 그 대부분은 파시스트들이 가지고 있었다. 우리에게는 거리 측정기, 망원경, 잠망경, 쌍안경도 없었다. 개인이 소유한 것들 몇 개뿐이었다. 또 조명탄이나 베리식 신호용 조명탄, 철사 절단기, 병기계 연장이 없었다. 심지어 총기 소제 도구도 거의 없었다. 스페인 사람들은 총신(銃身) 청소용 줄에 대해서는 들어 본 적도 없는 것 같았다. 내가 하나 만들자 모두 놀란 눈으로 구경을 했다. 소총을 청소하고 싶으면 상사에게 갖다주었다. 그에게는 총열 안을 닦는 긴 놋쇠 꽂을대가 하나 있었다. 그러나 그것은 구부러져 있어서 총신 안으로 들어갈 때마다 어김없이 총 속을 긁어 냈다. 심지어 총에 사용하는 기름도 없었다. 올리브 기름이 생기면 그것으로 대용했다. 나는 바셀린이나 콜드 크림, 심지어 베이컨 기름도 칠해보았다. 더욱이 랜턴이나 회중전등도 없었다. 그 무렵에는 전선에 있던 우리 부대 전체를 통틀어 보아도 회중전등 같은 물건은 하나도 없었을 것이다. 혹시 바르셀로나에 가면 구할 수 있을지 몰랐지만, 거기서도 쉽지는 않았을 것이다.

시간이 흘렀다. 간헐적으로 소총 소리가 땅땅 메아리쳤다. 이 괴상한 전쟁에 조금이라도 생기를, 아니 죽음의 기운을 불어넣어 줄 만한 일이 과연 일어날까 궁금해졌다. 나는 이 문제에 관해 점점 회의가 들기 시작했다. 우리가 싸우는 대상은 인간이 아니라 폐렴이었다. 참호들이 서로 500미터 이상 떨어져 있을 때는 우연이 아니고서야 총알에 맞지 않는다. 물론 부상자는 있지만, 대부분은 자기 스스로 입은 부상이었다. 내 기억이 정확하다면, 내가 처음으로 스페인에서 본 다섯 명의 부상자는 모두 자기 무기에 부상을 당했다. 그렇다고 의도적이었다는 뜻은 아니다. 사고나 부주의 때문이었다. 우리의 낡은 소총은 그 자체가 위험물이었다. 그중의 어떤 것은 개머리판으로 땅만 두드려도 총알을 발사하는 짓궂은 장난을 쳤다. 나는 이것 때문에 손을 관통당한 병사도 한 명 보았다. 어둠 속에서 신병들은 서로 쏘아 대기 마련이었다. 어느 날 어둠이 막 깔렸을 때, 보초 하나가 20미터 거리에서 나에게 총을 쏘았다. 총알은 1미터 차이로 빗나갔다. 스페인 사람들의 표준적인 사격술 때문에 내가 몇 번이나 목숨을 구했는지 모른다. 한 번은 안개가 자욱한 가운데 정찰을 나간 적이 있다. 나가기 전에 미리 보초 지휘관에게 세심한 주의를 주었다. 그러나 돌아오는 길에 내가 덤불을 딛자, 놀란 보초가 그만 파시스트가 쳐들어온다며 소리를 질렀다. 덕분에 나는 지휘관이 보초 모두에게 내 쪽을 향해 발포하라고 명령하는 소리를 즐거이 들을 수 있었다. 물론 나는 바닥에 엎드렸고, 총알들은 다행히도 머리 위를 스쳐 갔다. 총기는 위험한 것이라고 아무리 이야기해도 스페인 사람, 적어도 젊은 스페인 사람은 도무지 알아듣지 못한다. 앞서 말한 사건이 있고 나서 얼마 뒤에, 나는 기관총 사수들의 사진을 찍은 일이 있다. 기관총의 총구는 내 쪽을 향하고 있었다.

"쏘지 말게." 나는 카메라의 초점을 맞추며 반 농담으로 한마디 했다.

"아무렴요, 안 쏩니다."

다음 순간 무시무시한 총성과 함께 총알들이 줄을 지어 내 얼굴을 스쳐 갔다. 얼마나 가까웠으면 코르다이트 폭약 알갱이들이 뺨을 파고들었을까. 의도적인 것은 아니었다. 그러나 기관총 사수들은 그 일을 무척 재미있어했다. 불과 며칠 전에 노새를 몰던 사람이 정치 위원의 총에 맞는 사고가 있었다는데 그 모양이었다. 당시에 정치 위원은 자동 권총을 가지고 명청한 장난을 치고 있었는데, 그만 총알 다섯 발이 노새를 몰던 사람의 허파를 관통하고 말았다.

이 무렵 군대에서 사용하던 복잡한 암호도 또 다른 위험 요소였다. 한쪽이 뭐라고 말을 하면 다른 쪽에서 다른 말로 대꾸해야 하는 짜증 나는 이중식 암호였다. 보통 암호는 사기를 북돋우기 위하여 혁명적인 성격을 지닌 단어들로 짜여졌다. 예를 들어 쿨투라[19] 하면 프로그레소[20]라고 대답하고, 세레모스[21] 하면 인벤시블레스[22]라고 대답하는 식이었다. 그러나 많은 경우에 무지한 보초들은 이런 거창한 단어들을 도저히 기억해 내지 못했다. 어떤 날 밤의 암호는 카탈루냐[23]와 에로

---

19) '문화'라는 뜻이다.
20) '진보'라는 뜻이다.
21) '뭘 지어다'라는 뜻이다.
22) '무적'이라는 뜻이다.
23) 카탈로니아의 스페인식 발음이다.

이카[24]였다. 자이메 도메네시라는 둥그런 얼굴의 농촌 총각이 어리둥절한 표정으로 나에게 다가오더니 물었다.

"에로이카…… 에로이카가 무슨 뜻이지요?"

나는 그것이 발리엔테[25]와 같은 뜻이라고 말해 주었다. 잠시 후 그는 어둠 속에서 참호와 마주쳤다. 보초가 소리쳤다.

"알토![26] 카탈루냐!"

"발리엔테!" 자이메는 그렇게 소리쳤다. 그는 물론 그것이 정답이라고 확신했다.

탕!

그러나 보초는 자이메를 맞추지 못했다. 사실 이 전쟁에서는 인간의 능력이 의심스러울 정도로 상대를 제대로 맞추는 경우를 찾아보기 힘들었다.

---

24) '영웅'이라는 뜻이다.
25) '용기'라는 뜻이다.
26) '정치'라는 뜻이다.

4장

전선에 투입되어 석 주 정도 지났을 때, 영국의 독립 노동당이 보낸 2, 30명의 파견대가 알쿠비에레에 도착했다. 그쪽 전선의 영국인들을 한곳에 주둔시키기로 결정이 났기 때문에, 나와 윌리엄스도 파견대에 합류했다. 우리의 새로운 진지는 오스쿠로산이었다. 전에 있던 곳에서 서쪽으로 몇 킬로미터 더 나아간 곳으로, 사라고사가 시야에 들어왔다.

진지는 석회암으로 이루어진 면도날 같은 지형에 자리 잡고 있었다. 절벽에는 개천제비 둥지처럼 개인호들을 수평으로 파놓았다. 그 호들은 땅속으로 엄청난 거리를 파고들었다. 안은 칠흑처럼 깜깜했다. 게다가 천장이 낮아서, 일어서기는커녕 무릎조차 꿇을 수 없었다. 우리 왼쪽의 봉우리에는 통일 노동당의 진지가 두 개 더 있었다. 그 가운데 하나는 전선의 모든 병사들이 매력을 느끼는 곳이었다. 취사를 담당하는 여자 의용군 세 명이 있었기 때문이다. 이 여자들이 딱히 아름답다고 할 수는 없었지만, 이 진지에 다른 소대의 남자 병사들이 접근하는 것은 막을 필요가 있었다. 우리 오른쪽으로 500미터 거리에는 통일 사회당 진지가 있었다. 알쿠비에레로 향하는 도로가 휘어지는 지점이었다. 바로 그곳에서부터 도로의 주인이 바뀌었다. 밤이면 우리의 보급 물자를 싣고 알쿠비에레로부터 구불거리며 다가오는 화물 트럭의 불빛이 보였다. 사라고사로부터 오는 파시스트 화물 트럭의 불빛도 동시에 보였다. 남서쪽으로 20킬로미터 정도 떨어진 곳에 사라고사도 보였다. 불을 켠 배의 현창들처럼 불빛들이 가는 띠를 이루고 있었다. 정부군은 1936년 8월부터 그 거리에서 사라고사를 지켜보았다. 그리고 지금도 지켜보고 있다.

우리는 스페인 병사 한 명(윌리엄스의 처남 라몬이었다.)을 포함하여 서른 명 정도였다. 우리 외에 스페인 기관총 사수도 여남은 명 있었다. 언제나 끼어들기 마련인 짜증 나는 사람 한두 명을 제외하면 (모두가 알다시피 전쟁에는 쓰레기 같은 인간들이 꾀기 마련이니까.) 영국인들은 신체적으로나 정신적으로나 예외적일 만큼 훌륭한 사람들이었다. 우리 가운데 가장 훌륭한 사람은 아마 보브 스마일리였을 것이다. 그는 광부들의 유명한 지도자의 손자였는데, 나중에 발렌시아에서 덧없이 참혹하게 죽고 말았다. 언어 장벽에도 불구하고 영국 병사들과 스페인 병사들이 늘 잘 지낸 것을 보면, 스페인 사람들의 성격을 잘 알 수 있다. 스페인 사람들 누구나 영어 표현 두 가지씩은 알고 있었다. 하나는 "오케이, 베이비."였고 또 하나는 바르셀로나의 창녀들이 영국인 선원들을 상대할 때 사용하는 말이었다. 아마 그 말을 이 글에 올린다 해도 식자공이 인쇄해 주지 않을 것이다.

이번에도 전선 어디나 소강 상태였다. 이따금씩 땅땅거리는 총소리뿐이었다. 아주 드물지만 파시스트의 박격포가 터지기도 했다. 그럴 때면 모두 봉우리의 참호로 올라가, 포탄들이 어느 산을 겨냥하는지 살폈다. 이곳에서는 적이 지난번보다 약간 더 가까웠다. 아마 3, 400미터쯤 될 것이다. 적의 가장 가까운 진지는 바로 우리 맞은편 진지였다. 그곳에는 기관총이 배치되어 있었다. 그 총안 때문에 우리는 늘 유혹을 느껴 탄약을 낭비하곤 했다. 파시스트들은 소총 사격에는 거의 신경을 쓰지 않았다. 그러나 몸을 노출시키는 사람이 있으면 어김없이 기관총을 쏘아 댔다. 그런데도 첫 부상자가 생긴 것은 열흘 정도 지나서였다. 우리 맞은편에 있는 부대는 스페인 부대였다. 그러나 탈주병들의 말에 따르면, 독일 하사관도 몇 명 있다고 했다. 과거에는 무어인도 있었다. 가엾은 사람들, 추위에 얼마나 고생을 했을까! 그것은 전선 사이의 무인 지대에서 무어인의 시체가 발견됨으로써 확인된 일이었다. 그는 이 지역의 구경거리 가운데 하나가 되었다. 우리 왼쪽으로 2, 3킬로미터 더 가면 방어선이 끊겼다. 그곳의 넓은 땅은 지대가 낮고 숲이 울창했는데, 파시스트들에게 속하지도 않았고 우리에게 속하지도 않았다. 낮이면 그쪽과 우리 모두 그곳으로 정찰을 나가곤 했다. 소년단의 관점에서 보자면 재미없다고 할 수 없는 일도 아니었다. 그러나 적군이 나에게 가장 가까이 다가왔을 때도 몇백 미터는 떨어져 있었다. 낮은 포복으로 한참 기어가면 파시스트 방어선을 뚫고 어느 정도 거리까지도 들어갈 수 있었다. 군주제주의자의 깃발이 나부끼는 농가들도 보였다. 그곳은 그 지역의 파시스트 본부였다. 이따금씩 우리는 소총으로 일제 사격을 가한 뒤, 기관총들이 우리를 겨냥하기 전에 얼른 몸을 감추었다. 그러나 창문이나 몇 장 깨뜨릴 수 있었을까? 800미터는 족히 떨어진 거리였으니 그나마도 어려운 일이었다. 우리 소총 가지고는 그 거리에서 집도 제대로 맞출 수 없었으니까.

날씨는 대체로 맑았지만 추웠다. 한낮에는 가끔 해가 환하게 빛나기도 했다. 그러나 늘 추웠다. 산기슭 여기저기에 부리처럼 생긴 야생 크로커스의 녹색 열매가 보이기도 했고, 붓꽃이 머리를 내밀기도 했다. 분명 봄은 오고 있었다. 그러나 느리게 왔다. 밤은 평소보다 추웠다. 새벽에 경계 근무를 끝내면, 취사실에서 불을 때고 남은 것을 긁어모아 발갛고 뜨거운 깜부기불 앞에 서 있곤 했다. 군화에는 좋지 않았지만 발을 녹일 수 있어 좋았다. 때로는 봉우리들 사이로 동트는 것을 보기 위해, 이른 시간에 잠자리에서 빠져나오는 어려움도 마다하지 않았다. 나는 산을 싫어한다. 좋은 위치에서 바라다보이는 아름다운 산들조차 싫다. 그러나 이따금 우리 뒤편 봉우리들 뒤로 동이 트면서 가느다란 황금색 빛줄기들이 검처럼 어둠을 가르고, 이어 빛이 밝아지면서 가없이 펼쳐진 구름 바다가 붉게 물들 때, 그 광경은 설사 밤을 꼬박 새고 난 뒤 무릎 아래로는 아무런 감각이 없고 앞으로 세 시간은 아무것도 못 먹는다는 생각에 마음이 우울해질 때라도, 한번 지켜볼 만한 가치가 있다. 나는 이 짧은 전쟁 기간 동안에, 인생의 나머지 기간을 다 합친 것보다 더 많이 일출을 보았다. 바라건대는, 앞으로 살아야 할 세월 동안 보아야 할 것들을 합친 것보다 더 많이 본 것이면 좋겠다.

우리 진지는 병력이 부족했다. 따라서 경계 근무 시간이 길었고, 피로도 그만큼 심했다. 나는 수면 부족으로 약간씩 괴로움을 느끼기 시작했다. 이것은 아무리 조용한 전쟁중이라도 피할 수 없는 것이었다. 보초 근무와 정찰 외에도, 야간에 경보가 울리면 언제든지 경계 태세에 들어가야 했다. 그런 것이 아니라 해도, 발에 동상이 걸렸기 때문에 그 지긋지긋한 땅굴 속에서는 제대로 잠을 잘 수가 없었다. 전선에 투입되고 나서 처음 서너 달 동안에는 잠 한숨 못 자고 24시간을 버틴 적이 여남은 번을 넘지는 않았던 것 같다. 그렇다고 푹 자 본 밤도 여남은 번을 넘지는 않았다. 일주일에 총 스무 시간 내지 서른 시간을 자면 지극히 정상이었다. 이로 인한 결과는 생각만큼 나쁘지 않았다. 머리가 매우 멍해지고, 산을 오르내리는 일이 되레 어려워지긴 했지만 몸은 건강했고 늘 배가 고팠다. 맙소사, 얼마나 배가 고프던지! 모든 음식이 맛있게 느껴졌다. 심지어 스페인에 있는 모든 사람이 보기도 싫어했던, 그 어딜 가나 빠지지 않던 강낭콩조차도. 얼마 안 되는 물은 몇 킬로미터 떨어진 곳에서 노새나 심하게 부려 먹는 작은 당나귀에 실어 왔다. 왠지 모르지만 아라곤 농부들은 노새한테는 잘해 주었지만 당나귀는 구박을 했다. 당나귀가 움직이지 않으려 하면 불알을 걷어차기 일쑤였다. 초 보급은 중단되었다. 성냥도 줄어들었다. 스페인 사람들은 연유 깡통, 탄약 클립, 걸레 조각으로 올리브유 램프를 만드는 법을 가르쳐 주었다. 자주 있는 일은 아니었지만 행여 올리브 기름이라도 생기게 되면, 램프 기름으로 사용했다. 램프의 불꽃은 깜빡거리며 연기를 내뿜었다. 밝기는 촛불의 4분의 1쯤 되는 것 같았다. 옆에 있는 소총을 찾을 수 있을 정도였다.

실전이 벌어질 기미는 거의 없었다. 포세로산을 떠나면서 총알을 세 보았는데, 거의 3주 동안 적을 향해 딱 세 발을 쏘았을 뿐이었다. 흔히 사람 하나를 죽이는 데 총알이 1000발 들어간다고 한다. 따라서 내가 총알을 소비하는 속도를 고려하면 20년이 지나야 파시스트 하나를 죽이게 되는 셈이었다. 오스쿠로산에서는 적의 방어선이 더 가까웠고, 총도 더 자주 쏘았다. 그러나 나는 틀림없이 한 사람도 맞추지 못했을 것이다. 사실 이 시기에 이 전선에서 사용되던 실질적인 무기는 소총이 아니라 확성기였다. 적을 죽일 수 없기 때문에 소리를 질렀다. 이런 전쟁 방법은 워낙 독특한 것이라서 설명이 좀 필요하다.

서로 소리쳐서 들릴 만한 거리에 위치한 참호들 사이에서는 늘 시끄럽게 고성이 오갔다. 우리 쪽에서는 "파시스타스 마리코네스!"[27] 한다. 파시스트들은 "비바 에스파냐! 비바 프랑코!"[28] 한다. 또는 우리 쪽에 영국인들이 있다는 것을 알면 저들은 "집

---

27) '파시스트들은 동성애자!'라는 뜻이다.

에 돌아가라, 영국 놈들아! 우리는 외국인이 필요없다!" 하고 외친다. 인민 전선 정부는 정당 의용군들로 하여금 소리치며 선전을 하게 함으로써 적의 사기를 떨어뜨리는 새로운 정규 전술을 개발해 놓았다. 적당한 위치에 있는 사람들에게, 보통은 기관총 사수들이었는데, 소리치는 임무를 맡기고 확성기도 주었다. 보통 그들은 틀에 박힌 내용을 외쳐 댔다. 혁명적 정서가 가득한 내용이었다. 파시스트 병사들에게, 너희들은 국제 자본주의의 하수인에 불과하다, 너희들은 너희 자신의 계급에 대항하여 싸우는 것이다 하는 식으로 설명하면서, 우리 편으로 넘어올 것을 촉구했다. 병사들은 교대해 가면서 같은 내용을 되풀이했다. 어떤 때는 거의 밤새도록 계속되었다. 이것이 그 나름의 효과가 있다는 데 대해서는 거의 의심의 여지가 없었다. 드문드문 넘어오는 파시스트 탈영병들이 어느 정도는 그런 선전의 영향을 받았다는 것에 모두 동의했다. 생각해 보라. 가엾은 보초(사회주의나 무정부주의적인 노동조합의 조합원이었다가 자기 의사에 반해 징집된 병사일 가능성이 많았다.)가 경계 근무를 하며 추위에 떨고 있을 때, 어둠 속에서 되풀이하여 울려퍼지는 "너희 자신의 계급에 대항해서 싸우지 말라!" 하는 구호는 가슴 한구석을 찌르지 않을 리 없다. 그것이 탈영하느냐 탈영하지 않느냐를 고민할 때 결정적인 계기가 될 수도 있다. 물론 그런 방식은 영국적인 전쟁 개념에는 들어맞지 않는다. 솔직히 나도 그것을 처음 보았을 때는 놀랐고 또

28) '스페인 만세, 프랑코 만세!'라는 뜻이다.

창피했다. 적을 쏘는 대신 마음을 고쳐먹게 만들다니! 그러나 지금은 어떤 관점에서 보더라도 정당한 작전 행동이었다고 생각한다. 포가 없는 일반적인 참호전에서는 적에게 사상자를 내려고 하다 보면 이쪽에서도 같은 숫자의 사상자가 생기기 십상이다. 따라서 만일 적군 몇 명을 탈영시킴으로써 적의 전력에 손실을 입힌다면, 그만큼 더 좋다고 할 수 있다. 사실 우리 입장에서도 시체보다는 탈영병이 더 낫다. 탈영병들에게서는 정보를 얻을 수 있기 때문이다. 그러나 처음에는 우리 모두 그런 행동에 당황했다. 스페인 사람들은 이것이 자기들 전쟁임에도 불구하고 별로 심각하게 받아들이지 않는 것 같았기 때문이다. 우리 오른쪽 아래편의 통일 사회당 초소에서 소리를 지르던 사람은 이 일에서 가히 예술가라 할 만했다. 이따금씩 그는 파시스트들에게 혁명적 구호를 외치는 대신, 우리가 그들보다 훨씬 더 잘 먹고 있다는 이야기를 해 주었다. 그는 인민 전선 정부가 배급하는 식량을 이야기할 때면 상상력을 약간씩 가미하곤 했다. "버터 바른 토스트!" 우리는 그의 목소리가 쓸쓸한 골짜기 너머로 메아리치는 것을 들을 수 있었다. "우리는 여기 앉아서 버터 바른 토스트를 먹고 있다! 버터 바른 토스트들이 얼마나 먹음직스러운지 너희도 알지!" 나를 포함한 우리 모두는 그가 지난 몇 주 또는 몇 달 동안 버터라고는 구경도 못 했음을 잘 알고 있었다. 그러나 몹시 추운 밤에 버터 바른 토스트 이야기를 듣고 많은 파시스트들의 입에 침이 고였을 것이다. 그가 거짓말을 한다는 것을 잘 아는 내 입에도 침이 고였으니.

2월의 어느 날 파시스트 비행기 한 대가 다가오는 것이 보였다. 평소와 마찬가지로 기관총 한 대를 바깥으로 끌어다 놓고 총신을 위로 치켜세웠다. 모두들 겨냥을 잘하려고 바닥에 드러누웠다. 고립된 우리 진지들은 폭격을 할 만한 가치가 없었다. 몇 대 되지도 않는 파시스트 비행기들은 대개 기관총 사격을 피하기 위해 멀리 선회했다. 그런데 이번에는 비행기가 곧장 우리 머리 위로 날아왔다. 너무 높이 날고 있어 총을 쏘아 봐야 소용이 없었다. 그런데 비행기에서는 폭탄이 아니라 하얗게 반짝거리는 것들이 쏟아져 나와 공중에서 데굴데굴 굴렀다. 몇 개는 우리 진지 안에까지 퍼덕이며 들어왔다. 파시스트 신문《에랄도 데 아라곤》이었다. 말라가 함락 소식이 담겨 있었다.

그날 밤 파시스트들은 설익은 공격을 했다. 나는 잠자리에 누워 반쯤 죽은 듯이 자고 있었다. 그런데 갑자기 머리 위로 총알이 빗발치듯 날아갔다. 누군가 호에 대고 소리쳤다. "적의 공격이다!" 나는 소총을 움켜쥐고 내 위치로 올라갔다. 진지 꼭대기에 있는 기관총 자리 옆이었다. 완전한 암흑이었다. 무시무시한 소음만 들렸다. 다섯 정 정도의 기관총이 우리를 향해 총알을 퍼부어 대는 것 같았다. 묵직하게 쾅쾅거리는 소리도 연달아 들렸다. 파시스트들이 자리를 뜨지 않고 자기들 흉벽 너머로 수류탄을 던지는 것이었다. 아주 멍청한 짓이었다. 깜깜했다. 골짜기 아래 왼쪽으로 소총에서 뿜어져 나오는 푸르스름한 불빛들이 보였다. 소규모의 파시스트들이 올라오고 있었다. 아마 정찰대였을 것이다. 어둠 속에서 총알들이 우리

주위를 날아가며 '땅, 핑, 땅'는 소리를 냈다. 포탄 몇 개가 휘파람 소리를 내며 지나갔다. 그러나 우리 근처에는 떨어지지 않았다. 그리고 대부분은 터지지도 않았는데, 이 전쟁에서는 보통 있는 일이었다. 그러나 우리 후방의 봉우리에서 또 한 정의 기관총이 불을 뿜는 순간, 나는 이제 끝이구나 싶었다. 사실은 우리를 지원하기 위해 올라온 기관총이었다. 하지만 당시에는 우리가 완전히 포위되었다는 느낌이 들었다. 우리 기관총은 금세 망가졌다. 그 형편없는 총알 때문에 늘 그 모양이었다. 한 치 앞이 보이지 않는 어둠 속이라 탄약 꽂을대는 찾을 수도 없었다. 그냥 가만히 서서 총알을 맞는 것 외에는 달리 수가 없는 것 같았다. 스페인 기관총 사수들은 숨는 것을 경멸했다. 사실 그들은 일부러 몸을 노출했다. 나도 그렇게 따라할 수밖에 없었다. 하찮은 일이었지만, 이런 경험은 매우 흥미진진했다. 총탄 사례를 받았다고 할 만한 경우는 이번이 처음이었다. 창피한 일이지만, 무지하게 겁이 났다. 지금 생각해 보면, 총알이 빗발칠 때는 늘 똑같은 느낌이었던 것 같다. 총알에 맞는 것 자체가 무섭다기보다는, 어디에 맞을지 모르기 때문에 무서운 것이다. 총알이 도대체 어디에 박힐 것인지 끊임없이 생각하게 된다. 그러다 보면 몸 전체가 불쾌할 정도로 예민해진다.

한두 시간 지나자 사격이 뜸해지더니 이내 완전히 멈춰 버렸다. 우리 편에는 부상자가 한 명뿐이었다. 파시스트들은 무인 지대까지 전진하여 기관총을 두어 정 갖다 놓았다. 그러나 안전한 거리를 유지했다. 우리 흙벽으로 돌격하려는 시도는 하지 않았다. 사실 그들은 공격을 했던 것이 아니다. 말라가 함락을 유쾌하고 요란하게 축하하기 위해 그냥 총알을 낭비했을 뿐이다. 가장 중요한 것은, 이 사건을 계기로 내가 신문에 나는 전쟁 소식을 더 이상 믿지 않게 되었다는 것이다. 하루인가 이틀인가 뒤에 신문과 라디오에서는 파시스트 기병대와 탱크가 맹공을 해 왔지만(그것도 수직의 비탈을!) 영웅적인 영국인들이 다 물리쳐 버렸다고 보도했기 때문이다.

파시스트들이 말라가가 함락되었다고 말했을 때조차도, 우리는 그 소식을 거짓말로 치부해 버렸다. 그러나 다음 날 좀 더 설득력 있는 소문이 돌았고, 하루이틀 뒤쯤 공식적으로 확인되었다. 이어 점차 수치스러운 이야기들이 새어 나오기 시작했다. 아군이 총 한 발 쏘지 않고 도시에서 철수했다는 것, 이탈리아 파시스트들이 싸울 상대가 사라지자 가엾은 민간인들에게 화풀이를 했다는 것, 그들이 민간인 가운데 일부를 150킬로미터나 쫓아가 기관총으로 사살해 버렸다는 것 등등 말이다. 그 소식을 듣고 전선 전체에 냉기가 흘렀다. 사실 여부야 어쨌든 간에, 의용군의 모든 병사는 말라가를 잃은 것이 배반 행위 때문이라고 믿었다. 나는 그때 처음으로 배반이니, 분열된 목표니 하는 이야기를 듣게 되었다. 이 때문에 내 마음속에 처음으로 이 전쟁에 대한 막연한 의심이 생겼다. 그전까지만 해도 옳고 그른 것이 아름다울 정도로 명쾌해 보였는데, 이제는 달라진 것이다.

우리는 2월 중순에 오스쿠로산을 떠나, 그 구역의 통일 노동자당 부대 전체와 함께 우에스카를 포위 공격하는 병력에 합류했다. 우리는 화물 트럭을 타고 겨울 평원을 가로질러 90킬로미터를 달렸다. 잘라 낸 포도 덩굴에는 아직 싹이 트지 않았고, 겨울 보리의 어린눈들은 울퉁불퉁한 땅을 뚫고 막 머리를 내밀었다. 우리의 새로운 참호에서 4킬로미터 떨어진 곳에 우에스카는 마치 작은 인형의 집 도시처럼 깨끗하게 반짝거리고 있었다. 몇 달 전 시에타모를 점령했을 때, 정부군을 지휘하던 장군은 즐겁게 말했다. "내일은 우에스카에서 커피를 마실 것이다." 그의 말은 거짓이 되었다. 여러 번 공격을 하여 많은 피를 흘렸지만 우에스카는 결국 함락되지 않았다. "내일은 우에스카에서 커피를 마실 것이다." 하는 말은 의례적인 농담이 되어, 전군의 입에 오랫동안 오르내렸다. 혹시나 내가 스페인에 다시 가게 된다면, 반드시 우에스카에서 커피 한 잔을 마시고야 말겠다.

5장

우에스카 동부에서는 3월 말까지 아무 일도 없었다. 말 그
대로 정말 아무 일도 없었다. 우리와 적 사이의 거리는 1200미
터였다. 파시스트들을 우에스카 안으로 다시 몰아붙였을 때,
이 전선을 책임진 공화국군은 구태여 악착같이 밀고 들어가
려 하지 않았다. 그래서 이곳 전선에 일종의 고립 지대가 형성
되었다. 어차피 종국에는 진격해 들어가야 했다. 포화가 빗발
치는 속에 들어가야 하니까 꽤나 성가신 일이 될 테지만. 그러
나 당장은 적이 존재하지 않는 것이나 다름없었다. 우리의 유
일한 관심사는 추위를 피하고 먹을 것을 확보하는 일이었다.
사실 이 시기에 나는 몇 가지 일에 크게 관심을 가지고 있었
다. 그것에 대해서는 나중에 이야기하도록 하자. 사건의 전개
순서를 따라가려면 이쯤에서 정부측의 내부적인 정치 상황에

대한 설명을 약간 덧붙여야 할 것 같다.

처음에 나는 전쟁의 정치적 측면은 무시했다. 그러나 이 무렵이 되자 어쩔 수 없이 관심을 가지게 되었다. 혹시 정당 정치의 소름끼치는 측면에 관심이 없는 독자라면 이 부분은 건너뛰기 바란다. 바로 그러한 점 때문에 이 이야기에서 정치적인 부분은 별도의 장으로 다루려 하고 있다. 그러나 스페인 전쟁을 순전히 군사적인 각도에서만 쓴다는 것도 불가능한 일일 것이다. 그 전쟁은 무엇보다도 정치적 전쟁이었다. 어쨌든 정부 방어선 뒤에서 벌어지고 있던 정당 내부의 투쟁을 파악하지 못하면 첫해 동안에 이 전쟁에서 일어난 일들을 이해할 수가 없다.

나는 스페인에 처음 왔을 때, 그리고 그 후 얼마 동안도, 정치적 상황에는 관심이 없었을 뿐만 아니라 알지도 못했다. 전쟁이 벌어지고 있다는 것만 알았지, 어떤 종류의 전쟁인지도 몰랐다. 그런데도 왜 의용군에 입대했느냐고 묻는다면 나는 "파시즘과 싸우기 위해서."라고 대답했을 것이다. 무엇을 위하여 싸우냐고 묻는다면 "공동의 품위를 위해서."라고 대답했을 것이다. 나는 《뉴스 크로니클》과 《뉴 스테이츠먼》에서 이야기하는 전쟁 이야기를 받아들였다. 즉 이것은 히틀러의 지원을 받은 블림프스 대령의 군대가 일으킨 광적인 폭동에 대항하여 문명을 방어하는 전쟁이라는 이야기였다. 나는 바르셀로나의 혁명적 분위기에 깊이 끌렸다. 그러나 그것을 이해하려고 하지는 않았다. 만화경 같은 정당과 노동조합들, 그리고 그 짜증나는 이름들…… P.S.U.C., P.O.U.M., F.A.I., C.N.T.,

U.G.T., J.C.I., J.S.U., A.I.T. 등등은 내 화만 돋울 뿐이었다. 처음에는 스페인이 머리글자 전염병으로 고생하고 있다는 느낌이 들 정도였다. 나도 내가 통일 노동자당(내가 통일 노동자당 의용군에 입대한 이유는 공교롭게도 영국의 독립 노동자당에서 제공한 신분증을 들고 바르셀로나에 도착했기 때문이다.)이란 조직에서 복무한다는 사실을 알기는 했다. 그러나 정당 사이에 심각한 차이가 있는 줄은 몰랐다. 포세로산에서 병사들이 우리 왼쪽 진지를 가리키며 이렇게 말한 적이 있다. "저쪽은 사회주의자들이야."(통일 사회당이라는 의미였다.) 나는 어리둥절해서 말했다. "우리 모두 사회주의자 아니야?" 나는 목숨을 걸고 싸우는 사람들이 서로 다른 정당에 속한다는 것은 멍청한 짓이라고 생각했다. 내 태도는 늘 이런 식이었다. "왜 다들 이런 말도 안 되는 정치적인 짓거리를 그만두고 전쟁이나 잘하지 못하는 거야?" 물론 이것은 올바른 '반파시스트'적 태도였다. 또한 영국 신문들이 주도면밀하게 퍼뜨리는 태도이기도 했다. 그런 태도를 퍼뜨리는 주된 목적은 사람들이 이 투쟁의 진정한 본질을 이해하지 못하도록 하는 것이었다. 그러나 스페인, 특히 카탈로니아에서는 아무도 그렇게 막연한 태도를 유지할 수 없었다. 또 유지하지도 않았다. 암만 내키지 않아도, 모두가 조만간 어느 한편을 선택해야 했다. 아무리 정당과 그들의 모순되는 '노선'에 관심이 없다 해도, 자신의 운명이 그것과 결부되어 있다는 사실이 너무나 분명하게 보였기 때문이다. 병사들은 의용병으로서 프랑코와 싸웠다. 그러나 병사들은 두 개의 정치적 이론을 놓고 벌어지는 거대한 투쟁의 볼모이기도 했다.

나는 산비탈에서 땔감을 찾아다니며 이것이 실전인지 아니면 《뉴스 크로니클》에서 만들어 낸 것인지 의아해했고, 바르셀로나 폭동에서 공산주의자들의 기관총 사격을 피해 다녔고, 마침내 경찰이 뒤쫓아오는 상황에서 아슬아슬하게 스페인을 빠져나왔다. 이런 일들이 나에게 이런 식으로 일어난 것은 내가 P.S.U.C.(통일 사회당)이 아니라 P.O.U.M.(통일 노동자당) 의용군에서 복무했기 때문이다. 그 두 종류의 머리글자 사이에는 그렇게 큰 차이가 있었던 것이다!

인민 전선 정부의 구성을 이해하려면 전쟁이 어떻게 시작되었는지 돌이켜보아야 한다. 7월 18일에 전투가 시작되었을 때 유럽의 모든 반파시스트들은 희망의 전율을 느꼈을 것이다. 마침내 이곳 스페인에서 민주주의가 파시즘에 대항하여 일어서는 것처럼 보였기 때문이다. 그전에는 이른바 민주주의 국가들이 오랜 기간에 걸쳐 각 단계마다 파시즘에 굴복해 왔다. 일본이 만주에서 제멋대로 행동해도 모두 방관했다. 히틀러는 권좌에 오르더니 모든 정적들을 학살하기 시작했다. 무솔리니가 아비시니아를 폭격하는 동안, 53개 국가(아마 53개가 맞을 것이다.)는 점잔을 빼며 '중지'만을 외쳐 댔다. 그러나 프랑코가 온건한 좌익 정부를 전복하려 하자, 스페인 민중은 모든 예상을 뒤엎고 프랑코에 대항하여 일어섰다. 그것은 형세 변화의 조짐으로 보였다. 아마 실제로도 그랬을 것이다.

그러나 일반적으로 눈에 띄지 않는 몇 가지 사항이 있었다. 첫째, 프랑코는 엄격하게 말해 히틀러나 무솔리니와 비교될 수 없었다. 그의 봉기는 귀족과 교회의 지원을 받은 군사적 폭동이었다. 따라서 기본적으로, 특히 초기에는, 파시즘을 강제하려 하기보다는 봉건제로 복귀하려 했다. 따라서 프랑코는 노동 계급만이 아니라 다양한 계층의 자유주의적 부르주아지도 적으로 두게 되었다. 이 부르주아지는 파시즘이 좀 더 현대적인 형태로 나타날 때 그 지지자로 변하는 사람들이다. 이보다 더 중요한 것은 스페인의 노동 계급이 영국에서 흔히 생각하는 것처럼 '민주주의'를 지키고 현상[29]을 유지하기 위해서 프랑코에 저항한 것이 아니라는 사실이다. 그들의 저항과 병행하여 분명히 혁명적인 성격을 지닌 폭동이 일어났다. 어쩌면 그들의 저항은 주로 그 같은 폭동으로 이루어졌다고 말할 수도 있겠다. 토지는 농민이 장악했다. 많은 공장과 대부분의 교통 수단은 노동조합들이 장악했다. 교회는 부수고, 사제들은 내쫓거나 죽였다. 이런 배경 때문에 가톨릭 성직자들의 지지를 받은 《데일리 메일》은 프랑코를 악마 같은 '빨갱이' 무리로부터 나라를 구하려는 애국자로 묘사할 수 있었다.

전쟁 초기 몇 달 동안 프랑코의 실질적인 적은 인민 전선 정부라기보다는 노동조합들이었다. 프랑코가 반란을 일으키자 도시의 조직화된 노동자들은 총파업으로 응대했다. 이어 공공 무기고에 가서 무기를 달라고 요구했다. 그리고 투쟁 끝에 얻어 냈다. 만일 그들이 자발적으로, 그리고 다소간 독립적으로 행동에 나서지 않았다면, 프랑코는 아무런 저항에 부딪히지 않았을지도 모른다. 물론 이런 일에는 확실한 답이 없다.

---

29) 제2 인민 정부를 가리킨다.

그러나 적어도 그렇게 생각할 만한 이유는 있다. 인민 전선 정부는 반란을 미리 막으려는 노력을 거의 또는 전혀 하지 않았다. 반란은 오래전부터 예측되어 오던 것이었다. 막상 문제가 터지자 정부는 주저하는 유약한 태도를 보였다. 수상이 하루에 두 번 바뀌었을 정도이다.[30] 게다가 눈앞의 상황에 대처할 수 있는 유일한 방법인 노동자의 무장을 한참 머뭇거리다가 강력한 대중적 요구에 못 이겨 마지못해 허용했다. 결국 정부는 노동자들에게 무기를 나누어 주게 되었다. 그 결과 노동자들은 스페인 동부의 대도시들에서 엄청나게 분투했고, 결국 파시스트들을 물리칠 수 있었다. 주로 노동 계급이 주축이 되었고, 정부에 충성하던 군대(돌격대 등)도 도움을 주었다. 이러한 분투는 오직 혁명적 의도를 가지고 싸우는 인민, 자신들이 현재의 상태보다 더 나은 어떤 것을 위해 싸운다고 믿는 인민만이 보여 줄 수 있는 것이었다. 여러 폭동의 중심 거리에서는 하루 동안 3000명이 죽은 것으로 추산된다. 다이너마이트만든 남녀들이 트인 광장을 쏜살같이 가로질러 훈련받은 기관총 사수들이 지키고 있는 석조 건물로 돌진했다. 파시스트들이 전략적 요충지에 세워 놓은 기관총 진지를 택시들이 시속 100킬로미터로 달려가 부수어 버렸다. 농민의 토지 접수나 지역 소비에트의 수립 등에 대해서 전혀 들어 보지 못했다 하더라도, 저항의 주축을 형성한 무정부주의자와 사회주의자들이

───────────────

30) 키로가에서 바리오로 바뀌었고, 다시 히랄로 바뀌었다. 처음 두 수상은 노동조합에 무기를 나누어 주지 않았다.

자본주의적 민주주의의 보존을 위해 그런 일을 했다고는 믿기 힘들 것이다. 자본주의적 민주주의란, 특히 무정부주의자의 관점에서 볼 때는, 중앙 집권적인 착취 장치에 지나지 않았다.

노동자들은 손에 무기를 쥐었고, 이 단계에 이르자 무기를 내놓으려 하지 않았다. (1년 뒤에도 카탈로니아의 무정부주의적 생디칼리스트들은 3000정의 소총을 소지한 것으로 계산되었다.) 농민은 친파시스트적인 대지주의 소유지들을 접수했다. 산업과 교통 수단의 집산화와 더불어 지역 위원회, 낡은 친자본주의적 경찰력을 대체하는 노동자 순찰대, 노동조합에 기반을 둔 노동자 의용군 등을 통하여 거칠게나마 노동자 정부를 세워보려는 시도가 이루어졌다. 물론 이 과정은 균일하게 진행되지 않았다. 이 작업은 다른 곳보다도 카탈로니아에서 더욱 활발하게 진척되었다. 그러나 지방 정부 제도가 거의 원형 그대로 남은 지역도 있었고, 지방 정부가 혁명 위원회와 공존하는 지역도 있었다. 몇 지역에서는 독립적인 무정부주의자 코뮌이 세워졌다. 그 가운데 일부는 1년 후까지 버티다가 인민 전선 정부에 의해 강제로 해산당했다. 카탈로니아에서는 처음 몇 달 동안 무정부주의적 생디칼리스트들이 대부분의 실질적 권력을 손에 쥐고 있었다. 그들은 주요 산업 대부분을 통제했다. 스페인에서 벌어진 일은 사실 단순한 내전이 아니라 혁명의 시작이었다. 스페인 외부의 반파시스트 언론은 이 사실을 일부러 모호하게 만들었다. 쟁점은 '파시즘 대 민주주의'로 좁혀졌다. 혁명적 측면은 최대한 은폐되었다. 다른 곳보다 언론의 집중이 심하고, 또 대중이 언론에 쉽사리 기만당하는 영국에서는 스페인 전쟁에 대해서 오직 두 가지 이야기만이 입에 오르내렸다. 하나는 기독교 애국자들과 피를 뚝뚝 흘리는 볼셰비키들의 대립이라는 우익의 이야기였다. 또 하나는 신사적인 공화주의자들이 군사 반란을 진압하고 있다는 좌익의 이야기였다. 이렇게 해서 핵심적 쟁점을 성공적으로 덮어 버린 것이다.

여기에는 몇 가지 이유가 있다. 우선 친파시스트 언론이 잔학 행위에 대해 경악할 만한 거짓말을 유포시키는 상황에서 선의의 선전자들은 스페인의 '적화(赤化)'를 부정하는 것이 스페인 정부를 돕는 길이라고 생각했음에 틀림없다. 그러나 그보다 중요한 이유가 있다. 즉, 어느 나라에나 존재하는 소수의 혁명적 그룹들을 제외한 전 세계가 스페인의 혁명을 막기로 결정을 했다는 것이다. 특히 소련을 배후에 둔 공산당은 전력을 기울여 혁명에 반대했다. 이 단계에서 혁명은 치명적이며, 스페인의 목표는 노동자 통제가 아니라 부르주아 민주주의라는 것이 공산주의자들을 테제였다. 어떻게 공산주의자들의 의견이 '자유주의적' 자본가들의 의견과 똑같을 수 있는지에 대해서는 굳이 길게 설명할 필요가 없을 것이다. 외국 자본은 스페인에 많은 투자를 했다. 예를 들어 바르셀로나 철도 회사에는 영국 자본 1000만 파운드가 유입되었다. 그런데 카탈로니아에서는 노동조합이 모든 교통 수단을 접수했다. 혁명이 진행되면 영국은 아무런 보상을 받지 못하거나, 받아도 아주 조금밖에 받을 수 없었다. 그러나 만일 자본주의 공화국이 승리하면 외국의 투자 자본은 안전할 것이다. 따라서 혁명을 진압해야 했기 때문에, 상황을 무척 단순화하여 혁명 같은 것은 일어나지도 않은 듯이 호도했다. 이런 식으로 모든 사건의 진정한 의미를 덮어 버렸다. 예를 들어 노동조합으로부터 중앙 정부로의 권력 이양은 모두 군사적 재조직의 필수 조치로 간주해 버렸다. 이로 인해 상당히 기묘한 상황이 나타나게 되었다. 스페인 밖에서는 이곳에 혁명이 일어났다는 사실을 파악한 사람이 거의 없었다. 반면 스페인 내부에서는 아무도 그것을 의심하지 않았다. 심지어 공산당의 통제하에 다소간 반혁명적 정책을 취하고 있는 P.S.U.C. 신문들도 '우리의 영광스러운 혁명'에 대해 이야기했다. 한편 외국의 공산주의적 언론은 그 어디에서도 혁명의 징후를 찾아볼 수 없다고 소리쳤다. 공장 접수, 노동자 위원회 설립 등은 일어나지도 않은 일이었다. 또는 일어나기는 했지만, '아무런 정치적 의미가 없는' 사건이었다. 《데일리 워커》(1936년 8월 6일)에 따르면, 스페인 인민이 사회 혁명을 위해, 또는 부르주아 민주주의 이외의 것을 위해 싸운다고 말하는 사람들은 '새빨간 거짓말을 늘어놓는 건달들'이었다. 그러나 발렌시아 정부 각료인 후앙 로페스는 1937년 2월에 이렇게 선언했다. '스페인 인민은 민주주의 공화국이나 문서상의 헌법을 위해 싸우는 것이 아니라, 혁명을 위해 피를 흘리고 있다.'고. 따라서 새빨간 거짓말을 늘어놓는 건달들 속에는 우리가 수호하기 위해 싸운 정부의 각료도 포함되는 셈이다. 외국의 반파시스트 신문들은 교회가 파시스트 요새로 쓰일 때만 공격을 받는다는 애처로운 거짓말까지 늘어놓았다. 실제로는 모든 곳의 교회가 약탈당했다. 이는 당연한 일이었다. 모두들 스페인 교회가 자본주의적인 돈벌이의 일부라는 사실을 완벽하게 이해했기 때문이다. 스페인에 여섯 달을 있으면서 내가 본 교회들 가운데 파괴되지 않은 것은 딱 두 개였다. 그리고 1937년 7월까지는 교회가 다시 문을 열고 예배를 드리는 것이 허용되지 않았다. 마드리드에 있는 개신교 교회 한두 개만 예외였다.

그러나 결국 이것은 혁명의 시작에 불과했지 혁명의 완성은 아니었다. 노동자들은 그럴 힘이 있었음에도 (카탈로니아에서는 분명히 그랬고, 아마 다른 곳에서도 마찬가지였을 것이다.) 정부를 전복하거나 완전히 대체하지는 않았다. 프랑코가 대문을 망치로 두드리고 중간 계급의 일부 계층들이 그들 편에 있는 상황에서는 물론 그럴 수가 없었을 것이다. 이 나라는 사회주의 쪽으로 갈 수도 있고, 일반적인 자본주의 공화국으로 갈수도 있는 과도기 상태였다. 대부분의 땅은 농민이 가졌다. 프랑코가 승리하지 않는 한 농민들이 그 땅을 그대로 가지게 될 가능성이 높았다. 큰 공장들은 모두 집산화가 이루어졌지만, 그런 상태를 유지할지 아니면 자본주의가 재도입될지는 어떤 그룹이 통제하느냐에 따라 최종적으로 결정될 문제였다. 초기에 중앙정부와 헤네랄리테 데 카탈루냐(반(半)자치적인 카탈로니아 정부)는 분명히 노동 계급을 대표한다고 말할 수 있었다. 중앙 정부 수반은 좌익 사회주의자인 카발레로였다. 그리고 노동자 총연합(U.G.T., 사회주의 노동조합들)과 전국 노동자 연맹(C.N.T., 무정부주의자들의 통제하에 있는 생디칼리즘적인 노동조합들)의 대표자들도 내각에 참여했다. 카탈로니아에서는 한동안, 노동조합들의 대표단이 다수를 이루는 반파시스트 방어 위원회[31]가 헤네랄리테를 대신하다시피 했다. 그러나 그 이후로 중앙 정부는 개편될 때마다 우익 쪽으로 움직여 갔다. 처음에는 통일 노동자당이 헤네랄리테에서 쫓겨났다. 여섯 달 뒤에는 카발레로가 물러나고, 우익 사회주의자 네그린이 그 자리를 차지했다. 그런 직후 전국 노동자 연맹이 정부에서 쫓겨났다. 그다음에는 노동자 총연합이었다. 그러더니 이번에는 전국 노동자 연맹이 헤네랄리테에서 쫓겨났다. 전쟁과 혁명 발발 1년 뒤, 결국 중앙정부에는 우익 사회주의자, 자유주의자, 공산주의자만 남게 되었다.

우익으로의 전환은 1936년 10월, 11월 무렵에 시작되었다. 이 시기에 소련은 정부에 무기를 공급하기 시작했고, 그와 더불어 권력이 무정부주의자들에게서 공산주의자들에게로 넘어가기 시작했다. 러시아와 멕시코를 제외하고는 그 어떤 나라도 스페인 정부를 지원하는 친절을 보여 주지 않았다. 멕시코야 물론 무기를 대량으로 공급할 수 없었다. 따라서 러시아가 지원 조건을 좌우할 수 있는 입장이 되었다. 이 조건이라는 것이 실질적으로 '혁명을 막지 않으면 무기도 없다.'는 것이었음에 틀림없다. 나아가 혁명적 요소들에 대항하는 첫 번째 조치는 카탈로니아 헤네랄리테로부터 통일 노동자당을 추방하는 일이었는데, 이는 소련의 명령에 따라 이루어진 것이 틀림없

---

31) (원주)Comité Central de Milicias Antifascistas. 대표단은 조직원 수에 비례하여 선출했다. 노동조합의 대표단은 아홉 명이었고, 카탈로니아 자유 정당들의 대표단은 세 명이었고, 여러 마르크스주의 정당들(통일 노동자당, 공산주의자, 기타)의 대표단은 두 명이었다.

다. 정부는 러시아 정부가 직접적 압력을 행사한다는 소문을 부인해 왔다. 그러나 이는 그다지 중요하지 않다. 모든 나라의 공산당은 러시아의 정책을 이행한다고 볼 수 있기 때문이다. 처음에는 통일 노동자당에 반대했고 나중에는 무정부주의자들과 카발레로의 사회주의 일파에 반대했으며, 혁명적 정책 전반에 대해서 반대했던 주동자가 공산당이었음은 부인할 수 없는 사실이었다. 소련이 개입한 이상 공산당의 승리는 보장된 것이었다. 우선 공산주의자들의 위신이 크게 올라갔다. 그것은 무기 공급에 대해 러시아에 감사하는 분위기 때문이기도 했고, 특히 '국제 여단'의 도착 이후 공산당이 전쟁에서 승리할 능력을 갖춘 것처럼 보였다는 사실 때문이기도 했다. 둘째로, 러시아의 무기는 공산당 및 공산당과 동맹한 정당들을 통해 공급되었다. 따라서 공산당은 그들의 정적에게는 무기를 가능한 한 보내지 않으려 했다.[32] 셋째로, 공산주의자들은 반혁명적 정책을 선포함으로써 극단주의자들에 놀란 모든 사람들을 규합할 수 있었다. 예를 들어 부유한 편에 속하는 농민들을 규합하여 무정부주의자들의 집산화 정책에 반대하게 하는 것은 쉬운 일이었다. 공산당 당원 숫자는 엄청나게 증가했다. 그들 가운데 많은 수는 중간 계급 출신이었다. 상점 주인, 관리, 장교, 부유한 농민 등등. 이 전쟁은 기본적으로 삼각 구

---

32) (원주)그래서 아라곤 전선에는 러시아 무기가 그렇게 드물었던 것이다. 아라곤 전투의 주력 부대는 무정부주의자들이었다. 1937년 4월까지 내가 본 유일한 러시아제 무기는(러시아제일 수도 있고 아닐 수도 있는 비행기 몇 대를 제외하면) 기관단총 한 정뿐이었다.

도가 되었다. 인민 전선 정부는 프랑코에 대항하는 전투를 계속해야 했지만, 동시에 노동조합의 수중에 남아 있는 권력을 되찾으려 하였다. 이것은 일련의 작은 조치들을 통해 이루어졌다. (어떤 이는 귀찮게 군다는 의미에서 바늘로 찌르는 정책이라고 불렀다.) 어쨌든 대체로 매우 교묘하게 행해졌다. 겉으로 드러나는 전반적인 반혁명적 조치는 없었다. 1937년 5월까지는 무력을 사용할 필요도 거의 없었다. 너무 뻔해서 이야기할 필요도 없는 주장, 즉 '당신들이 이렇게 저렇게 하지 않으면 우리는 전쟁에서 진다.'는 주장으로도 노동자들은 늘 복종을 했기 때문이다. 물론 모든 경우에 군사적 필요라는 명목으로 요구하는 것은 노동자들이 1936년에 스스로의 힘으로 쟁취한 것의 양보였다. 그 요구는 거의 늘 먹혀들었다. 전쟁에 지는 것이야말로 혁명적 정당들이 가장 원치 않는 일이었기 때문이다. 전쟁에서 진다면 민주주의와 혁명, 사회주의와 무정부주의는 모두 무의미해지기 때문이었다. 그래서 무시할 수 없는 규모를 가진 유일한 혁명적 정당이었던 무정부주의자들의 정당은 한 걸음 한 걸음 물러서지 않을 수 없었다. 집산화 과정은 중단되었다. 지역 위원회는 사라졌다. 노동자 순찰대는 폐지되고, 전쟁 전의 경찰력이 복원되었다. 경찰은 규모가 확대되었고 중무장을 했다. 노동조합이 통제하던 주요 산업들은 정부가 접수했다. (5월 시가전의 원인이 된 바르셀로나 전화교환소 접수 사건은 이 과정에서 생긴 것이다.) 마지막으로 가장 중요한 것은 노동조합에 기반을 둔 노동자 의용군이 점차 해체되어 새로운 인민군 소속으로 재배치되었다는 점이다. 인민군은 반

(半)부르주아 노선에 따른 '비정치적' 군대로, 차별화된 봉급 체계, 특권적 장교 계급 등이 유지되었다. 특별한 상황에서 이 것은 정말로 결정적인 조치였다. 이 조치는 다른 곳보다 카탈로니아에서 더 늦게 시행되었다. 카탈로니아야말로 혁명 정당들이 가장 강력한 곳이었기 때문이다. 노동자들이 그동안 쟁취한 것을 유지할 수 있는 유일한 방법은 자신들의 통제하에 있는 무장 병력을 유지하는 것뿐이었다. 평소와 마찬가지로 의용군 해체는 군사적 효율성을 명목으로 이루어졌다. 군사적 재조직이 필요하다는 것은 아무도 부정하지 않았다. 그러나 의용군을 노동조합의 직접적인 통제하에 두면서 좀 더 능률적으로 재조직하는 방법도 얼마든지 가능했을 것이다. 그러나 의용군 해체의 주목적은 무정부주의자들이 자신들의 군대를 소유하지 못하게 하는 것이었다. 나아가 의용군의 민주적 분위기 때문에 혁명적 사상들이 양성되고 있었다. 공산주의자들은 이 점을 잘 알고 있었다. 그래서 그들은 통일 노동자당과 무정부주의자들이 시행하고 있는 모든 계급 간의 평등 보수 원칙을 쉴 새 없이 통렬하게 비난했다. 그 결과 전체적인 '부르주아화', 즉 혁명 초기 몇 달 간 이루어졌던 평등 정신의 고의적 파괴가 일어났다. 모든 일이 너무 갑작스럽게 일어나는 바람에 몇 달 간격으로 스페인을 다시 찾은 사람들은 같은 나라에 온 것 같지 않다고 이야기하곤 했다. 스페인은 잠깐이지만 언뜻 노동자 국가로 보였다. 그러나 노동자 국가는 눈앞에서 평범한 부르주아 공화국으로 바뀌어 갔다. 이제 그곳에는 부자와 빈자라는 일반적인 구분이 존재했다. 1937년 가을이

되면 '사회주의자' 네그린이 대중 연설에서 '우리는 사적 소유를 존중한다.'고 선언하게 된다. 그와 더불어 전쟁 초기에 파시스트에 동조한 혐의로 국외로 탈출해야 했던 코르테스[33] 소속 의원들이 스페인으로 돌아오기 시작했다.

이 모든 일이 파시즘 때문에 어쩔 도리 없이 이루어졌던 부르주아와 노동자 사이의 일시적 동맹으로부터 시작된 것이라고 생각하면 이해하기 쉬울 것이다. 인민 전선이라고 알려진 이 동맹은 본질적으로 적들 사이의 동맹이다. 이것은 한쪽이 다른 쪽을 삼키면 언제든지 끝나게 된다. 스페인의 상황에서 유일하게 예기치 못한 측면, 동시에 스페인 외부에 엄청난 오해를 불러일으켰던 측면은 인민 전선 정부의 정당들 가운데서 공산주의자들이 극좌가 아니라 극우의 편에 섰다는 점이다. 현실적으로는 놀랄 일이 아니다. 다른 국가, 특히 프랑스에서 공산당의 전술은 공식적인 공산주의가 적어도 당분간은 반혁명 세력으로 간주되어야 함을 명백히 보여주었기 때문이다. 코민테른의 모든 정책은 이제 소련의 방어를 최우선으로 삼는다. (세계 상황을 고려할 때 변명이 될 만하다.) 이것은 군사 동맹 체계에 기초를 두고 있다. 특히 소련은 자본주의적 제국주의 국가인 프랑스와 동맹 관계다. 프랑스의 자본주의가 강하지 않으면 이 동맹은 러시아에게 쓸모가 없다. 프랑스 공산당은 반혁명적이 될 수밖에 없다. 따라서 프랑스 공산주의자들은 이제 삼색기 뒤에서 행진을 하며

---

33) 스페인 의회를 말한다.

「라 마르세예즈」[34]를 부를 뿐 아니라, 더 중요한 것으로, 프랑스의 여러 식민지에서 모든 효과적인 선동을 중단해 버렸다. 프랑스의 공산당 비서인 토레스가 프랑스 노동자들이 교묘한 말에 속아 넘어가 독일의 동지들과 싸우는 일은 절대 없을 것이라고 선언한 지 3년도 못 되었다.[35] 그런데 이제 그는 프랑스에서 가장 시끌벅적한 애국자 가운데 하나가 되었다. 어떤 나라에서든지 공산당의 행동을 파악할 수 있는 실마리는 소련에 대한 그 나라의 실제적 또는 잠재적 군사 관계다. 예를 들어 영국 공산당의 입장은 아직 불분명하다. 따라서 영국 공산당은 여전히 거국 내각에 적대적이며, 표면적으로는 재무장에 반대한다. 그러나 만일 대영 제국이 소련과 동맹을 맺거나 군사 협약을 맺게 되면, 영국 공산주의자들은 프랑스 공산주의자들과 마찬가지로 애국자이자 제국주의자가 될 수밖에 없을 것이다. 벌써 이런 전조가 나타나고 있다. 스페인에서 공산주의자들의 '노선'은 러시아의 동맹국인 프랑스가 이웃에 혁명적 국가가 생기는 것에 강력하게 반대하고, 스페인령 모로코의 해방을 막기 위해 길길이 날뛴다는 사실에 영향을 받은 것이 틀림없다. 모스크바로부터 재정 지원을 받아 붉은 혁명의 이야기들을 싣는 《데일리 메일》은 평소보다 훨씬 더 왜곡된 이야기를 했다. 사실 스페인에서 혁명을 막은 것은 다른 누구보다도 공산주의자들이었다. 나중에 우익 세력이 상황을

---

34) 프랑스의 국가(國歌)이다.
35) 1935년 3월에 프랑스 하원에서 한 말이다.

완전히 장악했을 때, 공산주의자들은 혁명 지도자들을 추적하는 일에 있어 자유주의자들보다 훨씬 더 지독할 수 있다는 것을 보여 주었다.[36]

지금까지 스페인 혁명 첫해의 전체적 과정을 대강 설명했다. 이것을 알면 어느 한 시점의 상황을 더 쉽게 이해할 수 있기 때문이다. 그러나 앞서 언급한 이야기에 포함되어 있는 내 생각들을 2월에도 다 가지고 있었던 것은 아니다. 우선 나에게 큰 깨달음을 주었던 일들이 아직 일어나지 않았다. 그리고 어쨌든 간에 내가 공감하는 것들이 몇 가지 면에서 지금과는 달랐다. 이는 전쟁의 정치적 측면이 나를 따분하게 만들었고, 그래서 자연스럽게 내가 가장 많이 듣는 관점(즉, 스페인의 통일 노동자당과 영국의 독립 노동당의 관점)을 채택했기 때문이기도 하다. 나와 함께 있던 영국인들은 대부분 독립 노동자당의 당원들이었다. 공산당 당원들도 몇 명 있기는 했다. 어쨌든 그들 대부분은 정치적으로 나보다 나은 교육을 받았다. 우에스카 주위에서 아무 일도 벌어지지 않던 따분한 시기에, 나는 몇 주 동안 끝도 없이 이어지던 정치적 토론의 한가운데 놓이게 되었다. 역한 냄새가 나고 외풍이 심하던 농가의 헛간 숙소에서, 대피호의 답답한 어둠 속에서, 몸이 꽁꽁 얼어붙는 한밤중의 흉벽 뒤에서 서로 대립되는 당 '노선'들이 끝도 없이 논의되었다. 스페인 병사들도 마찬가지였다. 우리가 보는 대부

---

36) (원주)정부측에 속한 정당들의 상호 작용에 대한 가장 좋은 설명은 프란츠 보케노의 『스페인 투계장』이다. 이것이 스페인 전쟁과 관련하여 지금까지 나온 책들 가운데 가장 쓸 만한 책이다.

분의 신문들은 정당간 분쟁을 크게 다루었다. 그런 상황에서 각 정당들이 지지하는 입장을 주워듣지 못한다면 귀머거리이 거나 바보일 것이다.

정치 이론의 관점에서 보자면 중요한 정당은 셋뿐이었다. 통일 사회당(P.S.U.C.), 통일 노동자당(P.O.U.M.), 그리고 대충 무정부주의자들이라고 통칭되는 전국 노동자 연맹(C.N.T.) – 무정부주의 연합[37]이었다. 우선 통일 사회당부터 이야기하겠다. 이것이 가장 중요하기 때문이다. 통일 사회당은 최종적으로 승리를 거둔 정당이고, 지금도 눈에 띄게 상승세를 타고 있다.

통일 사회당의 '노선'을 이야기할 때, 그것이 꼭 공산당의 '노선'은 아니라는 점을 설명할 필요가 있다. P.S.U.C.(Partido Socialista Unificado de Cataluña)는 카탈로니아의 사회당이다. 전쟁 초기에 카탈로니아 공산당을 포함한 여러 마르크스주의 정당들이 연합해서 만들었다. 그러나 이제는 완전히 공산주의자들의 통제하에 있고, 제3인터내셔널[38]에도 가입했다. 스페인의 다른 지역에서는 사회주의자들과 공산주의자들 사이에 형식적 통일이 이루어지지 않았다. 그러나 공산주의자들의 관점과 우익 사회주의자들의 관점은 어디에서나 똑같다고 볼 수 있다. 거칠게 말해서, 통일 사회당은 U.G.T.(Unión General de trabajadores, 노동자 총연합), 즉 사회주의 노동조합들의 정치적 기관이다. 스페인 전역에 걸쳐 이 노동조합의 조합원은 이

---

37) F.A.I., 정식 명칭은 '이베리아 무정부주의자 연합'이다.
38) 공산당의 통일적인 국제 조직.

제 약 150만 명에 이른다. 여기에는 많은 계층의 육체 노동자들이 포함되어 있다. 그러나 전쟁 발발 이후 중간 계급으로부터 유입된 사람들이 그들을 삼켜 버렸다. '혁명' 초기에는 온갖 종류의 사람들이 노동자 총연합(U.G.T.)이나 전국 노동자 연맹(C.N.T.)에 가입하는 것이 유용하다고 생각했기 때문이다. 노동조합원들은 양 조직에 이중 가입되어 있는 경우가 많지만, 그중에서 전국 노동자 연맹이 단연 노동 계급을 대표하는 조직이라고 할 수 있었다. 따라서 통일 사회당은 일부의 노동자와 일부의 프티부르주아지(상점 주인, 공무원, 부유한 농민)로 이루어진 정당이었다.

전 세계의 공산주의 또는 친공산주의 언론에서 전파하는 통일 사회당의 '노선'은 이런 것이었다.

"현재는 전쟁에서 승리하는 것 외에 그 어떤 것도 중요하지 않다. 전쟁에서 승리하지 않고는 다른 어떤 것도 의미가 없다. 따라서 지금은 혁명을 계속 밀고 나간다든가 하는 이야기를 할 때가 아니다. 우리는 농민에게 집산화를 강제함으로써 그들을 이반시킬 처지가 아니다. 우리는 우리 편에서 싸우고 있는 중간 계급들을 놀라서 달아나게 할 여유가 없다. 무엇보다도 능률을 위해 우리는 혁명적 혼돈을 일소해야 한다. 지방 위원회들 대신 강력한 중앙 정부를 가져야 한다. 통일된 지휘 체계하에 제대로 훈련받고 완벽하게 체계화된 군대를 가져야 한다. 노동자들의 통제를 받는 분산 세력들에 집착하며 앵무새처럼 혁명적 구호를 외치는 짓은 무용지물일 뿐이다. 그것은 방해가 될 뿐 아니라, 반혁명적이기까지 하다. 그것은 분열을 낳고 분열은 파시스트들에게 이용될 수 있기 때문이다. 이 단계에서 우리는 프롤레타리아 독재를 위해 싸우는 것이 아니다. 우리는 의회 민주주의를 위해 싸운다. 내전을 사회 혁명으로 바꾸려는 자는 파시스트의 손에 놀아나는 자이며, 의도와 상관없이 결과적으로 반역자이다."

통일 노동자당(P.O.U.M.)의 '노선'은 한 가지만 제외하고 모든 면에서 이 노선과 달랐다. 물론 그 한 가지란 전쟁에 이겨야 한다는 것이었다. 통일 노동자당은 지난 몇 년간 '스탈린주의'에 반대하여, 즉 실질적이건 표면적이건 간에 공산주의 정책의 변질에 반대하여 여러 나라에서 출현했던 반대파 공산주의 정당들 가운데 하나였다. 통일 노동자당의 구성원들 가운데 일부는 전에 공산주의자들이었으며, 일부는 그보다 앞선 정당이었던 '노동자-농민 블록'의 구성원들이었다. 수적으로는 작은 정당이었으며,[39] 카탈로니아를 벗어나서는 그다지 영향력도 크지 않았다. 그러나 통일 노동자당이 중요하게 대접받았던 것은 정치적 의식을 가진 당원들의 비율이 유난히 높았기 때문이다. 카탈로니아에서 통일 노동자당의 본거지는 레리다였다. 통일 노동자당이 대표하는 노동조합들의 블록은 없었다. 통일 노동자당의 의용군은 주로 전국 노동자 연맹 조

---

39) (원주)통일 노동자당의 당원 수는 1936년 7월에 1만 명, 1936년 12월에 7만 명, 1937년 6월에 4만 명이었다. 그러나 이것은 통일 노동자당에서 밝힌 것이다. 반대파들은 실제 당원수가 발표된 숫자의 4분의 1 정도일 것으로 본다. 스페인 정당의 당원수에 대해 확실하게 말할 수 있는 한 가지는 모든 정당이 자신의 숫자를 부풀려 말했다는 사실이다.

합원들로 이루어져 있었지만, 실제 당원들은 일반적으로 노동자 총연합에 속했다. 그러나 통일 노동자당이 그나마 영향력을 미치는 곳은 전국 노동자 연맹뿐이었다. 통일 노동자당의 '노선'은 대략 이러했다.

"부르주아 '민주주의'로 파시즘에 대항한다는 것은 말도 안 되는 이야기다. 부르주아 '민주주의'란 자본주의의 또 다른 이름일 뿐이며, 그 점은 파시즘도 마찬가지다. '민주주의'를 위하여 파시즘과 싸운다는 것은 한 가지 형태의 자본주의를 위하여 다른 형태의 자본주의에 대항하여 싸우자는 것인데, 첫 번째 형태의 자본주의는 언제라도 두 번째 형태의 자본주의로 변할 수 있다. 파시즘의 유일하고 현실적인 대안은 노동자들의 통제뿐이다. 이보다 낮은 목표를 설정하면 프랑코에게 승리를 넘겨주거나 기껏해야 뒷문으로 파시즘을 들여오는 결과를 낳을 것이다. 한편 노동자들은 자기들이 쟁취한 모든 것을 굳게 지켜야 한다. 반(半)부르주아 정부에게 조금이라도 양보하면 결국 기만당할 수밖에 없다. 노동자 의용군과 순찰대는 현재의 형태로 보존되어야 한다. 그들을 '부르주아화'하려는 모든 시도에 저항해야 한다. 노동자들이 군대를 통제하지 못하면, 군대가 노동자들을 통제할 것이다. 전쟁과 혁명은 분리할 수 없다."

무정부주의자들의 관점은 간단하게 정리하기 힘들다. 어쨌든 '무정부주의자'라는 느슨한 용어는 아주 다양한 견해를 가진 수많은 사람들을 포괄하는 말이다. C.N.T.[40]를 구성하는

---

40) Confederatión Nacional de Trabajadores, '전국 노동자 연맹'이다.

대규모 조합들의 블록은 대략 200만 명 정도의 조합원을 거느리고 있는데, 이들의 정치적 기관은 F.A.I.[41]이다. 스페인 사람들 모두가 그렇듯이 무정부주의 연합의 모든 구성원들도 어느 정도 무정부주의 철학의 영향을 받기는 했지만 반드시 순수한 의미에서의 무정부주의자라고 할 수는 없었다. 특히 전쟁 초기 이후 그들은 일반적인 사회주의 방향으로 움직여 갔다. 그들은 어쩔 수 없는 상황 때문에 중앙 집권적 행정부에 참여했고, 심지어 모든 원칙을 어기고 정부에 들어가기까지 했기 때문이다. 그럼에도 그들은 통일 노동자당과 마찬가지로 의회 민주주의가 아닌 노동자들의 통제를 목표로 삼았다는 점에서 공산주의자들과는 근본적으로 달랐다. 그들은 '전쟁과 혁명은 분리할 수 없다.'는 통일 노동자당의 구호를 받아들였다. 그러나 그 점에 대해 통일 노동자당보다는 덜 교조적이었다. 전국 노동자 연맹-무정부주의 연합은 대략 다음과 같은 점들을 지지했다. (1) 운송, 방직 공장 등 각 산업에 종사하는 노동자의 직접적인 산업 통제. (2) 지방 위원회의 정부 지지, 그리고 모든 형태의 중앙 집권화된 권위주의에 대한 저항. (3) 부르주아지와 교회에 대한 비타협적 적대. 마지막 사항은 가장 불명확하기는 하지만 가장 중요했다. 무정부주의자들은 원칙이 다소 모호하기는 했지만 특권과 불의에 대한 증오는 정말로 순수했다는 점에서 대다수의 이른바 혁명가들과 대립되었다. 철학적으로 공산주의와 무정부주의는 양극단이다. 실

---

41) Federación Anarquista Ibérica, '이베리아 무정부주의자 연합'이다.

제적으로, 즉 목표로 하는 사회의 형태라는 점에서 둘 사이의 차이는 주로 강조점의 차이이다. 그러나 그 차이 때문에 절대 화해할 수가 없다. 공산주의자는 늘 중앙 집권과 효율을 강조한다. 무정부주의자는 자유와 평등을 강조한다. 무정부주의는 스페인에 깊이 뿌리를 내렸다. 따라서 러시아의 영향력이 사라지면 아마 공산주의보다 더 오래 살아남을 것이다. 전쟁의 처음 두 달 동안 상황에 잘 대처해 나간 사람들은 다른 누구보다도 무정부주의자들이었다. 그 후에도 무정부주의자 의용병들은 형편없는 규율에도 불구하고 순수 스페인 군대 중에서는 가장 뛰어난 전투원들로 이름이 높았다. 1937년 2월 무렵부터 무정부주의자들과 통일 노동자당은 어느 정도 뭉칠 수 있었다. 만일 무정부주의자, 통일 노동자당, 사회주의 좌익이 처음부터 지혜롭게 힘을 합쳐 현실주의적인 정책을 밀고 나갔다면 전쟁의 역사는 달라졌을 것이다. 그러나 혁명 정당들이 상황을 통제할 수 있을 것처럼 보이던 초기에는 그것이 불가능했다. 무정부주의자와 사회주의자 사이에는 해묵은 반목이 있었다. 마르크스주의자들인 통일 노동자당은 무정부주의에 회의적이었다. 반면 순수한 무정부주의적 관점에서 보자면 통일 노동자당의 '트로츠키주의'가 공산주의자들의 '스탈린주의'보다 더 나을 것도 없었다. 그럼에도 공산주의자들의 전술 때문에 두 정당은 연합하는 방향으로 나아갔다. 5월에 통일 노동자당이 바르셀로나에서 시가전에 뛰어들어 엄청난 피해를 보았던 것도 전국 노동자 연맹을 지지해야 한다는 본능적 판단에 따른 것이었다. 나중에 통일 노동자당이 탄압을 당했을 때, 대담하게도 그들을 옹호하여 목소리를 높인 사람들은 무정부주의자들뿐이었다.

따라서 대략적인 세력 배치는 이렇다. 한쪽에서는 전국 노동자 연맹-무정부주의자 연합, 통일 노동자당, 사회주의자들 일부가 노동자들의 통제를 지지한다. 다른 쪽에서는 우익 사회주의자들, 자유주의자들, 공산주의자들이 중앙 집권적 정부와 정규군을 지지한다.

당시에 내가 왜 공산주의자들의 관점을 통일 노동자당의 관점보다 더 좋아했는지 그 이유는 간단하다. 공산주의자들에게는 분명한 실질적 정책이 있었다. 겨우 몇 달 앞만을 내다보는 상식적 관점에서 보자면 그것이 분명 더 나은 정책이었다. 확실히 통일 노동자당의 일상적인 정책, 선전 등은 말할 수 없을 정도로 형편없었다. 그렇지 않았으면, 훨씬 더 많은 대중이 그들을 따랐을 것이다. 결국 모든 것을 종결지은 것은 우리와 무정부주의자들이 가만히 서 있는 동안 공산주의자들은 전쟁에 발맞추어 나갔다는 사실이다. 적어도 나에게는 그렇게 보였다. 또한 이것이 당시의 일반적 느낌이기도 했다. 공산주의자들이 권력을 얻고 또 그 당원이 엄청나게 증가한 것은 그들이 혁명가들에 반대하여 중간 계급에게 호소했기 때문이기도 하지만, 또 한편으로는 그들이 전쟁에서 승리할 수 있는 유일한 집단으로 보였기 때문이기도 했다. 주로 공산주의자들의 통제를 받던 부대들이 러시아제 무기로 마드리드를 훌륭하게 방어했기 때문에 공산주의자들은 스페인의 영웅이 되었다. 누군가 말했듯이 우리 머리 위를 날아다니는 모든 러시아제 비행기들은 공산주의자들의 선전물이었다. 통일 노동자당의 혁명적 순수주의는, 그 논리를 모르는 바 아니나, 다소 무익하게 보였다. 사실 가장 중요한 것은 전쟁에서 승리하는 것 아닌가.

한편 신문, 팸플릿, 포스터, 책 등 모든 곳에서 극악무도한 정당간 분쟁이 진행되었다. 이 당시 내가 가장 자주 본 신문은 통일 노동자당 계열의 신문들인 《라 바탈랴》와 《아델란테》였다. 나는 그 신문들이 '반혁명적인' 통일 사회당에 대해 계속 트집을 잡는 것이 건방지고 짜증 나는 짓이라고 느꼈다. 나중에 통일 사회당과 공산주의 언론을 좀 더 자세히 살펴보니, 그들에 비하면 통일 노동자당은 잘못한 것이 거의 없다는 사실을 깨달았다. 다른 무엇보다도 통일 노동자당은 기회가 훨씬 적었다. 공산주의자들과는 달리 그들은 국외의 어떤 언론에도 발붙일 데가 없었다. 스페인 내에서도 매우 불리한 조건이었다. 언론 검열이 공산주의자들의 통제하에 있었기 때문에 통일 노동자당 신문이 상대에게 피해를 주는 이야기를 하면 발매 중지를 당하거나 벌금을 내기 십상이었다. 공정을 기하기 위해 한 가지 더 말해 두자면, 통일 노동자당은 혁명에 대해 끊임없이 설교를 하고 지겹도록 레닌을 인용했지만, 보통 인신 공격은 하지 않았다. 그리고 주로 신문 지면을 통해 논쟁했다. 좀 더 많은 대중이 볼 수 있도록 만든 커다란 색채 포스터들(스페인의 많은 문맹 주민들을 고려할 때 포스터는 중요한 것이었다.)은 경쟁자들을 공격하지 않았다. 그저 반파시스트적이거나 추상적인 혁명적 내용일 뿐이었다. 의용군이 부르는 노래도 마찬가지였다. 그러나 공산주의자들의 공격은 완전히 달랐다. 이 문제는 이 책의 뒷부분에서 다룰 생각이다. 여기서는 공산주의자들의 공격 노선에 대해 간략하게 지적하겠다.

표면적으로 공산주의자들과 통일 노동자당 사이의 다툼은 전술적인 것이었다. 통일 노동자당은 즉각적인 혁명을 지지했으나 공산주의자들은 그렇지 않았다. 거기까지는 좋았다. 양쪽 모두 상대방에 대해 많은 이야기를 할 수 있었다. 공산주의자들은 나아가 통일 노동자당의 선전이 정부군을 분열시키고 약화시키며, 따라서 아군을 위험에 빠뜨린다고 주장했다. 나는 결국 동의하지 않게 되었지만, 이것 역시 훌륭한 주장을 펼칠 수 있는 논리다. 그러나 여기서 공산주의자들의 독특한 전술이 나타났다. 처음에는 머뭇거리다가 점차 큰소리로, 통일 노동자당이 실수로 인한 그릇된 판단에서가 아니라 고의적인 계획에 의해 정부군을 분열시킨다고 주장하기 시작한 것이다. 통일 노동자당은 프랑코와 히틀러에게 매수된, 유사 파시스트들의 무리에 지나지 않으며, 사이비 혁명 정책을 밀어붙임으로써 파시스트들을 돕고 있다는 주장이었다. 통일 노동자당은 '트로츠키파' 조직이며, '프랑코의 제5열'이라는 이야기였다. 이 말은 전선 참호에서 추위에 떨고 있는 8000명 내지 1만 명의 병사들과 자기 생계와 국적을 희생해 가면서까지 파시즘과 싸우기 위해 스페인에 온 수백 명의 외국인들, 그리고 2만 명의 노동 계급 구성원들이 적의 돈을 받는 반역자들이라는 뜻이다. 그럼에도 그런 주장은 포스터 등을 통하여 스페인 전역으로 퍼져 나갔고 전 세계 공산주의 및 친공산주의 언론을 통해 수도 없이 되풀이되었다. 마음만 먹으면 그런 내용의 인용문들로 책 여섯 권을 채울 수도 있을 것이다.

어쨌든 이것이 그들이 그들이 우리에 대해 하는 말이었다. 우리는 트로츠키주의자, 파시스트, 반역자, 살인자, 겁쟁이, 간첩 등등이었다. 솔직히 기분 나쁜 일이다. 특히 그런 일을 자행하는 자들을 생각하면 더욱 그렇다. 들것에 실려 전선을 내려오며 모포 사이로 눈부신 듯 바깥을 내다보는 하얀 얼굴의 열다섯 살짜리 스페인 소년을 보면서, 이 소년이 위장한 파시스트임을 증명하는 팸플릿을 쓰고 있는 런던이나 파리의 말쑥한 사람들을 생각한다는 것은 유쾌한 일이 아니다. 전쟁의 가장 끔찍한 특징 가운데 하나는 모든 전쟁 선전물, 모든 악다구니와 거짓말과 증오가 언제나 싸우지 않는 사람들에게서 나온다는 점이다. 내가 전선에서 알게 된 통일 사회당 의용군 병사들이나, 이따금씩 만나는 국제 여단의 공산주의자들은 나를 결코 트로츠키주의자나 배반자라고 부르지 않았다. 그런 일은 후방의 기자들이 담당했다. 우리에게 반대하는 팸플릿을 쓰고 신문에서 우리를 헐뜯는 사람들은 모두 안전한 집에, 혹은 기껏해야 발렌시아의 신문사 사무실에 있었다. 총알과 진창으로부터 수백 킬로미터는 떨어진 곳이었다. 당 사이의 불화에서 비롯된 비방은 물론이고 모든 일반적인 전쟁 선전 활동, 즉 탁자를 치며 열변을 토하거나, 과장된 영웅담을 늘어놓거나, 적을 헐뜯는 일들 역시 보통 모두 싸우지 않는 사람들, 많은 경우 싸우느니 차라리 100킬로미터가량 먼저 달아나겠다고 하는 사람들에 의해 이루어졌다. 이 전쟁의 우울한 결과 가운데 하나는 좌익 언론도 우익 언론만큼이나 똑같이 거짓되고 부정직하다는 것을 내게 가르쳐 주었다는 점이다.[42] 나는 진실로 우리 편, 즉 인민 전선 정부 편에서는 이 전쟁이 보통의 제국주의 전쟁들과 달랐다고 생각한다. 그러나 전쟁 선전의 성격을 보면 과연 그러한 것인지 의심하지 않을 수 없었다. 전투가 시작되자마자 우익과 좌익의 신문들은 욕설의 오물 구덩이로 함께 뛰어들었다. 《데일리 메일》의 포스터는 모두 기억할 것이다. '빨갱이 수녀들을 십자가에 매달다.' 반면 《데일리 워커》의 관점으로 본 프랑코의 외국인 군단은 '살인자, 백인 노예주, 마약 상용자, 모든 유럽의 인간 쓰레기로 이루어졌다.' 1937년 10월이라는 뒤늦은 시기에도 《뉴 스테이츠먼》은 우리에게 파시스트 바리케이드들이 살아 있는 아이들의 몸으로 만들어졌다는 이야기(그렇게 바리케이드를 만들려면 얼마나 불편할까.)를 전해 주었다. 그리고 아서 브라이언트 씨는 국왕 지지자들이 장악한 스페인 지역에서는 '보수파 상인의 다리를 톱으로 절단하는 것'이 '흔히 있는 일'이라고 이야기했다. 그런 종류의 이야기를 쓰는 사람들은 한 번도 싸워 보지 않은 사람들이다. 어쩌면 그들은 그런 글을 쓰는 것이 전투를 대신하는 일이라고 생각할지도 모르겠다. 모든 전쟁이 똑같다. 병사들은 전투를 하고, 기자들은 소리를 지르고, 진정한 애국자라는 사람은 잠깐의 선전 여행을 제외하면 전선 참호 근처

---

42) (원주) 《맨체스터 가디언》은 예외로 하고 싶다. 이 책을 쓰면서 나는 많은 영국 신문들을 뒤져야 했다. 영국의 유수 신문들 가운데 읽고 나서 그 정직성을 더 존경하게 된 유일한 신문은 《맨체스터 가디언》뿐이었다.

에도 가지 않는다. 그래서 비행기가 전쟁의 조건을 바꾼다고 생각하면 위안이 된다. 다음에 큰 전쟁이 터질 때는 사상 유례가 없는 광경을 보게 될지도 모른다. 몸에 총알 구멍이 난 후방의 애국자의 모습 말이다.

기자들이 보여 준 모습으로만 본다면, 이 전쟁은 다른 모든 전쟁들과 마찬가지로 말잔치였다. 그러나 한 가지 차이가 있었다. 기자들은 보통 가장 지독한 욕설은 적을 위해 아껴 두기 마련인데, 이번 전쟁에서는 시간이 흐르면서 공산주의자들과 통일 노동자당이 서로에 대해 파시스트들보다 더 심하게 비난하게 되었다는 것이다. 그럼에도 당시에 나는 그다지 심각하게 받아들이지 않았다. 정당간 불화는 짜증 나고 역겹기까지 했지만, 내 눈에는 사소한 집안 싸움으로 보였기 때문이다. 나는 그것 때문에 뭔가가 바뀔 것이라고 생각하지도 않았고, 둘 사이에 정말로 양립할 수 없는 정책 차이가 있다고 생각하지도 않았다. 나는 공산주의자들과 자유주의자들이 혁명의 진전에 강력히 저항하는 것일 뿐이라고 이해했다. 그러나 그들이 혁명을 후퇴시킬 수도 있다는 사실은 미처 몰랐다.

여기에는 그럴 만한 이유가 있다. 나는 언제나 전선에 있었다. 전선에서는 사회적 분위기나 정치적 분위기가 변하지 않았다. 나는 1월 초에 바르셀로나를 떠나 4월 말이 되어서야 처음으로 휴가를 얻었다. 이 기간 내내, 또 사실 그 이후까지도, 무정부주의자들과 통일 노동자당이 통제하는 아라곤 땅에서는 적어도 겉으로 보기에는 똑같은 상황이 지속되고 있었다. 혁명적 분위기는 내가 처음 알던 그대로였다. 장군과 사병, 농민과 의용군은 여전히 평등한 자격으로 만났다. 모두가 똑같은 보수를 받고, 똑같은 옷을 입고, 똑같은 음식을 먹고, 서로를 '당신'이나 '동지'라고 불렀다. 고용주 계급도 없었고, 하인 계급도 없었고, 거지도 없었고, 창녀도 없었고, 변호사도 없었고, 사제도 없었고, 아첨도 없었고, 모자에 손을 대는 인사도 없었다. 나는 평등의 공기를 숨쉬고 있었다. 그리고 그런 공기가 스페인 전역에 퍼져 있다고 상상할 정도로 순진했다. 대체로 우연 때문에 나는 내가 스페인 노동 계급의 가장 혁명적인 일파 속에 고립되어 있다는 사실을 깨닫지 못했다.

그래서 정치적인 교육을 많이 받은 동지들이 나에게 순수하게 군사적인 태도로만 전쟁을 바라볼 수 없다거나, 선택은 혁명과 파시즘 사이에 놓여 있을 뿐이라고 말할 때마다 나는 그냥 웃어 넘기곤 했다. 대체적으로 나는 공산주의자들의 관점을 받아들였다. 그것은 간단히 말해 '전쟁에서 승리하기 전에는 혁명을 이야기할 수 없다.'는 것이었다. 통일 노동자당의 관점은 받아들이기 힘들었다. 그것은 '전진 아니면 후퇴뿐이다.'로 요약되었다. 후에 통일 노동자당이 옳다고, 어쨌든 공산주의자들보다는 옳다고 판단한 것은 전적으로 이론의 문제 때문만은 아니었다. 글로 볼 때는 공산주의자들의 주장이 훌륭했다. 그러나 문제는 그들의 실제 행동이었다. 그들이 신실한 마음으로 자기들의 주장을 실행에 옮기고 있다고 믿기 어려웠던 것이다. 흔히 제창되는 구호 가운데 '전쟁이 먼저고, 혁명은 나중이다.'라는 것이 있었다. 물론 일반적인 통일 사회당 의용군은 그 구호를 진심으로 믿었다. 정말로 그들은 전쟁에서 승리한 다음에 혁명을 계속할 것이라고 생각했다. 그러나 그 구호는 눈속임이었다. 공산주의자들은 좀 더 적당한 때가 올 때까지 스페인 혁명을 미루자는 것이 아니었다. 그들은 혁명이 일어나지 않게 하려고 노력했다. 이것은 시간이 갈수록 분명해졌다. 노동자들은 점점 권력을 빼앗겼다. 온갖 부류의 혁명가들이 점점 더 많이 투옥되었다. 모든 행동이 군사적 필요라는 명목하에 이루어졌다. 손쉽게 써먹을 수 있는 핑계였다. 그 결과 노동자들은 우월한 지위로부터 점차 물러나게 되었다. 그들은 전쟁이 끝났을 때, 자본주의의 재도입에 저항할 수 없는 위치에 놓이게 될 터였다. 나는 일반 공산주의자들에게 불만이 있는 것은 아니다. 하물며 마드리드 주위에서 영웅적으로 죽어 간 수천 명의 공산주의자들에 대해 무슨 이의를 제기하는 것은 절대 아니다. 그러나 그들은 당 정책의 방향을 잡는 사람들은 아니었다. 그러나 그들 위에 있는 사람들에 대해서는 눈을 감고 다니는 사람들이라고 생각하지 않을 수가 없었다.

어쨌든 혁명은 실패하더라도 전쟁은 이겨야 했다. 그러나 결국 나는 공산주의 정책이 궁극적으로 볼 때 승리를 위해 짜여진 것인가도 의심하게 되었다. 전쟁의 시기마다 서로 다른 정책이 필요하다는 생각을 한 사람은 거의 없었던 것 같다. 무정부주의자들은 처음 두 달 동안 난국을 극복하는 데 힘을 발휘했으나 어떤 한도 이상으로 저항을 조직화할 능력은 없었다. 10월부터 12월까지는 공산주의자들이 난국을 극복하는 일에 중심이 되었다고 할 수 있다. 그러나 전쟁에서 승리를 거두는 것은 다른 문제였다. 영국은 공산주의자들의 전쟁 정책을 아무런 이의 없이 받아들였다. 한편으로는 그것에 대한 비판이 거의 허용되지 않았기 때문이고, 또 한편으로는 그 일반적 방향, 즉 혁명적 혼돈을 없애고 생산을 가속화하며 정규군을 양성한다는 방침들이 현실적이고 능률적으로 들리기 때문이다. 따라서 공산주의 정책의 내재적인 약점을 지적할 필요가 있겠다.

모든 혁명적 경향을 억제하고 전쟁을 가능한 한 평범한 전쟁처럼 보이게 하기 위해서는 실제로 존재하던 전략적 기회들을 포기할 필요가 있었다. 나는 우리가 아라곤 전선에서 어떻게 무장을 했는지, 혹은 무장을 하지 못했는지에 대해 이야기했다. 그 무기들은 고의로 보급되지 않았음에 틀림없다. 무정부주의자들이 너무 많은 무기를 갖지 않기를 바랐기 때문이다. 나중에 혁명적 목적에 이용될 것을 걱정한 것이다. 그 결과 아라곤에서의 대공세는 이루어지지 않았다. 그것이 가능했다면 프랑코는 빌바오에서, 또 어쩌면 마드리드에서도 물러났을지 모를 일이다. 그러나 이것은 비교적 사소한 일이라고 할 수 있다. 더 중요한 것은 전쟁이 '민주주의를 위한 전쟁'으로 좁혀지자 국외 노동 계급에게 대대적으로 원조를 호소하는 일이 불가능해졌다는 것이다. 사실을 직시한다면, 세계의 노동 계급은 스페인 전쟁에 거리를 두었다는 사실을 인정하지 않을 수 없다. 수만 명의 개인들이 싸우러 왔지만, 수천만은 뒤에 남아 냉담한 태도를 유지했다. 전쟁 첫해 동안에는 영국 대중 전체가 이런저런 '스페인 원조' 기금에 돈을 냈던 것으로 보인다. 그 결과 모인 돈이 25만 파운드 정도였다. 이것은 아마 그들이 한 주일 동안 극장에 가는 데 쓰는 돈의 반도 안 될 것이다. 민주 국가의 노동 계급이 진정으로 스페인 동지들을 돕는 길은 산업적 행동을 통해서였다. 즉 파업과 보이콧을 벌이는 것이었다. 그러나 그런 일은 일어난 적이 없다. 모든 곳의 노동당과 공산주의자 지도자들은 생각도 할 수 없는 일이라고 이야기했다. 그들이 목청을 높여 '붉은' 스페인이 '붉지' 않다고 외치는 한 그들의 주장에는 일관성이 있는 셈이었다. 1914~1918년 이래로 '민주주의를 위한 전쟁'은 불길한 소리로 들렸다. 오랫동안 공산주의자들 자신이 모든 나라의 전투적 노동자들에게 '민주주의'란 자본주의의 고상한 이름에 지나지 않는다고 가르쳐 왔다. 먼저 '민주주의는 사기다.'라고 말한 다음에 '민주주의를 위해 싸우라!'고 말하는 것은 좋은 전술이 아니다. 소비에트 러시아라는 엄청난 위세를 등에 업고 세계의 노동자들에게 '민주적 스페인'이 아닌 '혁명적 스페인'의 이름으로 호소했다면 아마 큰 호응을 얻어 낼 수 있었을 것이다.

그러나 무엇보다 중요한 것은 비혁명적 정책으로 프랑코의 후방을 공격하는 것이 불가능하지는 않을지라도 어려운 일이었다. 1937년 여름, 프랑코는 정부와 비슷한 규모의 군대로 정부보다 더 많은 인구를 장악하고 있었다. 식민지의 주민들까지 헤아리면 훨씬 더 많은 숫자였다. 누구나 아는 일이지만 후방에 적대적인 주민이 있을 경우에는 이들의 통신 시설을 지키고 파업을 진압하는 등의 일을 해야만 전방의 군대도 유지할 수가 있다. 따라서 프랑코의 후방에서는 이렇다 할 저항 운동이 없었다는 말이 된다. 프랑코의 영토 내에 있는 인민, 적어도 도시 노동자와 가난한 농민들이 프랑코를 좋아했다거나 그를 원했다고 생각할 수는 없는 일이다. 그러나 인민 전선 정부가 계속 우익 쪽으로 움직여 가면서 정부의 우월성은 점점 빛을 잃었다. 이런 점을 결정적으로 보여 준 것이 모로코 사건이다. 모로코에서는 왜 반란이 일어나지 않았을까? 프랑코는 악명 높은 독재를 수립하려 했다. 그런데 무어인들은 실제로 인민 전선 정부보다 프랑코를 더 좋아했다! 명백한 사실은 모로코에서는 반란을 선동하려는 시도가 전혀 없었다는 것이다. 그렇게 했다면 전쟁에 혁명적인 의미를 부여할 수 있었을 것이다. 무어인들에게 인민 전선 정부의 선의를 보여 주기 위한 우선적인 조치는 바로 모로코의 해방을 선언하는 것이었다. 그랬더라면 프랑스인들이 얼마나 기뻐했을지 상상이 간다! 그러나 인민 전선 정부는 프랑스와 영국을 회유하려는 헛된 희망 때문에 전쟁에서 가장 좋은 전략적 기회를 날려 보내고 말았다. 공산주의 정책의 전체적 경향은 이 전쟁을 평범하고 비혁명적인 전쟁으로 축소시키려는 것이었다. 그러나 그런 전쟁에서는 인민 전선 정부가 극도로 불리했다. 그런 종류의 전쟁은 기계적 수단, 즉 궁극적으로 무제한의 무기 공급에 의해서만 승리를 얻을 수 있기 때문이다. 그런데 정부의 주된 무기 지원국인 소련은 이탈리아나 독일과 비교해 볼 때 지리적으로 매우 불리한 위치에 있었다. 어쩌면 통일 노동자당과 무정부주의자들이 내건 '전쟁과 혁명은 분리할 수 없다.'라는 구호가 언뜻 보기보다 덜 환상적이었는지도 모른다.

지금까지 공산주의자들의 반혁명 정책이 틀렸다고 생각하는 내 나름의 이유를 늘어놓았다. 그러나 그들의 정책이 전쟁에 미치는 영향을 고려할 때, 내 판단이 옳지 않기를 바란다. 정말이지 내 판단이 틀리기를 바라 마지않는다. 나는 어떤 수단을 동원해서라도 인민 전선 정부가 이 전쟁에서 승리를 거두기 바란다. 그러나 물론 어떻게 될지 아직 말할 수는 없다. 정부가 다시 좌경화할 수도 있다. 무어인들이 스스로 반란을 일으킬 수도 있다. 영국이 돈을 주고 이탈리아가 손을 떼도록 만들 수도 있다. 단순한 군사적 수단을 통해 전쟁에서 이길 수도 있다. 아무도 알 수 없다. 내가 방금 제시한 의견들은 그대로 고수하겠다. 내 생각이 얼마나 옳고 그른가는 시간이 지나면 알 수 있을 것이다.

　　그러나 1937년 2월에 나는 상황을 이런 관점에서 보지 못했다. 아라곤 전선에서의 교착 상태가 지겨웠다. 나는 주로 내가 싸울 만큼 싸우지 못했다는 생각에 사로잡혀 있었다. 나는 바르셀로나에서 보았던 모병 포스터를 자주 생각했다. 그 포스터는 지나가는 사람들에게 질책하듯이 묻고 있었다. '당신은 민주주의를 위해 무엇을 했습니까?' 나는 그 질문에 이렇게 답할 수밖에 없을 것 같았다. '식량만 축냈습니다.' 나는 의용군에 입대하면서 파시스트 한 명은 죽이겠다고 스스로 다짐했다. 우리 각자가 하나씩 죽이면 파시스트들은 곧 소멸될 것 같았기 때문이다. 그러나 아직 하나도 죽이지 못했다. 그럴 기회조차 없었다. 물론 나는 마드리드로 가고 싶었다. 군대 내의 모든 사람들이 정치적 견해에 관계없이 마드리드로 가고 싶어 했다. 그렇게 하려면 국제군으로 들어가야 했다. 통일 노동자당은 이제 마드리드 주둔 부대가 거의 없었기 때문이다. 무정부주의자들도 이제 그곳에 전처럼 많은 부대를 주둔시키지 않았다.

물론 당장은 현재의 방어선을 지켜야 했다. 그러나 나는 휴가를 받았을 때 가능하다면 국제군으로 들어가겠다고 말하고 다녔다. 그것은 스스로 공산주의자들의 통제를 받겠다는 뜻이었다. 여러 사람이 나를 말렸다. 그러나 아무도 적극적으로 개입하려 하지는 않았다. 통일 노동자당에서는 이단자 사냥이 거의 없었다고 말할 수 있다. 그들의 특별한 상황을 고려할 때, 거의 없었다는 말은 불충분할지 모르겠다. 그곳에서는 친파시스트가 아닌 한 어떤 정치적 견해를 가지고 있어도 처벌받지 않았다. 나는 의용군에서 통일 노동자당의 '노선'을 혹독하게 비판하곤 했지만, 그것 때문에 문제가 생긴 적은 없었다. 심지어 정당의 당원이 되라는 압력도 없었다. 그럼에도 의용군 병사들 가운데 다수가 당원이 되었던 것 같다. 나 자신은 정당에 가입하지 않았다. 나중에 통일 노동자당이 탄압을 받게 되었을 때, 나는 그 점이 다소 미안했다.

6장

하루하루, 특별히 밤마다 같은 일들이 되풀이되었다. 경계
근무, 정찰 근무, 땅파기. 그리고 진창, 비, 잉잉거리는 바람, 가
끔 내리는 눈. 밤에도 따뜻한 기운이 분명하게 느껴진 것은 4월
에 접어들고도 한참을 지나서였다. 이곳 고지대의 3월은 영국
의 3월과 아주 비슷했다. 하늘은 맑고 푸르지만 바람은 끈질
겼다. 겨울 보리가 두 뼘가량 올라왔고, 벚나무의 진홍색 봉오
리들이 영글었다.(이곳의 방어선은 버려진 과수원과 밭들을 관통
했다.) 도랑을 뒤져보면 제비꽃이나 블루벨 가운데서도 볼품
없는 쪽에 속하는 야생 히아신스 같은 것들을 볼 수 있었다.
방어선 바로 뒤로는 물거품이 보글거리는 상쾌한 녹색의 내가
흘렀다. 전선에 온 뒤로 처음 보는 투명한 물이었다. 어느 날
나는 이를 악물고 물속으로 기어 들어갔다. 여섯 주 만의 첫

목욕이었다. 대충 몸만 담그고 나온 꼴이었다. 얼음이 녹은 물이라 수온이 빙점을 간신히 넘겼기 때문이다.

그동안 아무 일도 없었다. 아무런 일도 일어나지 않았다. 영국인들은 습관적으로 이것은 전쟁도 아니라고 말하고 다녔다. 지겨운 무언극일 뿐이라는 것이었다. 우리는 파시스트들로부터 직접적인 총격을 받은 일이 거의 없었다. 유일한 위험이라곤 유탄들뿐이었다. 우리 방어선이 양쪽에서 곡선을 그리며 앞으로 나아가는 바람에 유탄들이 사방에서 날아들었다. 이 무렵 모든 사상자들은 유탄 때문에 생겨났다. 아서 클린튼은 수수께끼 같은 총알에 왼쪽 어깨가 으스러져 팔이 불구가 되었다. 아마 평생 그런 채로 살아야 할 것이다. 포격도 약간 있었지만, 정말 쓸데없는 짓이었다. 폭탄이 비명을 지르며 날아와 터지는 광경을 보는 것이 우리에게는 가벼운 오락거리였다. 파시스트들은 폭탄을 한 번도 우리 참호에 떨구지 못했다. 우리 뒤편으로 몇백 미터만 가면 라 그란하[43]라고 불리는 시골집이 있었다. 큰 건물들이 많아 전선에서 창고나 본부, 취사장으로 사용했다. 파시스트 포수들이 노리는 곳은 이곳이었다. 그러나 적군 포대로부터 5, 6킬로미터 떨어진 거리였다. 그래서 기껏해야 창문이나 깨고 벽이나 조금 부수는 정도였다. 사격이 시작될 때나 포탄이 양옆 밭으로 떨어질 때 공교롭게도 도로에 올라서게 되는 경우말고는 특별히 위험할 게 없었다. 병사들은 소리만 듣고도 포탄이 얼마나 가까운 곳에

---

43) '농장'이라는 뜻이다.

떨어질지 알아내는 비법을 금세 터득했다. 이 시기에 파시스트들이 쏘아 대던 포탄들은 형편없이 나쁜 것이었다. 150밀리미터 포이긴 했지만 포탄이 터진 구멍은 겨우 너비 2미터에 깊이 1미터에 불과했다. 그나마도 네 발 중 적어도 한 발은 불발이었다. 파시스트 공장에서는 파업이 벌어져서 불발탄 속에는 폭약 대신 '붉은 전선'이라고 적힌 종이 조각이 들어 있더라는 낭만적인 소문이 나돌곤 했다. 그러나 내 눈으로 직접 본 경우는 한 번도 없다. 포탄들이 가망 없을 정도로 낡았다는 것이 진짜 이유였다. 누군가 제조 연도가 찍힌 놋쇠 신관 덮개를 주운 적이 있는데, 1917년에 만든 것이었다. 파시스트 포들은 우리 것과 똑같은 곳에서 제작했고 구경도 같았기 때문에, 우리는 적의 불발탄을 수리하여 다시 쏘곤 했다. 이렇게 매일 적군과 아군을 오가지만 한 번도 터지지 않아 아예 별명이 붙은 포탄까지 있다는 소문이 들렸다.

밤이면 소규모 정찰대를 중립 지대에 파견했다. 그들은 파시스트 방어선 근처의 도랑에 엎드려, 우에스카에서 어떤 움직임이 있는지 귀를 기울이곤 했다. 집합 나팔 소리나 자동차 경적 같은 것을 들으려는 것이었다. 파시스트 부대들은 끊임없이 이동했다. 척후병들의 보고를 들어 보면 그 숫자를 어느 정도 확인할 수 있었다. 교회 종소리가 들리면 보고를 하라는 특명이 떨어졌다. 파시스트들은 작전에 나서기 전에 반드시 미사를 드리는 것 같았기 때문이다. 밭과 과수원에는 버려진 토담집들이 있었다. 창문만 가리면 성냥을 켜고 안을 뒤져도 위험하지 않았다. 때로는 도끼나 파시스트 물병(우리 것보다 좋았기 때문에 모두들 갖고 싶어 했다.) 같은 귀중한 전리품을 챙길 수도 있었다. 낮이라고 뒤질 수 없는 것은 아니었지만 낮은 포복으로 기어다녀야 했다. 추수 시점에서 모든 것이 정지해 버린 텅 빈 비옥한 들판을 기어 돌아다니다 보면 묘한 기분이 들었다. 지난해 농작물은 손도 대지 않은 상태였다. 가지를 치지 않은 포도 덩굴들은 뱀처럼 땅을 기었다. 쓰러지지 않은 옥수수 줄기의 열매들은 돌처럼 단단했다. 사탕무는 비대하게 자라서 엄청난 크기의 목질 덩어리로 변했다. 농부들이 양쪽 군대를 얼마나 저주했을까! 때때로 사람들이 무리를 지어 중립지대에서 감자를 캐곤 했다. 우리가 있는 곳에서 오른쪽으로 1.5킬로미터 정도 가면 양 진영의 방어선이 만나는 곳이 있었다. 그곳에 감자밭이 있었는데, 우리와 파시스트들 둘 다 그곳을 자주 찾았다. 우리는 낮에 가고, 파시스트들은 밤에만 왔다. 그곳이 우리편 기관총 사정거리 안에 있었기 때문이다. 어느 날 밤 파시스트들이 무더기로 몰려와 밭을 싹 쓸어 버렸다. 우리는 약이 올랐다. 우리는 좀 더 떨어진 곳에 있는 다른 감자밭을 발견했다. 그러나 그곳에는 엄폐물이 없었기 때문에 낮은 포복 자세로 감자를 캐야 했다. 아주 신경이 쓰이는 일이었다. 적의 기관총 사수들에게 발각당하면 문 밑에 웅크리고 있는 쥐처럼 납작 엎드려야 했다. 적의 총알이 바로 근처의 땅속에 박혔다. 당시만 해도 그런 일에 목숨을 걸 만한 가치가 있었다. 감자가 점점 귀해졌기 때문이다. 한 자루만 캐면 취사실로 가져가 물병 하나 분량의 커피와 맞바꿀 수 있었다.

그런데도 아무 일이 없었다. 무슨 일이 생길 것 같지도 않왔다. "언제 공격하지? 왜 공격을 하지 않는 거야?" 이것은 낮이나 밤이나 스페인 병사와 영국 병사가 한결같이 던지는 질문이었다. 전투가 무엇을 의미하는지 생각해 보면, 병사들이 전투를 하고 싶어 한다는 것이 이상하게 느껴질 것이다. 그러나 병사들은 전투를 간절히 원했다. 교착 상황에서 모든 병사들은 세 가지를 갈망한다. 전투, 더 많은 담배, 일주일 간의 휴가. 우리는 전에 비해 무장이 더 잘 되어 있었다. 개인마다 오십 발이 아닌 150발의 총알을 지급받았다. 점차 총검, 철모, 수류탄도 지급받았다. 곧 전투가 벌어질 거라는 소문이 계속 나돌았다. 그러나 부대의 사기를 유지하기 위해 일부러 유포한 소문이었을 것이다. 적어도 당분간은 우에스카의 이쪽에서 주요한 군사 작전이 없으리라는 것은 별다른 군사적 지식이 없어도 알 수 있었다. 하카로 가는 도로가 전략적 요지였다. 그 도로는 건너편으로 이어졌다. 나중에 무정부주의자들은 하카 도로를 공격했다. 그때 우리의 임무는 '견제 공격'을 하여 건너편 전선의 파시스트 부대가 우리에게 관심을 돌리게 만드는 것이었다.

약 6주에 걸친 이 기간 동안 우리 전선에서는 딱 한 번의 공격이 있었다. '돌격대'가 마니코미오[44]를 공격한 것이다. 마니코미오는 원래 정신 병원으로 쓰다가 버려둔 것을 파시스트들이 요새로 개조해 놓은 건물이었다. 통일 노동자당에는 수백 명의 독일인 피난민들이 근무하고 있었다. 이들은 바탈리

---

44) '정신 병원'이란 뜻이다.

온 데 초케[45]라는 특수 대대를 이루고 있었다. 군사적 관점에서 볼 때, 이들은 다른 의용군과는 사뭇 달랐다. 돌격대와 국제군 일부를 제외하고는 스페인에서 본 그 누구보다 군인다웠다. 어쨌든 그 공격은 여느 때와 마찬가지로 실패로 돌아갔다. 도대체 이 전쟁에서 실패하지 않은 정부 측 작전이 얼마나 되겠는가? 돌격대는 마니코미오를 급습했다. 그러나 어느 의용군인지는 잊었지만, 마니코미오를 굽어보는 인근 언덕을 점령함으로써 그들을 지원하기로 한 의용군이 형편없이 패했다. 그 의용군을 이끌던 대위는 원래 정규군 장교 출신으로 그 충성심이 의심스러웠으나, 정부 측에서는 그를 쓰겠다고 고집을 부렸다. 겁이 나서 그랬는지 배반을 하려고 그랬는지, 그 장교는 200미터나 떨어진 곳에서 수류탄을 던짐으로써 파시스트들이 대비할 태세를 갖추게 해 주었다. 다행스럽게도 그의 부하들이 현장에서 그를 사살해 버렸다. 그러나 기습 효과는 사라져 버리고, 의용병들은 적의 맹공에 쓰러지며 산에서 쫓겨나고 말았다. 밤이 되면서 돌격대는 마니코미오를 버리고 나올 수밖에 없었다. 밤새도록 구급차들이 그 지긋지긋한 도로를 통해 시에타모로 줄지어 갔다. 차들이 심하게 흔들리는 바람에 중상자들이 많이 죽어 나갔을 것이다.

이 무렵 우리 몸에는 이가 들끓었다. 여전히 추운 날씨였지만 이가 슬 만큼은 따뜻했다. 나는 몸에 기생하는 다양한 종류의 벌레들을 경험하게 되었다. 그러나 이만큼 지독한 벌레

---

45) 기습 대대이다.

는 없었다. 가령 모기 같은 다른 곤충들도 사람을 괴롭히긴 하지만 적어도 몸에 상주하진 않는다. 이는 작은 가재를 연상시키는데, 주로 바지 안에 산다. 옷가지를 모두 태우는 것 외에는 이를 없앨 방법이 없다. 이는 바지의 솔기에 반짝거리는 하얀 알을 낳는다. 마치 작은 쌀알갱이 같다. 이 알들이 부화하여 엄청나게 빠른 속도로 자기 식구들을 불려 나간다. 평화주의자들은 이의 사진을 큼지막하게 확대하여 팸플릿에 실으면 도움이 될지도 모르겠다. 이것이야말로 전쟁의 영광이다! 전쟁에서는 모든 병사의 몸에 이가 들끓는다. 날씨만 어느 정도 따뜻하면. 베르덩, 워털루, 플로든, 센락, 테르모필레 등지에서 싸운 모든 병사들의 사타구니에는 이들이 기어다녔다. 우리는 알을 태우고 가능한 한 자주 목욕을 함으로써 그 지겨운 놈들의 수를 어느 정도는 줄일 수 있었다. 이만 아니었다면 나는 얼음처럼 차가운 강물에 뛰어들지도 않았을 것이다.

모든 것이 부족했다. 군화, 옷, 담배, 비누, 양초, 성냥, 올리브 기름. 군복은 넝마가 되어 갔다. 많은 사람들이 군화가 없어 밧줄로 바닥을 댄 샌들을 신었다. 어디를 가나 닳아 빠진 군화가 무더기로 쌓여 있었다. 한번은 군화만 가지고도 개인호의 불을 이틀 동안이나 피울 수 있었다. 군화는 그다지 나쁜 연료는 아니었다. 이 무렵 아내는 바르셀로나에 있었는데, 구입이 가능한 대로 나에게 차, 초콜릿, 심지어 시가까지 보내곤 했다. 그러나 바르셀로나에도 모든 것이 부족했다. 특히 담배가 그러했다. 비록 우유도, 설탕도 거의 없었지만, 차는 신이 주신 선물이었다. 영국에서는 파견대 병사들에게 계속 위문품을 보냈지만, 한 번도 도착한 적이 없었다. 음식, 옷, 담배 등이 든 위문품은 우체국에서 배달을 거부하거나 프랑스에서 압수했다. 이상하게도 영국에서 차나 비스킷(딱 한 번 이런 기념할 만한 일이 있었다.)을 아내에게 보낼 수 있었던 곳은 영국 육해군의 구내 매점이었다. 가엾은 육해군! 그들은 고상하게 자신의 의무를 이행했지만, 그 물건들이 프랑코 측의 바리케이드로 건너갔으면 더 좋아했을 것이다. 담배 부족이야말로 최악의 사태였다. 처음에 우리는 하루에 한 갑을 지급받았다. 이윽고 하루 여덟 개비로 줄었고, 그다음에는 다섯 개비로 줄었다. 마침내 담배가 한 개비도 지급되지 않는 죽음 같은 열흘이 계속되었다. 그때 나는 런던에서 매일 보던 광경을 스페인에서 처음으로 목격하게 되었다. 사람들이 담배꽁초를 줍는 모습이었다.

3월 말에 나는 손을 다쳤다. 수술을 하고 삼각건을 걸어야 했다. 병원에 가야 했다. 그러나 그런 사소한 상처 때문에 나를 시에타모까지 보낼 수는 없는 노릇이었다. 그래서 나는 몬플로리테에 있는 소위 병원이란 곳에 그대로 남았다. 그곳은 사상자를 정리하는 대기소에 지나지 않았다. 나는 그곳에 열흘 동안 입원해 있었는데, 얼마 동안은 침대에 누워 있었다. 프락티칸테(병원 조수)들은 내가 가진 귀중품을 모조리 훔쳐 갔다. 카메라와 사진들도 다 도둑맞았다. 전선에서는 모두가 도둑질을 했다. 물자 부족의 필연적인 결과였다. 그러나 그 가운데서도 병원 사람들이 항상 제일 심했다. 훗날 바르셀로나 병원에서, 국제군에 입대했던 한 미국인은 이탈리아 잠수함의 어뢰에 부상을 당해 해안으로 옮겨졌는데, 자기를 들것에 실어 구급차로 옮기는 사람이 그 와중에도 자신의 손목시계를 풀어 가더라는 이야기를 했다.

팔에 삼각 붕대를 매고 있던 며칠 동안, 나는 행복하게 시골을 돌아다닐 수 있었다. 여느 마을과 다름없이 몬플로리테에는 흙과 돌로 지은 집들이 옹기종기 모여 있었다. 그 사이로 골목길들이 꼬불꼬불하게 이어졌다. 화물 트럭들이 휘젓고 다니는 그 골목길들은 달의 분화구처럼 파였다. 교회는 심하게 부서졌지만 군용 창고로 사용되었다. 동네 전체에 이렇다 할 규모를 가진 농가는 오로지 두 채뿐이었다. 토레 로렌조와 토레 파비안이 그것이었다. 정말 크다고 할 수 있는 건물도 두 동뿐이었다. 한때 시골 지방에서 세도를 부리던 지주들의 집인 것이 분명했다. 그들의 부는 농부들의 비참한 오두막들과 대조적이었다. 강 바로 뒤, 전선 가까운 곳에 대규모 방앗간이 있었다. 그곳에는 지주의 저택이 하나 딸려 있었다. 크고 비싼 기계가 녹이 슬어 쓸모없어지고, 나무로 만든 밀가루 운반 장치가 땔감으로 뜯겨나간 것은 안타까운 일이었다. 나중에는 한참이나 후방에 있는 부대들이 땔감을 얻기 위해 트럭으로 병사들을 싣고 와 그 집을 조직적으로 뜯어 갔다. 그들은 방의 마루판을 부수기 위해 수류탄을 터뜨리곤 했다. 우리의 창고이자 취사장인 라 그란하는 전에는 수도원이었다. 전체 면적은 1에이커가 넘었다. 커다란 뜰과 별채들이 있었고, 3, 40마리를 수용할 수 있는 마굿간도 있었다. 스페인의 이 지역 지주 저택은 건축학적으로 그다지 가치는 없었지만 모두 고상해 보였다.

회칠을 한 돌들이 아치를 이루었고 웅장한 들보가 천장을 가로질렀다. 이 건물들은 아마 수백 년 동안 변함없이 전해 내려온 설계법으로 지어진 것 같았다. 의용군이 접수한 건물들을 다루는 모습을 보면, 은근히 전 소유주인 파시스트들에게 동정심이 생기기도 했다. 라 그란하에서 쓰지 않는 모든 방은 변소가 되었다. 부서진 가구와 배설물 때문에 지저분하기 이를 데 없었다. 옆에 붙은 교회의 벽은 포탄을 맞아 구멍이 숭숭 뚫려 있었고, 바닥에는 한 뼘 높이의 똥이 쌓여 있었다. 취사 당번들이 국자로 음식을 퍼 주는 큰 마당은 녹슨 깡통, 진흙, 노새 똥, 썩는 음식으로 역겨웠다. 그리고 보면 군대에 전해져 오는 오래된 노랫말도 일리가 있다는 생각이 들었다.

　　병참 부대의 창고에는
　　쥐, 쥐,
　　고양이만 한 쥐들이 있다네!

　라 그란하의 쥐들은 정말 고양이만 했다. 큼지막하게 부풀어 오른 놈들이 어기적거리며 쓰레기 더미 위를 돌아다녔는데, 이놈들은 너무 건방져서 총으로 쏘기 전에는 달아날 생각조차 하지 않았다.
　마침내 이곳에도 봄이 왔다. 하늘의 푸른빛은 더욱 부드러워졌고, 대기는 갑자기 훈훈해졌다. 개구리들은 도랑에서 요란스럽게 짝짓기를 했다. 마을의 노새들이 물을 먹는 웅덩이 근처에서 동전만 한 크기의 아주 예쁘장한 녹색 개구리들을 보았다. 워낙 찬란한 빛깔이어서 옆에서 한참을 쳐다보았다. 젊은 농부들은 들통을 들고 나와 달팽이들을 잡으러 다녔다. 그들은 달팽이를 양철판 위에서 산 채로 구웠다. 날씨가 푹해지자 농부들은 봄갈이를 하러 밖으로 나왔다. 스페인의 토지 개혁은 그 내용이 모호하기 이를 데 없었다. 그래서 나는 그곳의 땅이 집산화된 것인지, 아니면 농민이 자기들끼리 땅을 나누어 가진 것인지도 분명히 알 수 없었다. 형식적으로는 집산화되었을 것이라고 생각했다. 그곳이 통일 노동자당과 무정부주의자들의 통제하에 있었기 때문이다. 어쨌든 지주들은 사라졌고, 농민들 밭을 경작했다. 농민들은 만족하는 것 같았다. 농민이 우리에게 친절했기 때문에 나는 늘 놀라곤 했다. 일부 나이 든 사람들에게는 전쟁이 무의미하게 보이는 것 같았다. 전쟁 때문에 모든 물자가 부족했고, 모든 사람이 우울하고 따분한 생활을 해야 했다. 게다가 농민들은 아무리 좋은 시절이라도 군부대가 자기들 마을에 주둔하는 것을 싫어하기 마련이다. 그런데도 농민들은 변함없이 친절했다. 우리가 다른 무리한 짓을 하더라도, 과거의 지주가 되돌아오는 것을 막아 주는 사람들이 바로 우리라고 생각했기 때문일 것이다. 내란이란 묘한 것이다. 우에스카까지의 거리는 8킬로미터도 안 되었다. 그곳의 시장은 이 농민들이 이용하던 곳이었다. 모두들 그곳에 친척이 있었다. 그들은 그곳에서 평생 닭도 팔고 채소도 팔았다. 그런데 이제 여덟 달 동안이나 기관총과 뚫을 수 없는 철조망의 장벽이 그 사이에 가로놓여 있었다. 그래도 그들은 이따금씩 장벽을 잊었다. 한번은 아주 작은 철제 램프(스페인 사람들이 올리브 기름으로 태우는 램프)를 들고 가던 할머니와 이야기를 나눈 적이 있다. "어디 가면 그런 램프를 살 수 있습니까?" 내가 물었다. "우에스카에서요." 그녀는 아무 생각 없이 대답했다. 잠시 후 우리는 둘 다 웃음을 터뜨렸다. 마을 처녀들은 아름답고 생기가 넘쳤다. 머리카락은 석탄처럼 까맸다. 걷는 모습도 기운찼다. 처녀들은 당당한 태도로 남자들과 스스럼 없이 대화를 나누었다. 이런 모습이 어쩌면 혁명의 부산물인지도 몰랐다.

너덜거리는 파란 셔츠에 검은 코듀로이 반바지를 입은 남자들이 챙이 넓은 밀짚 모자를 쓰고 밭을 갈았다. 그 뒤에 모여 선 노새들이 박자를 맞추듯 귀를 퍼덕였다. 그들의 쟁기는 형편없었다. 밭고랑이라 할 만한 것은 만들지도 못한 채 흙만 조금 뒤적거려 놓았을 뿐이었다. 농기구라고 해야 애처로울 정도로 낙후된 것들이었다. 금속 가격이 비싸다는 것이 늘 문제였다. 예를 들어 부서진 보습은 때우고 또 때워, 어떤 것은 아예 때운 부분이 더 많았다. 써레와 갈퀴는 나무로 만들었다. 장화를 가진 사람도 거의 없는 동네에서 삽이라는 것은 찾아볼 수도 없었다. 그들은 인도에서 사용하는 것과 같은 엉성한 괭이로 땅을 팠다. 석기 시대 후반에나 사용했을 법한 써레도 있었다. 그것은 판자들을 겹쳐서 만들었는데, 크기가 부엌 식탁만 했다. 판자에는 수백 개의 구멍을 파 놓았다. 각각의 구멍마다 부싯돌이 하나씩 박혀 있었는데, 그것들은 인류가 만여 년쯤 전에 다듬어 사용하던 것과 똑같은 모양으로 잘려져 있었다. 나는 중립 지대의 버려진 오두막에서 이런 써레를 보고는 거의 경악에 가까운 느낌에 사로잡혔다. 그런 물건을 만드는 데 들어갔을 노력과 강철 대신 부싯돌을 사용할 수밖에 없었던 가난을 생각하니 구역질이 날 지경이었다. 그 후로 나는 산업주의에 한층 더 호감을 가지게 되었다. 그러나 마을에는 최신형 농장용 트랙터가 두 대나 있었다. 대지주의 땅에서 몰수한 것이 틀림없었다.

나는 마을에서 일이 킬로미터 정도 떨어진 묘지에도 한두 번 간 적이 있었다. 담으로 둘러싸인 작은 묘지였다. 전선의 전사자들은 보통 시에타모로 후송되었고, 그 묘지는 마을 사람들이 묻히는 곳이었다. 그곳은 영국의 묘지와는 묘하게 달랐다. 이곳에는 죽은 자에 대한 존중이 없었다! 덤불과 잡초가 무성하게 자라 모든 묘지를 덮었다. 사방에 유골이 흩어져 있었다. 그러나 정말로 놀라운 사실은 무덤들이 모두 혁명 전의 것들인데도 종교적인 비문이 거의 새겨져 있지 않다는 점이었다. 가톨릭 신자의 무덤에서 흔히 목격되는 '아무개의 영혼을 위해 기도한다.'는 비문을 본 것은 오로지 한 번뿐이었다. 대부분의 묘비명은 지극히 세속적이었다. 죽은 사람의 미덕에 대한 우스꽝스러운 시구가 주류를 이루었다. 네다섯 기마다 하나 정도씩은 작은 십자가가 세워져 있거나 천국에 대한 형식적 언급이 있었다. 대개 근면한 무신론자가 끌로 새겨 놓은 것이었다.

스페인의 이 지역 사람들에게는 정말로 종교적 감정(정통적 의미의 종교적 감정)이 없다는 느낌을 받았다. 페인에 있는 동안 성호 긋는 사람을 한 번도 못 보았다는 것도 이상한 일이다. 그런 동작은 혁명과 관계없는 본능적인 것이라고 할 수 있을 텐데 말이다. 스페인 교회는 분명히 다시 돌아올 것이다. (밤과 예수회는 늘 다시 돌아온다는 속담도 있지 않는가.) 그러나 혁명이 발발하자 교회는 붕괴되었다. 얼마나 박살이 났는지, 소멸해 가는 영국 국교회조차도 같은 상황에서 그 정도로 부서질 것이라고는 상상할 수 없을 정도였다. 어쨌든 카탈로니아와 아라곤 지역의 스페인 사람들에게 교회란 부정한 돈벌이 집단에 불과했다. 기독교 신앙이 어느 정도 무정부주의로 대체된 것인지도 몰랐다. 실제로 무정부주의의 영향력은 광범위했으며 그것은 분명 종교적인 색채를 띠었다.

내가 병원에서 돌아온 날, 우리는 작전 수행에 적합한 진지로 전진했다. 약 1000미터 앞이었다. 작은 내가 흐르는 곳이었다. 200미터 앞에는 파시스트의 방어선이 있었다. 이것은 원래 몇 달 전에 수행되었어야 할 작전이었다. 이제야 작전을 수행하게 된 까닭은 무정부주의자들이 하카 도로를 공격하고 있었기 때문이다. 우리는 이쪽으로 진격해 들어가 파시스트들의 부대를 분산시킬 생각이었다.

우리는 6, 70시간 동안 한숨도 자지 못했다. 내 기억은 뿌옇게 흐릿해졌다. 그저 일련의 단편 사진들만 남아 있는 것 같았다. 우리는 중립 지대에서 적들의 움직임을 청취하는 임무를 맡았다. 우리는 파시스트 방어선의 일부를 이루는 요새화된 농장인 카사 프란세사로부터 100미터 떨어진 곳까지 나아갔다. 우리는 일곱 시간 동안 끔찍한 늪지에 엎드려 있었다. 갈대 냄새가 나는 물구덩이 속으로, 몸이 점점 깊이 가라앉

왔다. 갈대 냄새, 몸을 마비시키는 추위, 검은 하늘에 고정된 별, 귀에 거슬리는 개구리 울음소리. 4월이었지만 내 기억으로는 스페인에서 가장 추운 밤이었다. 불과 100미터쯤 뒤에서는 작업반이 열심히 일을 하고 있었다. 그러나 우리가 있는 곳은 개구리들의 합창 외에는 완전한 침묵이었다. 밤 동안에 단 한 번 어떤 소리를 들었을 뿐인데, 삽으로 모래주머니를 납작하게 두드리는 익숙한 소리였다. 이따금씩 스페인 사람들이 뛰어난 조직력을 발휘한다는 사실 또한 신기한 일이다. 모든 움직임이 멋지게 조직적으로 이루어졌다. 600명이 일곱 시간만에 1200미터나 되는 참호와 흙벽을 쌓았다. 그것도 파시스트 방어선으로부터 불과 150미터 내지 300미터 떨어진 곳에서 이루어진 일이었다. 모든 작업이 너무 조용하게 진행되어 파시스트들은 아무런 소리도 듣지 못했다. 밤새 부상자는 한 명뿐이었다. 물론 다음 날에는 많은 사상자가 났다. 무엇이건 간에 각자 한 가지씩 일을 맡았다. 취사장 잡역부들까지도 일이 끝나자 갑자기 브랜디를 넣은 포도주 큰 통을 들고 나타났다.

동이 트자 파시스트들은 우리가 그곳에 있다는 것을 갑자기 발견했다. 카사 프란세사의 네모진 하얀 건물은 200미터 떨어져 있었지만 마치 바로 앞에서 우리를 굽어보는 것 같았다. 위쪽 창문의 모래주머니들 위에 올려놓은 여러 정의 기관총은 우리 참호 안을 직접 겨냥하는 것 같았다. 우리는 모두 멍하니 서서 카사 프란세사를 바라보았다. 파시스트들이 왜 우리를 못 보는지 알 수가 없었다. 순간 총알이 소용돌이치며 쏟아졌다. 모두들 부리나케 주저앉아 미친 듯이 땅을 팠다. 참호를 더욱 깊이 파고 그 옆에 조그만 피난처를 만들었다. 나는 여전히 팔에 붕대를 감고 있어 참호를 팔 수가 없었다. 덕분에 그날 대부분의 시간을 추리 소설을 읽으며 보냈다. 『사라진 채권자』라는 제목이었다. 그 소설의 줄거리는 기억나지 않지만, 그곳에 앉아 소설을 읽을 때의 기분은 지금도 선명하게 떠오른다. 축축한 진흙투성이의 참호 바닥, 동지들이 서둘러 참호 바닥을 파 나갈 때 삽질을 피해 다리를 계속 옮기던 일, 머리 위 몇 뼘 높이에서 계속 땅, 땅, 땅 울려 대던 총소리. 총알이 토마스 파커의 허벅지 상단을 관통했다. 파커는 생각보다 상처가 깊어 하마터면 무공 훈장을 타고 제대할 뻔했다고 농담을 했다. 방어선 전역에서 사상자가 생겼다. 그러나 그날 밤 우리의 작업을 발각당했을 경우에 비한다면 아무것도 아니었다. 후에 탈영병이 해 준 이야기에 따르면, 파시스트 보초 다섯 명이 근무 태만으로 총살을 당했다고 한다. 지금이라도 그들이 박격포 몇 대만 가져와서 기선을 제압한다면 우리를 대량 학살할 수도 있었다. 좁고 혼잡한 참호에서 부상자들을 운반하자니 갑갑했다. 반바지가 피로 물든 부상자 하나가 들것에서 떨어져 괴롭게 숨을 헐떡이기도 했다. 부상자는 1.5킬로미터 이상의 먼 거리를 운반해야 했다. 도로가 있어도 구급차가 절대 전선 근처에 오지 않았기 때문이다. 구급차가 너무 가까이 오면 파시스트들은 주저하지 않고 포격을 했다. 현대전에서는 구급차를 이용해 탄약을 날라도 양심의 가책 따위는 느끼지 않기 때문이다.

다음 날 밤, 토레 파비안에서 공격 명령을 기다리고 있는데,

마지막 순간에 무전기를 통해 취소되었다. 우리가 대기하던 헛간 바닥에 수북이 쌓여 있던 뼈들 위로 왕겨가 얇게 깔려 있었다. 사람 뼈와 소뼈가 섞여 있었다. 쥐가 득실거리는 곳이었다. 그 더러운 놈들은 사방에서 떼를 지어 몰려나왔다. 내가 가장 혐오하는 것 중에 하나가 어둠 속에서 쥐가 내 몸을 타넘는 것이었다. 그러나 주먹으로 한 마리를 기분 좋게 날려 보낸 적도 있다.

우리는 파시스트의 흙벽으로부터 5, 60미터 떨어진 곳에서 공격 명령이 떨어지기를 기다렸다. 병사들은 관개 수로에 길게 줄지어 웅크리고 앉아 있었다. 총검들이 일제히 날을 세우며 삐죽삐죽 솟아 있었다. 눈의 흰자위가 어둠 속에서 빛을 발했다. 콥과 베냐민은 우리 뒤에 쭈그리고 앉았다. 그 옆에는 어깨에 무전기를 멘 병사가 하나 있었다. 서쪽 지평선에서 장밋빛 불꽃이 번쩍 일더니 몇 초 후에 거대한 폭발음이 들렸다. 곧 이어 무전기에서 삐삐삐 하는 발신음이 들렸다. 상황이 괜찮을 때 빠져나오라는 저음의 명령이 들렸다. 우리는 그렇게 했다. 그러나 문제는 신속성이었다. 청년 노동 연합(통일 노동자당의 청년 동맹으로, 통일 사회당의 통일 사회주의 청년 동맹에 해당한다.) 소속의 가엾은 소년 열두 명이 파시스트의 흙벽으로부터 겨우 50미터 떨어진 곳에 배치되었다가 동이 틀 때까지도 그곳을 미처 빠져나오지 못했다. 그들은 하루 종일 그곳에 누워 있어야 했다. 엄폐물이라고는 풀밭뿐이었다. 파시스트들은 그들이 움직일 때마다 그들을 향해 사격을 했다. 어둠이 깔릴 무렵에는 일곱 명이 전사했다. 나머지 다섯 명은 야음을 틈타 빠져나올 수 있었다.

그 후 오랫동안 무정부주의자들이 건너편에서 우에스카를 공격하는 소리가 아침마다 들렸다. 언제나 똑같았다. 새벽녘 어느 순간에 갑자기 수십 발의 포탄이 터지는 소리가 들렸다. 몇 킬로미터나 떨어진 곳에서도 모든 것을 찢어 놓는 듯한 굉음이 똑똑히 들렸다. 곧 이어 수많은 소총과 기관총 소리가 뒤엉켜 일어났다. 북이 울리는 소리와 흡사한 육중한 울림이었다. 사격은 점차 우에스카를 둘러싼 모든 전선으로 퍼져나갔다. 우리는 비틀거리며 참호로 기어 들어가 흉벽에 기대어 졸곤 했다. 의미 없는 총알들이 귀에 거슬리는 소리를 내며 머리 위로 잇따라 지나갔다.

낮에는 포 소리가 간헐적으로 우르릉거렸다. 우리의 취사장이 된 토레 파비안은 포격을 받아 일부가 파괴되었다. 안전한 거리에서 포대 사격을 지켜보고 있노라면, 이상하게도 대포가 명중하기를 바라게 된다. 설사 그 과녁에 나와 내 동지 몇 사람의 저녁 식사가 포함되어 있다 해도 말이다. 그날 아침 파시스트들은 사격을 잘했다. 아마 독일 포사수들이 사격을 맡았던 모양이다. 그들은 토레 파비안을 목표로 먼저 포격 거리를 정하기 위한 사격을 했다. 한 방은 토레 파비안 너머로 쏘고, 한 방은 조금 못 미치게 쏘니, 씽 하는 소리에 이어 쾅 터지는 소리가 들렸다! 부서진 서까래들이 위로 튀었다. 우랄 석판 하나가 튕긴 카드처럼 공중에서 너풀거리며 떨어졌다. 다음 포탄은 거인이 칼질을 하듯 말끔하게 건물 한 귀퉁이를 잘라 냈다. 그래도 취사 당번들은 식사를 제때 공급했다. 기억할 만한 공로였다.

보이지는 않지만 귀에는 들리는 포들은 시간이 흐르면서 그 나름의 성격이 차차 파악되었다. 러시아제 75밀리미터 포가 두 문 있었다. 이 포들은 우리 후방 가까이에서 발사되었다. 뚱뚱한 사람이 골프공을 치는 모습을 연상시키는 포로, 내가 본(아니, 들었다고 해야 겠다.) 첫 러시아제 대포였다. 이 포들은 탄도는 낮았고 속도는 매우 빨랐다. 그래서 약포 폭발음, 포탄이 날아가는 소리, 포탄 터지는 소리가 거의 동시에 들렸다. 몬플로리테 뒤에는 하루에 몇 번씩만 쏘는 매우 묵직한 중포 두 문이 있었는데 저음에 둔탁한 소리를 냈다. 사슬에 묶인 괴물들이 울부짖는 소리 같았다. 아라곤산 위에는 중세의 요새가 있었다. 지난해에 인민 정부군이 급습했던 곳이었다. (사상 처음 있는 일이라고들 했다.) 이곳은 우에스카로 가는 길목을 관장하는 요새였다. 이곳에는 19세기에 생산된 것임에 틀림없는 중포 한 문이 있었다. 그 포탄들은 너무나 천천히 날아 달리기를 해도 쫓아갈 수 있을 것 같았다. 포탄이 날아가는 소리가 마치 사람이 자전거를 타고 가며 휘파람을 부는 소리 같았다. 참호의 박격포는 크기는 작았지만 가장 사악한 소리를 냈다. 그 포탄들은 날개가 달린 수뢰라고 할 수 있었다. 술집에서 던지는 다트처럼 생긴 데다 크기는 1쿼트들이 병만 했다. 이것들은 지독한 금속성의 소리를 내며 터졌다. 깨지기 쉬운 쇠로 만든 거대한 공을 모루 위에 올려놓고 두들겨대는 소리 같았다. 때때로 우리 편 비행기들이 머리 위를 날며 공뢰를 떨구었는데, 그 엄청난 굉음의 메아리 때문에 3킬로미터 떨어진 곳에서도 땅이 흔들렸다. 파시스트의 대공포 포탄은 형편없는 수채화 속의 구름 조각들처럼 하늘에 점점이 박혔다. 그러나 포탄들이 1000미터 이내로 비행기에 접근하는 것을 본 적은 없다. 비행기가 강하하며 기총 소사를 할 때, 그 소리를 아래서 들으면 날개를 퍼덕이는 소리 같았다.

우리가 있는 전선에서는 별다른 사건이 일어나지 않았다. 우리 오른편으로 200미터가량 떨어진 곳에서는 파시스트들의 고지가 높게 자리 잡고 있었다. 그곳에서 파시스트 저격병들이 우리 동료들을 쏴 죽였다. 왼쪽으로 200미터 떨어진, 냇물을 가로지르는 다리 위에서 콘크리트 바리케이드를 설치하는 사람들은 파시스트 박격포와 사투를 벌이고 있었다. 작고 사악한 포탄들은 슝-쾅! 슝-쾅! 하는 소리를 내면서 아스팔트 도로에 떨어지는 바람에 두 배로 극악하게 들렸다. 100미터 떨어진 곳에서라면 서 있어도 안전했다. 흙 기둥과 검은 연기가 요술 나무처럼 공중으로 솟아오르는 광경을 지켜볼 수도 있었다. 그러나 다리 근처에 있던 가엾은 병사들은 낮 시간의 대부분을 참호 옆면에 파놓은 좁은 대피 공간에 웅크리고 있어야 했다. 그러나 예상보다 사상자는 많지 않았다. 바리케이드는 점차 완성되어 갔다. 50센티미터 두께의 콘크리트 벽이었다. 기관총 두 정과 작은 야포 한 문을 위한 나팔꽃 모양의 총안도 뚫어 놓았다. 당시는 침대의 뼈대가 구할 수 있는 유일한 철근이었기 때문에, 낡은 침대의 뼈대를 넣어 콘크리트를 더욱 튼튼하게 만들었다.

7장

　어느 날 오후, 베냐민은 열다섯 명 자원자가 필요하다고 말했다. 지난번에 취소되었던 파시스트 요새의 공격을 오늘 밤에 감행할 예정이라고 했다. 나는 멕시코제 탄창 열 개에 기름칠을 하고 총검에 흙을 묻혔다.(너무 번쩍거리면 위치가 드러나므로.) 그리고 빵 한 덩어리와 붉은 소시지 8센티미터, 아내가 바르셀로나에서 보내 주어 오랫동안 간직해 왔던 시가 한 대도 챙겼다. 수류탄도 한 사람당 세 개씩 지급되었다. 스페인 정부는 드디어 좋은 수류탄을 생산하게 되었다. 그것은 사실상 밀스 수류탄이었으나 핀이 하나가 아니라 두 개였다. 핀들을 뽑고 나서 수류탄이 폭발하기까지 7초의 여유가 있었다. 이 수류탄의 가장 큰 단점은 한 핀은 너무 빽빽하고 또 다른 하나는 너무 헐겁다는 것이었다. 따라서 핀을 둘 다 그대로 두었다가 긴급 상황에서 빽빽한 것을 빼지 못해 쩔쩔매느냐, 아니면 빽빽한 것을 미리 빼 두었다가 혹시나 수류탄이 호주머니 안에서 터질까 봐 노심초사 하느냐, 둘 중에 하나를 선택해야 했다. 하지만 던지기에는 편리한 자그마한 수류탄이었다.

자정이 조금 못 된 시간에 베냐민은 우리들 열다섯 명을 이끌고 토레 파비안까지 내려갔다. 저녁부터 비가 세차게 내리고 있었다. 관개 수로는 잔뜩 불어나 수로 안에 뛰어들 때마다 물이 허리까지 찼다. 억수로 비가 퍼붓는 가운데 칠흑 같은 어둠에 싸인 농장 마당에서 한 무리의 사람들이 기다리고 있는 모습이 흐릿하게 보였다. 콥이 연설을 했다. 처음에는 스페인어로, 나중에는 영어로 했다. 이어 작전 계획을 설명했다. 그 지역 파시스트 방어선은 L자 모양으로 휘어져 있었다. 우리가 공격하려는 흉벽은 L자의 각이 진 곳에 있는 언덕이었다. 우리는 서른 명가량으로 반은 영국 병사, 반은 스페인 병사였다. 우리의 지휘관은 대대장(의용군의 한 대대는 약 400명이었다.) 호르헤 로카였다. 베냐민은 위로 기어올라가 파시스트의 철조망을 자르기로 했다. 호르헤가 공격 개시의 신호로 첫 번째 수류탄을 던지면 다른 사람들도 수류탄 세례를 퍼부어 파시스트들을 몰아내고, 그들이 다시 전열을 가다듬기 전에 모퉁이를 점령한다는 계획이었다. 그와 동시에 70명의 돌격대가 측면의 파시스트 '진지'를 공격하기로 했다. 옆의 진지는 우리가 공격하는 곳에서 오른쪽으로 200미터 거리에 있었으며, 두 진지는 교통호로 연결되어 있었다. 우리는 어둠 속에서 아군끼리 오인 사격하는 실수를 방지하기 위해 팔에 하얀 완장을 차기로 했다. 그때 연락병이 도착하여 하얀 완장이 없다고 했다. 그러자 어둠 속에서 누군가 푸념하는 목소리로 말했다. "그럼 파시스트들한테 하얀 완장을 차게 하면 안 될까요?"

작전 개시까지는 한두 시간 여유가 있었다. 노새 외양간 건너의 헛간은 포격으로 부서져서 빛이 없으면 주위를 돌아다닐 수가 없었다. 포탄이 떨어져 바닥의 반이 뜯겨 나갔고, 바닥은 6미터 깊이로 움푹 패어 돌들이 드러나 있었다. 누군가 곡괭이를 찾아내 부서진 널빤지를 바닥에서 뜯어 냈다. 곧 불을 지필 수 있었다. 흠뻑 젖은 우리의 옷에서는 김이 피어올랐다. 다른 누군가가 카드를 꺼냈다. 브랜디를 넣은 뜨거운 커피가 나올 것이라는 소문이 돌았다. 전쟁터에서 풍토병처럼 번지곤 하는 수수께끼 같은 소문들 가운데 하나였다. 우리는 열심히 줄을 서서 무너진 계단을 따라 내려왔다. 이어 깜깜한 마당을 배회하며 커피 마실 수 있는 곳을 물었다. 그러나 커피는 없었다! 그 대신 지휘관이 우리를 모두 집합시켜 한 줄로 세웠다. 곧 호르헤와 베냐민이 민첩하게 어둠 속으로 사라졌다. 우리도 그 뒤를 따랐다.

여전히 비가 왔고 깜깜했다. 그러나 이제 바람은 불지 않았다. 진창은 말할 수 없이 질퍽거렸다. 사탕무 밭 사이로 난 좁은 길은 진흙 덩어리를 잇대어 놓은 것이나 다름없었다. 기름을 바른 막대처럼 미끄러운 데다 곳곳에 거대한 물웅덩이들이 있었다. 우리는 아군 흉벽이 있는 곳에 이르기 전에 모두 몇 번씩은 넘어졌다. 소총은 진흙 범벅이 되었다. 흉벽에 다다르자 몇 사람이 모여서 우리를 기다리고 있었다. 지원군이었다. 군의관과 한 줄로 늘어놓은 들것도 있었다. 우리는 흙벽의 틈새를 통과하여 또 다른 관개수로를 건넜다. 철벅철벅, 콸콸! 이번에도 물은 허리까지 찼다. 더럽고 미끌미끌한 진흙이 스며 나와 군화를 덮었다. 수로 건너 풀밭에서 먼저 건너간 호르헤가 우리를 기다리고 있었다. 우리가 다 건너자 호르헤는 허리를 거의 90도로 구부리더니 천천히 앞으로 기어가기 시작했다. 파시스트 흙벽은 약 150미터 전방에 있었다. 거기까지 아무 소리 없이 움직여야 했다.

나는 호르헤, 베냐민과 함께 선두에 있었다. 허리는 굽히고 얼굴은 쳐든 채 우리는 거의 완전한 어둠 속을 천천히 기어갔다. 발을 뗄 때마다 속도는 더 느려졌다. 빗줄기가 가볍게 얼굴을 때렸다. 뒤를 흘끗 보니 가까이 있는 사람들이 눈에 들어왔다. 곱사등이처럼 웅크린 자세로 다가오고 있었다. 마치 거대한 검은 버섯들이 천천히 앞으로 미끄러지는 것처럼 보였다. 그러나 내가 고개를 들 때마다 내 옆에 바짝 붙어 있던 베냐민은 내 귀에 대고 소리를 죽여 가며 악을 썼다. "머리 숙여! 머리를 숙이란 말이야!" 걱정하지 말라고 대꾸할 수도 있었다. 어두운 밤에는 스무 보 앞의 사람도 볼 수 없다는 것을 경험상 잘 알고 있었기 때문이다. 고개를 숙이는 것보다는 소리를 내지 않는 것이 훨씬 더 중요했다. 적이 우리의 소리를 들으면 그것으로 끝장이었다. 어둠에 대고 기관총을 갈기면 달아나거나 도륙을 당하거나 둘 중의 하나였다.

그러나 진흙밭에서 소리를 내지 않고 움직인다는 것은 거의 불가능한 일이었다. 어떻게 해도 발이 진흙에 달라붙었다.

걸을 때마다 절벅거리는 소리가 났다. 바람이 멎었기 때문에 더 심각했다. 비가 오는데도 아주 조용했던 것이다. 이런 밤에는 소리가 멀리까지 실려 갔다. 나는 가다가 깡통을 걷어차고 말았다. 무시무시했다. 몇 킬로미터 반경 내의 모든 파시스트들이 그 소리를 들었을 것 같았다. 그러나 아니었다. 그쪽에서는 아무런 소리도 들리지 않았다. 파시스트 방어선에서는 대응 사격도, 움직임도 없었다. 우리는 계속 허리를 숙인 채 앞으로 갔다. 속도는 점점 느려졌다. 빨리 목표 지점에 닿고 싶어 얼마나 조바심이 났는지 말로 도저히 표현할 수가 없다. 적이 낌새를 채기 전에 수류탄을 던질 수 있는 거리까지 가고 싶었다! 그런 때는 두려움조차도 못 느낀다. 목표 지점까지의 거리를 없애고 싶은, 채울 길 없는 엄청난 갈망만을 느낄 뿐이다. 나는 야생 동물에게 살금살금 다가갈 때와 똑같은 기분을 느꼈다. 사격 가능 거리 안에 들어서고 싶은 괴로운 욕망, 그것이 불가능할지도 모른다는 어렴풋한 확신. 게다가 거리는 점점 늘어나는 것만 같으니! 나는 그곳 지리를 잘 알았다. 150미터밖에 안 되는 거리였다. 그런데도 1킬로미터가 넘는 것처럼 느껴졌다. 그런 속도로 조심스럽게 다가가게 되면, 마치 개미처럼 땅의 상태를 의식하게 된다. 이곳의 부드러운 풀밭은 아주 기분이 좋고, 저곳의 끈적끈적한 진창은 아주 기분이 더럽고, 저 바스락거리는 키 큰 갈대들은 피해야 하고, 쌓인 돌더미는 소리 없이 통과하기가 불가능할 것 같기 때문에 모든 희망이 사라지고.

그렇게 하염없이 걸어가는데 우리가 길을 잘못 들었다는

생각이 들기 시작했다. 순간 어둠 속에서 어둠보다 더 짙어 보이는 가는 평행선들이 희미하게 보였다. 바깥 철조망이었다. (파시스트들의 철조망은 이중이었다.) 호르헤는 무릎을 꿇고 호주머니를 뒤졌다. 하나밖에 없는 철사 절단기를 그가 가지고 있었다. 딱, 딱. 잘려서 늘어진 철조망 자락은 살며시 옆으로 들어 올렸다. 우리는 뒤에서 오는 병사들이 바짝 다가오기를 기다렸다. 기다리면서 듣고 있자니, 그들이 요란한 소리를 내며 다가오는 것 같았다. 이제 파시스트 흙벽까지는 50미터 정도 남았다. 우리는 허리를 굽히고 계속 앞으로 나아갔다. 고양이가 쥐구멍을 향해 다가가듯이 살며시 한 발을 내려놓았다. 그런 다음 발을 멈추고 귀를 기울였다. 다시 또 한 발을 내디뎠다. 내가 머리를 쳐들자, 베냐민이 소리없이 내 뒷덜미를 잡더니 세차게 아래로 처박았다. 나는 안쪽 철조망이 흙벽으로부터 불과 20미터 거리에 있다는 사실을 알았다. 30명이 그곳까지 다가가는 데 적이 아무 소리도 못 듣는다는 것은 상상도 못 할 일이었다. 우리 숨소리만으로도 충분히 발각당할 만했다. 그런데도 어찌 된 일인지 우리는 그곳에 무사히 이르렀다. 드디어 파시스트의 흙벽이 보였다. 흐릿한 검은 둔덕이 우리를 굽어보고 있었다. 다시 한번 호르헤는 무릎을 꿇고 호주머니를 뒤졌다. 딱, 딱. 소리를 내지 않고 철조망을 끊을 방법은 없었다.

안쪽 철조망도 절단했다. 우리는 낮은 포복으로 열린 구멍을 통과했다. 전보다 좀 빠른 속도였다. 이제 모두가 구멍으로 들어와 좌우로 전개하기만 하면 침투는 무사히 끝나는 셈이었다. 시간이 문제였다. 뒤쪽의 병사들은 철조망 뒤에 흩어져 있다가 철조망의 좁은 틈을 통과하기 위해 한 줄로 늘어섰다. 호르헤와 베냐민은 오른쪽으로 기어갔다. 바로 그 순간, 파시스트 흙벽에서 불빛이 번쩍하더니 땅 하는 소리가 들렸다. 결국 보초가 우리들이 접근하는 소리를 들은 것이다. 호르헤는 한쪽 무릎으로 일어나 앉더니 볼링 선수처럼 팔을 휘둘렀다. 쾅! 호르헤가 던진 수류탄이 흙벽 너머 어딘가에서 터졌다. 즉시, 또 생각보다 훨씬 빨리, 파시스트 흙벽으로부터 열 내지 스무 정 정도의 소총이 동시에 불을 뿜으며 천둥치는 소리를 냈다. 그동안 우리를 기다리고 있었던 것이다. 번쩍이는 불빛 사이로 모래주머니들이 하나하나 다 보였다. 뒤쪽에 있는 아군 병사들이 수류탄을 던졌으나 몇 개는 흙벽 근처에도 다다르지 못하고 떨어졌다. 총안마다 불길을 내뿜었다. 어둠 속에서 사격을 당하면 굉장히 기분이 나쁘다. 소총의 모든 섬광이 바로 나를 겨냥하고 있는 것 같다. 그러나 가장 견디기 힘든 것은 수류탄이다. 어둠 속에서, 그것도 바로 옆에서 수류탄이 터지는 것을 본 적이 없는 사람은 그 위력을 상상도 못 할 것이다. 낮에는 그저 터지는 굉음뿐이지만, 밤에는 눈부신 빨간 섬광까지 솟구친다. 나는 첫 사격 소리를 듣고 몸을 던지며 엎드렸다. 미끌미끌한 진창에 모로 누워서 수류탄 핀을 뽑느라 안간힘을 썼다. 그러나 염병할 핀은 도무지 뽑히지 않았다. 마침내 내가 반대 방향으로 비틀고 있다는 사실을 깨달았다. 결국 핀을 뽑고, 무릎으로 일어나 앉아, 수류탄을 던지고, 다시 바닥에 엎드렸다. 수류탄은 흙벽 외곽 오른쪽에서 터졌다. 겁이 나서 겨냥을 제대로 못 한 것이다. 순간 또 한 발의 수류탄이 내 앞 오른쪽에서 터졌다. 너무 가까운 거리여서 폭발의 열기까지 느낄 수 있었다. 나는 바짝 엎드려 진창에 얼굴을 박았다. 어찌나 세게 박았는지 코가 다 아팠다. 나는 수류탄에 부상을 당했다고 생각했다. 나는 내 뒤에 있는 영국인이 조용히 "맞았다."고 말하는 소리를 들었다. 사실 수류탄은 나를 제외한 주위 몇몇 사람에게 부상을 입혔다. 나는 무릎으로 일어나 두 번째 수류탄을 던졌다. 그 수류탄이 어디에서 터졌는지는 기억나지 않는다.

파시스트들은 사격을 하고 있었다. 내 뒤에 있던 아군도 사격을 했다. 나는 그 중간에 끼어 있었다. 머릿속은 온통 그 생각뿐이었다. 어디선가 총알이 발사되는 것을 느꼈다. 누군가 바로 내 뒤에서 사격을 하고 있다는 것을 깨달았다. 나는 벌떡 일어서서 그 병사에게 소리쳤다. "날 쏘면 어떡해, 이 염병할 멍청아!" 순간 내 오른쪽으로 10미터 내지 15미터 떨어진 곳에 베냐민이 보였다. 나에게 손짓을 하고 있었다. 나는 베냐민에게 달려갔다. 불을 뿜는 일련의 총안들을 가로질러 가야 했다. 나는 달려가면서 왼손으로 뺨을 가렸다. 바보 같은 행동이었다. 손으로 총알을 막을 수 있을 거라 생각하다니! 그 당시 나는 얼굴에 총알을 맞을까 봐 겁에 질려 있었다. 베냐민은 한쪽 무릎을 꿇고 있었다. 얼굴에는 지금 상황을 즐기는 듯한 악마 같은 표정이 감돌았다. 그는 자동 권총으로 소총의 불빛을 향해 신중하게 사격을 했다. 호르헤는 첫 번째 일제 사격 때 부상을 입고 쓰러졌다. 어디에 쓰러져 있는지는 보이지 않았다. 나는 베냐민 옆에 무릎을 꿇고 세 번째 수류탄의 핀을 뽑아 던졌다. 아! 이번에는 틀림없었다. 수류탄은 흉벽 안의 모퉁이, 기관총 자리가 있는 곳 바로 옆에서 터졌다.

파시스트의 사격이 갑자기 주춤해진 것 같았다. 베냐민이 벌떡 일어나더니 소리쳤다. "앞으로! 돌격!" 우리는 흉벽이 서 있는 짧고 가파른 비탈을 단숨에 달려 올라갔다. 아니, 단숨에 달려 올라갔다기보다는 쿵쿵거리며 뒤뚱뒤뚱 올라갔다고 하는 편이 더 나을 것이다. 머리에서 발끝까지 비에 젖고 진흙까지 덮어 쓴 상태에서, 총검을 꽂은 묵직한 소총을 들고 탄약 상자 150개를 매단 채로 빨리 움직일 수는 없는 노릇이니까. 나는 당연히 파시스트가 꼭대기에서 우리를 기다리고 있으리라 생각했다. 그 거리에서라면 총을 쏘아도 실수할 리 없었다. 그런데도 어찌 된 일인지 그가 총검을 사용할 것이라는 생각이 들었다. 우리 총검이 맞부딪치는 느낌까지도 미리 맛보았다. 그의 무기가 내 것보다 더 강력할지 궁금하기도 했다. 그러나 나를 기다리고 있는 파시스트는 없었다. 나는 막연한 안도감을 느꼈다. 보통의 경우에는 흉벽을 넘는 일이 쉽지 않았지만 이곳의 흉벽은 낮았다. 모래주머니들이 좋은 발판 역할을 했다. 흉벽 안쪽의 모든 것이 박살났다. 목재들이 사방에 나뒹굴었다. 우랄석 조각이 큼지막하게 깨진 채 흩어져 있었다. 우리편 수류탄이 가건물과 개인호들을 박살 낸 것이다. 여전히 사람은 하나도 보이지 않았다. 나는 적이 지하 어딘가에 웅크리고 있을 것이라고 생각하고 영어로 소리쳤다. (그 순간에는 스페인어가 하나도 생각 나지 않았다.) "어서 나와! 항복해!" 대답이 없었다. 순간 어슴푸레한 빛 속에서 거무스름한 사람의 형체가 부서진 가건물 지붕에서 미끄러져 내리더니 왼쪽으로 쏜살같이 달려갔다. 나는 그 뒤를 쫓아갔다. 총검은 어둠을 헛찔러 댔다. 가건물 모퉁이를 돌자 사람이 보였다. 조금 전에 보았던 그 사람인지는 모르겠다. 그는 이웃한 파시스트 진지로 이어지는 교통호를 통해 달아나고 있었다. 아마 내가 그 사람에게 꽤 근접해 있었던 것 같다. 그의 모습을 똑똑히 볼 수 있었기 때문이다. 대머리였다. 어깨에 뒤집어쓴 담요 외에는 아무것도 입지 않은 것 같았다. 만일 내가 총을 쏘았다면 그는 당할 수밖에 없었을 것이다. 그러나 우리는 아군끼리 오인 사격할 것을 염려하여 흉벽 안으로 들어가면 총검만 사용하라는 명령을 받았다. 그래서인지 나는 그를 쏠 생각도 하지 못했다. 대신 내 머릿속은 20년 전으로 거슬러 올라갔다. 학창 시절의 권투 교사가 다르다넬스 해협에서 어떻게 터키군 병사를 총검으로 찔렀는지를 생생한 동작까지 곁들여 가며 설명해 주던 광경을 떠올렸다. 나는 개머리판의 오목한 부분을 움켜쥐고 그 사람 등을 힘껏 찔렀다. 그러나 아슬아슬하게 닿지 않았다. 다시 한번 찔렀다. 그래도 아슬아슬하게 닿지 않았다. 우리는 얼마간을 그렇게 달려 나갔다. 그는 참호 속을 달렸고, 나는 참호 위의 땅에서 그 뒤를 쫓았다. 나는 그의 어깨뼈를 향해 연방 총검을 들이댔지만 번번이 미치지 못했다. 돌이켜보면 우스꽝스러운 기억이다. 쫓기는 상대에겐 절박한 상황이었겠지만.

물론 그는 그곳 지형을 나보다 더 잘 알았기 때문에 이내 나의 공격을 피해 빠져나갔다. 진지로 돌아가 보니 모두들 소리를 지르고 있었다. 사격 소리는 약간 수그러들었다. 파시스트들은 여전히 삼면에서 맹렬한 공격을 해 댔지만 거리가 꽤 멀었다. 일시적으로나마 적을 몰아낸 것이다. 나는 마치 신탁을 내리듯 말했다. "우리는 이곳에서 삼십 분은 있을 수 있어. 그 이상은 안 돼." 왜 하필이면 삼십 분이라고 했는지는 모르겠다. 오른쪽 흉벽 너머를 보니 헤아릴 수 없이 많은 푸르스름한 소총 불빛들이 어둠을 가르고 있었다. 그러나 거리가 멀었다. 120미터는 되는 거리였다. 이제 우리가 할 일은 그곳을 수색하여 챙길 만한 것들을 챙기는 것이었다. 베냐민을 비롯한 몇 사람은 벌써 진지 한가운데 있는 커다란 가건물과 개인호의 잔해를 뒤적이고 있었다. 흥분한 베냐민은 부서진 지붕 사이로 비틀비틀 걸어가더니 탄약 상자의 밧줄 손잡이를 잡아당겼다.

"동지들! 탄약이오! 여기 엄청나게 많은 탄약이 있소!"

"탄약은 필요없습니다." 어떤 병사가 대꾸했다. "우리에게 필요한 건 소총입니다."

사실이었다. 우리 소총 가운데 반은 진흙에 막혀 사격이 불가능했다. 청소를 하면 되지만 어둠 속에서 소총의 노리쇠를 떼어 내는 것은 위험하다. 내려놓았다가 자칫 잃어버릴 수도 있기 때문이다. 내게는 아내가 바르셀로나에서 어렵사리 구해서 보내 준 소형 손전등이 있었다. 그것이 없었다면 우리에게는 아무런 빛이 없을 뻔했다. 쓸 만한 소총을 가진 몇 사람이 멀리 있는 불빛들을 향해 가끔씩 사격을 했다. 연속 사격은 생각도 못 했다. 아무리 좋은 소총이라도 너무 가열이 되면 곧 고장이 나 버리기 때문이다. 흉벽 안에는 열여섯 명가량이 있었다. 그 가운데 한두 명은 부상을 당했다. 흙벽 바깥에는 영국 병사, 스페인 병사할 것 없이 많은 부상자들이 누워 있었다. 벨파스트 출신의 아일랜드인 패트릭 오해러는 응급 처치 훈련을 받았기 때문에 붕대를 들고 이리저리 뛰며 부상자들의 상처를 싸매 주었다. 그는 흙벽으로 돌아올 때마다 어김없이 아군의 총격을 받았다. 성이 나서 "포움!"46) 하고 소리쳤는데도 전혀 달라지는 것이 없었다.

우리는 진지를 수색하기 시작했다. 시체가 몇 구 나뒹굴었다. 그러나 나는 그들의 몸은 뒤지지 않았다. 내가 찾는 것은 기관총이었다. 철조망 밖에 엎드려 있는 동안 왜 기관총을 쏘지 않을까 하는 궁금함이 머릿속을 떠나지 않았다. 나는 손전등으로 기관총 자리를 비추어 보았다. 씁쓸한 실망감이 밀려왔다! 기관총이 없었던 것이다. 삼각대 받침은 있었다. 다양한 탄약 상자와 여분의 부품도 있었다. 그러나 기관총은 사라졌다. 우리를 발견하자마자 뜯어 간 것이 틀림없었다. 당연히 명령에 따른 행동이었겠지만 어리석고 비겁한 행동이었다. 기관총을 제자리에 두고 쏘았다면 우리를 전멸시켰을 수도 있었을 텐데. 어쨌든 우리는 격분했다. 기관총을 노획하기를 간절히 바랐기 때문이다.

여기저기 찔러 보았지만 귀중품은 없었다. 파시스트 수류탄은 많이 널려 있었다. 줄을 잡아당겨 터뜨리는, 우리 것보다 못한 수류탄이었다. 나는 기념품으로 두 개를 호주머니에 집

---

46) '통일 노동자당'이라는 뜻이다.

어넣었다. 나는 파시스트 개인호의 비참한 모습에 놀라지 않을 수 없었다. 우리 참호에서 볼 수 있는 여벌의 옷, 책, 음식, 자잘한 개인 소지품 같은 것이 전혀 없었다. 보수도 못 받는 이 가엾은 징집병들은 모포와 젖은 빵 몇 덩어리 외에는 가진 것이 아무것도 없는 것 같았다. 한쪽 끝에는 작은 참호가 하나 있었는데, 일부가 지상으로 돌출되어 있었고 작은 창문도 달려 있었다. 손전등으로 그곳을 비추어 본 순간 우리 입에서 환호성이 터져나왔다. 가죽으로 싼 원통형 물체가 벽에 기대어져 있었다. 길이가 1미터 정도, 직경이 15센티미터 정도였다. 기관총 총신이 틀림없었다. 우리는 단숨에 개인호 둘레를 돌아 입구로 들어갔다. 그러나 가죽에 싸인 것은 기관총이 아니었다. 그러나 무기에 굶주린 우리 군에게는 훨씬 더 귀중한 것이었다. 그것은 거대한 망원경이었다. 적어도 60배나 70배의 배율을 가진 것이었다. 접을 수 있는 삼각대 받침도 있었다. 우리 편에는 이런 망원경이 없었다. 당연히 우리가 간절히 바라던 것이었다. 우리는 나중에 가지고 갈 생각으로 의기양양하게 망원경을 꺼내 흉벽에 기대 놓았다.

그 순간 누군가가 파시스트들이 몰려온다고 소리쳤다. 총소리도 훨씬 더 커졌다. 그러나 파시스트들이 오른쪽에서 반격을 할 리는 없었다. 그것은 중립 지대를 건너가 밖에서 자신들의 흉벽을 공격한다는 뜻이었기 때문이다. 그들이 분별력이 있다면 방어선 내부로부터 우리를 공격할 터였다. 나는 개인호들 건너편으로 돌아갔다. 진지는 대체로 말발굽 모양이었다. 개인호들은 중앙에 있었다. 그러니까 왼쪽에도 우리를 보호해 줄 흙벽이 또 하나 있는 셈이었다. 그 방향으로부터 총알들이 무수히 날아왔다. 그러나 큰 지장은 없었다. 위험한 곳은 바로 정면이었다. 그곳에는 아무런 방호물이 없었다. 총알이 물결을 이루어 머리 위를 지나갔다. 전선 위쪽의 파시스트 진지로부터 날아오는 것임에 틀림없었다. 돌격대가 결국 그 진지를 점령하지 못한 것이다. 순간 귀가 멍멍할 정도로 시끄럽게 총알이 날아들었다. 수많은 소총들이 일제히 불을 뿜어 대는 바람에 북을 두들겨 대는 것처럼 끊이지 않고 소리가 이어졌다. 어느 정도 거리를 둔 상태에서의 총소리는 많이 들어 보았다. 그러나 그 소리 한가운데 있어보기는 처음이었다. 물론 이제는 주위 몇 킬로미터 길이로 펼쳐진 적의 방어선 전체에서 총알이 날아오고 있었다. 더글러스 톰슨은 부상당한 팔 한쪽을 덜렁거리며 흙벽에 기대어 나머지 한 손으로 불빛들을 향해 총을 쏘았다. 자기 총이 고장 나 버린 병사가 대신 장전을 해 주었다.

이쪽에는 아군이 네다섯 명뿐이었다. 이제 해야 할 일은 분명했다. 앞쪽 흙벽으로부터 모래주머니들을 끌고 와 방호물이 없는 곳에 바리케이드를 만들어야 했다. 서둘러야 했다. 지금은 총알이 높게 날아오지만 금방이라도 낮아질 수 있었다. 주위의 불빛들로 볼 때 적의 숫자는 100명에서 200명 정도인 것 같았다. 우리는 모래주머니들을 끄집어 낸 다음, 20미터 앞으로 달려가 대충 쌓아 놓았다. 몹시 힘이 드는 일이었다. 모래주머니 하나의 무게는 50킬로그램 정도였다. 그것을 끄집어 내려면 온몸의 힘을 다 써야 했다. 그 와중에 그 망할 놈의 자루가 터지기라도 하면 축축한 흙이 목에서부터 소매 끝까지 쏟아져 내렸다. 나는 모든 것에 깊은 공포를 느꼈다. 혼돈, 어둠, 무시무시한 소리, 진창 속에서 이리저리 미끄러지는 것, 터지는 모래주머니와 씨름하는 것. 무슨 일을 해도 소총이 방해가 되었다. 그래도 혹시 잃어버릴까 봐 내려놓을 수가 없었다. 어떤 병사와 함께 모래주머니를 비틀거리며 들고 가다가 소리를 지르기도 했다. "이게 전쟁이야! 지독하지 않아?" 갑자기 키 큰 형체들이 잇따라 앞쪽 흉벽 너머로 뛰어들었다. 가까이 다가왔을 때서야 우리는 아군 돌격대 제복을 알아보았다. 우리는 환호했다. 우리를 지원하러 왔다고 생각했기 때문이다. 그러나 불과 네 명뿐이었다. 독일 병사 세 명에 스페인 병사 한 명이었다. 돌격대가 당한 일은 나중에 들을 수 있었다. 그들은 지리를 몰라 어둠 속에서 엉뚱한 곳으로 갔다. 그곳에서 파시스트 철조망에 걸려 많은 병사들이 총에 맞았다. 우리한테 온 네 명은 길을 잃은 병사들이었다. 그들로서는 길을 잃은 것이 오히려 다행이었다. 독일 사람들은 영어, 불어, 스페인어를 한마디도 못 했다. 몸짓을 섞어 가며 한참 고생을 한 후에 우리가 하는 일을 설명하고 바리케이드 쌓는 일을 거들게 했다.

파시스트들은 이제 기관총을 설치했다. 100미터에서 200미터가량 떨어진 곳에서 기관총이 폭죽처럼 불꽃을 내뿜는 모습이 보였다. 총알들이 땅땅거리며 우리 쪽으로 꾸준히 날아왔다. 느낌이 싸늘했다. 오래지 않아 우리가 쌓은 모래주머니들은 나지막한 흉벽이 되었다. 내 근처에 있던 몇 안 되는 사람들은 그 뒤에 엎드려 총을 쏠 수 있었다. 나는 그들 뒤에 무릎을 꿇었다. 박격포 탄이 핑 하는 소리를 내며 날아와 중립지대 어딘가에서 터졌다. 이것도 큰 위험 가운데 하나였다. 그러나 정확한 사정(射程)을 찾아내려면 몇 분은 걸릴 터였다. 이제 그 끔찍한 모래주머니와의 씨름을 끝냈기 때문에 약간 유쾌한 기분으로 주위를 둘러볼 여유도 있다. 소음, 어둠, 다가오는 섬광, 섬광들을 향해 응사의 불꽃을 뿜어 대는 아군의 소총들. 심지어 약간의 생각할 시간마저 있었다. 내가 정말 겁을 먹었는지 자문해 보았던 것 같다. 그리고 그렇지 않다는 결론을 내렸다. 위험하기로 따지자면 아까 진지 바깥에 있을 때가 덜 위험했을 것이다. 그러나 그때는 겁에 질려 구역질이 치밀 정도였다. 갑자기 누군가 다시 파시스트들이 다가온다고 소리를 질렀다. 이번에는 틀림없었다. 소총 섬광들이 훨씬 가까워져 있었다. 20미터도 채 떨어지지 않은 곳에서 섬광이 번쩍이기도했다. 교통호를 통해 올라오고 있는 것이 분명했다. 20미터면 수류탄을 던질 수 있는 사정 거리였다. 우리는 여덟, 아홉 명이 뭉쳐 있었으므로 제대로 조준된 수류탄 한 개면 우리는 궤멸될 수도 있었다. 작은 상처 때문에 얼굴에서 피가 줄줄 흘러내리는 보브 스마일리가 벌떡 일어나 무릎을 꿇고 앉더니 수류탄을 하나 던졌다. 우리는 수류탄이 터지기를 기다리며 땅바닥에 엎드렸다. 수류탄이 공중으로 날아가면서 퓨즈가 빨갛게 지글거렸다. 그러나 수류탄은 터지지 않았다. 이런 수류탄들 가운데 적어도 4분의 1은 불발탄이었다. 나에게는 파시스트의 수류탄뿐이었다. 그러나 그것을 어떻게 쓰는지는 잘 몰랐다. 나는 다른 병사들에게 혹 남는 수류탄이 없느냐고 물었다. 더글러스 모일이 호주머니를 뒤지더니 하나를 전해 주었다. 나는 그 수류탄을 던지고 납작하게 엎드렸다. 어쩌다 한번 있을까 말까 한 행운 덕택에 수류탄은 소총의 섬광이 번쩍이던 곳에 거의 정확하게 떨어졌다. 폭발의 굉음과 더불어 지독한 비명과 신음이 터져나왔다. 어쨌든 적 가운데 한 명은 제거한 것이다. 그의 생사 여부는 분명치 않지만 중상을 입었음에 틀림없었다. 가엾은 녀석, 가엾은 녀석! 나는 비명 소리를 들으며 막연한 슬픔을 느꼈다. 그러나 동시에 희미한 소총 섬광 속에서 나는 수류탄이 터진 자리 근처에 사람의 형체 하나가 서 있는 것을 보았다. 아니, 본 것 같았다. 나는 소총을 들어 올려 사격을 했다. 다시 비명이 들렸다. 하지만 그것은 방금 쏜 총에 맞아서가 아니라 수류탄 때문이었던 것 같다. 수류탄이 몇 개 더 날아갔다. 또 다른 소총 불빛들은 저 멀리 100미터 이상 떨어져 있었다. 결국 우리는 그들을 몰아낸 것이다. 비록 일시적이라 할지라도.

모두들 도대체 왜 지원 부대를 보내 주지 않는 거냐고 욕을 내뱉으며 투덜거리기 시작했다. 기관 단총 한 정과 성능 좋은 소총을 가진 병사 스무 명만 있으면 일개 대대가 오더라도 진지를 지켜 낼 수 있었다. 그때 베냐민의 부지휘관으로서 명령을 받으러 돌아갔던 패디 도너번이 앞쪽 흉벽으로 올라왔다.

"어이! 거기서 전부 나와! 즉각 철수다!"

"뭐라고?"

"철수하라고! 어서 나와라!"

"왜?"

"명령이다. 어서 우리 편 진지로 돌아가라."

사람들은 벌써 앞쪽 흉벽을 넘어가고 있었다. 그들 가운데 몇 명은 묵직한 탄약 상자와 씨름하고 있었다. 나는 진지 건너편의 흉벽에 세워 놓은 망원경에 생각이 미쳤다. 그러나 그때 네 명의 돌격대가 교통호 쪽으로 달려가는 것이 보였다. 아마 아까 공격 전에 받은 뭔지 모를 명령에 따라 행동하는 것 같았다. 그 교통호를 따라가면 다른 파시스트 진지가 나왔다. 그곳에 간다는 것은 곧 죽음을 의미했다. 그들은 어둠 속으로 사라졌다. 나는 그들을 뒤쫓아가며 스페인 말로 '철수'를 생각해 내려 했다. 마침내 나는 소리쳤다. "아트라스! 아트라스!" 아마도 뜻이 통했던 모양이었다. 스페인 병사가 그 말을 알아듣고는 다른 병사들을 데려왔다. 패디는 흉벽에서 기다리고 있었다.

"어서 서둘러!"

"하지만 망원경은!"

"망원경은 무슨 염병할 망원경! 베냐민이 밖에서 기다리고 있어."

우리는 흉벽을 넘어 나왔다. 패디가 나를 위해 철조망을 잡아 주었다. 우리의 피난처였던 파시스트의 흉벽으로부터 벗어나자마자, 우리를 향해 엄청난 총알이 쏟아졌다. 사방에서 날아오는 것 같았다. 그 가운데 일부는 틀림없이 우리 편에서 날아왔을 것이다. 우리 진영의 모든 병사가 총을 쏘고 있었기 때문이다. 어느 쪽으로 방향을 틀어도 새로이 빗물 같은 총알이 쏟아졌다. 우리는 어둠 속에서 양 떼처럼 이리저리 내몰렸다. 수류탄 한 상자와 파시스트의 소총 몇 자루, 그 밖에 노획

한 탄약 상자(총알이 1750발 들었으며, 무게가 50킬로그램 쯤 나가는 상자였다.)를 질질 끌고 왔기 때문에 더 힘들었다. 몇 분이 안 되어 우리는 완전히 길을 잃었다. 양군 흉벽 사이의 거리는 200미터가 안 되고, 우리 대부분이 지리에도 훤한 상황이었는데 벌어진 일이었다. 우리는 어떤 진흙밭에서 미끄러지고 있었다. 머릿속은 양쪽에서 총알이 날아온다는 생각밖에 없었다. 의지할 달도 없었다. 그러나 하늘이 점차 밝아 오기 시작했다. 우리의 진지는 우에스카 동쪽이었다. 나는 동이 터서 방향을 구분할 때까지 그 자리에 그대로 머물고 싶었다. 그러나 우리는 미끄러지며 계속 전진했다. 몇 번 방향을 바꾸었고 교대로 탄약 상자를 끌었다. 마침내 우리 앞에 낮고 평평한 흉벽의 선이 희미하게 보였다. 우리 것이거나 파시스트 것이었다. 아무도 우리가 가는 곳을 알지 못했다. 베냐민은 희끄무레한 키 큰 갈대 사이를 기어서 흉벽에서 20미터 떨어진 곳에 이르렀다. 그리고 그곳에서 수하를 했다. 그러자 "포움!"이라고 응답해 왔다. 우리는 벌떡 일어나 흉벽을 따라 걸어갔다. 다시 관개 수로를 건넜고 (철벅철벅, 콸콸!) 곧 안전 지대에 이르렀다.

콥은 스페인 병사 몇 명과 함께 흉벽 안에서 기다리고 있었다. 군의관과 들것은 사라졌다. 부상자들은 모두 후송한 것 같았다. 호르헤와 우리 소대 병사인 히들스톤만 빠졌다. 그들은 실종되었다. 콥은 어슬렁거리고 있었다. 몹시 창백했다. 심지어 목덜미에 잡힌 두툼한 주름까지도 창백했다. 그는 낮은 흉벽 너머에서 날아와 그의 머리 근처에서 땅땅거리는 빗발 같은 총알에는 전혀 신경을 쓰지 않았다. 우리 대부분은 흉벽 뒤에 몸을 감춘 채 쭈그리고 앉아 있었다. 콥은 중얼거렸다. "호르헤! 코그뇨! 호르헤!" 이어 영어로 말했다. "호르헤가 죽었다면 그건 끔찍한 일이야, 끔찍한 일이야!" 호르헤는 개인적으로 그의 친구일 뿐만 아니라 그가 거느린 가장 훌륭한 장교들 가운데 하나였다. 갑자기 그가 우리를 돌아보더니 자원자 다섯 명을 찾았다. 영국 병사 두 명에 스페인 병사 세 명이었다. 실종자들을 찾아올 사람들이었다. 스페인 병사 세 명과 함께 자원한 영국 병사는 모일과 나였다.

밖으로 나가자 스페인 병사들이 이미 날이 밝아서 위험하다고 중얼거렸다. 사실이었다. 하늘은 희붐한 푸른빛을 띠었다. 파시스트 요새 쪽은 흥분한 목소리들 때문에 엄청나게 시끄러웠다. 재점령한 진지에 전보다 훨씬 많은 병력을 투입했음에 틀림없었다. 우리가 흉벽에서 60미터 내지 70미터 떨어진 곳까지 다가갔을 때 그들이 우리를 본 모양이었다. 적은 엄청나게 사격을 해 댔다. 우리는 즉시 바닥에 엎드렸다. 한 파시스트가 흉벽 너머로 수류탄을 던졌다. 공황에 빠졌다는 명백한 표시였다. 우리는 풀밭에 누워 전진할 기회를 노리고 있었다. 그때 훨씬 더 가까워진 파시스트들의 목소리가 들렸다. 아니, 들은 것 같았다. 지금 생각해 보면 그것은 순전히 상상일 뿐이었지만 당시에는 진짜 같았다. 파시스트들이 흉벽을 떠나 우리를 쫓아오고 있는 느낌이었다. "뛰어!" 나는 모일에게 소리치며 벌떡 일어섰다. 그때부터 얼마나 열심히 달렸는지! 조금 전 깜깜할 때는 머리에서 발끝까지 젖은 채로, 소총과 탄약 상자까지 들고는 절대 뛸 수 없을 거라고 생각했다. 그러나 이제 오십 명에서 백 명가량 되는 무장 군인들이 쫓아온다고 생각하니 언제라도 뛸 수 있다는 사실을 알게 되었다. 그러나 내가 빨리 뛸 수 있다면, 다른 사람들은 나보다 더 빨리 뛸 수도 있었다. 열심히 달아나고 있는데 마치 한 줄기 유성 같은 것이 빠른 속도로 내 옆을 스쳐 갔다. 전진시 나보다 앞서 나아갔던 세 명의 스페인 병사였다. 그들은 아군 흉벽에 돌아가서야 발을 멈추었고, 나는 그때서야 그들을 따라잡을 수 있었다. 사실 우리는 신경이 극도로 곤두서 있었다. 그러나 나는 어슴푸레한 빛 속에서는 다섯 명이 뭉쳐 있으면 눈에 잘 띄어도, 한 명은 눈에 잘 띄지 않는다는 것을 알고 있었다. 그래서 나는 혼자 다시 수색에 나서기로 했다. 나는 적의 외곽 철조망까지 갔다. 최선을 다해 그곳을 수색했다. 그러나 제대로 된 수색은 아니었다. 줄곧 기어 다녔기 때문이다. 호르헤나 히들스톤은 보이지 않았다. 나는 다시 기어서 돌아왔다. 호르헤와 히들스톤은 가장 먼저 응급 치료소로 후송되었다는 사실을 나중에 알게 되었다. 호르헤는 어깨에 경상을 입었고 히들스톤은 심한 부상을 당했다. 그의 왼쪽 팔을 관통한 총알이 뼈를 몇 조각으로 부수어 버렸다. 그렇게 꼼짝 못하고 땅바닥에 누워 있는데 옆에서 또 다른 수류탄이 터지며 그의 몸의 다른 부분들도 갈기갈기 찢어 버렸다. 다행히 그는 회복되었다. 나중에 그의 이야기를 들어 보니, 그는 등을 대고 누운 채로 상당한 거리를 움직였다고 했다. 그러다가 부상당한 스페인 병사를 만나 부축을 받았고 서로 도와 가며 아군 진영으로 돌아왔다.

날이 많이 밝아졌다. 폭풍이 지나간 뒤에도 계속 내리는 비처럼 전선 몇 킬로미터에 걸쳐 무의미한 사격이 계속되면서 귀에 거슬리는 큰 소리를 냈다. 모든 것이 황량해 보였다. 진흙으로 뒤덮인 늪지, 흐느끼는 포플러, 참호 바닥에 고인 황토물. 지친 병사들의 얼굴은 면도를 못 해 꺼칠했고, 뺨에는 흙탕물이 줄줄 흘러내렸으며, 연기 때문에 눈까지 시꺼맸다. 개인호로 돌아왔을 때 나와 참호를 함께 쓰는 세 사람은 이미 깊이 잠들어 있었다. 군장을 그대로 걸친 채였다. 진흙 범벅인 소총도 꼭 움켜쥐고 있었다. 모든 것이 비에 젖었다. 참호 안이나 밖이나 다 마찬가지였다. 오랫동안 여기저기 뒤진 끝에 나는 간신히 불을 지필 만한 마른 장작 조각들을 모을 수 있었다. 나는 그동안 아껴 두었던 시가를 피웠다. 그런 밤을 겪었는데도 시가가 부러지지 않았다는 사실이 놀라웠다.

나중에 우리는 그 작전이 성공했다는 사실을 알게 되었다. 우리의 공격은 파시스트들이 우에스카의 건너편에서 부대를 빼 오도록 만들기 위한 급습에 불과했다. 무정부주의자들이 다시 그쪽을 공격하고 있었던 것이다. 당시에 나는 파시스트들이 반격을 가할 때 일이백 명 정도를 투입한 것으로 판단했다. 그러나 탈영병 말에 따르면 그 숫자는 600명이었다. 아마 그 탈영병 말은 거짓일 것이다. 당연한 일인지도 모르겠으나 탈영병들은 우리 비위를 맞추기 위해 거짓말을 하는 일이 많았기 때문이다. 망원경 일은 참으로 안타까웠다. 그 아름다운 전리품을 놓쳤다는 생각을 하면 지금도 속이 쓰리다.

8장

　날씨는 점점 더워졌다. 이제는 밤도 견딜 만했다. 우리 흙벽 앞에 서 있는 총탄을 맞은 나무에도 실한 버찌 송이들이 달리기 시작했다. 강에서 목욕을 하는 것도 괴로움이 아니라 즐거움이 되었다. 접시만 한 크기의 분홍색 들장미들이 토레 파비안 주위의 포탄 구멍들 위로 흩어져 피었다. 전선 뒤쪽으로는 귀에 들장미를 꽂은 농부들이 보였다. 그들은 저녁이면 녹색 그물을 들고 메추라기 사냥에 나섰다. 우선 풀밭에 그물을 펼친다. 그리고 엎드려서 암메추라기 소리를 낸다. 그러면 수메추라기가 그 소리를 듣고 달려온다. 메추라기가 그물 밑으로 들어오면 돌을 던져 겁을 준다. 메추라기는 공중으로 치솟으면서 그물에 걸린다. 따라서 수메추라기만 잡히다니, 이 점이 나에게는 불공평해 보였다.

이 당시 우리 옆 전선에는 안달루시아인들이 있었다. 그들이 어떻게 그 전선까지 오게 되었는지는 모르겠다. 그 당시 돌던 소문으로는, 그들이 말라가로부터 너무 급하게 도망쳐 나오는 바람에 발렌시아에서 멈추는 것을 깜빡 잊었다는 것이다. 그러나 물론 이런 설명은 카탈로니아인들 입에서 나온 것이었다. 그들은 안달루시아인들을 반야만인 종족이라고 공공연히 경멸했다. 실제로 안달루시아인들은 매우 무지했다. 글을 읽을 줄 아는 사람이 거의 없었다. 게다가 스페인에서 누구나 아는 것조차 모르는 것 같았다. 자기가 어느 정당 소속이냐 하는 것 말이다. 그들은 자신들이 무정부주의자라고 생각하는 것 같았으나, 자신 있게 말하지는 못했다. 어쩌면 공산주의자들일 수도 있었다. 그들은 뼈대가 굵고 촌뜨기처럼 생겼다. 아마 양치기나 올리브 숲의 노동자들이었을 것이다. 얼굴은 저 멀리 남부 지방의 강한 햇살에 검게 그을려 있었다. 그들은 우리에게 큰 도움이 되었다. 바짝 말린 담뱃잎을 말아 궐련을 만드는 재주가 뛰어났기 때문이다. 담배 보급은 중단된 상태였다. 그러나 몬플로리테에서는 가끔 아주 싸구려 담뱃잎을 몇 다발 살 수 있었다. 모양이나 질감이 잘게 썬 여물 같았다. 맛은 나쁘지 않았다. 그러나 워낙 바짝 마른 상태라서, 궐련으로 만든다 해도 담뱃잎은 금세 쏟아져 나와 텅 빈 원통만 남곤 했다. 그러나 안달루시아인들에게는 궐련을 멋지게 만 다음 양 끝을 안으로 말아넣는 특별한 기술이 있었다.

영국인 두 명이 일사병으로 쓰러졌다. 당시의 일들 가운데 나의 기억에 뚜렷하게 남아 있는 것은 한낮의 뜨거운 태양, 웃통을 벗고 햇볕 때문에 살갗이 벗겨진 어깨로 모래주머니를 나르던 일, 너덜너덜해진 데다가 이마저 들끓는 옷과 군화, 소총에는 끄떡없지만 공중에서 유산탄이 터지면 기겁하며 날뛰는 식량 운반용 노새와의 실랑이, 이제 막 활동을 시작한 모기, 가죽 허리띠와 탄약 상자 주머니까지 먹어 치움으로써 공적 1호가 된 쥐 등이다. 이따금씩 상대 저격병의 총알에 사상자가 생기고, 간헐적인 포격과 우에스카 공습이 벌어지는 일 외에는 아무 일도 없었다. 나뭇잎이 무성해졌기 때문에 우리는 전선을 따라 늘어선 포플러에 마찬[47] 같은 저격병용 단을 세웠다. 우에스카 반대편 전선에서는 공격이 차츰 시들해졌다. 무정부주의자들은 큰 손실만 입고 하카 도로를 완전히 차단하는 데는 실패했다. 양군 모두 도로의 가장자리 가까이에 자리를 잡아 도로는 양쪽의 기관총 사정 거리 안에 들어왔다. 그바람에 도로 통행은 불가능했다. 그래도 양편의 간격은 1킬로미터 정도였다. 파시스트들은 지면보다 낮은 도로를 따로 만들었다. 엄청난 크기의 참호를 판 셈이다. 그곳으로 화물 트럭들이 몇 대 오갈 수 있었다. 탈영병들은 우에스카에 탄약은 많지만 식량은 거의 없다고 말했다. 그러나 우에스카가 함락되지 않을 것임은 분명했다. 무기도 형편없는 1만 5000명의 병력으로 그곳을 점령한다는 것은 불가능한 일이었을 것이다. 6월들어 인민 전선 정부는 마드리드 전선으로부터 병력을 빼내 우에스카에 3만 명을 배치하고 비행기도 엄청나게 동원했다.

---

47) 인도의 호랑이 사냥용 감시대다.

그래도 우에스카는 무너지지 않았다.

나는 전선에서 150일을 보낸 뒤에 휴가를 얻었다. 그 당시에는 전선에서 보내는 이 기간이 내 인생에서 가장 무익한 시기로 여겨졌다. 나는 파시즘에 맞서 싸우기 위해 의용군에 입대했다. 그럼에도 불구하고 나는 제대로 싸워 본 적이 없었다. 마치 수동적인 물체처럼 그냥 존재하고만 있었던 것이다. 배급받은 식량에 대한 보답으로 내가 한 일이라고는 기껏 추위와 수면 부족을 견딘 것뿐이었다. 어쩌면 그것이 대부분의 전쟁에서 대부분의 병사들이 겪어야 하는 운명인지도 모른다. 그러나 이제 와서 좀 더 긴 안목으로 그 시기를 돌아보면, 전선에 간 것이 다 후회스럽기만 한 것은 아니다. 오히려 스페인 정부에 좀 더 효과적으로 봉사할 수 있었더라면 좋았을 걸 그랬다. 개인적인 입장에서 볼 때, 그러니까 나 자신의 발전이라는 관점에서 볼 때, 전선에서 보낸 처음 서너 달은 내가 당시 생각했던 것보다는 덜 무익했다. 그 시기는 내 인생에서 일종의 휴지 기간이었다. 이전에 살았던 것과는 완전히 달랐으며, 아마 앞으로 살게 될 어떤 삶과도 다를 것이다. 그 시기에 나는 다른 방식으로는 결코 배울 수 없는 것들을 배웠다.

요점은 내가 이 기간 내내 고립되어 있었다는 사실이다. 전선은 바깥 세계와 거의 완전히 단절되기 때문이다. 바르셀로나에서 벌어지는 일들조차 어렴풋이 짐작해 볼 뿐이었다. 대충 혁명가라 불러도 무방한 사람들 사이에 있었는데도 그랬다. 이것은 의용군 체제의 결과였다. 아라곤 전선에서 이 체제는 1937년 6월 무렵까지 근본적으로 변화가 없었다. 노동자 의용군들은 노동조합에 근거를 두고 있었으며, 각각의 의용군은 비슷한 정치적 견해를 가진 사람들로 이루어져 있었다. 결과적으로 그 나라의 가장 혁명적인 정서를 한곳으로 모으는 효과를 가져왔다. 나는 우연히 정치적 의식과 자본주의에 대한 불신이 그 반대의 경우보다 더 정상으로 취급되는 공동체에 들어가게 되었다. 제법 규모를 갖춘 것으로서는 서유럽에서 유일했다. 이곳 아라곤에 모여든 사람들의 수는 1만 명 정도였다. 전부는 아니지만 주로 노동 계급 출신이었다. 모두들 똑같은 수준에서 생활했으며, 평등한 관계를 유지하며 어울렸다. 이론적으로는 완전한 평등이었다. 실제적인 면에서도 완전한 평등에 가까웠다. 사회주의를 미리 맛보았다고 해도 무방할 것이다. 다시 말해서 그곳을 지배하는 정신적 분위기가 사회주의적이었다는 뜻이다. 문명화된 생활의 여러 가지 일반적인 동기들, 예컨대 속물 근성이라든가, 돈을 악착같이 벌어 모으려는 태도, 상관에 대한 두려움 따위는 아예 자취를 감췄다. 자본주의 사회에 일반적인 계급 분리는 돈에 물든 영국의 분위기에서는 거의 상상도 할 수 없을 정도로 찾아보기 힘들었다. 그곳에는 농민과 우리만 있었다. 누구도 주인으로서 다른 사람을 소유하지 않았다. 물론 그런 상태는 오래 지속될 수 없었다. 그것은 지구 전체에서 벌어지고 있는 거대한 게임 속에서의 일시적이고 국지적인 한 국면일 뿐이었다. 그러나 그것을 경험한 모든 사람에게 영향을 줄 만큼은 지속되었다. 당시에는 그것을 아무리 욕했을지라도, 나중에는 뭔가 신기하고 귀중한 어떤 것과 접해보았다는 사실을 깨닫게 되었다. 우리는 냉담과 냉소보다는 희망이 더 정상적인 것으로 취급되는 공동체, '동지'라는 말이 대부분의 나라에서처럼 허위가 아니라 진정한 동지적 관계를 의미하는 공동체에 속해 있었다. 우리는 평등의 공기 속에서 숨을 쉬었다. 지금은 사회주의가 평등과는 아무런 관계가 없다고 말하는 것이 유행임을 나도 잘 안다. 세계 모든 나라에서 상당한 수의 어용 문사(文士)와 말주변 좋은 교수들이 사회주의란 약탈적 동기를 그대로 놓아둔 계획적인 국가 자본주의에 불과하다는 것을 '증명'하느라 바쁘다. 그러나 다행히도 이와는 아주 다른 사회주의에 대한 비전도 존재한다. 보통 사람들이 사회주의에 매력을 느끼고 사회주의를 위해 목숨을 거는 이유, 즉 사회주의의 '비결'은 평등사상에 있다. 대다수 사람들에게 사회주의란 계급 없는 사회일 뿐이다. 그것 말고는 아무런 의미가 없다. 의용군에서 보낸 몇 달이 나에게 귀중했던 것도 바로 그런 이유에서이다. 스페인 의용군은 그것이 지속되는 동안에는 일종의 계급 없는 사회의 축소판이었다. 아무도 자기 이익에 급급해하지 않는 공동체, 모든 것이 부족하지만 특권이나 아첨 따위는 찾아볼 수 없는 공동체 속에서 우리는 사회주의의 서막을 막연하게나마 감지했던 것 같다. 결국 나는 그것에 대해 환멸을 느끼는 대신 깊은 매력을 느끼게 되었다. 그 결과 사회주의의 수립을 갈구하는 내 욕망은 전보다 훨씬 더 실제적이 되었다. 어쩌면 이것은 부분적으로는, 내가 스페인 사람들과 함께 있는 행운을 누렸기 때문인지도 모르겠다. 그들은 타고난 품위와 변함 없는 무정부주의적 기질 때문에, 기회만 얻는다면 사회주의의 초기 단계조차도 견딜 만하게 만들어 줄 사람들이다.

물론 당시에는 내 마음속에서 일어나고 있던 변화를 거의 의식하지 못했다. 주위의 다른 사람들과 마찬가지로 내가 주로 느끼는 것은 권태, 더위, 추위, 더러움, 이, 궁핍, 이따금씩의 위험 따위였다. 그러나 지금은 사뭇 다르다. 당시에는 그토록 무익하고 지루할 정도로 평온하게 느껴지던 시기가 지금은 매우 소중하다. 그 시기는 내 인생의 다른 시기들과는 워낙 달라서, 벌써부터 마술 같은 속성을 지니게 되었다. 그런 속성은 보통 오래된 기억에만 생기는 것인데 말이다. 당시에는 지긋지긋했지만, 이제 그 기억은 내 마음이 뜯어 먹기 좋아하는 좋은 풀밭이되었다. 당시의 분위기를 전달할 수 있으면 좋겠다. 이 책의 앞 장들에서 조금이라도 전달됐기를 바랄 뿐이다. 내 마음의 모든 기억들은 겨울 추위, 의용군 병사들의 넝마가 된 제복, 스페인 사람들의 달걀 같은 얼굴, 모르스 신호 같은 기관총 소리, 지린내와 빵 썩는 냄새, 더러운 접시에 담아 후루룩 들이키던 함석내 나는 콩스튜 등에 연결되어 있다.

그 시기 전체가 이상하리만큼 기억 속에 생생하게 남아 있다. 나는 되돌아볼 가치도 없을 정도로 보잘것없어 보이는 사건들을 다시 살고 있다. 나는 다시 몬테 포세로의 개인호 속에 들어가 침대 역할을 하는 석회암 선반에 누워 있다. 내 어깨뼈 사이에 코를 처박고 자는 젊은 라몬이 시끄럽게 코를 곤다. 더러운 참호 안을 비틀거리며 걷는다. 안개는 차가운 증기처럼 내 주위에서 소용돌이친다. 산비탈의 갈라진 틈 사이로 반쯤 기어올랐다. 균형을 잡고 땅에서 야생 로즈메리의 뿌리를 캐려고 애쓴다. 머리 위 높은 곳에서는 의미 없는 총알들이 노래를 한다.

나는 몬테 오스쿠로 서쪽 저지대의 자그마한 도금양 나무 사이에 몸을 숨기고 엎드려 있다. 옆에는 콥과 보브 에드워즈, 스페인 병사 셋이 있다. 우측의 잿빛 민둥산에는 파시스트들이 개미들처럼 줄을 지어 비탈을 오르고 있다. 바로 앞의 파시스트 진지에서 집합 나팔 소리가 들린다. 콥이 내 시선을 끌더니, 어린아이 같은 몸짓으로 그 소리에 야유를 보낸다.

나는 라 그란하의 더러운 마당에 있다. 양철 접시를 든 사람들이 스튜 솥을 둘러싸고 모여 있다. 턱수염을 기르고 허리띠에는 큼지막한 자동 권총을 찬 사람이 옆 탁자에서 빵을 다섯 조각으로 자른다. 내 뒤에서는 런던 사투리를 쓰는 한 사나이(나와 심하게 다툰 빌 체임버스인데, 후에 우에스카 외곽에서 전사했다.)가 노래를 한다.

> 병참 부대의 창고에는
> 쥐, 쥐,
> 고양이만 한 쥐들이

포탄이 굉음을 내며 날아온다. 열다섯 살짜리 아이들이 바닥에 엎드린다. 취사병은 솥 뒤로 몸을 피한다. 포탄이 100미터 떨어진 곳에서 터지자 모두들 겁 먹은 표정으로 일어선다.

나는 포플러의 울창한 가지 밑에서 보초선을 따라 걷는다. 물이 불어난 도랑에서는 쥐들이 수달처럼 시끄러운 소리를 내며 허우적댄다. 우리 뒤로 노랗게 동이 튼다. 안달루시아인 보초는 외투를 머리에 뒤집어쓴 채 노래를 부르기 시작한다. 중립 지대 건너 100미터나 200미터쯤 떨어진 곳에서 파시스트 보초가 부르는 노랫소리도 들린다.

4월 25일, 예의 그 마냐나가 되풀이되던 끝에 다른 분대가 우리와 임무 교대를 하러 왔다. 우리는 소총을 건네주고 군장을 꾸려 몬플로리테로 돌아갔다. 전선을 떠나는 것이 아쉽지는 않았다. 바지 속에 기생하는 이는 아무리 죽여도 계속해서 빠른 속도로 불어나고 있었다. 지난 한 달 동안 양말도 없이 지냈다. 군화 바닥은 거의 닳았다. 맨발로 걷는 것이나 다름없었다. 뜨거운 목욕을 하고 싶었다. 깨끗한 옷을 입고 싶었다. 하룻밤이라도 이불을 덮고 자고 싶었다. 이러한 욕구는 정상적인 문명 생활을 할 때 생겨나는 그 어떤 욕구보다 훨씬 더 강렬한 것이었다. 우리는 몬플로리테의 헛간에서 몇 시간을 자고, 새벽에 화물 트럭에 뛰어올랐다. 그리고 바르바스트로에서 5시 기차를 탔다. 운 좋게도 레리다에서 급행열차를 갈아탈 수 있어, 26일 오후 3시에 바르셀로나에 떨어졌다. 그러나 문제는 그때부터 시작되었다.

9장

버마 북부의 만달라이에서 기차를 타면 마이미오까지 갈
수 있다. 마이미오는 샨 고원 지대의 가장자리에 자리한 중요
주둔지이다. 그 기차 여행은 묘한 경험이었다. 기차는 동양 도
시의 전형적인 분위기 속에서 출발한다. 이글거리는 태양, 먼
지 낀 종려나무, 생선과 양념과 마늘 냄새, 질퍽한 열대 과일,
떼를 지어 몰려다니는 시커먼 얼굴의 사람들. 이런 분위기에
너무 익숙해 있었기 때문에, 기차 안에서도 그 분위기는 그대
로 유지되는 느낌이었다. 기차가 해발 1200미터의 마이미오에
이르렀을 때도 정신적으로는 여전히 만달라이에 있게 된다.
그러나 기차에서 내리는 순간, 마치 지구의 반대편에 들어선
기분이 든다. 갑자기 영국에서와 같은 시원하고 달콤한 공기
가 코로 들어온다. 주위에는 푸른 풀밭, 고사리, 전나무가 펼

쳐져 있다. 뺨이 발그레한 고지의 여자들은 바구니에 담은 딸기를 판다.

전선에서 석 달 반을 보내고 바르셀로나로 돌아가자 그 기차 여행이 생각났다. 그때처럼 분위기가 놀랄 만큼 갑자기 바뀌어 버린 것이다. 바르셀로나로 가는 기차 안에서는 줄곧 전선의 분위기가 유지되었다. 흙, 소음, 불편함, 넝마가 된 옷, 궁핍감, 동지애와 평등. 바르바스트로를 떠날 때부터 이미 의용군으로 만원이던 기차는 역에 설 때마다 농민을 더 태웠다. 어떤 농민은 야채 꾸러미를 들었고, 어떤 농민은 겁에 질린 닭의 발을 쥐었고, 어떤 농민은 배낭을 들고 탔다. 바닥에 놓인 배낭들은 둥글게 말리며 꿈틀거렸는데, 알고 보니 그 안에는 살아 있는 토끼들이 가득했다. 마지막에는 양 떼가 밀려 들어와 빈 공간으로 비집고 들어갔다. 의용병들은 혁명가를 소리 높여 불렀다. 노랫소리에 열차의 덜그덕거리는 소리도 묻혀 버렸다. 병사들은 또 철로가에 예쁜 여자들이 나타날 때마다 손으로 키스를 보내거나 검붉은 손수건을 흔들었다. 포도주 병이나 아라곤산(産) 독주인 아니스 병이 손에서 손으로 옮겨졌다. 스페인의 염소 가죽 물통이 있으면 포도주를 분사하여 건너편에 있는 친구의 입 안에까지 넣어 줄 수 있어 매우 편리했다. 내 옆에 앉은 검은 눈의 열다섯 살짜리 소년은 가죽 같은 얼굴을 한 앞의 두 농부에게 깜짝 놀랄 만한 무용담을 늘어놓았다. 두 농부는 거짓말임에 틀림없는 그 이야기에 입을 벌리고 귀를 기울였다. 농부들은 곧 보따리를 풀더니 끈적끈적하고 검붉은 포도주를 꺼냈다. 모두들 매우 행복했다. 그 행복

감은 말로는 도저히 표현할 수 없는 것이다. 그러나 기차가 사바델을 거쳐 바르셀로나에 들어서자 우리는 파리나 런던에 도착했을 때와 같은 이질적이고 적대적인 분위기를 느꼈다.

전쟁 중에 몇 달 간격으로 바르셀로나에 가 본 사람들은 모두 그곳에서 일어난 특별한 변화에 대해 이야기하곤 한다. 이상하게도 8월에 갔다가 1월에 다시 가 본 사람이 하는 이야기와 나처럼 12월에 갔다가 4월에 다시 가 본 사람이 하는 이야기는 똑같았다. 혁명적 분위기가 사라졌다는 것이다. 거리의 피가 아직 다 마르지 않고, 의용군이 고급 호텔에서 주둔하고 있던 8월에 그곳에 가본 사람들에게는 12월의 바르셀로나가 부르주아적인 분위기로 느껴졌을 것이다. 그러나 영국에서 갓 건너온 나에게는 그때의 바르셀로나도 내가 상상했던 것 이상으로 노동자들의 도시를 닮았다. 그러나 이제 물결은 뒤로 밀려났다. 그곳은 다시 평범한 도시가 되었다. 전쟁으로 인해 약간 뜯기고 부서졌지만, 노동 계급의 지배를 보여 주는 외적인 표시는 찾아볼 수 없었다.

군중의 변화는 깜짝 놀랄 정도였다. 의용군 제복과 푸른 작업복들은 거의 사라졌다. 모두들 스페인 재단사들이 만든 멋진 여름 양복을 입고 있는 것 같았다. 어디를 가나 뚱뚱한 부자, 우아한 여자, 늘씬한 차들이 눈에 띄었다. (아직 자가용은 없는 것 같았다. 그래도 한다하는 사람들은 차를 마음대로 부렸다.) 내가 바르셀로나를 떠날 때는 거의 없던 새로운 인민군 장교들이 놀랄 만큼 많이 돌아다녔다. 인민군은 장교가 열에 하나꼴이었다. 이 장교들 가운데 일부는 의용군에서 복무하다가 기술 교육을 위해 후방으로 불려 온 사람들이었다. 그러나 의용군에 입대하는 대신 전쟁 학교를 택했던 젊은이들도 다수 있었다. 이들 장교와 부하의 관계가 부르주아 군대와 똑같다고 할 수는 없었다. 그러나 둘 사이에는 분명한 사회적 차이가 있었다. 이것은 보수와 제복의 차이로 표현되었다. 사병들은 거친 갈색 작업복을 입었고, 장교들은 우아한 카키색 제복을 입었다. 영국군 장교복처럼 생겼는데, 허리가 좀 더 잘록했다. 아마 스무 명 가운데 한 명 이상이 전선에 가 본 적도 없을 터였다. 그러나 모두들 허리에는 자동 권총을 차고 있었다. 우리가 전선에 있을 때는 애걸로도, 돈으로도 구할 수 없던 것이다. 우리가 거리를 걸어갈 때마다 사람들이 우리의 더러운 외관을 빤히 쳐다보는 게 느껴졌다. 물론 전선에 몇 달 있었던 사람들과 마찬가지로 우리 몰골은 형편없었다. 나는 다른 사람들 눈에 내가 허수아비처럼 비친다는 사실을 의식하지 않을 수 없었다. 내 가죽 저고리는 넝마나 다름없었다. 모직 모자는 원래의 형태를 잃어버리고 자꾸 밑으로 내려와 한쪽 눈을 가렸다. 군화 밑창은 거의 다 떨어져 나가고, 덮개도 끝자락이 옆으로 벌어져 보기 흉했다. 우리 모두 대체로 비슷한 몰골이었다. 게다가 우리는 더러웠고 면도도 하지 않았다. 사람들이 우리를 쳐다보는 것도 당연했다. 그런데도 나는 좀 당황스러웠다. 동시에 지난 석 달 동안 그곳에 뭔가 야릇한 일들이 일어났음을 절실하게 느꼈다.

며칠 동안 나는 수없이 많은 증거들을 통해 내 첫인상이 틀리지 않았다는 것을 알았다. 도시 전체에 중대한 변화가 일어났다. 하나는 사람들, 즉 민간인들이 전쟁에 관심을 잃었다는 점이다. 또 하나는 빈부 상하의 계급 구분이라는 일반적인 사회 현상이 다시 나타나기 시작했다는 것이다.

전쟁에 대한 일반적인 무관심은 놀랍기도 했고, 또 좀 역겹기도 했다. 마드리드나 심지어 발렌시아에서 온 사람들조차 그런 무관심에 혐오감을 느꼈다. 우선 바르셀로나가 싸움터로부터 멀리 떨어져 있다는 점이 한 가지 원인이었다. 나는 한 달 후 타라고나에서도 같은 분위기를 느꼈다. 그 멋진 해변 도시에서는 일상적인 생활이 거의 그대로 유지되고 있었다. 그러나 1월 무렵부터 스페인 전역에서 자원병들의 수가 줄어들고 있다는 사실은 중요했다. 카탈로니아에서는 2월에 첫 인민군 입대 운동이 대대적으로 벌어지면서 열광적인 분위기가 나타났다. 그러나 신병 입대가 크게 늘지는 않았다. 전쟁이 시작된 지 불과 여섯 달밖에 지나지 않았는데, 스페인 정부는 벌써 강제 징집에 의존해야 했다. 외국과 싸울 때는 강제 징집이 당연한 일 같지만, 내전에서는 이례적인 일이라고 할 수 있다. 이는 전쟁을 촉발시켰던 혁명적 희망들에 회의를 느꼈다는 사실과 관련이 있는 것이 분명했다. 전쟁 초기 몇 주 동안 노동조합원들이 의용군을 형성하여 파시스트들을 사라고사로 쫓아 버렸던 것은 그들이 노동 계급의 지배를 위하여 싸운다고 믿었기 때문이다. 그러나 노동 계급의 지배라는 대의는 사라져 버린 게 분명해졌다. 따라서 보통 사람들, 특히 내전이나 외국과의 전쟁에서 군대의 주류를 이루는 도시 프롤레타리아가 냉담한 반응을 보인다고 해서 그들을 탓할 수는 없는 일이었다. 전쟁에서 패하고 싶어 하는 사람은 아무도 없었다. 그러나 대다수는 전쟁이 어서 끝나기를 바랐다. 어디를 가나 그것을 느낄 수 있었다. 어디를 가나 무관심한 표정으로 똑같은 말을 내뱉었다. "이놈의 전쟁, 끔찍하지 않아요? 이게 언제나 끝나려나?" 정치적 의식이 있는 사람들은 프랑코와의 싸움보다도 무정부주의자와 공산주의자 사이의 내분을 훨씬 더 강하게 의식했다. 대중에게는 식량 부족이 가장 중요한 문제였다. '전선'이란 신화 속에나 존재하는 머나먼 장소로 여겨지게 되었다. 젊은이들은 그곳으로 떠났다가 돌아오지 못하거나, 서너 달 후 호주머니에 큰 돈을 넣고 돌아왔다. (의용군 병사들은 보통 휴가를 떠날 때 보수를 한꺼번에 받았다.) 부상자들이 목발을 짚고 돌아다녀도 특별한 배려를 받지 못했다. 의용군에 입대하는 것은 이제 유행이 지났다. 늘 대중의 관심을 그대로 드러내 주는 상점들은 이 점을 분명하게 보여 주었다. 내가 처음 바르셀로나에 왔을 때 상점들은 궁색하고 초라하긴 했지만 의용군 장비를 주로 취급했다. 약모(略帽), 지퍼가 달린 저고리, 멜빵이 달린 장교용 혁대, 사냥용 칼, 물병, 리볼버 지갑 등이 어느 상점에나 진열되어 있었다. 이제 상점들은 몰라 보게 깔끔해졌다. 그러나 전쟁은 뒷전으로 밀려났다. 나중에 전선으로 돌아가기 전에 장비를 살 때 알게 된 일이지만, 전선에서 몹시 필요한 것들은 구하기가 무척 힘들었다.

한편 정당 소속 의용군에 반대하고 인민군을 지지하는 선전이 조직적으로 진행되고 있었다. 사실 이곳의 상황은 좀 묘했다. 2월 이후 형식적으로는 전군이 인민군으로 통합, 재편되었다. 의용군도 서류상으로는 인민군의 방침에 의거하여 재편성되었다. 보수 체계에도 차별이 생겼고, 관보에 장교 임명이 발표되기도 했다. 사단들은 '혼합 여단들'로 이루어졌다. 즉 인민군 부대와 의용군 부대를 합치는 것이 원칙이었다. 그러나 실제로 변한 것은 이름뿐이었다. 예를 들어 전에는 레닌 사단으로 부르던 통일 노동자당 부대들은 이제 29사단으로 바뀌었다. 6월 이전까지 아라곤 전선에 투입된 인민군 병력은 거의 없었다. 그 결과 의용군들은 독립된 구조와 독특한 성격을 유지할 수 있었다. 그러나 정부 요원들은 벽마다 스텐실로 글자들을 찍어 놓았다. '우리는 인민군을 요구한다.' 공산주의 계열의 라디오와 신문에서는 쉴새없이 의용군을 공격했는데, 그것이 때로는 매우 악의에 찬 조롱에 가까웠다. 대체로 의용군은 훈련도 제대로 못 받고 규율도 없다는 등등의 이야기였다. 인민군은 늘 '영웅적'으로 묘사되었다. 이런 선전을 듣다 보면 자원한 것은 왠지 수치스러운 일이고, 징집되기를 기다리는 것은 왠지 칭찬받을 일이라는 인상을 받게 되었다. 어쨌든 그 기간 동안 의용군은 전선을 지탱했고 인민군은 후방에서 훈련을 받았다. 이런 사실은 거의 알려지지 않았다. 전선으로 돌아가는 의용군은 이제 깃발이 펄럭이고 북소리가 요란한 거리를 행군하지 않았다. 의용군은 새벽 5시에 기차나 트럭을 타고 몰래 도망가듯 전선으로 이동했다. 이제 인민군도 조금씩 전선에 배치되었다. 이들은 전과 마찬가지로 거리 행진 의식을 거행했다. 그러나 전쟁에 대한 관심이 전반적으로 시들해졌기 때문에 인민군 환송식의 열기마저도 전보다 훨씬 못했다. 의용군이 서류상으로는 인민군 소속이 되었다는 사실은 언론 선전에서 교묘하게 이용되었다. 모든 공적은 당연히 인민군에게 돌아갔고, 모든 비난은 의용군에게 돌아갔다. 동일한 부대가 인민군으로서 칭찬을 받고 의용군으로서 비난을 받는 일도 가끔 생겼다.

이 모든 일에도 불구하고 사회적 분위기에는 놀라운 변화가 생겼다. 그것은 직접 겪어 보지 않고는 상상하기 힘든 것이다. 처음 바르셀로나에 도착했을 때 나는 그곳에 계급 구분이나 빈부의 격차가 거의 없다고 생각했다. 실제로 그렇게 보였다. '맵시 있는' 옷차림은 거의 눈에 띄지 않았다. 아무도 아첨하거나 팁을 받지 않았다. 웨이터와 꽃 파는 여자와 구두닦이가 손님을 똑바로 마주 보며 '동지'라고 불렀다. 나는 이것이 희망과 위장이 혼합된 모습임을 미처 파악하지 못했다. 노동 계급은 시작은 되었으되 결코 견고하게 자리 잡지 못했던 혁명을 믿었다. 부르주아지는 겁에 질려 잠시 노동자로 위장했다. 혁명 초기 몇 달 동안은 아마 살기 위한 방편으로 일부러 작업복을 입고 혁명적 구호를 외치며 다녔던 사람들이 수도 없이 많았을 것이다. 그러나 이제 모든 것이 평상시로 돌아가고 있었다. 고급 식당과 호텔은 값비싼 음식을 게걸스럽게 먹어 치우는 부자들로 가득했다. 식료품비는 급등한 반면 노동 계급의 임금 상승은 그에 훨씬 못 미쳤다. 물가가 올랐을 뿐 아니라, 특정 물품이 동나는 일도 되풀이되었다. 물론 이런 일은 늘 부자보다는 가난한 사람들에게 더 큰 타격을 주었다. 식당과 호텔은 원하는 재료를 얻는 데 그다지 어려움을 느끼지 않는 것 같았다. 그러나 노동자 계급이 사는 동네에서는 빵이나 올리브 기름이나 기타 생필품을 사려는 줄이 몇백 미터씩 늘어섰다. 나는 이전에 바르셀로나에 왔을 때 거지가 없다는 사실에 놀랐다. 그러나 이제는 거지들이 대량으로 생겨났다. 람블라스 거리 위쪽 끝에 있는 식료품점 바깥에는 맨발의 아이들이 몰려 있다가 식료품점에서 누가 나오면 우르르 몰려가 부스러기라도 달라고 아우성을 쳤다. '혁명적인' 말투는 금방 사라져 버렸다. 이제 낯선 사람에게 **투**라거나 **카마라다**라고 부르는 경우는 거의 없었다. 보통 **세뇨르**와 **우스테드**를 사용했다. 또 **부에노스 디아스**가 **살루드**를 대체하기 시작했다.[48] 웨이터들은 다시 풀 먹인 흰 와이셔츠를 입었고, 가게 점원들은 익숙한 태도로 손님에게 아첨했다. 아내와 나는 스타킹을 사기 위해 람블라스 거리의 양말 가게에 들어간 적이 있다. 점원은 고개를 숙이고 두 손을 비볐다. 이삼십 년 전이면 몰라도 요즈음에는 영국에서조차 보기 힘든 모습이었다. 간접적이고 은밀한 방법이긴 하지만 팁을 주는 관행도 다시 시작되었다. 노동자 순찰대는 해산을 명령받았고 전쟁 전의 경찰이 다시 거리에 모습을 드러냈다. 그 결과 노동자 순찰대 시절에는 폐쇄되었던 카바레 쇼와 고급 매음굴이 즉시 다시 문을 열었다.[49] 모든 것이 부유한 계급 위주로 재편되었다는 것을 보여 주는 사소하지만 중요한 예는 담배 부족에서 찾을 수 있다. 대중에게

---

48) 투(tu)는 '너', 카마라다(camarada)는 '동무'를 뜻한다. 살루드(salud)보다는 부에노스 디아스(buenos días)가 좀 더 예의를 차린 인사말이다.

담배 부족은 너무나 심각해서, 거리에서 감초를 썰어 넣은 담배를 팔 정도였다. 나도 그것을 몇 대 피워 보았다. (많은 사람들이 한번은 피워 보았다.) 프랑코는 카나리아 제도를 장악하고 있었는데, 스페인의 담배는 모두 그곳에서 재배되었다. 따라서 정부 측에 남아 있던 담배는 모두 전쟁 전에 만들어진 것뿐이었다. 물량이 워낙 부족하다 보니 담배 가게는 일주일에 하루만 문을 열었다. 아주 운이 좋으면 두 시간 동안 줄을 서서 4분의 3온스짜리 담배를 살 수 있었다. 정부는 공식적으로는 해외로부터의 담배 수입을 금지했다. 담배를 수입하면 금 보유고가 줄어들기 때문이었다. 금은 무기와 다른 생필품을 구입하는 데 사용되어야 했다. 그러나 실제로는 러키 스트라이크와 같은 비싼 외제 담배들이 꾸준히 밀반입되었다. 이것은 엄청난 이윤을 챙길 수 있는 기회였다. 고급 호텔에 가면 밀수 담배를 공공연하게 구입할 수 있었고, 호텔에서와 같이 공개적이지는 않지만 거리에서도 밀수 담배를 살 수 있었다. 다만 한 갑에 10페세타(의용군 병사의 하루 임금이었다.)를 지불해야 하는 것이 문제였다. 밀수는 부유한 사람들의 이익을 위한 것

---

49) (원주)오웰의 원래 주석은 이렇다. '노동자 순찰대는 매음굴의 75퍼센트를 폐쇄한 것으로 알려져 있다.' 그러나 그의 사후에 발견된 정오표에는 이렇게 적혀 있다. '이 말은 정정되어야 한다. 전쟁 초기에 매음굴의 75퍼센트가 줄었다는 데 대해서는 확실한 증거가 없다. 아마 무정부주의자들은 매음굴을 폐쇄하기보다는 '집산화'를 원칙으로 삼았던 것 같다. 그러나 매음 반대 움직임은 있었다.(포스터 등을 통하여.) 어쨌든 고급 매음굴과 카바레의 나체 쇼가 전쟁 초기 몇 달 동안은 사라졌다가 1년쯤 뒤에 다시 시작된 것은 사실이다.'

이었다. 따라서 묵인되었다. 돈만 있으면 무엇이든 충분히 살 수 있었다. 빵은 예외였다. 매우 엄격하게 배급되는 편이었으니까. 어쨌든 빈부 간의 이 같은 노골적인 격차는 노동 계급이 지배 하던 몇 달 전만 해도 있을 수 없는 일이었다. 그러나 이것을 단지 정치적 권력의 이동 때문이라고만 설명하는 것은 공정하지 않을 것이다. 이것은 바르셀로나가 안전했기 때문이기도 했다. 이곳에는 이따금씩 벌어지는 공습 외에는 전쟁의 위협이 거의 없었다. 마드리드에 있던 사람들 누구나 바르셀로나의 상황이 완전히 다르다고 말했다. 마드리드에서는 공통의 위험 때문에 거의 모든 계층의 사람들이 일종의 동지애를 느낄 수밖에 없다고 했다. 한쪽에서는 뚱뚱한 사람이 메추라기를 먹고 다른 한쪽에서는 아이들이 빵을 구걸하는 모습은 역겨운 광경이다. 그러나 총소리가 들리는 곳에서는 이런 모습을 보기 힘들다.

시가전이 끝나고 하루이틀 뒤에 상류층 인사들이 모이는 어느 거리를 지나다가 제과점을 하나 보았다. 진열장에는 아주 고급스러운 페이스트리와 봉봉 과자가 가득했다. 그러나 값이 엄청나게 비쌌다. 그것은 영국의 본드가(街)나 프랑스의 페가(街)에서 볼 수 있는 가게였다. 나는 전쟁에 찌들어 굶주린 나라에서 아직도 그런 것들에 돈을 낭비할 수 있다는 사실에 놀라면서 막연한 두려움에 사로잡혔다. 그러나 혹시 내가 무슨 개인적 우월감을 드러낸다고 오해하지는 말라. 몇 달을 불편하게 산 후라 나는 좋은 음식과 포도주, 칵테일, 미국 담배 등등에 대해 게걸스러운 욕망을 품고 있었다. 솔직히 나는 가진 돈을 모두 털어 마음껏 사치를 누렸다. 시가전이 벌어지기 전, 처음 한 주일동안 내가 겪은 몇 가지 일들은 묘한 방식으로 상호 영향을 주었다. 앞서 말한 대로 우선 나는 가능한 한 안락한 생활을 누리느라 바빴다. 둘째, 나는 과식과 과음으로 그 주 내내 건강이 좋지 않았다. 몸이 좋지 않아 오전 내내 침대에서 뒹굴다가 일어나서 또 과식을 하고, 그러면 다시 아프기 시작했다. 동시에 나는 리볼버를 사려고 비밀 협상을 했다. 나는 리볼버 한 자루를 갖고 싶은 마음이 간절했다. 참호전에서는 리볼버가 소총보다 훨씬 더 유용했기 때문이다. 그러나 손에 넣기가 무척 힘들었다. 정부는 경찰관과 인민군 장교에게 리볼버를 나눠 주었다. 그러나 의용군에는 지급하려 하지 않았다. 무정부주의자들의 암시장에서 불법으로 구입해야 했다. 한참 법석을 떨고 난 후에 무정부주의자 친구 하나가 26인치짜리 소형 자동 권총을 구해 주었다. 형편없는 무기였다. 5미터만 벗어나도 쓸모가 없었다. 그래도 없는 것보다는 나았다. 이 외에도 나는 통일 노동자당 의용군을 떠나 다른 부대로 들어가기 위한 예비 작업을 하고 있었다. 나를 마드리드 전선으로 보내 줄 부대에 입대할 생각이었다.

나는 오래전부터 모든 사람에게 통일 노동자당을 떠날 것이라고 이야기해 왔다. 순수하게 개인적인 선호도로만 따지자면 나는 무정부주의자들 쪽에 끼는 것이 더 좋았다. 전국 노동자 연맹에 가담하면 무정부주의자 연합 의용군에 들어갈 수 있었다. 그러나 무정부주의자 연합은 나를 마드리드가 아니라 테루엘로 보낼 것이라는 이야기를 들었다. 마드리드로 가고 싶으면 국제군에 들어가야 했는데, 그러자면 공산당원으로부터 추천서를 받아야 했다. 나는 스페인 의무대에 소속된 공산주의자 친구를 하나 찾아내어 사정을 설명했다. 그는 나를 몹시 데려가고 싶은 모양이었다. 그는 가능하면 다른 독립 노동자당 소속 영국인들도 나와 동행하도록 설득해 보라고 했다. 만일 내가 건강이 좋았더라면 그 자리에서 그러마고 대답했을 것이다. 그렇게 했으면 무엇이 달라졌을지 모를 일이다. 아마 바르셀로나 시가전이 시작되기 전에 알바세테로 보내졌을지도 모른다. 그랬다면 가까운 거리에서 시가전을 보지도 못했을 것이고, 응당 공식적 발표를 진짜라고 믿어 버렸을 것이다. 반면 공산주의 계열에 합류하고 나서 시가전 내내 바르셀로나에 있었다면 내 입장은 아주 곤란해졌을 것이다. 공산당 명령 체계를 따라야 하는 몸이지만, 개인적으로는 여전히 통일 노동자당의 내 동지들에게 의리를 느꼈을 것이기 때문이다. 그러나 내게는 휴가가 일주일 더 남았고, 전선에 복귀하기 전에 건강을 회복하고 싶은 마음이 간절했다. 사소하고 보잘것없는 일들이 인간의 운명을 결정하는 경우가 있는데, 아니나 다를까 나는 제화공이 새 군화를 만들어 줄 때까지 기다려야 했다. (스페인 육군에서는 내 발에 맞는 큰 군화를 만들지 않았다.) 공산주의자 친구에게는 나중에 일을 매듭짓자고 말했다. 나는 일단 쉬고 싶었다. 심지어 아내와 함께 2, 3일 동안 해변에 다녀올 생각도 했다. 이 무슨 터무니없는 생각이란 말인가! 당시의 정치적 분위기로 볼 때 그런 한가한 놀이를 할 때가 아님을 분명히 알았어야 했다.

도시의 표면적인 모습 속에, 사치와 점증하는 가난 속에, 꽃 가게가 늘어서고 색색깔의 깃발이 나부끼며 선전 포스터들이 붙어 있고 사람들이 떼지어 몰려다니는 활달한 거리의 분위기 속에 정치적 경쟁과 증오라는 무시무시한 감정이 분명히 자리 잡고 있었다. 다양한 정치적 견해를 가진 사람들이 뭔가를 예감한 듯 입을 모아 말했다. "머지않아 일이 터질 거야." 그 위험은 아주 단순하게 이해될 수 있는 것이었다. 혁명이 진전되기를 바라는 사람들과 혁명을 진전되거나 예방하기를 바라는 사람들 사이의 반목이었다. 결국 무정부주의자들과 공산주의자들 사이의 반목이었다. 정치적으로 보자면 카탈로니아에는 이제 통일 사회당과 그들의 자유주의적 동맹자들을 제외하고 어떠한 권력도 없었다. 그러나 실제로는 이 권력에 대항하는 전국 노동자 연맹이라는 불확실한 세력이 있었다. 이들은 상대측에 비해 무장도 미비했고 목표에 대한 확신도 부족했다. 그럼에도 불구하고 여러 주요 산업에서 다수를 차지하면서 지배권을 확립했기 때문에 그 힘은 막강했다. 이러한 세력 판도 때문에 문제가 발생할 수밖에 없었다. 통일 사회당의 통제하에 있는 헤네랄리테의 관점에서 보자면, 자신들의 입지를 강화하기 위해 우선적으로 필요한 일이 전국 노동자 연맹 노동자들의 손에서 무기를 빼앗는 것이었다. 앞서도 이야기했지만 정당 의용군을 해체하려는 움직임은 본질적으로 이 목적을 겨냥한 공작이었다. 동시에 전쟁 전의 무장 경찰대, '치안대' 등이 부활했다. 그들은 병력도 보강되었고 무장도 갖추었다. 이것은 단 한 가지를 의미하는 것이었다. 특히 치안대는 일반적인 대륙식 헌병대였다. 이들은 거의 백 년 동안 소유 계급의 경호대 역할을 해 왔다. 한편 개인이 소지한 모든 무기는 반납하라는 포고가 발표되었다. 당연히 이 명령은 이행되지 않았다. 무정부주의자들의 무기는 강제로 압수할 수밖에 없었다. 이 기간 내내 카탈로니아 전역에서 소규모 충돌이 일어나고 있다는 소문이 돌았다. 그러나 신문 검열 때문에 그런 사건은 늘 모호하고 모순된 방식으로 처리되었다. 곳곳에서 무장한 경찰대가 무정부주의자들의 요새를 공격했다. 프랑스와의 국경 지대인 푸이그세르다에서는 단총 부대가 무정부주의자들이 통제하던 세관을 접수하러 갔다. 그 과정에서 유명한 무정부주의자인 안토니오 마르틴이 살해되었다.[50] 피게라스에서도 비슷한 사건들이 일어났고, 타라고나에서도 마찬가지였다. 바르셀로나에서는 노동 계급이 거주하는 교외 지역에서 대체로 비공식적이라 할 수 있는 분쟁이 잇달아 발생했다. 얼마 전부터 전국 노동자 연맹과 노동자 총연합의 조합원들은 서로 살인을 일삼고 있었다. 그런 살인 때문에 대규모의 자극적인 장례식이 여러 번 거행되기도 했다. 고의적으로 정치적 증오심을 선동하려는 의도가 매우 분명해 보였다. 시가전이 벌어지기 얼마 전에는 전국 노동자 연맹 조합원 한 사람이 살해당했다. 그러자 수많은 조합원들이 장례 행렬에 참가했다. 내가 바르셀로나에 도착한 직후인 4월 말에는 노동자 총

---

50) (원주)오웰 사후에 발견된 정오표에는 이렇게 나와 있다. '이 사건에 관한 나의 이야기는 부정확하고 오해의 소지가 있다는 이야기를 듣곤 한다.'

연합의 유명한 조합원인 롤단 코르타다가 살해당했다. 사람들은 전국 노동자 연맹의 누군가가 죽인 것으로 생각했다. 정부는 모든 상가의 철시를 명령하고 대규모 장례 행렬을 계획하였다. 인민군 부대가 행렬의 주류를 이루었다. 행렬은 한 지점을 통과하는 데만 두 시간이 걸리기도 했다. 나는 호텔 창문으로 그 광경을 지켜보았다. 마음은 차가웠다. 이른바 장례식이란 것이 힘의 과시에 불과하다는 것은 분명했다. 이런 일이 몇 번만 더 발생하면 유혈 사태가 벌어질 것 같았다. 그날 밤 나와 아내는 200미터 떨어진 카탈루냐 광장에서 들리는 연발의 총성 때문에 잠을 깼다. 우리는 다음 날 전국 노동자 연맹의 조합원이 살해당했다는 사실을 알게 되었다. 사람들은 노동자 총연합의 소행이라고 생각했다. 물론 경찰의 앞잡이가 도발을 목적으로 이 모든 살인을 저질렀다고 생각할 수도 있었다. 외국의 자본주의 언론이 롤단의 피살 소식은 크게 보도하고 그에 대한 보복 살인은 언급하지 않은 사실로 보아 공산주의자와 무정부주의자의 분쟁을 대하는 그들의 태도를 가늠해 볼 수 있을 것이다.

5월 1일 노동절이 다가오고 있었다. 전국 노동자 연맹과 노동자 총연합이 모두 참여하는 엄청난 규모의 시위가 벌어질 거라는 소문이 돌았다. 자신들의 추종자들보다는 더 온건한 전국 노동자 연맹 지도자들은 오래전부터 노동자 총연합과의 화해를 시도해 왔다. 실제로 그들의 정책 기조는 두 단위의 조합을 하나의 거대한 연합체로 만드는 것이었다. 그래서 그들은 전국 노동자 연맹과 노동자 총연합의 조합원들이 노동절에 함께 행진함으로써 단결력을 대외에 과시할 생각이었다. 그러나 마지막 순간에 시위는 취소되었다. 폭동이 일어날 게 너무나 뻔했기 때문이다. 그래서 5월 1일에는 아무런 행사도 치러지지 않았다. 묘한 상황이었다. 파시스트에게 장악되지 않은 유럽에서 그날 기념식을 열지 않은 도시는 이른바 혁명 도시라는 바르셀로나 하나뿐이었을 것이다. 그러나 오히려 나는 안심이 되었다. 영국의 독립 노동자당 대표단은 통일 노동자당 쪽에 끼어 행진하기로 되어 있었다. 누구나 일이 터질 것이라고 예상하고 있었다. 나는 의미 없는 시가전에 휘말려드는 것만은 피하고 싶었다. 사기를 고취하는 구호들이 적힌 붉은 기 뒤에서 거리를 행진하다가 전혀 모르는 사람이 거리의 창문에서 쏜 기관총에 맞아 죽는 것. 이것은 내가 보기에 가치 있게 죽는 방식이 아니었다.

10장

5월 3일 한낮에 한 친구가 호텔 라운지를 걷다가 무심코 말했다. "전화 교환국에서 문제가 좀 생겼다고 하던데." 어찌 된 영문인지 그때 나는 그 말에 주의를 기울이지 않았다.

그날 오후 3, 4시쯤, 나는 람블라스 거리 한복판을 걷다가 등뒤로 소총 소리를 들었다. 고개를 돌려보니 젊은이들이 몇 명 보였다. 손에는 소총을 들고 목에는 무정부주의자들의 검붉은 손수건을 묶은 모습이었다. 그들은 람블라스에서 북쪽으로 빠지는 샛길을 따라 천천히 움직이고 있었다. 높은 팔각탑에 있는 누군가와 교전 중인 것이 분명했다. 샛길을 내려다보는 그 탑은 교회였던 것 같다. "시작됐구나!" 그 즉시 나는 직감했다. 그렇다고 크게 놀랐던 것은 아니다. 지난 며칠간 모든 사람이 예상했던 일이었기 때문이다. 나는 곧바로 호텔로 돌아가 아내가 무사한지 확인해야 했다. 그러나 샛길 입구에 모여 있는 무정부주의자들은 사람들에게 뒤로 물러나라고 손짓하며 사선(射線)으로 들어오지 말라고 소리쳤다. 총소리가 또 울려 퍼졌다. 탑에서 발사되는 총알은 도로를 가로질러 날아왔고, 공포에 사로잡힌 군중은 사격을 피해 람블라스 거리로 달려 내려갔다. 거리 이곳저곳에서 철커덕철커덕하는 소리가 들렸다. 상점 주인들이 창문 위로 강철 셔터를 내리는 소리였다. 인민군 장교 두 명이 리볼버를 들고 나무에서 나무로 조심스럽게 도망가는 모습이 보였다. 내 앞에 있던 사람들은 몸을 피하기 위해 람블라스 거리 한가운데 있는 지하철 역으로 몰려 들어갔다. 나는 그 광경을 보는 즉시 그들을 따라가지 않기로 결정했다. 자칫했다가는 지하에 몇 시간씩이나 갇혀 있기 십상이었다.

그때 전선에서 우리와 함께 있었던 미국인 의사가 나에게 달려오더니 팔을 꽉 붙잡았다. 무척 흥분해 있었다.

"어서 갑시다. 팔콘 호텔까지 가야 합니다."(팔콘 호텔은 통일 노동자당에서 운영하는 일종의 하숙집으로, 주로 휴가 나온 의용병들이 사용했다.) "통일 노동자당 친구들은 그곳으로 모일 겁니다. 일이 터졌어요. 우리는 함께 있어야 합니다."

"한데 이게 대체 어떻게 된 일입니까?"

의사는 내 팔을 잡아끌었다. 그는 너무 흥분해서 제대로 이야기를 하지 못했다. 그가 카탈루냐 광장에 있을 때 몇 대의 트럭에 분승한 무장 치안대[51]가 전화 교환소로 몰려가 그곳을 급습했던 것 같다. 전화 교환소에서 일하는 사람들은 주로 전국 노동자 연맹 소속이었다. 습격 소식이 들리자 무정부주의자들이 달려갔고, 그러면서 싸움이 크게 번졌다는 것이다. 나는 낮에 들었던 '문제'라는 것이 정부가 전화 교환국의 접수를 요구한 일일 거라고 추측했다. 물론 그 요구는 거부되었을 것이다.

거리를 따라 내려가는데 마주 달려오던 트럭 한 대가 우리를 스쳐 지나갔다. 트럭에는 소총을 든 무정부주의자들이 가득했다. 앞쪽에는 남루한 옷을 입은 젊은이가 경기관총 뒤의 매트리스 더미 위에 누워 있었다. 람블라스 거리 아래쪽에 있는 팔콘 호텔에 도착했을 때 입구에는 많은 사람들이 모여 웅성거리고 있었다. 모두 혼란에 빠져 어떻게 해야 할지 몰랐다. 건물을 지키는 돌격대원 몇 명 외에는 무장한 사람이 없었다. 나는 정반대편에 있던 통일 노동자당의 코미테 로칼[52]로 갔다. 의용군 병사들이 급료를 받으러 가곤 하는 위층 방에도 사람들이 모여 있어 어수선했다. 키가 크고 잘생긴 편에 살결

---

51) (원주)사후에 발견된 오웰의 정오표에는 이렇게 적혀 있다. '이 장들 전체에 걸쳐 '치안대(Civil Guards)'에 관한 언급이 계속 나온다. 이것은 모두 '돌격대(Assault Guards)'로 바꾸어야 한다. 내가 오해하게 된 것은 카탈로니아의 돌격대가 후에 발렌시아에서 온 돌격대와는 다른 제복을 입었고, 스페인 사람들이 이들을 모두 '라 가르디아(la guardia)'라고 불렀기 때문이다. 기회가 있을 때마다 치안대가 프랑코 측에 가담했다는 분명한 사실은 제2 공화국 이후에 양성된 돌격대에는 해당되지 않는다. 그러나 사람들이 '라 가르디아'에 적대감을 가지고 있었고, 이것이 바르셀로나에서 그 나름의 역할을 했다는 사실에는 변함이 없다.'
52) 지역 위원회이다.

이 흰 서른 살가량의 남자가 질서를 유지하려고 애쓰면서 구석에 쌓여 있는 탄띠와 탄약 상자를 나누어 주고 있었다. 남자는 민간인 복장이었다. 아직 소총은 없는 것 같았다. 미국인 의사는 어디론가 사라져 보이지 않았다. 벌써 사상자가 생겨 의사들을 불러 모았던 모양이다. 그러나 나 말고 영국인이 또 한 사람 와 있었다. 곧 안쪽 사무실에서 키 큰 남자와 다른 몇 명이 소총을 한 아름씩 들고 나와 나누어 주기 시작했다. 나와 또 한 영국인은 외국인들이었기 때문에 약간의 의심을 받아 처음에는 아무도 총을 주려 하지 않았다. 그러다가 전선에서 만났던 의용병 하나가 도착하여 나를 확인해 준 후에야 우리에게 소총과 탄창을 지급했다. 그러나 별로 내키지 않는 기색이었다.

멀리서 총소리가 들렸다. 거리에는 사람이 하나도 없었다. 모두들 람블라스 거리로 올라가는 것은 불가능하다고 했다. 치안대가 좋은 위치에 있는 건물들을 접수하고는 지나가는 사람들에게 무차별 사격을 하고 있었다. 그 이유만이라면 나는 위험을 무릅쓰고 호텔로 돌아갈 수도 있었으나 코미테 로칼이 곧 공격을 받을 것이라는 풍문이 나돌았기 때문에 그곳에서 대기할 필요가 있었다. 건물 전체나 계단, 그리고 바깥 보도에서까지 사람들이 옹기종기 모여 서서 흥분한 표정으로 이야기를 나누었다. 무슨 일이 어떻게 돌아가는지 분명히 아는 사람은 하나도 없는 것 같았다. 내가 할 수 있는 추측이라고는 치안대가 전화 교환소를 공격했고, 노동자들 소유의 다른 건물들을 굽어볼 수 있는 여러 전략적 건물들을 접수했다는 것뿐이었다. 대체로 치안대가 전국 노동자 연맹과 노동 계급을 '추적한다'는 인상을 받았다. 이 단계에서는 누구도 인민 전선 정부를 비난하는 것 같지 않았다는 점은 주목할 만한 일이다. 바르셀로나의 빈곤 계급들은 치안대를 1921년 아일랜드 반란 진압에 파견되었던 영국 정부군처럼 여겼다. 치안대가 정부와 관계없이 독자적으로 공격을 시작했다는 사실을 당연하게 받아들이는 것 같았다. 사태 유발 동기를 듣고 나자 마음이 좀 편해졌다. 이제 쟁점은 분명했다. 한쪽에는 전국 노동자 연맹이 있었고 다른 한쪽에는 경찰이 있었다. 나는 부르주아적인 공산주의자를 꿈꾸는 이상화된 '노동자'에 대해 특별한 애착을 가지고 있지는 않다. 그러나 살과 피를 가진 노동자가 그들의 천적인 경찰과 싸우는 모습을 실제로 보게 되니 내가 어느 편인지 굳이 자문해 볼 필요가 없었다.

오랜 시간이 흘렀다. 우리가 있는 곳에서는 아무 일도 일어나지 않았다. 호텔로 전화를 걸어 아내의 안부를 확인해 볼 수도 있다는 생각은 아예 떠오르지 않았다. 전화 교환소의 기능이 마비되었을 것이라고 지레짐작하고 있었다. 일이 중단된 시간은 실제로 두 시간에 불과했다고 한다. 두 건물 안에는 300명가량의 사람들이 있었다. 주로 가장 가난한 계급에 속하는 사람들이었다. 부두 옆의 뒷골목에 사는 사람들이었다. 여자들도 많았다. 일부는 아기까지 안고 있었다. 남루한 옷을 입은 어린아이들도 많았다. 그들 가운데 대다수는 무슨 영문인지도 모르고 그저 보호를 받기 위해 통일 노동자당 건물로 피신해 왔을 것이다. 휴가를 받아 나온 의용병들도 많았다. 드문드문 외국인들도 보였다. 내 짐작으로는 우리에게 있는 소총이 예순 자루 정도였다. 위층 사무실로 끊임없이 사람들이 몰려와 총을 달라고 했으나 남은 것이 없다는 말만 들었다. 어린 축에 속하는 의용병들은 이 일 전체를 여흥으로 여기는 듯 어슬렁거리며 돌아다니다가 소총을 가진 사람을 보면 감언이설로 그것을 빼앗거나 훔치려 했다. 오래지 않아 어린 병사 하나가 교묘한 속임수로 내 소총을 집어가더니 금방 사라져 버렸다. 그래서 나는 다시 빈손이 되었다. 자동 권총 한 자루뿐이었다. 탄창도 하나뿐이었다.

어두워졌다. 배가 고팠다. 팔콘 호텔에는 먹을 것이 없는 것 같았다. 나는 친구와 함께 슬쩍 빠져나가 멀지 않은 그의 호텔에서 저녁을 먹기로 했다. 거리는 깜깜하고 고요했다. 인기척을 느낄 수 없었다. 모든 가게 창문에는 강철 셔터들이 내려져 있었다. 그러나 아직 바리케이드는 세워지지 않았다. 우리는 한참 법석을 떨고 나서야 호텔에 들어갈 수 있었다. 호텔은 문을 잠그고 빗장까지 질러 둔 상태였다. 코미테 로칼로 돌아왔을 때 전화 교환소가 정상적으로 돌아간다는 사실을 알게 되었다. 나는 아내에게 전화를 하려고 위층 사무실로 달려갔다. 이곳의 일이 다 그렇듯이 건물에는 전화번호부가 없었다. 나는 콘티넨털 호텔의 전화번호를 알지 못했다. 한 시간 정도 방들을 샅샅이 뒤진 끝에 안내 책자를 하나 발견하여 전화번호를 알아낼 수 있었다. 아내와는 연락이 되지 않았다. 그러나 바르셀로나의 영국 독립 노동자당 대표인 존 맥네어와는 통화를 할 수 있었다. 그는 모두들 잘 있으며 총에 맞은 사람은 없다고 말했다. 그러면서 코미테 로칼은 괜찮냐고 물었다. 나는 담배만 있으면 괜찮을 것이라고 대답했다. 농담으로 한 이야기였다. 그런데 삼십 분 뒤 맥네어는 러키 스트라이크 두 갑을 들고 나타났다. 그는 칠흑같이 어두운 거리를 용감하게 뚫고 온 것이다. 그 거리는 무정부주의자 순찰대가 돌아다니는 곳이었다. 그들은 맥네어를 두 번이나 멈춰 세우고 권총을 겨눈 다음 신분증을 검사했다고 한다. 나는 맥네어의 이 작지만 영웅적인 행동을 잊지 못할 것이다. 우리는 모두 담배를 받고 몹시 기뻐했다.

대부분의 창문마다 무장한 경비병이 배치되었다. 길 아래쪽에서는 기습 특공대원들이 떼지어 돌아다니다가 드문드문 눈에 띄는 행인들을 세워 놓고 검문을 했다. 무기를 가득 실은 무정부주의자들의 순찰차가 거리를 달려 올라왔다. 운전사 옆에는 열여덟 살쯤 되어 보이는 검은 머리의 아름다운 처녀가 무릎에 올려놓은 기관 단총을 쓰다듬고 있었다. 나는 한참 동안 건물 안을 돌아다녔다. 크고 어수선한 곳이라 어디가 어디인지 분간하기 어려웠다. 어디를 가나 어김없이 쓰레기가 있었다. 부서진 가구와 찢어진 신문 조각들은 혁명의 불가피한 부산물인 것 같았다. 사방에서 사람들이 쓰러져 자고 있었다. 부두 지역에서 온 가난한 여자 둘이 통로의 부서진 소파 위에서 평화롭게 코를 골고 있었다. 이곳은 통일 노동자당이 접수하기 전에는 카바레 극장이었다. 몇 군데 방에는 높은 무대가 설치되어 있었다. 어떤 방에는 그랜드 피아노가 처량하게 놓여 있었다. 마침내 나는 찾고 있던 것을 발견했다. 무기고였다. 일이 어떻게 풀릴지 알 수 없었기 때문에 무기가 몹시 필요했다. 나는 통일 사회당, 통일 노동자당, 전국 노동자 연맹－무정부주의자 연합 등의 경쟁 정당들 모두가 바르셀로나에 무기를 비축해 놓았다는 이야기를 자주 들었다. 그래서 나는 통일 노동자당의 주요 건물 두 곳에 소총이 오륙십 자루밖에 없다는 사실을 믿을 수가 없었다. 무기고로 쓰던 방에는 경비병도 없었고 문도 허술했다. 나는 다른 영국인과 함께 잠긴 문을 쉽게 따고 들어갔다. 그러나 안으로 들어갔을 때 우리는 그들이 하던 말이 사실임을 알았다. 무기는 더 없었던 것이다. 우리가 그곳에서 발견한 것은 구식 22구경 소총 사십여 자루와 산탄총 몇 자루뿐이었다. 게다가 총알은 하나도 없었다. 나는 사무실로 가서 여분의 총알이 있느냐고 물었다. 없었다. 그러나 수류탄은 몇 상자 있었다. 무정부주의자 순찰차가 갖다준 것이었다. 나는 내 탄약 상자에 수류탄 두 개를 집어 넣었다. 조악한 수류탄이었다. 꼭대기를 성냥 같은 것으로 문질러 점화시켜야 했다. 게다가 저절로 터지기 일쑤였다.

사람들은 사방에서 사지를 뻗고 잠이 들었다. 어떤 방에서는 아기가 울었다. 그칠 줄을 몰랐다. 5월이었지만 밤이 되자 추워졌다. 한 카바레 무대 위에는 아직도 커튼이 그대로 드리워져 있었다. 나는 커튼을 칼로 찢어 그것으로 몸을 감싸고 몇 시간 눈을 붙였다. 그 망할 놈의 수류탄 생각 때문에 잠을 제대로 잘 수가 없었다. 자다가 내 몸으로 수류탄들을 너무 세게 압박하면 내 몸이 공중에 날아오를 수도 있었기 때문이다. 새벽 3시에 지휘관인 듯한 키가 크고 잘생긴 남자가 나를 깨우더니, 소총을 주며 창문 한곳을 지키라고 했다. 그는 전화 교환소를 공격한 경찰의 총수인 살라스를 체포했다고 말했다. (나중에 알게 된 사실이지만, 그는 자리에서 쫓겨난 것일 뿐이었다. 그런데도 이 소식은 치안대가 명령 없이 행동했다는 일반적인 추측을 확인해 주었다.) 동이 트자마자 아래층에 있던 사람들은 바리케이드 두 개를 쌓기 시작했다. 하나는 코미테 로칼 밖에 쌓았고, 또 하나는 팔콘 호텔 뒤쪽에 쌓았다. 바르셀로나 도로는 네모난 돌들로 포장되어 있었기 때문에 담을 쌓기가 편했다. 게다가 돌 밑에는 자갈 비슷한 돌들이 있어 모래주머니를 채우기에 적당했다. 바리케이드를 쌓는 광경은 신기하면서도 멋있어 보였다. 그것을 사진으로 찍어 두지 못한 것이 큰 아쉬움으로 남는다. 스페인 사람들은 어떤 일을 하기로 마음먹으면 정열적인 에너지를 보여 준다. 그때도 남자, 여자, 심지어 조그만 아이들까지도 길게 줄을 서서 돌을 뜯어 내 어딘가에서 가져온 손수레에 싣기도 하고, 무거운 모래주머니를 비틀거리며 운반하기도 했다. 코미테 로칼의 현관에서 무릎 단추가 발목까지 내려오는 의용군 바지를 입은 독일계 유대인 처녀가 웃음을 지으며 그 광경을 지켜보았다. 두 시간이 지나자 바리케이드는 머리 높이까지 올라갔다. 소총수들은 총안에 자리를 잡았다. 한쪽 바리케이드 뒤에서는 남자들이 불을 피워 달걀을 굽고 있었다.

그들은 다시 내 소총을 가져갔다. 그곳에 있어봐야 별로 할 일이 없는 것 같았다. 나는 다른 영국인과 함께 콘티넨털 호텔로 돌아가기로 했다. 멀리서 총소리가 자주 들렸지만, 람블라스 거리에서는 전혀 들리지 않는 것 같았다. 우리는 가는 길에 식료품 시장을 들여다보았다. 극소수의 가게가 문을 열었다. 람블라스 남쪽에 있는 노동 계급 거주지에서 몰려온 사람들이 가게들을 에워싸고 있었다. 우리가 막 그곳에 도착했을 때 밖에서 묵직한 소총 사격음이 들렸다. 지붕의 유리창 몇 개가 흔들렸다. 사람들은 뒤쪽 출구를 향해 달렸다. 그러나 가게 몇 곳은 그대로 문을 열어 두었다. 우리는 커피 한 잔씩을 마실 수 있었다. 나는 염소젖으로 만든 치즈도 한 토막 사서 수류탄들 사이에 끼워 넣었다. 며칠 뒤에 나는 그 치즈를 아주 요긴하게 먹었다.

나는 전날 총을 쏘던 무정부주의자들을 만났던 거리 모퉁이에 이르렀다. 그곳에는 이제 바리케이드가 세워져 있었다. 바리케이드 뒤에 있던 남자가 나에게 조심하라고 소리를 질렀다. (나는 건너편에 있었다.) 교회 탑에 있는 치안대는 지나가는 모든 사람에게 무차별적으로 사격을 했다. 나는 잠시 멈추었다가 달려서 트인 공간을 가로질렀다. 아니나다를까 총알이 땅 소리를 내더니 나를 스쳐 지나갔다. 불쾌할 정도로 가까운 거리였다. 나는 길 건너에 있는 통일 노동자당 집행부 건물로 향하고 있었다. 현관에 서 있던 기습 특공대원 몇 명이 다시 조심하라고 소리를 질렀다. 그러나 이번에는 그 말뜻을 알아듣지 못했다. 나와 건물 사이에는 가로수와 신문 판매대가 가로놓여 있었다. (이런 유형의 스페인 거리에는 도로 한복판에 넓은 보도가 나 있다.) 그래서 나는 특공대원들이 무엇을 가리키는지 볼 수가 없었다. 나는 먼저 콘티넨털 호텔로 올라가 아무런 문제가 없다는 것을 확인하고, 세수를 한 다음 통일 노동자당 집행부 건물(약 100미터 아래쪽이었다.)로 돌아가 명령을 요청했다. 이 무렵 사방에서 들려오는 소총과 기관총 소리는 아주 시끄러워 전쟁터의 소음을 방불케 했다. 내가 막 콥을 발견하고 어떻게 해야 하느냐고 묻는데, 아래쪽에서 무시무시한 일련의 폭발음이 들렸다. 소리가 너무 커서 나는 누군가가 야포로 우리를 쏘아대는 것이 틀림없다고 생각했다. 그러나 실제로는 수류탄이었다. 석조 건물들 사이에서 터지니까 평소보다 두 배나 크게 들렸던 것이다.

콥은 창 밖을 흘끗 보더니 지휘봉을 뒤로 기울이고는 말했다. "연구를 해 봅시다." 콥은 예의 태평한 태도로 천천히 계단을 내려갔다. 나는 그 뒤를 따랐다. 현관 바로 안쪽에서 일군의 특공대원들이 마치 볼링을 하듯이 수류탄을 보도로 굴리고 있었다. 수류탄들은 20미터쯤 떨어진 곳에서 고막을 찢을 듯한 무시무시한 소리를 내며 터졌다. 그 소리에 소총들의 소음이 섞였다. 도로를 반쯤 가로지른 곳에 있는 신문 가판대 뒤로 머리 하나가 튀어나왔다. 장터에 나온 코코넛 같았다. 내가 잘 아는 미국 의용병의 머리였다. 그것을 본 후에야 나는 무슨 일이 일어났는지를 깨달았다. 통일 노동자당 건물 옆에는 모카라는 이름의 카페가 있고, 그 위에는 호텔이 있었다. 전날 이삼십 명의 치안대원들이 카페에 들어갔다가, 전투가 시작되자 갑자기 건물을 접수하고 출입을 금하는 바리케이드를 쳤다. 아마 이후에 통일 노동자당 사무소를 공격하기 위한 준비 작전으로 카페를 점령하라는 명령을 받았을 것이다. 그들은 이른 아침에 밖으로 나오려 했으나 총격이 오가면서 특공대원 하나가 중상을 입고 치안대원 하나가 죽었다. 치안대는 다시 카페 안으로 들어갔다. 그러다가 그 미국인이 거리를 걸어오자 그에게 사격을 했다. 미국인은 무장도 하지 않았다. 그는 신문 판매대 뒤로 몸을 숨겼다. 특공대원들은 치안대를 다시 건물 안으로 들여보내려고 수류탄을 던지고 있었다.

콥은 한눈에 상황을 파악했다. 그는 앞으로 나아가더니, 이빨로 막 수류탄 핀을 뽑으려던 붉은 머리의 독일인 특공대원을 뒤로 잡아당겼다. 콥은 모두에게 현관으로부터 물러나라고 소리쳤다. 그는 우리에게 몇 개 국어로 유혈 사태는 피해야만 한다고 말했다. 이어 콥은 보도로 나가더니 치안대가 보는 앞에서 일부러 권총을 꺼내 땅에 던졌다. 스페인 의용군 장교 둘도 똑같은 행동을 했다. 세 사람은 천천히 치안대가 웅크리고 있는 현관으로 걸어갔다. 나 같으면 누가 이십 파운드를 준다고 해도 그런 행동은 하지 않았을 것이다. 그들은 무장도 하지 않은 채, 겁에 질려 제정신이 아닌 상태로 장전된 총을 든 사람들을 향해 걸어갔다. 겁에 질려 얼굴이 납빛으로 변한 셔츠 차림의 치안대원 하나가 문 밖으로 나와 콥과 이야기를 하였다. 그는 흥분된 동작으로 보도에 놓인 불발 수류탄 두 개를 연방 가리켰다. 콥은 우리에게 돌아와 그 수류탄들을 폭발시키는 것이 낫겠다고 말했다. 그렇게 놓아두면 지나가는 모든 사람에게 위험했기 때문이다. 특공대원 하나가 소총으로 수류탄 한 개를 맞혀 터뜨렸다. 이어 또 한 개를 쏘았는데 이번에는 빗나갔다. 나는 그에게 소총을 달라고 하여 무릎을 꿇고 두번째 수류탄을 향해 총알을 날렸다. 안타깝게 나도 못 맞혔다. 어쨌든 이것이 이 소요의 와중에 내가 쏜 유일한 총알이었다. 보도에는 카페 모카의 간판이 박살 나면서 떨어진 유리 조각들이 널려 있었다. 밖에는 차가 두 대 주차되어 있었는데, 차체에는 총알 구멍이 잔뜩 나고 유리는 수류탄 때문에 박살이 났다. 그 가운데 하나는 콥이 이용하던 관용차(官用車)였다.

콥은 나를 위층으로 데리고 올라가 상황을 설명했다. 만일 공격을 당하면 통일 노동자당 건물들을 방어해야만 하겠지만, 통일 노동자당 지도자들은 가능한 한 사격을 하지 말라고 지침을 보냈다는 것이다. 바로 맞은편에는 폴리오라마라는 영화관이 있었다. 그 위에는 미술관이 있었다. 그리고 꼭대기에는 쌍둥이 돔이 달린 조그만 관측소가 있었는데, 일반적인 지붕들보다 훨씬 높았다. 돔들은 거리를 굽어보았다. 소총수 몇 명만 그곳에 배치해 두면 통일 노동자당 건물에 대한 어떤 공격도 막을 수 있었다. 영화관 관리인은 전국 노동자 연맹 조합원이었기 때문에 우리를 드나들게 해 주었다. 카페 모카에 있는 치안대는 문제가 없었다. 그들은 싸우고 싶어 하지 않았다. 자기들도 살고 상대도 살려 주는 것이 기쁠 따름이었다. 콥은 적이 우리를 사격하거나 공격하지 않는 한 먼저 사격하지 말라는 상부의 명령을 되풀이했다. 콥은 말을 하지 않았지만, 통일 노동자당 지도자들은 이 따위 일에 말려드는 것에 격분하면서도 어찌 되었든 전국 노동자 연맹을 지지해야 한다고 생각하는 것 같았다.

그들은 이미 관측소에 경비병을 배치해 두었다. 나는 그 다음 사흘 낮밤을 계속 폴리오라마 지붕에서 보냈다. 식사를 하러 호텔에 갔다 올 때만 잠깐 자리를 비웠다. 전혀 위험하지 않았다. 심한 고통이라야 굶주림과 권태 정도였다. 그래도 이 시기는 내 평생 가장 견디기 힘든 시간들에 속한다. 시가전으로 보낸 이 고약한 며칠보다 더 역겹고, 더 환멸스럽고, 또 더 피 말랐던 적은 거의 없을 것이다.

나는 지붕에 앉아 이 모든 일의 어리석음에 혀를 내두르곤 하였다. 관측소의 작은 창문으로 주변 몇 킬로미터씩을 내다볼 수 있었다. 높고 날씬한 건물들에 이어 유리 돔, 밝은 녹색과 구리색 타일을 얹은 환상적인 나무결 모양의 지붕들이 끝도 없이 뻗어 나갔다. 멀리 동쪽으로는 푸르스름한 바다가 희미하게 반짝거렸다. 스페인에 온 후로 처음 보는 바다였다. 그러나 인구 100만의 거대한 도시가 일종의 광포한 무기력에 사로잡혀 있었다. 동작은 없고 소리만 있는 악몽이었다. 햇빛이 비치는 거리들은 완전히 텅 비었다. 바리케이드나 모래주머니를 댄 창으로부터 총알이 물줄기처럼 날아오는 것 외에는 아무 일도 일어나지 않았다. 거리에는 차량도 없었다. 람블라스 거리 여기저기에 전차들이 꼼짝 않고 서 있는 것이 보였다. 전투가 시작되자 운전사들이 달아나 버렸기 때문이다. 그러나 지옥 같은 소음은 수천 동의 석조 건물들을 울리며 끝도 없이 이어졌다. 열대의 폭풍우 같았다. 땅땅, 덜컹덜컹, 우르릉. 때로는 몇 발의 총성으로 잦아들었다가 때로는 귀가 멍멍할 정도의 일제 사격으로 바뀌었다. 그러나 해가 지기 전에는 결코 멈추지 않았다. 그리고 다음 날 동이 트는 것과 동시에 다시 시작되었다.

처음에는 도대체 무슨 일이 벌어지고 있는 것인지, 누가 누구와 싸우는 것이고 누가 이기고 있는 것인지 알아내기가 무척 힘들었다. 바르셀로나 사람들은 시가전에도 익숙하고 동네 지리에도 밝아서 어느 정당이 어느 거리와 건물들을 장악하고 있는지를 본능적으로 아는 것 같았다. 이 점에서 외국인은 불리하기 짝이 없었다. 관측소에서 보니 바르셀로나의 중심 거리들 가운데 하나인 람블라스가 경계선을 형성하고 있음을 알 수 있었다. 람블라스 오른쪽의 노동 계급 거주지는 무정부주의자들의 견고한 터전이었다. 왼쪽의 구불구불한 뒷골목에서는 어수선한 싸움이 벌어지고 있었다. 그러나 그쪽은 대체로 통일 사회당과 치안대가 통제하고 있었다. 람블라스 거리에서 우리가 있던 곳은 카탈루냐 광장 주변이었는데, 이곳은 사정이 워낙 복잡하여 각 건물마다 정당 깃발을 내걸지 않으면 어디 소속인지 알 수가 없었다. 이곳에서 가장 주요한 건물은 통일 사회당 본부로 이용되는 콜론 호텔이었다. 콜론 호텔은 카탈루냐 광장을 굽어보았다. 정면에는 '호텔 콜론'이라는 거대한 글자가 박혀 있었는데, 마지막에서 두 번째 글자인 O자 근처의 창문에는 기관총이 설치되어 있었다. 이 기관총으로는 광장도 싹 쓸어 버릴 수 있었다. 우리 오른쪽으로 100미터쯤 떨어진 곳에는 J.S.U., 즉 통일 사회주의 청년 동맹(영국의 '청년 공산주의자 동맹'에 해당되는 곳이다.)이 커다란 백화점을 점령하고 있었다. 모래주머니를 얹은 백화점 옆면 창문들은 우리 관측소와 마주 보고 있었다. 그들은 적기를 내리고 카탈로니아 기를 내걸었다. 모든 문제의 출발점이었던 전화 교환소에는 카탈로니아 기와 무정부주의자 깃발이 나란히 나부꼈다. 그곳에서는 일시적 타협이 이루어졌다. 전화 교환 작업은 계속되었으며 건물로부터 사격은 없었다.

우리 편 진지는 이상하게도 평화로웠다. 카페 모카의 치안대는 강철 셔터를 내리고 카페의 가구들을 쌓아 바리케이드를 만들었다. 나중에 치안대원 대여섯 명이 우리 맞은편 지붕으로 올라가 매트리스로 바리케이드를 쌓았다. 그리고 그 위에 카탈로니아 기를 달았다. 그러나 싸움을 시작할 의사가 없음은 분명해 보였다. 콥은 그들과 분명히 약속을 해 놓았다. 그들이 우리에게 총을 쏘지 않는 한 우리도 총을 쏘지 않겠다는 약속이었다. 이제 콥은 치안대와 매우 친해졌다. 카페 모카로 그들을 몇 번 찾아가기도 했다. 자연히 그들은 카페에 있던 마실 것 전부를 약탈했다. 그리고 그 가운데 맥주 열다섯 병을 콥에게 선물로 주었다. 그 보답으로 콥은 우리의 소총 가운데 한 자루를 주었다. 그들이 전날 잃어버린 것을 메워 준 것이다. 이런 상황이었음에도 불구하고 지붕에 앉아 있자니 기분이 묘했다. 때로는 이 모든 일들이 따분하기만 했다. 그럴 때면 그 지옥 같은 소음에는 신경을 쓰지 않고, 다행히도 며칠 전에 사 두었던 펭귄 문고 몇 권을 읽으며 시간을 보내기도 했다. 때때로 오십 미터 떨어진 곳에서 나를 지켜보고 있는 무장병들에게 몹시 신경이 쓰였다. 다시 참호 안에 들어와 있는 것 같았다. 몇 번은 습관 때문에 치안대를 '파시스트'라고 부르기도 하였다. 보통 우리쪽 지붕에는 여섯 명 정도가 올라가 있었다. 우리는 관측탑마다 한 사람씩 배치해 경비를 서게 했다. 나머지는 그 아래 함석 지붕에 앉았다. 돌말뚝들 외에는 엄폐물이 없었다. 치안대는 언제라도 사격을 개시하라는 전화 명령을 받을 수 있었다. 나는 그 사실을 잘 알았다. 그들은 발포하기 전에 미리 경고를 해 주기로 했지만, 그 약속을 지킨다는 보장은 없었다. 그러나 실제로 문제가 벌어질 것처럼 보였던 경우는 딱 한 번뿐이었다. 맞은편의 치안대 병사 하나가 무릎을 꿇더니 바리케이드 너머로 사격을 시작했다. 나는 그때 관측소 보초를 서고 있었다. 나는 상대를 향해 소총을 겨누며 소리쳤다.

"이봐! 우리에게 쏘지 마!"

"뭐?"

"우리에게 쏘지 말라고. 아니면 우리도 응사를 할 거야!"

"아냐, 아냐! 너희한테 쏜 게 아냐. 봐! 저 아래를 좀 봐!"

그는 소총으로 우리 건물 아래쪽의 샛길을 가리켰다. 과연 그곳에는 파란 작업복을 입은 젊은이가 소총을 들고 모퉁이를 돌아 달아나고 있었다. 그가 지붕 위의 치안대를 향해 총을 쏜 것이 분명했다.

"나는 저자한테 쏜 거야. 저자가 먼저 쐈다고."(이 말은 사실이었을 것이다.) "우리는 너희를 쏘고 싶지 않아. 우리는 노동자들일 뿐이야. 너희와 똑같다고."

그는 반파시스트식 경례를 했다. 나도 응답을 했다. 나는 건너편을 향해 소리쳤다.

"맥주 좀 남았어?"

"아니, 바닥났어."

바로 그날, 내가 창문에 몸을 기대고 있을 때 거리 아래쪽 통일 사회주의 청년 동맹 건물에 있던 자가 갑자기 소총을 들어 올리더니 나를 향해 사격을 했다. 이유는 알 수가 없었다. 내가 구미 당기는 표적으로 모양이다. 어쨌든 나는 응사하지 않았다. 우리 사이의 거리는 불과 100미터에 불과했는데도 그의 총알은 한참을 빗나가 관측소의 지붕조차 맞히지 못했다. 예의 그 스페인 사람들의 사격 솜씨가 나를 살린 것이다. 그 이후로 나는 그 건물로부터 몇 번 더 사격을 받았다.

지독한 사격 소리는 계속되었다. 그러나 내가 보고 들은 바로 판단하건대, 양편의 사격은 방어적이었다. 사람들은 건물 안이나 바리케이드 뒤에서 나오지 않고 맞은편 사람들을 향해 무턱대고 총을 쏘아 댔다. 우리가 있는 곳으로부터 칠팔백 미터 떨어진 거리에서는 전국 노동자 연맹과 노동자 총연합의 주요 사무소가 거의 마주 보고 있었다. 그쪽으로부터 들리는 소리는 무척 시끄러웠다. 나는 싸움이 끝난 다음 날 그 거리를 지나갔는데, 상점들의 유리창이 마치 체처럼 보였다. (바르셀로나의 대부분의 상점 진열장은 종이띠들이 가로세로로 교직되어 있어 총알에 맞아도 유리가 산산조각 나지는 않는다.) 때로는 시끄럽게 울려 퍼지던 소총과 기관총 소리가 수류탄 폭발음으로 끝을 맺곤 했다. 그리고 아주 가끔씩이기는 했지만, 엄청나게 큰 폭발음들이 들리곤 했다. 전부 다 합해서 여남은 번쯤 될 텐데, 당시에는 그것이 무슨 소리인지 몰랐다. 꼭 공중에서 투하한 폭탄들이 터지는 소리 같았으나 그럴 리는 없었다. 주위에 비행기가 없었기 때문이다. 나중에 들으니 선동 분자들이 소음과 공포감을 증폭시키기 위해 엄청난 양의 폭탄을 일부러 터뜨렸다고들 했다. 이것은 사실일 가능성이 높았다. 그러나 포 사격은 없었다. 나는 신경을 곤두세우고 그 소리를 가려내려 했다. 만일 포 사격이 시작되면 상황이 심각해진다는 뜻이었기 때문이다. (포대는 시가전에서 결정적 요인이다.) 나중에 신문에는 거리에서 포들이 불을 뿜었다는 황당한 이야기가 실렸다. 그러나 포탄에 맞은 건물을 증거로 들이댄 사람은 없었다. 만일 포를 사용했다면 그 소리에 익숙한 사람은 반드시 알아들었을 것이다.

식량은 처음부터 부족했다. 통일 노동자당 집행부 건물에 있는 열다섯 내지 스무 명의 의용군 병사들을 위해 팔콘 호텔에서는 야음을 틈타 힘겹게(치안대가 람블라스 거리를 다니는 사람들을 계속 저격했기 때문이다.) 식량을 날랐다. 그러나 충분할 리가 없었다. 그래서 사람들은 식사를 하러 가능한 한 콘티넨털 호텔까지 갔다. '콘티넨털'은 다른 대부분의 호텔들과는 달리 전국 노동자 연맹이나 노동자 총연합에 의해서가 아니라 헤네랄리테에 의해 '집산화'되었다. 따라서 이곳은 중립 지대로 간주되었다. 전투가 시작되자마자 이 호텔에는 아주 다양한 사람들이 가득 모여들었다. 외국인 기자, 온갖 종류의 정치적 성향을 가진 요주의 인물들, 인민 전선 정부 측에서 근무하는 미국인 비행사, 다양한 공산주의 계열의 요원들(이 가운데는 오그푸, 즉 소련의 비밀경찰이며 찰리 찬이라는 별명이 붙은 음흉한 생김새의 뚱뚱한 러시아인도 있었는데, 그는 허리띠에 리볼버를 차고 말끔해 보이는 작은 수류탄을 달고 다녔다.)과 파시스트 동조자로 보이는 부유한 스페인 가족들, 국제군 출신의 부상자 두세 명, 프랑스로 오렌지를 싣고 가다 전투 때문에 길이 막혀 버린 거대한 프랑스 트럭 운전사 일행, 다수의 인민군 장교 등이었다. 인민군은 전투 내내 중립을 지켰다. 물론 그 가운데는 개인적으로 병영에서 빠져나와 참전하는 병사들도 몇 명 있었다. 실제로 화요일 아침에는 통일 노동자당 바리케이드에서 인민군 병사 몇 명이 보이기도 했다. 식량 부족이 그다지 심각하지 않았고, 신문들도 증오심을 조장하지 않던 초기에는 이 모든 사태를 장난처럼 여기는 경향이 있었다. 바르셀로나에서는 매년 일어나는 일이지 뭐, 하는 것이 사람들 말이었다. 우리의 좋은 친구인 이탈리아 기자 게오르게 티올리가 바지에 피를 잔뜩 묻힌 채 들어왔다. 상황이 어떤지 보러 나갔다가 보도 위에 쓰러져 있던 부상자에게 붕대를 묶어 주고 있는데, 누군가 장난으로 그에게 수류탄을 던진 것이다. 다행히도 중상은 아니었다. 그가 바르셀로나의 포장용(鋪裝用) 돌에 숫자를 적어 놓아야 한다고 말하던 것이 기억난다. 그렇게 하면 바리케이드를 쌓거나 허무는 데 드는 수고를 많이 절약할 수 있을 것이라는 이야기였다. 한번은 야간 경계근무 끝에 지치고 배고프고 더러운 몸으로 들어왔는데, 호텔의 내 방에 국제군 출신의 병사 두 명이 앉아 있었다. 그들의 태도는 완전히 중립적이었다. 만일 그들이 훌륭한 정당원이었다면 나에게 편을 바꾸라고 강권하거나, 아니면 내 손발을 붙들어 매고라도 내 호주머니에 가득한 수류탄들을 가져갔을 것이다. 그러나 그들은 휴가를 나와서까지 지붕에서 경계 근무를 서야 하는 내 신세를 동정할 뿐이었다. "이것은 무정부주의자들과 경찰 사이의 소동일 뿐이다. 아무런 의미가 없다." 이것이 일반적 태도였다. 전투의 범위나 사상자들의 숫자야 어찌 됐건, 나는 계획된 봉기라는 공식적 보도보다는 그들의 말이 진상에 더 가깝다고 생각한다.

상황에 변화가 생긴 것은 수요일(5월 5일)쯤이었다. 철시한 거리는 을씨년스러웠다. 어쩔 수 없는 이유로 외출하게 된 극소수의 행인들은 하얀 손수건을 흔들며 몸을 웅크리고 살금살금 움직였다. 총알이 날아들지 않는 람블라스 거리 한복판의 어떤 장소에서는 몇 사람이 텅 빈 거리를 향해 신문을 사라고 소리쳤다. 화요일에는 무정부주의자의 신문인 《솔리다리다드 오브레라》가 전화 교환소 공격을 '극악무도한 도발'(어쨌든 그런 의미였다.)이라고 불렀다. 그러나 수요일에는 분위기가 바뀌어 모두들 생업으로 돌아가라고 호소하기 시작했다. 무정부주의자 지도자들도 똑같은 메시지를 방송으로 내보냈다. 전화 교환소가 공격을 받을 무렵 무방비 상태이던 통일 노동자당 신문 《라 바탈랴》의 사무실도 치안대의 공격을 받고 그들의 손에 넘어갔다. 그러나 《라 바탈랴》는 다른 장소에서 인쇄되어 적은 부수가 배포되었다. 그 신문은 모두들 바리케이드에 그대로 남아 있으라고 촉구했다. 사람들은 갈등을 일으켰다. 일이 도대체 어떻게 돌아갈지 불안하게 생각했다. 아직 바리케이드를 떠나는 분위기는 아니었지만, 모두들 의미 없는 싸움에 싫증을 냈다. 이 싸움에서는 어떤 현실적인 결론도 나올 수 없음이 명백했다. 아무도 이것이 전면적인 내전으로 치닫는 것을 원하지 않았기 때문이다. 전면적 내전이란 곧 프랑코와의 전쟁에서 패배하는 것을 의미했다. 모두들 이 점을 걱정하였다. 내가 사람들 이야기를 통해 추측해 본 바로는, 당시에 전국 노동자 연맹 조합원들은 오직 두 가지만을 바라고 있었다. 사실 처음부터 두 가지만 바랐다. 즉 전화 교환소의 반환과 혐오스러운 치안대의 무장 해제였다. 만일 헤네랄리테에서 이 두 가지 요구 사항과 식량으로 폭리를 취하는 짓을 중단하겠다고 약속하면, 바리케이드는 두 시간 내에 철거될 것이 틀림없었다. 그러나 헤네랄리테는 굴복할 생각이 없는 것이 분명했다. 흉흉한 소문들이 돌았다. 발렌시아 정부가 바르셀로나를 점령하기 위해 6000명의 병력을 파견했다는 소문도 있었고, 그들에 대항하기 위해 5000명의 무정부주의자와 통일 노동자당 병력이 아라곤 전선을 떠났다는 소문도 있었다. 그러나 이 소문들 가운데 첫 번째 것만이 사실이었다. 관측탑에서는 나지막한 잿빛 군함들이 항구로 다가오는 것이 보였다. 선원 출신인 더글러스 모일은 그것이 영국 구축함 같다고 했다. 나중에 가서야 알게 되었지만, 실제로 그것은 영국 구축함들이었다.

그날 저녁 우리는 에스파냐 광장에서 400명의 치안대가 무정부주의자들에게 항복을 하고 무기를 내놓았다는 이야기를 들었다. 또 출처가 어디인지는 모르지만, 교외에서는(주로 노동자 거주 지역에서) 전국 노동자 연맹이 상황을 통제하고 있다는 소식도 흘러 들어왔다. 우리가 이기고 있는 것 같았다. 그러나 같은 날 저녁 콥이 나를 부르더니 엄숙한 얼굴로, 방금 입수한 정보에 따르면 정부가 통일 노동자당을 불법 단체로 간주하고 선전 포고를 할 것이라고 전해 주었다. 나는 그 소식에 충격을 받았다. 나는 그때서야 이 사건이 어떻게 해석되고 있는지 어렴풋이 알아차릴 수 있었다. 물론 나중에는 그 해석이 공식적인 것이 되었다. 나는 막연하나마, 전투가 끝나면 모든 책임이 통일 노동자당에게 전가될 것이라고 예감했다. 통일 노동자당은 가장 약한 정당이었기 때문에 희생양이 되기에 가장 적당했다. 한편 우리 지역의 일시적인 중립도 끝날 때가 되었다. 만일 인민 전선 정부가 우리에게 선전 포고를 한다면, 우리는 우리 자신을 방어할 수밖에 없었다. 옆 건물에 있는 치안대는 집행부 건물에 있는 우리를 공격하라는 명령을 받을 게 뻔했다. 따라서 우리가 먼저 공격하는 수밖에 없었다. 콥은 전화로 명령을 기다리고 있었다. 우리는 통일 노동자당이 불법화되었다는 소식을 확인하는 즉시 카페 모카를 접수할 준비에 돌입해야 했다.

　그 건물의 방어 태세를 강화하며 보낸 그 지루하고 악몽 같은 저녁이 기억 난다. 우리는 정문에 강철 셔터를 내리고, 건물 개조 공사를 하다 남은 석판으로 그 뒤에 바리케이드를 쌓았다. 이어 무기를 점검했다. 맞은편 폴리오라마 지붕에 있는 소총 여섯 자루를 빼면 스물한 자루의 소총이 있었다. 그 가운데 한 자루는 불량이었다. 총알은 소총마다 쉰 발 정도씩 돌아갔고, 수류탄도 몇십 개 있었다. 그 외에는 피스톨과 리볼버 몇 자루밖에 없었다. 일이 터질 경우 여남은 명이 카페 모카를 공격하겠다고 자원했다. 주로 독일인들이었다. 물론 새벽에 지붕에서 기습 공격을 시도해야만 했다. 수적으로는 우리가 열세였으나 사기는 더 높았다. 설사 그 과정에서 사람들이 죽는다 해도 우리는 상대편 건물 안으로 치고 들어갈 수 있었다. 우리 건물 안에는 초콜릿 몇 조각 외에 식량이 없었다. 게다가 '그들이' 물 공급도 차단할 것이라는 소문까지 돌았다. (아무도 '그들'이 누구인지 몰랐다. 수도 사업을 통제하는 정부인지 전국 노동자 연맹인지 아무도 몰랐다.) 우리는 변소의 세면기, 모든 물통, 그리고 마지막에는 열다섯 개의 빈 맥주병에까지 물을 채우느라 긴 시간을 보냈다. 그 맥주병들은 치안대가 콥에게 준 것이었다.

나는 기분도 몹시 나쁜 데다가, 예순 시간 정도 잠도 제대로 못 잔 탓에 몹시 지쳤다. 늦은 밤이었다. 사람들은 아래층 바리케이드 뒤의 바닥에 흩어져 자고 있었다. 위층에는 소파 하나가 들어가 있는 작은 방이 있었다. 우리는 그곳을 응급 치료소로 쓸 작정이었다. 물론, 건물에서는 요오드나 붕대를 찾을 수가 없었다. 아내는 혹시 간호사가 필요할지 몰라 호텔에서 우리 건물로 내려와 있었다. 나는 소파에 누웠다. 모카를 공격하기 전에 삼십 분이라도 쉬고 싶었기 때문이다. 공격을 하다가 죽을 수도 있었다. 피스톨 때문에 무척 불편했던 기억이 난다. 허리띠에 찬 피스톨이 등허리를 계속 찔러 댔다. 그 다음에 기억나는 것은 아내가 내 곁에 서 있음을 깨닫고 소스라치며 잠을 깼다는 것이다. 날이 환했다. 간밤에는 아무 일도 없었다. 인민 전선 정부는 통일 노동자당에 선전 포고를 하지 않았다. 수도도 끊기지 않았다. 거리에서 간헐적으로 총소리가 들리는 것 외에는 모든 것이 정상적이었다. 아내는 차마 나를 깨우지 못하고, 앞쪽 어느 방에 있는 팔걸이 의자에서 잤다고 했다.

그날 오후에 일종의 휴전이 성립되었다. 총소리가 사그라들자, 갑작스럽게 거리는 사람들로 가득 찼다. 몇몇 상점은 셔터를 걷어올렸다. 사람들이 시장에 엄청나게 쏟아져 나와 먹을 것을 사려고 아우성이었다. 그러나 가게들은 거의 텅 비어 있었다. 전차들은 다니지 않았다. 치안대는 여전히 카페 모카 안의 바리케이드 뒤에서 나오지 않았다. 어느 쪽도 요새화된 건물을 비우지 않았다. 밖에서는 모두들 먹을 것을 사느라 야단이었다. 어디를 가나 똑같이 근심스런 질문을 들을 수 있었다. "그게 끝난 것 같습니까? 그게 다시 시작될까요?" '그것(전투)'은 이제 태풍이나 지진과 같은 일종의 자연 재해로 여겨졌다. 우리 모두에게 일어나는, 우리로서는 막을 힘이 없는 일이었다. 아니나 다를까, 휴전이 시작되자마자 곧 (사실 휴전은 몇 시간 동안 지속되었지만, 몇 시간이라기보다는 몇 분처럼 느껴졌다.) 6월의 소나기처럼 갑자기 소총 소리가 울려 퍼지는 바람에 모두들 혼비백산하여 종종걸음을 쳤다. 강철 셔터들은 다시 철컥 소리를 내며 닫혔고, 거리는 마술을 부린 것처럼 텅 비었고, 바리케이드에는 병력이 배치되었다. '그것'이 다시 시작된 것이다.

나도 지붕의 내 위치로 돌아갔다. 역겨움과 격분이 강렬하게 몰려왔다. 이런 사건에 참여하게 되면 미약하나마 스스로 역사를 만드는 셈이 되니 의당 역사적 인물이 되었다는 느낌을 가져야 한다. 그러나 실제로는 전혀 그렇지 못하다. 그런 상황에서는 자잘한 물리적 일들이 늘 다른 모든 것을 짓누르기 때문이다. 전투 내내 나는 수백 킬로미터 떨어진 곳에 있는 기자들이 무척이나 그럴듯하게 내놓는 올바른 상황 '분석'이란 것을 한 번도 해 보지 못했다. 내가 주로 생각했던 것은 이 비참한 내분의 옳고 그름이 아니라, 단지 밤낮으로 불편하기 짝이 없는 지붕에 앉아 있는 일의 고생과 권태, 그리고 점점 심각해지는 배고픔뿐이었다. 사실 우리는 월요일 이후로는 제대로 식사를 하지 못했다. 내 마음속에는 이 일이 끝나자마자 전선으로 돌아가야 한다는 생각이 내내 자리 잡고 있었다. 생각하면 울화가 치밀었다. 나는 115일 동안 전선에 있었다. 그런 후에 약간의 휴식과 안락을 찾아 바르셀로나에 왔다. 그런데 이렇게 치안대가 있는 건물 맞은편 지붕에 앉아 시간을 보내야 하다니. 치안대원들도 나만큼이나 지루해했다. 그들은 규칙적으로 나에게 손을 흔들었으며, 자기들도 '노동자'라고 나를 안심시켰다. (자기들에게 총을 쏘지 말라는 뜻이었다.) 그러나 그들도 명령만 받으면 총을 쏠 것이 틀림없었다. 이것이 역사인지는 몰라도 그렇다는 실감은 들지 않았다. 오히려 전선에서 보냈던 힘든 시간처럼 느껴졌다. 병력이 부족하여 터무니없이 많은 시간을 경계 근무에 보내야 하는 때 말이다. 그때와 마찬가지로, 영웅적인 행동을 하기는커녕 돌아가는 상황에 대해서는 아예 관심을 가지지 않았다. 그저 자기 위치에서 꿈짝도 하지 않으면서, 따분하면 이따금씩 졸기만 할 뿐이었다.

　대부분 문 밖으로는 코빼기도 내밀지 못하는 호텔 안의 잡다한 사람들 사이에서 서로를 의심하는 공포스런 분위기가 팽배해졌다. 여러 사람들이 첩자 강박증에 사로잡혀 자기 아닌 다른 사람들은 모두 공산주의자, 트로츠키주의자, 무정부주의자의 첩자라고 수군거리며 다녔다. 뚱뚱한 러시아 요원은 모든 외국인 피난민을 차례로 구석으로 끌고 가서 이 모든 일이 무정부주의자들의 음모라고 그럴듯하게 설명했다. 나는 관심을 가지고 그를 지켜보았다. 기자들을 제외하고는 거짓말하는 것을 직업으로 삼는 사람을 처음 보았기 때문이다. 그곳 손님들은 소총이 땅땅거리는 와중에도 창문에 셔터를 쳐 놓고 고급 호텔 생활을 서툴게 흉내 내고 있었다. 역겨운 면이 없지 않았다. 총알이 창으로 날아들어 기둥을 파먹은 이래로 앞쪽 식당에는 사람들이 얼씬도 하지 않았다. 손님들은 뒤쪽의 어두컴컴한 방에 모여 있었다. 그러나 그곳에는 탁자가 충분하지 않았다. 웨이터들도 숫자가 줄었다. 그들 가운데 일부는 전국 노동자 연맹 조합원이었기 때문에 총파업에 가담했다. 남아 있는 웨이터들도 당분간 풀먹인 셔츠를 입지 않았다. 식사는 여전히 격식을 갖추어 대접했으나 실제로 먹을 것은 거의 없었다. 목요일 밤 저녁 식사의 주요 요리는 정어리 한 마리씩이었다. 호텔에는 빵이 떨어진 지 며칠이 지났다. 포도주도 거의 바닥날 지경이어서, 우리는 점점 더 많은 돈을 내고 점점 더 오래된 포도주를 마셨다. 이 같은 식량 부족 사태는 시가전이 끝난 뒤에도 며칠씩이나 계속되었다. 빵도 음료수도 없어, 아내와 나는 사흘 내내 염소 우유로 만든 치즈를 조금씩 떼어 먹는 것으로 아침을 때웠다. 풍부한 것은 오렌지뿐이었다. 프랑스 트럭 운전사들은 오렌지를 잔뜩 싣고 호텔로 들어왔다. 운전사들은 억세 보였다. 야한 스페인 여자들과 검은 작업복을 입은 거대한 몸집의 짐꾼이 그들과 어울렸다. 평상시 같았으면 조그맣고 속물 같아 보이는 호텔 지배인이 무슨 수를 써서라도 그들을 불편하게 만들었을 것이다. 어쩌면 호텔 안으로 들여놓지도 않았을 것이다. 그러나 지금은 그들의 인기가 좋았다. 그들은 우리와 달리 빵을 따로 챙겨 두고 있었는데, 모두들 어떻게 하면 그들에게서 빵을 좀 얻어 볼까 안달이 났기 때문이다.

나는 마지막 밤도 지붕에서 보냈다. 다음 날은 정말로 전투가 끝난 것처럼 보였다. 그날, 즉 금요일에는 사격이 그다지 많지 않았다. 정부쪽 부대가 발렌시아로부터 정말로 오는 것인지 확실히 아는 사람은 아무도 없는 것 같았다. 그러나 군대는 실제로 그날 저녁에 들어왔다. 인민 전선 정부는 반은 위무하는 듯한, 반은 협박하는 듯한 포고문을 방송으로 내보냈다. 모두들 집으로 돌아가는 것과 일정 시간 이후부터 무기를 가지고 다니면 체포하겠다는 내용이었다. 사람들은 정부의 방송에는 별 관심을 가지지 않았으나, 바리케이드에서는 사람들이 줄기 시작했다. 틀림없이 식량 부족이 주된 원인이었을 것이다. 사방에서 똑같은 이야기가 들렸다. "먹을 게 없어. 다시 일을 해야 돼." 반면, 도시 내에 먹을 것이 남아 있는 한 치안대는 배급을 받을 수 있었으므로 자기 위치를 그대로 유지할 수 있었다. 오후가 되자, 버려진 바리케이드는 그대로 서 있었지만, 거리는 거의 정상으로 돌아왔다. 람블라스 거리로 사람들이 몰려다녔다. 가게들도 거의 다 문을 열었다. 무엇보다 안심이 되었던 것은 얼어붙은 듯 오랜 시간 멈추어 있었던 전차들이 꿈틀거리며 움직이기 시작했다는 사실이다. 치안대는 계속 카페 모카를 점령한 채 바리케이드를 철거하지 않았다. 그러나 그들 가운데 일부는 의자를 바깥 보도로 내와 소총을 무릎에 올려놓고 앉아 있었다. 나는 지나가면서 그들 가운데 한 사람에게 한쪽 눈을 찡긋했다. 그러자 그쪽에서도 적대적이지 않게 싱긋 웃어 주었다. 물론 그는 나를 알아보았다. 전화 교환소에서는 무정부주의자들의 깃발이 내려지고 카탈로니아의 깃발만 펄럭였다. 이는 노동자들이 패배했다는 분명한 뜻이었다. 나는 정부가 좀 더 자신감을 얻으면 보복할 것임을 눈치챘다. 나의 정치적 무지 때문에 정확히 깨닫지는 못했지만. 하지만 그때 나는 그런 면에 관심이 없었다. 나는 그저 그 지독한 총성이 멎었다는 안도감, 전선으로 돌아가기 전에 음식도 사고 약간의 휴식과 평화도 누릴 수 있겠다는 깊은 안도감뿐이었다.

발렌시아에서 온 병력이 거리에 처음 나타난 것은 그날 늦은 저녁이었다. 그들은 치안대나 단총부대와 비슷한 대형을 갖추고 있었는데(주로 치안 업무를 담당할 목적으로 이루어진 대형이었다.), 공화국 정예 부대로 꼽히는 돌격대였다. 그들은 갑자기 땅에서 솟아난 것 같았다. 어디를 가나 그들이 열 명씩 무리를 지어 거리를 순찰하는 모습이 눈에 띄었다. 회색이나 청색 제복을 입은 키 큰 병사들은 어깨에 장총을 메고 다녔으며, 무리마다 기관단총이 한 대씩 있었다. 한편, 조심스럽게 해야 할 일이 남아 있었다. 우리가 관측소 탑들을 경비할 때 사용하던 소총 여섯 자루가 지붕에 그대로 있었다. 어떻게 해서든 그것을 다시 통일 노동자당 건물에 갖다 놓아야 했다. 그것을 들고 길을 건너기만 하면 그만이었다. 그것은 그 건물의 정식 무기고에 들어 있던 것이었다. 그러나 그것을 거리로 들고 나가는 것은 정부의 명령을 어기는 일이었다. 그것을 들고 있다가 들키면 그대로 체포될 것이 분명했다. 그것보다 더 무서운 일은 총을 몰수당하는 것이었다. 건물에 있는 총이 다 합쳐서 스물한 자루밖에 안 되는데 여섯 자루나 빼앗길 수는 없는 노릇이었다. 가장 좋은 방법이 무엇이냐를 놓고 한참 의논한 끝에, 붉은 머리의 스페인 소년과 내가 총을 몰래 빼오기로 했다. 돌격대의 순찰을 피하는 일은 아주 쉬웠다. 그러나 모카의 치안대는 위험했다. 그들은 우리가 관측소에 소총을 두었다는 사실을 잘 알고 있었으므로, 우리가 총을 옮기는 것을 보면 폭로할 가능성이 있었다. 우리 둘은 옷을 반쯤 벗고 소총을 왼쪽 어깨에 멨다. 개머리판은 겨드랑이에 끼고 총신은 바지 속에 넣었다. 불행하게도 그것은 모제르 장총이었다. 나처럼 키가 큰 사람도 긴 모제르 총을 바지에 집어넣으니 여간 불편한 것이 아니었다. 왼쪽 다리가 나무토막처럼 뻣뻣한 상태에서 관측소의 나선형 계단을 내려오는 것은 무척이나 힘든 일이었다. 일단 거리로 들어서자, 아주 천천히 움직이는 것 외에는 달리 도리가 없었다. 무릎을 굽힐 필요가 없을 정도로 천천히 움직이는 것이었다. 영화관 밖에 모인 사람들이 흥미롭다는 듯 나를 빤히 바라보았다. 나는 거북이처럼 느릿느릿 걸었다. 그 사람들이 나를 보고 무슨 생각을 했을지 궁금하다. 아마 전쟁에서 부상을 당했다고 생각했을 것이다. 어쨌든 이런 식으로 소총들을 무사히 빼내 올 수 있었다.

다음 날, 사방에 깔린 돌격대가 정복자들처럼 거리를 활보했다. 정부는 주민이 저항하지 않으리라는 것을 뻔히 알면서도 위압감을 주기 위해 힘을 과시하는 것이 분명했다. 만일 다시 어떤 사태가 벌어질 것을 두려워했다면 돌격대가 병영에서 나와 이렇게 몇 명씩 무리를 지어 돌아다닐 리가 없었다. 어쨌든 훌륭한 부대였다. 내가 스페인에서 본 부대 가운데 최고라할 만했다. 그들이 어떤 의미에서 '적'이긴 했지만, 나는 그들의 겉모습이 마음에 들지 않을 수 없었다. 그들이 거리를 어슬렁거리는 모습을 지켜보면서 나는 경탄 비슷한 심정에 사로잡혔다. 나는 아라곤 전선의 남루하고 무장도 형편없는 의용군의 모습에 익숙했기 때문에 공화국에 이런 부대가 있는 줄은 미처 몰랐다. 그들은 신체적으로만 정예 부대가 아니었다. 내가 가장 놀랐던 이유는 그들의 무기 때문이었다. 그들은 모두 '러시아제 소총'(이 소총들은 소련이 스페인에 보낸 것이지만, 미국에서 제조된 것으로 여겨진다.)으로 알려진 신형 소총으로 무장했다. 나는 그 소총 가운데 하나를 살펴보았다. 완벽한 소총과는 거리가 멀었지만, 우리가 전선에서 사용하던 형편없이 낡아 빠진 나팔총과는 상대가 되지 않았다. 돌격대는 열 명에하나씩 기관 단총을 지녔고, 자동 피스톨은 한 사람이 한 자루씩 지녔다. 우리가 전선에 있을 때 기관총은 쉰 명에 한 정씩 있었고, 피스톨이나 리볼버는 불법으로만 손에 넣을 수 있었다. 그때는 미처 몰랐지만, 사정은 어느 전선이나 비슷했다. 그런데 전선에 배치할 의도가 전혀 없는 치안대나 단총 부대는 우리보다 무장 상태도 훌륭했고 옷도 좋았다. 아마 어느 전쟁에서나 다 그럴 것이다. 후방의 산뜻한 경찰과 전선의 남루한 병사들은 늘 이런 식의 대조를 이룰 것이다. 돌격대는 하루 이틀 뒤부터는 주민과 잘 지냈다. 첫날은 문제가 많이 발생했다. 돌격대원들 가운데 일부가 도발적인 행동(아마 지침에 따른 행동이었을 것이다.)을 했기 때문이다. 돌격대원들은 무리지어 전차에 올라타더니 승객들의 몸을 수색했다. 호주머니에서 전국 노동자 연맹 조합원증이 발견되면 찢어서 발로 짓밟았다. 이런 행동 때문에 무장한 무정부주의자들과 난투극이 벌어지곤 했다. 한두 사람이 죽기도 했다. 그러나 돌격대는 정복자 같은 태도를 곧 버렸다. 그러자 관계도 곧 원만해졌다. 그들 대부분이 하루 이틀이 지나자 여자를 하나씩 꿰차고 다녔다는 것은 주목할 만한 일이다.

발렌시아 정부는 바르셀로나 전투를 통해 오랫동안 찾던 구실을 얻었다. 카탈로니아를 좀 더 확실하게 통제할 수 있는 구실이었다. 정부는 노동자 의용군들을 해산시켜 인민군에 재배치할 계획이었다. 스페인 공화국 국기가 바르셀로나 전역에서 나부꼈다. 나는 파시스트 참호를 본 이래로 그런 광경은 처음 보았다. 노동자 계급 거주지의 바리케이드들은 철거되었다. 그러나 바리케이드라는 것이 쌓는 것보다 부수는 것이 훨씬 어려웠기 때문에 대충 치워졌다. 통일 사회당 건물들 밖에 있는 바리케이드는 그대로 두어도 좋다고 했다. 실제로 많은 바리케이드가 6월까지 그대로 남아 있었다. 치안대들은 여전히 전략적 거점들을 장악하고 있었다. 전국 노동자 연맹의 요새에서 대규모의 무기가 몰수되었다. 물론 몰수되지 않은 무기도 많았을 것이다. 《라 바탈랴》는 계속 발간되었다. 그러나 검열을 받았기 때문에 1면이 거의 백지로 나오곤 했다. 통일 사회당 신문들은 검열을 받지 않았기 때문에 통일 노동자당의 활동 금지를 요구하는 선동적 기사를 내보냈다. 그들은 통일 노동자당을 위장한 파시스트 조직이라고 주장했다. 통일 사회당 선동 분자들은 통일 노동자당이 망치와 낫이 그려진 가면을 벗자 나치의 하켄크로이츠가 찍힌 무시무시하고 광적인 얼굴이 나타나는 만화를 시내 전역에 배포했다. 바르셀로나 전투에 대한 공식적 해석이 내려진 게 분명했다. 통일 노동자당의 공작을 통해 파시스트 '제5열'이 봉기한 것이라고 이야기될 것이 뻔했다.

전투가 끝났기 때문에 호텔에서는 서로 의심하고 적대시하는 무시무시한 분위기가 더 심해졌다. 난무하는 비난에 맞서 중립을 유지한다는 것은 불가능했다. 우체국은 다시 일을 시작했다. 외국의 공산주의 계열 신문들도 도착하기 시작했다. 그들의 전투에 대한 설명은 극히 당파적이었을 뿐 아니라, 사실과는 매우 거리가 멀었다. 현장에서 실제 사건을 보았던 공산주의자들 가운데 일부는 그 기사를 보고 당황했을 것이다. 그러나 물론 겉으로는 자기편의 입장을 지지해야 했을 것이다. 나의 공산주의자 친구가 다시 나에게 오더니 국제군으로 옮기지 않겠느냐고 물었다.

나는 약간 놀랐다. "자네 신문에서는 내가 파시스트라고 하던데." 내가 말했다. "나는 통일 노동자당 출신이니 정치적으로 의심을 받을 게 틀림없네."

"아, 그건 상관없어. 결국 자네는 그저 명령에 따라 행동한 것뿐이니까."

나는 그런 일을 겪은 이후로는 공산주의자들이 지배하는 어떤 부대에도 가담할 수 없다고 말해야 했다. 거기 가담했다가는 얼마 안 가 스페인 노동자 계급을 진압하는 데 내가 이용당할지도 모르는 일이다. 언제 그런 일이 다시 터질지 알 수 없다. 만일 그런 일이 생겨서 총을 들어야 한다면 나는 노동 계급의 편에 설 것이다. 그는 내 말을 듣고도 매우 품위 있는 태도를 보여 주었다. 그러나 그 무렵 전체적인 분위기는 완전히 바뀌어 있었다. 예전처럼 '서로 다르다는 사실에 합의'하거나 정적일지도 모르는 사람과 함께 술을 한잔할 수도 없었다. 호텔 라운지에서는 치졸한 언쟁이 벌어졌다. 그러는 동안에 감옥은 이미 차고 넘쳤다. 전투가 끝난 뒤 무정부주의자들은 당연히 포로를 석방했다. 그러나 치안대는 포로를 석방하지 않았다. 대부분의 포로는 재판도 없이 감옥에 갇혔다. 많은 경우 몇 달씩 계속 갇혀 있었다. 늘 그렇듯이, 경찰의 부주의로 무고한 사람들이 체포당했다. 앞서 더글러스 톰슨이 4월 초에 부상당했다는 이야기를 했다. 그 후로 우리는 그와 연락을 할 수가 없었다. 부상자에게는 흔한 일이었다. 부상자는 이 병원 저 병원으로 옮겨지는 일이 잦았기 때문이다. 사실 그는 테라고나 병원에 있었는데, 전투가 시작될 무렵 바르셀로나로 다시 옮겨졌다. 화요일 아침에 나는 그를 거리에서 만났다. 그는 사방에서 벌어지는 전투에 무척 당황했다. 그는 누구나 묻던 질문을 했다.

"이게 대체 어떻게 된 일이야?"

나는 최선을 다해 설명했다. 그러자 톰슨이 즉시 대꾸했다.

"나는 끼지 않으려네. 아직 팔이 다 낫지 않았어. 나는 호텔로 돌아가 있겠네."

톰슨은 그의 호텔로 돌아갔다. 그러나 불행히도(시가전에서는 동네 지리를 안다는 것이 얼마나 중요한가!) 그 호텔은 치안대가 통제하는 구역에 있었다. 호텔은 습격을 당했고 톰슨은 체포되어 감옥에 들어갔다. 너무 사람이 많아 누울 자리도 없는 감방에서 그는 여드레를 보냈다. 톰슨과 비슷한 사례는 많았다. 의심을 받을 만한 정치적 경력을 가진 외국인들 가운데 많은 수가 도피했다. 경찰이 그들을 추적했으며, 그들은 늘 고발당할 것이라는 두려움에 떨었다. 이탈리아인과 독일인의 경우가 가장 심했다. 그들은 여권이 없었으며, 대개가 자국의 비밀경찰로부터 수배를 당하는 사람들이었다. 그들은 체포되어 프랑스로 추방당하곤 했다. 그것은 곧 이탈리아나 독일로 송환된다는 뜻이다. 그곳에서 어떤 무시무시한 일이 그들을 기다리고 있을지 아무도 모르는 일이었다. 외국 여자 한두 명은 서둘러 스페인 남자와 '결혼'함으로써 자신들의 신분을 합법화했다. 아무런 신분증이 없었던 한 독일 여자는 며칠 동안 어떤 남자의 애인 행세를 하여 경찰을 피했다. 그 남자의 침실에서 나오다 우연히 나와 마주쳤을 때 그 가엾은 여자의 얼굴에 떠오른 수치심과 비참함이 기억난다. 물론 그녀는 그 남자의 애인이 아니었다. 그러나 그녀는 내가 그렇게 생각할 것이라고 믿었던 게 틀림없다. 이 기간 내내 사람들은 이제까지 친구로 여겼던 누군가가 혹시 자신을 비밀 경찰에 고발하지나 않을까 항상 의심해야 했다. 전투, 소음, 식량과 수면 부족, 어느 순간에 내가 맞을까 아니면 내가 다른 사람을 쏠까 궁금해하며 지붕에 앉아 있을 때 느꼈던 긴장과 권태의 뒤범벅, 이런 것들 때문에 나는 신경이 바짝 곤두서 있었다. 문이 쾅 소리를 낼 때마다 피스톨을 움켜쥐는 습관이 생길 정도였다. 토요일, 바깥에서 총소리가 시끄럽게 들리자 모두가 소리쳤다. "다시 시작됐다!" 나는 거리로 달려 나갔다. 그러나 돌격대원 몇 명이 미친 개를 쏜 것뿐이었다. 당시에 또는 그 후에 몇 달 동안 바르셀로나에 있었던 사람들은 두려움, 의심, 증오, 검열받은 신문, 비좁은 감옥, 먹을 것을 사려는 기나긴 줄, 무리 지어 거리를 어슬렁거리는 무장 순찰대들이 빚어낸 그 무시무시한 분위기를 절대 잊지 못할 것이다.

나는 지금까지 바르셀로나 전투의 한복판에 있으면서 어떤 기분을 느꼈는지 이야기해 보려고 노력했다. 그러나 그 당시의 낯선 느낌을 제대로 전달한 것 같지는 않다. 그때를 돌이켜볼 때 내 마음에서 떠나지 않는 것 가운데 하나는 당시에 우연히 만났던 사람들의 모습, 갑자기 내 시야에 흘끗 들어온 민간인의 모습이다. 그들에게는 모든 것이 그저 의미 없는 소동으로 비칠 뿐이었다. 최신 유행하는 옷을 입고 람블라스 거리를 천천히 걸어가던 여인의 모습이 떠오른다. 그녀는 장바구니를 들고 하얀 푸들을 끌고 갔다. 한두 블록 떨어진 거리에서는 소총이 시끄럽게 땅땅거렸다. 물론 그 여자는 귀머거리였을 수도 있다. 그리고 완전히 텅 비어 버린 카탈루냐 광장을 가로질러 달리던 남자의 모습도 떠오른다. 그는 양손에 하얀 손수건을 하나씩 쥐고 흔들었다. 모두 검은 옷을 입은 한 무리의 사람들도 떠오른다. 그들은 한 시간가량이나 카탈루냐 광장을 건너려고 하다가 결국 건너지 못했다. 그들이 모퉁이의 골목길에서 나타나기만 하면 콜론 호텔의 통일 사회당 기관총 사수들이 사격을 개시하여 그들을 도로 쫓아 버렸다. 이유를 모르겠다. 그들은 분명히 무장을 하지 않았는데. 나중에 생각해 보니 그들은 장례식에 참석한 사람들이었던 것 같다. 폴리오라마 위에 있는 미술관에서 관리인 노릇을 하던 작은 몸집의 남자도 떠오른다. 그는 그 사태를 사교 행사로 보는 것 같았다. 그는 영국인이 그를 찾아 준 것에 몹시 기뻐했다. 영국인은 아주 **심파티코**[53] 하다고 그는 말했다. 그는 사태가 끝나고 나면 우리 모두 그를 다시 찾아 주기를 바랐다. 몸집이 작은 남자가 또 하나 떠오른다. 그는 현관에 몸을 감추고 즐거운 표정을 하며 총알이 오가는 지옥 같은 카탈루냐 광장 쪽으로 머리를 쑥쑥 내밀다 한마디 했다. (마치 좋은 아침이라고 말하듯이.) "그러니까 7월 19일이 다시 돌아온 셈이로군요!" 내 군화

---

53) 호감이 간다는 뜻이다.

를 만들던 제화점 사람들도 떠오른다. 나는 전투가 시작되기 전에 그곳에 갔고, 전투가 끝난 뒤에도 갔다. 그리고 5월 5일에 잠깐 휴전을 했을 때도 몇 분 동안 들렀다. 비싼 가게였다. 가게 사람들은 노동자 총연합 회원이었으며, 어쩌면 통일 사회당 당원들이었는지도 모른다. 어쨌든 그들은 정치적으로 다른 편에 있었고, 그들도 내가 통일 노동자당에 복무한다는 것을 알았다. 그러나 그들의 태도는 무관심했다. "이거 참 안타까운 일 아닙니까? 그리고 사업상 지장도 많아요. 끝날 기미가 보이지 않으니 참 안타까운 일입니다! 전선에서 벌어지는 일로는 충분치가 않나 봐요!" 이 모든 일에 전혀 관심을 가지지 않는 사람들, 아니면 공습 때 정도의 관심만 가지는 사람들이 많았음에 틀림없다. 어쩌면 바르셀로나 주민 다수는 그랬을지도 모른다.

이 장에서 나는 내 개인적 경험만을 이야기했다. 따라서 다음 장에서는 최선을 다해 더 큰 문제들을 논의해 보겠다. 실제로 어떤 일이 있었으며 그것이 어떤 결과를 낳았는지, 무엇이 옳고 무엇이 그른지, 그리고 책임질 사람이 있다면 누구인지. 바르셀로나 시가전을 둘러싸고 워낙 많은 정치적 논란이 벌어졌기 때문에 균형 잡힌 시각을 견지하는 일이 중요하다. 이미 이 문제에 대해서는 많은 책을 쓸 수 있는 분량의 기록이 쌓였다. 그러나 그 가운데 9할은 사실이 아니라 해도 과장이라 할 수 없을 것이다. 당시에 신문에 난 기사 대부분은 멀리 떨어져 있던 기자들이 만들어 낸 것이다. 그것은 사실 보도로서 부정확할 뿐 아니라 고의적으로 왜곡할 의도를 지닌 것이었다. 평소와 마찬가지로 문제의 어느 한 측면만이 대중에게 전달되도록 허용되었다. 당시에 바르셀로나에 있던 모든 사람들과 마찬가지로 나는 내 주변에서 벌어지는 일밖에 보지 못했다. 그러나 지금까지 유포되어 온 거짓말들 가운데 많은 부분에 대해 반박할 수 있을 만큼은 보고 들었다. 이전 장과 마찬가지로, 정치적 논란이나 혼란스러운 이름(꼭 중국 전쟁에 나오는 장성들 이름 같다.)의 수많은 정당과 하급 단체들에 관심이 없다면 빼놓고 읽어도 상관없다. 정당 내부의 논쟁에 너무 자세하게 파고드는 것은 끔찍한 일이다. 그것은 오물 구덩이로 뛰어드는 것과 같다. 그러나 가능한 한 진실을 확립하려고 노력할 필요가 있다. 먼 도시에서 벌어진 이 지저분한 싸움이 보기보다 중요할 수 있기 때문이다.

11장

바르셀로나 전투에 대하여 완벽할 정도로 정확하고 편견 없는 이야기를 한다는 것은 결코 가능하지 않다. 필요한 기록이 존재하지 않기 때문이다. 미래의 역사가들은 대량의 비난 문건과 정당 선전물 외에는 검토할 자료가 없을 것이다. 나 자신도 내 눈으로 직접 확인한 것, 그리고 다른 목격자들에게서 들은, 그나마 믿을 만한 소문 외에는 자료가 거의 없다. 그러나 나는 극악한 거짓말들 가운데 몇 가지에 대해서는 반박할 수 있다. 그것이 넓은 시야로 이 일을 조망하는 데 도움이 될 수도 있을 것이다.

우선, 실제로 어떤 일이 일어났는가?

전투가 시작되기 얼마 전부터 카탈로니아 전역에 긴장이 팽팽했다. 이 책 앞장들에서 이미 공산주의자들과 무정부주의자들 사이의 갈등에 대해 약간 이야기했다. 그러나 1937년의 상황은 폭력 사태가 불가피하다고 생각할 수밖에 없는 지점에 도달했다. 마찰의 직접적인 원인은 모든 개인 무기를 반납하라는 정부 명령이었다. 이것은 중무장한 '비정치적' 경찰력을 만들겠다는 결정과 동시에 이루어진 것이었다. 이 경찰력에서 조합원들은 배제될 예정이었다. 이러한 결정이 무엇을 의미하는지는 명백했다. 그다음에는 전국 노동자 연맹이 통제하는 주요 산업 가운데 몇 가지를 접수하겠다는 조치가 나올 것이 분명했다. 이 외에도 노동 계급에서는 빈부 격차가 심해지는 것 때문에 상당한 불만이 있었다. 또한 혁명이 방해받고 있다는 막연한 느낌이 퍼져 있었다. 5월 1일에는 폭동이 일어나지 않았기 때문에 많은 사람들이 놀라면서도 기분 좋아했다. 그러나 5월 3일에 정부는 전화 교환소를 접수하기로 결정했다. 그곳은 전쟁 초기부터 주로 전국 노동자 연맹 조합원들이 관리하던 곳이었다. 정부는 전화 교환소의 운영 상태가 엉망이고, 그곳에서 공무용 전화를 도청한다고 주장했다. 경찰 청장 살라스(그는 명령받은 것 이상의 행동을 했을 수도 있고 아닐 수도 있다.)는 무장한 치안대를 트럭 세 대에 실어 보내 건물을 점령했다. 동시에 사복을 입은 무장 경찰관들이 바깥 거리들을 정리했다. 거의 같은 시간에 치안대는 무리를 지어 전략적 지점에 있는 다른 여러 건물을 점령했다. 진짜 의도야 어쨌든 간에, 사람들은 대체로 이것을 치안대와 통일 사회당(공산주의자와 사회주의자들)이 전국 노동자 연맹에 대해 전면전을 개시하는 신호로 받아들였다. 이어 노동자들의 건물이 공격을 당한다는 말이 도시 전역에 나돌았고, 무장한 무정부주의자들이 거리에 나타났다. 모든 일이 중단되고 즉시 전투가 벌어졌다. 그날 밤과 다음 날 아침에 걸쳐 도시 전역에 바리케이드가 설치되었다. 5월 6일 아침까지 전투는 중단되지 않았다. 그러나 전투는 양편 모두 주로 방어적이었다. 건물을 포위하기는 했지만, 내가 아는 한, 습격은 없었다. 포를 사용하지도 않았다. 대략적으로 말하자면, 전국 노동자 연맹과 무정부주의 연합, 통일 노동자당 세력은 노동 계급이 사는 교외를 차지했으며, 무장 경찰력과 통일 사회당은 도시의 중심부와 공공 건물을 차지했다. 5월 6일에는 휴전이 이루어졌다. 그러나 곧 전투가 재개되었다. 아마 치안대가 섣부르게 전국 노동자 연맹 조합원들을 무장 해제시키려고 했기 때문일 것이다. 그러나 다음 날 아침 사람들은 스스로 바리케이드를 떠나기 시작했다. 대체로 5월 5일까지는 전국 노동자 연맹이 우세했으며, 다수의 치안대원들이 항복했다. 그러나 전국 노동자 연맹에는 전체적으로 지도력을 인정받는 존재가 없었으며, 확정된 계획도 없었다. 내가 아는 바로는, 치안대에 저항한다는 막연한 결의 외에는 어떠한 계획도 없었다. 전국 노동자 연맹의 공식 지도부는 노동자 총연합의 지도부와 더불어 모든 노동자에게 일터로 돌아가라고 호소했다. 무엇보다도 식량이 부족했다. 이런 상황 때문에 누구도 전투를 계속하는 문제에 대해 자신 있게 이야기하지 못했다. 5월 7일의 상황은 거의 정상적이었다. 그날 저녁 발렌시아로부터 바다를 통해 도착한 6000명의 돌격대가 도시를 장악했다. 정부는 정규군이 소지한 무기 이외의 모든 무기를 반납하라는 명령을 내렸다. 정부는 다음 며칠 동안 대량의 무기를 몰수했다. 시가전 동안의 사상자 공식 집계에 따르면, 사망자가 400명이고 부상자가 1000명이었다. 사망자 400명이라는 것은 과장일 가능성이 있다. 그러나 증명할 방법이 없으므로 정확한 것으로 받아들일 수밖에 없다.

두 번째로 시가전의 후유증을 보도록 하자. 물론 정확하게 말하기는 불가능하다. 시가전이 전쟁에 직접적인 영향을 미쳤다는 증거는 없다. 그러나 며칠만 더 지속되었더라도 상황은 분명히 달라졌을 것이다. 시가전은 발렌시아 정부가 카탈로니아를 직접 통제하고, 의용군의 해체를 앞당기며, 통일 노동자당을 탄압할 수 있는 구실이 되었다. 아마 카발레로 정부를 무너뜨리는 데도 한몫했을 것이 틀림없다. 그러나 이런 일들은 시가전이 아니더라도 어차피 일어날 수밖에 없었다고 생각할 수도 있다. 정말로 중요한 질문은 거리로 나온 전국 노동자 연맹 노동자들이 전투 의지를 보임으로써 이득을 보았느냐, 손해를 보았느냐 하는 것이다. 순전히 추측일 따름이나, 내 생각에 그들은 잃은 것보다 얻은 것이 더 많다. 바르셀로나 전화교환소 점령은 긴 과정 속의 한 사건에 지나지 않는다. 지난해부터 직접적인 권력은 교묘한 방법을 통해 신디케이트[54]들로부터 점차 빠져나갔다. 노동 계급은 전체 운동에 대한 통제력을 잃고, 그 자리를 중앙 집권적 통제가 대신하게 되었다. 이것은 국가 자본주의로 나아가는 길이었다. 또는 사적 자본주의의

---

54) 여기서는 노동자들의 지역 조직을 가리키는 말이다.

재도입으로 나아가는 길일 수도 있었다. 이 단계에서 저항이 생기면 그 과정이 늦추어질 수도 있었다. 전쟁 발발 1년 뒤 카탈로니아 노동자들은 힘을 많이 잃었다. 그러나 여전히 그들의 위치는 비교적 유리한 편이었다. 만일 그들이 어떤 도발에도 묵묵히 순응하겠다는 입장을 분명하게 밝혔다면, 그들은 훨씬 더 불리한 처지에 놓였을 것이다. 싸워서 지는 것이 아예 싸우지 않는 것보다 더 많은 것을 얻을 때도 있는 것이다.

세 번째로, 이 사태의 배후에는 도대체 어떤 목적이 있었던 것일까? 이것이 일종의 쿠데타나 혁명적 시도였을까? 정부를 전복하고자 하는 분명한 목적이 있었을까? 미리 정해진 것이 었을까?

내 견해로는, 이 시가전은 모두가 예상하고 있었다는 의미에서 미리 정해진 것이라고 말할 수 있다. 어느 편이든 매우 분명한 계획을 가지고 있었다는 표시는 없다. 무정부주의자 쪽에서 보자면 그 행동은 분명히 자연 발생적인 것이었다. 주로 평범한 사람들이 주도한 것이었기 때문이다. 일반인들이 먼저 거리로 쏟아져 나왔으며, 그들의 정치적 지도자들은 머뭇거리며 그들을 따라 나섰다. 또는 아예 따라 나서지 않았다. 혁명적인 말이라도 한 사람들은 무정부주의 연합 내의 소수 과격파인 '두루티의 친구들'과 통일 노동자당뿐이었다. 그러나 이들 역시 뒤를 쫓았을 뿐이지 앞에서 이끌지는 않았다. '두루티의 친구들'은 혁명적인 전단을 몇 장 뿌렸으나 이것은 5월 5일부터의 일이었으므로, 시가전의 출발점이 되었다고 할 수는 없다. 시가전은 이틀 전쯤에 자연스럽게 발생했다. 전국 노동자 연맹의 공식 지도자들은 처음부터 이 사태와의 관련성을 부인했다. 여기에는 많은 이유가 있었다. 우선 전국 노동자 연맹의 대표들이 여전히 정부와 헤네랄리테의 요직을 차지하고 있었기 때문에, 연맹 지도자들은 대중보다 더 보수적일 수밖에 없었다. 두 번째로, 전국 노동자 연맹 지도자들의 주된 목표는 노동자 총연합과 동맹을 맺는 것이었다. 그러나 시가전은, 적어도 당분간은, 전국 노동자 연맹과 노동자 총연합 사이의 갈등을 심화시킬 수밖에 없었다. 세 번째로, 당시에는 널리 알려지지 않았지만, 무정부주의 지도자들은 사태가 어느 지점을 넘어서 노동자들이 도시를 장악하게 되면(5월 5일에는 그럴 수 있는 조건이었는데) 외국의 간섭이 있을지도 모른다는 사실을 걱정했다. 영국의 순양함 한 척과 구축함 두 척이 항구에 접근해 있었다. 다른 전함들도 멀지 않은 곳에 있는 것이 분명했다. 영국 신문들은 이 배들이 '영국의 이익을 보호하기 위해' 바르셀로나로 가는 중이라고 보도했다. 그러나 이 배들은 그런 행동, 즉 사람을 상륙시키거나, 난민을 태우지 않았다. 이 점은 확실치는 않다. 그러나 프랑코로부터 스페인 정부를 구하는 일에는 손가락 하나 까딱하지 않았던 영국 정부이지만, 스페인 정부를 스페인의 노동 계급으로부터 구하는 데에는 신속하게 개입할 가능성이 있었다. 스페인에 전쟁이 발발할 때부터 그런 가능성은 항존하고 있었다고 말할 수 있다.

통일 노동자당 지도자들은 이 사태와의 관련을 부인하지 않았다. 사실 그들은 추종자들에게 바리케이드에 남아 있으라고 했으며, 심지어 '두루티의 친구들'이 발행하는 과격한 전단을 승인(《라 바탈랴》, 5월 6일)하기까지 했다. 이 전단에 대해서는 확실치 않은 것이 많다. 지금은 아무도 이 사본을 제시하지 못하는 것 같다. 일부 외국 신문에서는 이것을 '선동적 포스터'라고 지칭하면서, 이것이 도시 곳곳에 '붙어 있었다.'고 이야기했다. 그러나 그런 포스터가 없었던 것은 확실하다. 전단에 관한 다양한 이야기들을 종합해 보건대 그것의 요구 사항은 다음과 같다. (1) 혁명 위원회(훈타)의 구성. (2) 전화 교환소를 공격한 책임자 총살. (3) 치안대의 무장 해제.《라 바탈랴》가 전단의 요구에 어디까지 동의했느냐에 대해서도 다소 불확실한 것이 있다. 나 자신은 그날 전단이나《라 바탈랴》를 보지 못했다. 내가 시가전 동안에 보았던 유일한 전단은 아주 작은 규모의 트로츠키주의자들('볼셰비키 레닌주의자들')이 5월 4일에 발행한 것이었다. 이 전단에는 단지 이렇게만 쓰여 있었다. '모두 바리케이드로 모이자. 군수 산업을 제외한 모든 산업은 총파업에 들어가자.' (바꿔 말해, 이미 벌어지고 있는 일을 새삼스럽게 요구한 셈이다.) 그러나 실제로 통일 노동자당 지도자들은 망설이는 태도를 보였다. 그들은 프랑코와의 전쟁에서 승리할 때까지는 봉기를 하지 말아야 한다는 입장이었다. 반면 노동자들은 거리로 나섰다. 그러자 통일 노동자당 지도자들은 노동자들이 거리에 나서면 혁명 정당도 그들과 함께 해야 한다는 현학적인 마르크스주의 노선을 따랐다. 그래서 "7월 19일의 정신을 다시 일깨우자!" 등등의 혁명적 구호에도 불구하고, 그들은 노동자들의 행동을 방어적인 것으로 제한하기 위해 최선을 다했다. 예를 들어 그들은 어떤 건물에 대해서도 공격 명령을 내리지 않았다. 그저 경계하라는 명령만 내렸으며, 앞장에서 이야기했듯이, 가능하면 사격을 하지 말라고 명령했다. 《라 바탈랴》는 또한 어떤 부대도 전선을 이탈하지 말라는 지침을 내렸다.[55] 내가 평가하기에 통일 노동자당의 책임은 모든 사람들에게 바리케이드에 남아 있으라고 촉구한 데 있었다. 어쩌면 일정한 숫자의 사람들을 원래 그들이 계획했던 것보다 더 오래 남아 있게 한 것까지도 그들 책임이랄 수는 있겠다. 당시에 통일 노동자당의 지도자들과 개인적으로 접촉했던 사람들(나는 여기에 포함되지 않는다.)이 나에게 전해 준 바에 따르면, 실제로 그 지도자들은 전체 상황에 당황하고 있었지만, 어쨌든 거기에 개입해야 한다고 느끼고 있었다. 물론 나중에 그들은 상투적 방법으로 그 일로부터 정치적 자본을 만들었다. 통일 노동자당의 지도자 가운데 하나인 고르킨은 후에 '5월의 영광스러운 날들'에 대해 이야기하기까지 했다. 선전이라는 관점에서 본다면 이것이 옳은 노선이었는지도 모른다. 통일 노동자당의 당원 숫자가 불법화되기 전 짧은 기간 동안에 약간 늘었다는 것은 분명하다. 전술적으로 볼 때 '두루티의 친구들'의 전단에 찬성한 것은 실수였는지도 모른다. '두루티의 친구들'은 아주 작은 조직이었고, 대체로 통일 노동자당에 적대적이었다. 일반적인 흥분 상태와 당시 양편에서 이야기되고 있는 것들을 고려할 때, 그 전단의 내용은 사실상 '바

---

55) (원주)《인프레코르》최신호는 그 정반대 이야기를 한다. 즉《라 바탈랴》가 통일 노동자당 부대들에게 전선을 떠나라고 명령했다는 것이다! 거기에 언급된 날짜의《라 바탈랴》를 보면 답이 나올 것이다.

리케이드에 그대로 있으라.'는 의미에 불과했다. 그러나 무정부주의 신문인 《솔리다리다드 오브레라》는 그것을 거부한 반면, 통일 노동자당 지도자들은 그것을 승인하는 듯한 모습을 보였다. 그 결과 훗날 공산주의 계열의 언론이 시가전은 통일 노동자당의 단독 공작을 통해 일어난 폭동이었다고 이야기할 수 있는 편리한 구실을 제공해 주었다. 그러나 공산주의 계열의 매체는 어떤 경우에든 그런 식으로 말했을 것이 틀림없다. 사실 사태 전후로 더 빈약한 증거에 근거하여 이루어졌던 비난들에 비하면 그 정도 이야기는 아무것도 아니다. 전국 노동자 연맹 지도자들은 통일 노동자당 지도자들에 비해 좀 더 조심스러운 태도를 보였지만 얻은 것은 별로 없었다. 그들은 충성을 지킨 것 때문에 칭찬을 받기는 했지만, 꼬투리가 잡히자마자 정부와 헤네랄리테에서 밀려나고 말았다.

당시에 사람들이 말한 바를 판단해 보건데, 어느 곳에서도 진정한 혁명적 의도는 없었다. 바리케이드 뒤에 있던 사람들은 전국 노동자 연맹의 평범한 노동자들이었다. 아마 그 가운데는 노동자 총연합의 노동자들도 간혹 끼어 있었을 것이다. 그들이 하고자 했던 일은 정부를 전복하는 것이 아니라, (이 생각이 맞든 틀리든) 경찰의 공격에 저항하는 것이었다. 그들의 행동은 기본적으로 방어적이었다. 거의 모든 외국 신문들이 그것을 '봉기'라고 불렀지만, 과연 그렇게 말할 수 있을지 의심스럽다. 봉기란 공격적 행동과 분명한 계획을 포함한다. 차라리 폭동이라고 부르는 것이 더 정확할 것이다. 물론 유혈이 낭자한 폭동이었다. 양편 모두 총기를 지니고 있었고, 언제든지 그것을 사용할 생각이었기 때문이다.

그렇다면 상대편의 의도는 어땠을까? 이것이 무정부주의자들의 쿠데타가 아니라면, 혹 공산주의자들의 쿠데타일까? 전국 노동자 연맹의 힘을 일격에 분쇄해 버리려는 계획적인 시도였을까?

나는 그렇게 믿지는 않는다. 그러나 몇 가지 일을 보면 그런 의심이 들기는 한다. 이틀 뒤 타라고나에서 매우 흡사한 일이 발생했다는 사실은 의미심장하다. (바르셀로나의 명령에 따라 움직이는 무장 경찰이 전화 교환소를 점령했다.) 바르셀로나의 전화 교환소 습격은 단독 행동이 아니었다. 치안대와 통일 사회당의 무리들은 여러 지역의 전략적 지점에 있는 건물들을 거의 동시에 점령했다. 시가전이 시작되기 전에 이루어지진 않았어도, 어쨌든 놀라울 정도로 신속하게 이루어진 행동이었다. 그러나 기억해야 할 것은 이런 일이 영국이 아니라 스페인에서 발생했다는 점이다. 바르셀로나는 오랜 시가전 역사를 지닌 도시이다. 그런 곳에서는 일들이 빠르게 진행된다. 당파는 이미 나누어져 있다. 모두들 지역 지리를 잘 안다. 그래서 총소리가 들리기 시작하면 사람들은 마치 소방 훈련을 하듯이 자기 자리로 돌아간다. 전화 교환소 점령을 지휘했던 사람들은 실제 발생했던 규모만큼은 아닐지라도, 문제가 생긴다는 예상 정도는 분명히 했을 것이고 그런 문제에 대처할 준비를 했을 것이다. 그렇다고 해서 그들이 전국 노동자 연맹에 대해 전면전을 펼칠 계획이었다는 결론이 나는 것은 아니다. 어느 쪽도 대규모 전투를 준비하지 않았다고 믿는 데는 두 가지 이유가 있다.

(1) 어느 편도 사전에 바르셀로나로 군대를 들여오지 않았다. 시가전은 이미 바르셀로나에 있던 사람들, 주로 민간인과 경찰 사이에서 벌어졌을 뿐이다.

(2) 식량이 즉시 바닥났다. 스페인에서 군에 복무해 본 사람은 스페인 사람들이 제대로 수행하는 군사 작전이 부대에 식량을 공급하는 일이라는 것을 잘 안다. 어느 편이든 미리 식량 준비도 해 놓지 않고 한두 주일의 시가전이나 총파업을 벌일 리는 없다.

마지막으로 이 사태의 옳고 그름을 따져 보자.

외국의 반파시스트 매체에서는 엄청난 소동이 벌어졌다. 그러나 평소와 마찬가지로 사건의 한쪽 측면만 부각되었을 뿐이다. 그 결과 바르셀로나 시가전은 '등뒤에서 스페인 정부를 찌르는' 등의 행위를 하는 불충한 무정부주의자들과 트로츠키주의자들이 일으킨 봉기로 표현되었다. 그러나 문제는 그렇게 간단하지 않다. 살려 둘 수 없는 적과 전쟁을 할 때는 아군끼리 싸우지 않는 게 유리하다는 것은 틀림없다. 그러나 싸움을 하려면 둘이 필요하며, 사람들은 도발을 당했다고 느끼지 않는 한 바리케이드를 쌓지 않는다는 점을 기억할 필요가 있다.

물론 문제는 정부가 무정부주의자들에게 무기를 내놓으라고 명령한 데서부터 시작되었다. 영국 언론에서는 이것이 영국식 용어로 번역되어 다음과 같이 정형화되었다. 아라곤 전선에서는 무기가 절대적으로 필요했는데, 비애국적인 무정부주의자들이 무기를 내놓지 않는 바람에 보낼 수가 없었다. 이런 식으로 말하는 것은 스페인의 실제 상황을 무시하는 것이다. 무정부주의자와 통일 사회당이 무기를 쌓아 두고 있다는 것은 모두가 아는 일이었다. 바르셀로나에서 시가전이 벌어졌을 때, 이것은 더욱더 분명해졌다. 양쪽 모두 많은 무기를 꺼냈다. 무정부주의자들은 자기들이 무기를 반납한다 해도, 카탈로니아의 정치적 중심 세력인 통일 사회당은 무기를 반납하지 않을 것을 잘 알고 있었다. 시가전이 끝난 뒤 정말로 그런 일이 일어났다. 어쨌든, 눈으로 확인했다시피, 거리에는 전선에서 매우 환영할 만한 양의 무기가 있었다. 그러나 그것은 후방의 '비정치적' 경찰력을 위해 남겨 놓은 것이었다. 그런 무장 경찰력이 필요했던 것은 공산주의자들과 무정부주의자들 사이의 화해할 수 없는 차이 때문이었다. 이것은 조만간 어떤 종류의 갈등을 낳을 수밖에 없었다. 전쟁 발발 이후 스페인 공산당은 그 숫자를 엄청나게 불려 가며 대부분의 정치 권력을 장악했고, 또 수천 명의 외국 공산주의자들이 스페인으로 들어왔다. 외국 공산주의자들 가운데 많은 수가 프랑코와의 전쟁이 끝나는 즉시 무정부주의자들을 '숙청'하겠다고 공공연하게 밝혀 왔다. 이런 상황에서 무정부주의자들이 1936년 여름에 손에 넣은 무기를 내놓으리라고 기대할 수 없었다.

전화 교환소 점령은 이미 존재하던 폭탄에 불을 붙여 놓은 것에 불과했다. 어쩌면 그 사건의 책임자들도 그것 때문에 일이 터지리라고는 상상하지 못했을 수도 있다. 그렇게도 생각해 볼 수 있다. 카탈로니아의 대통령 콤파니스는 시가전 며칠 전에 무정부주의자들이 어떤 일이라도 참아 낼 것이라고 호언

했다고 한다.[56] 그러나 전화 교환소 점령은 물론 지혜로운 행동이 아니었다. 지난 몇 달 전부터 스페인 여러 곳에서는 공산주의자들과 무정부주의자들 사이에 일련의 무장 충돌이 있었다. 카탈로니아, 특히 바르셀로나는 긴장이 심해 이미 거리에서 충돌, 암살 등이 벌어지고 있었다. 그런데 갑자기 무장한 사람들이 건물들을 공격한다는 소문이 도시 전역에 나돌았다. 그 건물들은 노동자들이 7월 전투에서 점령한 곳이어서 그들에게 정서적으로 매우 중요한 곳이었다. 또한 노동 계급이 치안대를 좋아하지 않았다는 사실도 기억해야 한다. 지난 수세대에 걸쳐 라 가르디아는 지주와 고용주들의 부속물에 불과했다. 게다가 치안대는 파시스트에 대항한 싸움에서 노동자 계급과의 의리를 지키는 문제에서도 의심을 (매우 정당한 의심이었다.) 받고 있었기 때문에[57] 이중으로 신뢰를 받지 못했다. 시가전 처음 몇 시간 동안 사람들을 거리로 불러낸 감정은 아마 전쟁 초기에 반란군 장군들에게 저항하게 만들었던 감정과 똑같았을 것이다. 물론 전국 노동자 연맹 노동자들이 저항 없이 전화 교환소를 넘겨주었어야 하는 것 아니냐고 주장할 수도 있다. 이 문제에 대한 태도는 중앙 집권화된 정부와 노동 계급 통치에 대한 입장과 관련된다. 어쩌면 이 정도가 적절한 답변일 수도 있다. "그래, 전국 노동자 연맹의 주장에

---

56) (원주)《뉴 스테이츠먼》(5월 14일)에 나와 있다.
57) (원주)전쟁이 발발했을 때 치안대는 어디서나 강한 쪽 편을 들었다. 전쟁이 한참 진행 중일 때, 예를 들어 산탄데르 같은 곳에서는 지역 치안대가 통째로 파시스트들에게 넘어가기도 했다.

도 일리가 있다. 그러나 어쨌든 전쟁이 진행 중이 아닌가. 따라서 후방에서 시가전을 시작하는 것은 정당화될 수 없다.” 나도 이런 의견에는 전적으로 동의한다. 내부적인 무질서는 결국 프랑코를 돕는 일일 수도 있었다. 그러나 실제로 시가전을 촉발한 것은 무엇인가? 정부는 전화 교환소를 점령할 권리가 있었을 수도 있고 없었을 수도 있다. 문제는 실제 상황에서 전화 교환소를 점령하면 전투가 일어날 수밖에 없다는 점이다. 그것은 도발 행위였다. 그것은 “너희 권력은 이제 끝났다. 우리가 인계받겠다.”고 말하는 것과 같았다. 어쩌면 실제로 그런 말을 하고 싶었던 것인지도 모른다. 상식적으로 저항을 예상할 수밖에 없다. 균형 감각을 유지하려면, 잘못이 전적으로 어느 한편에 있는 것이 아님을(이런 상황에서는 그럴 수도 없다.) 깨달을 필요가 있다. 그럼에도 일방적인 편견만 받아들여진 이유는 스페인의 혁명적 정당들이 외국 언론에 아무런 발판도 없기 때문이다. 특히 영국 언론을 아무리 뒤져 봐도 전쟁 전 기간에 걸쳐 스페인 무정부주의자들에 대한 우호적인 언급을 발견하기 힘들 것이다. 그들은 체계적으로 모욕을 당했다. 나도 경험을 통해 알지만 그들을 옹호하는 기사를 싣는 것은 거의 불가능한 일이었다.

나는 지금까지 바르셀로나 시가전에 대해 객관적으로 쓰려고 노력했다. 그러나 이런 문제에 대해서는 누구도 완벽하게 객관적일 수가 없다. 실질적으로 어느 한편을 들 수밖에 없다. 그리고 내가 어느 편인지도 분명할 것이다. 또한 나는 이 부분에서만이 아니라 이 이야기의 다른 부분들에서도 불가피하게 사실을 왜곡시켰을지 모른다. 스페인 전쟁에 대하여 정확하게 쓴다는 것은 매우 어려운 일이다. 선전용이 아닌 문건이 거의 없기 때문이다. 나는 내가 가지고 있을 편견이나 내가 저질렀을 실수에 대해 주의하라고 말하고 싶다. 그럼에도 나는 정직하려고 최선을 다했다. 그러나 내가 말한 것이 외국 언론, 특히 공산주의 계열의 언론에 나온 것과는 완전히 다르다는 것을 알게 될 것이다. 여기서 공산주의자들의 이야기를 검토할 필요가 있다. 왜냐하면 그들의 이야기는 전 세계에서 발표되었고, 그 이후 짧은 간격을 두고 보완되었으며, 이제 아마 가장 널리 받아들여지는 의견이 되었을 것이기 때문이다.

공산주의와 친공산주의 계열 언론에서는 바르셀로나 시가전의 모든 책임이 통일 노동자당에 있다고 주장했다. 그 사태는 자연 발생적인 폭동으로 다루어지지 않고, 통일 노동자당이 그릇된 인식을 가진 소수의 '통제할 수 없는 자들'의 도움을 받아 단독 공작으로 일으킨 의도적이고 계획적인 봉기로 다루어졌다. 나아가 이 봉기는 분명한 파시스트의 음모였으며, 파시스트의 명령하에 후방에서 내전을 일으켜 정부를 마비시키려는 의도로 일으킨 것이라 하였다. 통일 노동자당은 '프랑코의 제5열'이었다. 파시스트들과 동맹을 맺고 일하는 '트로츠키주의자' 조직이었다. 《데일리 워커》지 5월 11일자를 보자.

악명 높은 '제4 인터내셔널 대회'를 '준비한다'는 구실로 바르셀로나에 몰려든 독일인, 이탈리아인 간첩들에게는 한 가지 커다란 과제가 있었다. 그것은 다음과 같았다.

그들은 그 지역의 트로츠키주의자들과 협력하여 무질서한 유혈 사태를 일으키려 했다. 그렇게 되면 독일과 이탈리아는 '바르셀로나에 만연한 무질서 때문에 해군만으로는 카탈로니아 해안을 효과적으로 통제할 수 없으며', 따라서 '바르셀로나에 병력을 상륙시킬 수밖에 없다.'고 선포했을 수도 있다.

말을 바꾸면, 독일과 이탈리아 정부가 '평화를 유지한다'는 명목으로 카탈로니아 해안에 해병대를 비롯한 병력을 공공연하게 상륙시킬 수 있도록 상황을 조성하려는 것이었다……

독일과 이탈리아는 그 일을 손쉽게 처리할 수 있는 도구를 입수했는데, 그것은 통일 노동자당이라고 알려진 트로츠키주의 조직이었다.

통일 노동자당은 유명한 범죄자들 및 무정부주의자 조직에 있다가 속아 넘어간 자들과 협력하여 후방에 대한 공격을 계획하고 조직하고 주도했다. 이는 빌바오 전선에서 이루어진 파시스트의 공세와 시간적으로 일치하는 것이었다 운운.

이 기사의 뒷부분에서 바르셀로나 시가전은 '통일 노동자당의 공격'이 된다. 그리고 같은 호의 어떤 기사에서는 '카탈로니아 유혈 사태의 책임은 틀림없이 통일 노동자당에 있다.'고 주장한다. 5월 29일자 《인프레코르》는 바르셀로나에 바리케이드를 설치한 사람은 '그런 목적을 위하여 통일 노동자당에서 따로 뽑아 조직한 당원들뿐'이었다고 말한다.

훨씬 더 많이 인용할 수도 있지만, 이것만으로도 충분하다. 통일 노동자당이 모든 책임을 져야 하며, 통일 노동자당은 파시스트의 명령에 따라 행동했다는 것이다. 조금 뒤에 공산주의 계열 언론에 실린 기사에서 몇 가지 더 발췌해 보겠다. 그러면 그것들이 심각한 자기 모순에 빠진 무가치한 기사라는 것을 알게 될 것이다. 그러나 이에 앞서 5월 시가전이 통일 노동자당의 공작에 의한 파시스트 봉기라는 주장을 왜 믿을 수 없는지 몇 가지 논리적 이유를 들도록 하겠다.

(1) 통일 노동자당은 그런 규모의 혼란을 도발할 만한 조직원이나 영향력이 없었다. 총파업을 호소할 권력은 더더욱 없었다. 통일 노동자당은 노동조합에 확고한 기반이 없는 정치조직이었다. 통일 노동자당이 바르셀로나 전역에서 파업을 일으키는 것은 영국 공산당이 글래스고 전역에서 총파업을 일으키는 것만큼이나 어려운 일이었다. 앞서도 말했듯이, 통일 노동자당 지도자들의 태도 때문에 시가전이 조금 더 연장되었을지는 모르겠다. 그러나 설사 그들이 원했다 해도 시가전을 일으킬 수는 없었다.

(2) 이른바 파시스트 음모론은 한갓 주장에 지나지 않으며, 모든 증거는 그 반대를 가리킨다. 독일과 이탈리아 정부가 카탈로니아에 병력을 진주시키려는 계획이 있었다고 했다. 그러나 독일이나 이탈리아 부대는 해안에 접근한 적이 없다. '제4 인터내셔널 대회'라든가 '독일과 이탈리아 간첩들'이라는 것도 전부 허구일 뿐이다. 내가 아는 한 제4 인터내셔널 대회라는 말은 나온 적도 없다. 통일 노동자당과 그 우당들(영국의 독립 노동당, 독일의 사회주의 노동당 등)이 참석하는 대회에 대한 막연한 계획은 있었다. 이 대회는 대충 7월쯤으로 예정되어 있

었다. 그러니까 시가전 두 달 뒤의 일이었다. 따라서 대표단은 단 한 명도 도착하지 않은 상태였다. '독일과 이탈리아의 간첩들'은《데일리 워커》지 외부에는 존재하지 않았다. 당시에 스페인 국경을 건너본 사람들은 스페인으로 '쏟아져 들어가는 것'이 그렇게 쉽지 않다는 것을 안다. 물론 쏟아져 나가는 것도 쉽지 않았다.

(3) 통일 노동자당의 제일가는 요새인 레리다나 전선에서는 아무 일도 없었다. 만일 통일 노동자당 지도자들이 파시스트들을 돕고자 했다면, 그들은 의용군들에게 전선에서 철수하도록 명령하여 파시스트들에게 길을 열어 주었을 것이다. 그러나 이런 일은 벌어진 적도 없고 제안된 적도 없다. 또한 미리 전선에서 병력을 빼 온 적도 없다. 사실 여러 가지 구실로 병력 약 1000명에서 2000명을 바르셀로나로 몰래 불러들이는 것은 아주 쉬운 일이었을 것이다. 나아가 전선에서는 간접적으로라도 사보타지를 하려는 시도는 없었다. 식량, 탄약 등의 운송은 평소와 다름없이 계속되었다. 나는 나중에 조사를 해 보고 그 사실을 확인했다. 무엇보다도 언론에서 암시하는 그런 계획적 봉기가 이루어지려면 몇 달에 걸친 준비가 필요했을 것이다. 그리고 의용군을 상대로 정부 타도를 선전하는 등의 일을 해야 했을 것이다. 그러나 그런 기미도 소문도 없었다. 전선의 의용군이 '봉기'에 참여하지 않았다는 사실은 결정적이다. 만일 통일 노동자당이 정말로 쿠데타를 계획했다면, 그들이 가지고 있던 유일한 타격 부대의 1만여 명 정도의 병력을 동원하지 않았다는 것은 생각할 수도 없는 일이다.

이것을 볼 때 통일 노동자당이 파시스트들의 명령을 받고 '봉기'했다는 공산주의자들의 명제에는 아무런 증거가 없음이 분명하다. 이제 공산주의 계열의 매체에 실렸던 글을 조금 더 발췌해 보겠다. 공산주의 계열 매체가 출발점이 된 사건, 즉 전화 교환소 습격을 다룬 기사들은 많은 것을 시사한다. 그들의 기사는 상대편에 책임을 떠넘기는 것 외에는 어떤 점도 서로 일치하지 않는다. 영국의 공산주의 계열 신문들이 우선 무정부주의자들을 비난하고, 그런 다음에 통일 노동자당을 비난한 것은 주목할 만한 일이다. 이렇게 하는 데는 그럴 만한 이유가 있다. '트로츠키주의'에 대해 들어 본 영국인은 많지 않다. 반면 영어를 하는 모든 사람은 '무정부주의자'라는 말만 들어도 몸서리를 친다. 일단 '무정부주의자들'이 관련되었다고 하면 적당한 편견이 조성된다. 그런 후에는 '트로츠키주의자들'에게 책임을 전가해도 안전하다. 《데일리 워커》의 5월 6일 자 기사는 다음과 같이 시작한다.

월요일과 화요일에 소규모의 무정부주의자들이 전신 전화국을 점령하기 위해 건물을 공격했다. 그 결과 거리에서 총격전이 벌어졌다.

이런 식으로 시작할 때의 역할마저 바꾸어 놓다니! 실제로는 전국 노동자 연맹이 점령한 건물을 치안대가 공격했다. 따라서 이 기사대로라면 전국 노동자 연맹은 자기네 건물을 공격한 셈이 된다. 즉 자기들끼리 싸운 셈이 된다. 《데일리 워커》

5월 11일자는 이렇게 쓰고 있다.

　　좌익인 카탈로니아 공안부 장관 아이구아데와 통일 사회당의 최고 공안 위원인 로드리케 살라스는 무장한 공화국 경찰을 텔레포니카[58] 건물로 보내 그곳 직원들을 무장 해제시켰다. 그곳 직원들의 대다수는 전국 노동자 연맹 조합원이었다.

　　이것은 앞의 기사와 일치하지 않는다. 그럼에도 《데일리 워커》는 앞서 했던 이야기가 틀렸음을 인정하지 않는다. 5월 11일자 《데일리 워커》는 '두루티의 친구들'의 전단(전국 노동자 연맹은 관련을 부인했다.)이 시가전 와중인 5월 4일과 5월 5일에 나돌았다고 말한다. 5월 22일자 《인프레코》는 그 전단들이 시가전 이전인 5월 3일에 나돌았다고 하면서, 다음과 같이 덧붙인다.

　　이 사실들(다양한 전단들의 출현)을 고려하건대, 5월 3일 오후에 경찰청장이 직접 경찰이 이끌고 중앙 전화 교환소를 점령했다. 경찰관들은 임무를 수행하는 과정에서 총격을 받았다. 이것을 신호로 선동 분자들이 도시 전역에서 총을 쏘며 충돌을 야기했다.

　　다음은 5월 29일자 《인프레코르》이다.

---

58) 전화국을 말한다.

오후 3시에 최고 공안 위원 살라스 동지는 전화 교환소로 갔다. 그곳은 전날 밤 통일 노동자당 당원 오십 명과 다양한 종류의 통제 불가능한 자들이 점령한 상태였다.

이것은 좀 이상해 보인다. 통일 노동자당 당원 오십 명이 전화 교환소를 점령한 것은 생생한 상황 묘사이며 누군가가 그당시에 그들을 목격했어야만 나올 수 있는 이야기다. 그러나 이 일은 서너 주 후에야 발견된 모양이다. 다른 날짜의 《인프레코르》에서는 통일 노동자당의 당원 오십 명이 의용군 오십 명으로 바뀐다. 이 짧은 몇 구절에 담겨 있는 것 이상의 더 많은 모순들을 모아 놓기도 힘들 것이다. 어떤 때는 전국 노동자 연맹이 전화 교환소를 공격했다고 하다가 다음 날에는 그곳에서 공격을 당했다고 한다. 전화 교환소 안에 있던 사람들은 전국 노동자 연맹 조합원도 되었다가 통일 노동자당 당원도 된다. 그 외에도 많다. 더 늦게 나온 6월 3일자 《데일리 워커》에서 J. R. 캠블 씨는 전화 교환소에 바리케이드들이 이미 설치되었기 때문에 정부가 그곳을 점령했을 뿐이라고 말한다!

지면이 한정되어 있기 때문에 한 가지 사건에 대한 보도만 예로 들었다. 그러나 공산주의 계열 매체에 실린 기사 전체에 이와 똑같은 모순들이 나타난다. 게다가 순전히 날조임이 분명한 이야기들도 여럿 나타난다. 예를 들어 5월 7일자 《데일리 워커》는 파리의 스페인 대사관에서 나왔다고 하는 발표를 인용하여 이렇게 말한다.

봉기의 주요한 특징은 바르셀로나의 몇몇 가옥의 발코니에서 옛 군주제의 깃발이 나부꼈다는 것이다. 그 사람들은 봉기를 주도한 사람들이 상황을 장악했다고 믿었음에 틀림없다.

아마 《데일리 워커》는 들은 대로 성실하게 옮겨 적었을 것이다. 그렇다면 스페인 대사관의 책임자가 일부러 거짓말을 한 것이 틀림없다. 그러나 스페인 사람이라면 그 말을 곧이들을 정도로 내부 사정에 무지하지는 않을 것이다. 바르셀로나에 군주제 깃발이라니! 그것이야말로 서로 싸우는 두 당파를 한 순간에 뭉치게 할 수 있는 것이었다. 현장에 있었던 사람이라면 설사 공산주의자라 할지라도 그 기사를 읽고 웃음을 지었을 것이다.

'봉기' 동안에 통일 노동자당이 사용한 무기를 다룬 다양한 공산주의 계열 신문들의 기사도 마찬가지다. 사실을 전혀 모르는 사람들만이 그 기사의 내용을 믿을 것이다. 5월 17일자 《데일리 워커》에서 프랭크 핏케언 씨는 이렇게 말했다.

그 불법 행위에는 실제로 온갖 무기들이 사용되었다. 몇 달 전에 훔쳐서 감추어 두었던 무기들도 있었다. 탱크 같은 무기도 있었다. 그것은 봉기가 시작되면서 군 부대에서 훔친 것이다. 그들은 지금도 기관총 수십 정과 소총 수천 정을 가지고 있음이 분명하다.

5월 29일자 《인프레코르》는 또 이렇게 말한다.

5월 3일에 통일 노동자당은 수십 정의 기관총과 수천 정의 소총을 지니고 있었다……. 에스파냐 광장에서는 트로츠키주의자들이 75밀리미터 포들을 사용했다. 그 포들은 원래 아라곤에 있어야 할 것들이었는데, 의용군이 자기들 구역에 교묘하게 감추어 두었다.

핏케언 씨는 통일 노동자당이 수십 정의 기관총과 수천 정의 소총을 언제 어떻게 소유하게 되었는지 말하지 않는다. 나는 이미 통일 노동자당의 주요한 건물 세 곳의 무기가 어느 정도나 있는지 이야기했다. 소총 약 80정, 수류탄 몇 개, 그리고 기관총은 없었다. 즉 건물에 배치했던 무장 경비병들에게 지급할 무기밖에 없었다는 것이다. 당시의 모든 정당이 그 정도 무기는 가지고 있었다. 나중에 통일 노동자당의 활동이 탄압을 받고 건물도 모두 빼앗겼을 때, 이 수천 개의 무기들이 하나도 드러나지 않았다는 것은 이상한 일이다. 특히 탱크나 야포 같은 것들은 굴뚝에 숨겨 둘 수도 없지 않은가. 위의 두 기사에서 그들이 지역 사정을 전혀 몰랐다는 사실이 드러난다. 핏케언 씨의 말에 따르면 통일 노동자당은 '군 부대로부터' 탱크를 훔쳤다. 그러나 어느 군 부대인지는 말하지 않는다. 바르셀로나에 있던 통일 노동자당 의용군(이제 정당 의용군을 직접 뽑는 것은 중단되었기 때문에 비교적 숫자가 적었다.)은 인민군 부대와 함께 레닌 병영을 이용했는데, 숫자는 인민군 쪽이 훨씬 많았다. 따라서 핏케언 씨는 우리더러 통일 노동자당이 인민군과 공모하여 탱크를 훔쳤다고 믿도록 요구하는 셈이다. 75밀리미터 포들을 감추었다는 '구역'도 마찬가지다. 그 '구역'이 어디인지는 나와 있지 않다. 에스파냐 광장에서 포가 발사되었다는 이야기는 여러 신문에서 언급했다. 그러나 나는 그런 포는 존재한 적이 없다고 자신 있게 말할 수 있을 것 같다. 앞서도 말했지만, 나는 시가전 동안에 포 소리를 한 번도 듣지 못했다. 내가 있던 곳에서 에스파냐 광장까지는 불과 일이 킬로미터 거리이다. 나는 시가전이 끝나고 며칠 뒤에 에스파냐 광장을 살펴보았는데, 포탄 흔적이 있는 건물은 하나도 없었다. 시가전 내내 그 지역에 있었던 목격자는 그곳에 포대가 나타난 적이 없다고 확인해 주었다. (훔친 포 이야기는 원래 러시아 총영사 안토노프 오브센코에게서 나온 것이다. 그가 그 이야기를 한 저명한 영국 기자에게 해 주었고, 그가 나중에 그 말을 주간지에 충실하게 옮겼다. 안토노프 오브센코는 그 후에 '숙청'되었다. 이것이 그의 신뢰성에 어떤 영향을 미칠지는 모르겠다.) 말할 필요도 없이, 탱크, 야포 등에 대한 이 같은 이야기들은 날조된 것이다. 적은 인원의 통일 노동자당이 엄청난 규모의 시가전을 벌였다고 억지로 꿰어맞추려다 보니 그런 날조가 필요했던 것이다. 그들은 시가전의 모든 책임이 통일 노동자당에 있다고 주장해야 했다. 동시에 통일 노동자당이 추종자도 없고,《인프레코르》에 따르면, '당원도 수천 명밖에 안 되는' 하잘것없는 정당이라고 주장해야 했다. 두 진술을 모두 믿을 만하게 만드는 유일한 방법은 통일 노동자당이 현대식 기계화 군대의 무기를 다 갖추고 있었다고 거짓말을 하는 것뿐이었다.

공산주의 매체의 보도들을 읽어 가다 보면 그들이 사실에 무지한 대중을 의식적으로 겨냥하고 있으며, 편견을 심어 주는 것 외에는 다른 목적이 없다는 사실을 깨닫게 된다. 예를 들어 5월 11일자 《데일리 워커》지에 실린, '봉기'가 인민군에 의해 진압되었다는 핏케언 씨의 말이 그런 것이다. 이런 말을 하게 되면 외부인들은 카탈로니아 사람들 전체가 '트로츠키주의자들'에 대항하여 굳건하게 맞섰다는 인상을 받게 된다. 그러나 인민군은 시가전 내내 중립을 지켰다. 바르셀로나의 모든 사람이 이 사실을 알았다. 따라서 핏케언 씨가 이 사실을 몰랐다고 보기는 힘들다. 공산주의 계열 언론들이 사상자의 숫자를 가지고 장난치는 것도 문제다. 그 목적은 혼란의 규모를 과장하자는 것이다. 공산주의 계열 매체들은 스페인 공산당의 총서기 디아스의 말을 인용하곤 했는데, 그는 사망자 900명에 부상자 2500명이라고 숫자를 밝혔다. 카탈로니아의 선전부 장관은 사망자 400명에 부상자 1000명이라고 했는데, 그가 숫자를 낮추어 잡았을 가능성은 거의 없다. 공산당은 숫자를 두 배로 부풀리고, 거기다가 몇백 명을 더 집어넣었다.

외국의 자본주의 신문들은 일반적으로 시가전을 무정부주의자들 탓으로 돌렸다. 그러나 공산주의 노선을 따르는 신문도 몇 개 있었다. 그 가운데 하나가 영국의 《뉴스 크로니클》이었다. 그 특파원인 존 랭던 데이비스 씨는 당시에 바르셀로나에 있었다. 그의 기사 가운데 일부를 인용해 보겠다.

트로츠키주의자들의 반란

……이것은 무정부주의자들의 봉기가 아니었다. 이것은 '트

로츠키주의자들'인 통일 노동자당이 소규모 봉기를 일으켰다가 실패한 것이다. 통일 노동자당은 산하 조직인 '두루티의 친구들'이나 '자유주의 청년단'을 통해 활동해 왔다. ……비극은 월요일 오후에 정부가 전화국 건물로 무장 경찰을 보내면서 시작되었다. 그곳 노동자들은 대부분 전국 노동자 연맹의 조합원들로 경찰은 그들을 무장 해제하러 갔다. 전화국은 한동안 심각한 운영 난조로 물의를 빚어 왔다. 카탈루냐 광장 바깥에는 많은 사람들이 모였다. 전국 노동자 연맹 조합원들은 저항을 하며 한층 한층 물러나, 결국 건물 꼭대기까지 갔다. ……사건의 진상은 매우 모호하다. 그러나 정부가 무정부주의자들과 싸우기 위해 나섰다는 소문이 돌았다. 거리에는 무장한 사람들이 가득했다. ……밤이 되자 모든 노동자 센터와 정부 건물에 바리케이드가 설치되었다. 10시에 첫 일제 사격이 시작되었고, 첫 구급차가 시끄러운 소리를 내며 거리를 달렸다. 새벽이 되자 바르셀로나 전역에서 총알이 날아다녔다. ……하루가 지나고 사망자가 백 명을 넘어서면서 비로소 사태를 짐작할 수 있었다. 무정부주의적인 전국 노동자 연맹과 사회주의적인 노동자 총연합은 형식적으로는 '거리에 나서지' 않았다. 그들은 바리케이드 뒤에 있는 동안 그저 경계를 하며 기다리기만 했다. 물론 거리로 무장한 사람이 지나가면 사격을 했다. 전체적인 총격전은 늘 파코들 때문에 악화되었다. 파코란 단독으로 몸을 숨긴 병사들로 보통 파시스트들이었는데, 지붕 꼭대기에서 특별한 목적 없이 총을 쏘면서 공황 상태를 악화시키기 위해 온갖 짓을 했다. ……그러나 수요일 저녁이 되자 누가 폭동의 배후에 있는

지 분명해지기 시작했다. 벽마다 즉각적 혁명과 공화주의자나 사회주의자 지도자들의 총살을 요구하는 선동적인 포스터들이 나붙었다. 거기에는 '두루티의 친구들'이라고 서명이 되어 있었다. 목요일 아침에 무정부주의자들은 그런 사실을 알지도 못하고 거기에 동조하지도 않는다고 부인했다. 그러나 통일 노동자당 신문인 《라 바탈랴》는 그 문서를 게재하고 크게 칭찬했다. 스페인의 제일 도시인 바르셀로나는 이런 반역적인 조직을 이용한 선동 분자들 때문에 유혈 사태에 빠져들었다.

이것은 내가 앞서 인용했던 공산주의자들의 설명과 완전히 일치하지는 않으나 자체 모순에 빠져 있음이 금방 드러난다. 처음에는 사건이 '트로츠키주의자들의 반란'으로 제시되고 있다. 그러나 나중에는 이 일이 전화국 건물 습격과 정부가 무정부주의자들과 '싸우기 위해 나섰다'는 일반적인 인식 때문에 비롯한 결과라고 말한다. 도시에는 바리케이드가 설치되었으며, 전국 노동자 연맹과 노동자 총연합 모두 바리케이드 뒤에 섰다. 그런데 이틀 뒤에 선동적인 포스터(사실은 전단이었다.)가 나타난다. 그러면서 은연중에 이것이 모든 일의 출발점이었다고 말한다. 결과가 원인에 앞서는 셈이다. 여기에는 또 매우 심각한 거짓이 있다. 랭던 데이비스 씨는 '두루티의 친구들'과 '자유주의 청년단'이 통일 노동자당의 '산하 조직'이라고 말한다. 그러나 둘 다 무정부주의자의 조직이며, 통일 노동자당과는 아무런 관련이 없다. 자유주의 청년단은 무정부주의자들의 청년 동맹으로, 통일 사회당의 통일 사회주의 청년 동맹에 해당하는 조직이었다. '두루티의 친구들'은 무정부주의연합 내의 작은 조직으로 대체로 통일 노동자당에 대해 매우 적대적이었다. 내가 확인할 수 있는 한, 양쪽에 동시에 가입해 있는 사람은 없었다. 따라서 그렇게 말하는 것은 사회주의 동맹이 영국 노동당의 '산하 조직'이라고 말하는 것과 같다. 랭든 데이비스 씨가 이것을 몰랐던 것일까? 몰랐다면 이런 복잡한 주제에 대해서는 좀 더 신중하게 기사를 썼어야 했다.

나는 랭든 데이비스 씨의 성실성을 공격하는 것이 아니다. 그러나 스스로도 인정하듯이, 그는 전투가 끝나자마자 바르셀로나를 떠났다. 그러나 그 시점이야말로 진지하게 조사를 시작할 수 있는 때였다. 그의 보도를 보면 그가 처음부터 끝까지 '트로츠키주의자들의 반란'이라는 공식적 설명을 충분한 증거도 없이 받아들였다는 것이 분명히 나타난다. 이 점은 내가 인용한 부분에서도 분명하다. '밤이 되자' 바리케이드들이 설치되었으며, '10시'에 일제 사격이 처음 시작되었다. 이것은 목격자의 말이 아니다. 이것을 보면 적이 바리케이드 치는 것을 기다렸다가 사격을 개시하는 일이 일반적인 일임을 짐작하게 되기 때문이다. 그 글에서는 바리케이드가 설치되고 나서부터 첫 일제 사격이 시작되기까지 시간이 좀 흘렀다는 인상을 받게 된다. 당연한 일이지만, 실제로는 그 반대였다. 나를 비롯한 많은 사람들은 이른 오후에 첫 일제 사격이 시작되는 소리를 들었다. 랭든 데이비스 씨는 또 단독으로 행동하는 병사들이 있었는데, 그들은 '대개 파시스트들'이었으며 지붕 꼭대기에서 총을 쏘았다고 말한다. 그러나 이들이 파시스트들이라는 것을 어떻게 알았는지 설명하지 않는다. 아마 지붕에 올라가서 물어보지는 않았을 것이다. 그는 단순히 자기가 들은 말을 되풀이할 뿐이다. 그리고 그 말이 공식적 설명과 맞아떨어지기 때문에 의문을 품지 않는다. 사실 그는 기사 앞 부분에서 선전부 장관을 경솔하게 언급함으로써 대부분의 정보가 어디서 나왔는지를 무심코 드러냈다. 스페인에 온 외국 기자들은 대책 없이 선전부에 휘둘렸다. 그러나 나는 그 부서의 이름만으로도 벌써 경계를 해야 한다고 생각한다. 스페인의 선전부가 바르셀로나 사태에 대해 객관적인 설명을 할 가능성은 고(故) 카슨 경[59]이 1916년 더블린 봉기에 대해 객관적인 설명을 할 가능성과 맞먹는다고 할 수 있기 때문이다.

나는 지금까지 공산주의자들의 바르셀로나 전투 설명을 진지하게 받아들일 수 없는 이유들을 제시했다. 여기에 덧붙여 통일 노동자당이 프랑코와 히틀러의 돈을 받는 비밀 파시스트 조직이라는 일반적 비난에 대해서도 한마디 해야겠다.

공산주의 계열 매체에서는 이런 비난이 되풀이되었다. 특히 1937년 초부터 심해졌다. 이것은 '트로츠키주의'에 대항하는, 공산당의 범세계적인 운동의 일환이었다. 통일 노동자당도 스페인에서 '트로츠키주의'를 대표하는 조직으로 간주되었다. 《프렌테 로호》(발렌시아의 공산주의 신문)에 따르면, '트로츠키주의는 정치적 원칙이 아니다. 트로츠키주의는 공식적인 자본주의적 조직이며, 인민에 대항하여 범죄와 파업을 자행하는

---

59) 영국의 아일랜드 자치 법안 실시에 반대한 북아일랜드의 정치가다.

파시스트 테러리스트 집단이다.' 통일 노동자당은 파시스트들과 동맹한 '트로츠키주의' 조직이며, '프랑코의 제5열'의 일부였다. 여기서 주목할 만한 것은 처음부터 이런 비난의 증거가 제시되지 않는다는 점이다. 그저 권위적인 목소리로 주장만 하고 있을 뿐이다. 이런 비난에는 최대한의 인신 공격과 전쟁에 미칠 영향을 전혀 고려하지 않는 완벽한 무책임성이 뒤따랐다. 공산주의 필자들 가운데는 통일 노동자당을 비방하는 일에 비하면 군사 기밀을 드러내는 일은 중요하지 않다고 생각하는 사람이 많은 것 같다. 예를 들어 2월에 《데일리 워커》는 전선의 통일 노동자당 병력은 그들이 주장하는 숫자의 반밖에 안 된다는 한 기자(윈프리드 베이츠)의 기사를 게재했다. 기사의 내용은 사실이 아니었다. 그러나 기자는 그것이 사실이라고 믿었던 것 같다. 따라서 그 기자와 《데일리 워커》지는 적에게 신문을 통해서 전할 수 있는 가장 중요한 정보 가운데 하나를 전하고자 하는 의도였던 것이 분명하다. 《뉴 리퍼블릭》에서 랠프 베이츠 씨는 통일 노동자당 부대가 '무인지대에서 파시스트들과 축구를 한다.'고 말했다. 그러나 사실 그때는 통일 노동자당 부대에 많은 사상자가 생겼을 때이다. 내 개인적인 친구들 가운데 많은 수가 죽임을 당하거나 부상을 당했다. 또 통일 노동자당이 망치와 낫이 그려진 가면을 벗자 나치의 하켄크로이츠가 찍힌 얼굴이 드러난다는, 악의에 찬 만화도 널리 유포되었다. 처음에는 마드리드에 돌았고, 나중에는 바르셀로나에도 돌았다. 만일 정부가 실질적으로 공산주의자들의 통제하에 있지 않았다면, 전시에 이런 종류의 만화가 유포되지는 않았을 것이다. 이것은 통일 노동자당 의용군만이 아니라 어떤 이유에서든 그들 근처에 있게 된 사람들의 사기를 꺾어 버리고자 하는 고의적 행동이었다. 전선에서 옆에 있는 부대가 반역자라는 말을 듣고 힘이 솟을 리가 없는 것이다. 사실 나는 후방에서 그들을 향해 쏟아부은 이런 비난이 실제로 통일 노동자당 의용군의 사기를 꺾는 결과를 가져왔을 것이라고 생각하지는 않는다. 그러나 그것이 그런 효과를 노린, 계산된 행동이었던 것은 분명하다. 그런 일을 저지른 사람들은 반파시스트 연합보다 정당 간의 정치적 원한을 더 중시했다는 이야기를 들을 수밖에 없다.

통일 노동자당에 대한 비난은 결국 이런 뜻이 된다. 거의 대부분이 노동자들로 이루어진 수만 명의 사람들, 외국에서 그들에게 공감하여 그들을 도우러 온 많은 사람들, 그 대부분은 파시스트 국가에서 피난 온 사람들이었다. 그리고 수천 명의 의용군이 모두 파시스트에게 매수된 엄청난 규모의 첩자 집단이다. 이것은 상식에 어긋난다. 그리고 통일 노동자당의 과거 역사는 이런 주장을 믿을 수 없게 만든다. 통일 노동자당의 모든 지도자들은 오랜 기간 혁명가로 활동해 왔다. 그들 가운데 일부는 1934년 반란[60]에 관련되었으며, 그들 대부분은 레로욱스 정부[61]나 군주제[62]하에서 사회주의 활동으로 투옥당한 적이 있다. 1936년에 당시 지도자 호아킨 마우린은

---

60) 카탈로니아의 자치권을 얻기 위한 반란이다.
61) 1933~1935년의 스페인 중도 우파 정부이다.
62) 1931년 이전을 말한다.

코르테스(의회)에서 다른 몇몇 의원들과 함께 임박한 프랑코의 반란을 경고하기도 했다. 전쟁이 시작되고 나서 얼마 지나지 않아 그는 프랑코의 배후에서 저항을 도모하다가 포로가 되었다. 반란이 일어났을 때 통일 노동자당은 반란에 맞서 두드러진 역할을 했다. 특히 마드리드에서는 많은 당원이 시가전에 참전하여 전사했다. 통일 노동자당은 카탈로니아와 마드리드에서 의용군을 창설한 첫 조직들 가운데 하나였다. 이런 일들이 파시스트에 매수된 정당의 행동이라고 말할 수는 없을 것 같다. 파시스트에 매수된 정당이라면 다른 편에 가담했을 것이다.

또한 전쟁 동안에도 친파시스트적인 활동의 기미는 없었다. 통일 노동자당이 좀 더 혁명적인 정책을 다그침으로써 정부의 힘을 분열시키고, 그럼으로써 파시스트들을 도왔다고 주장할 수는 있겠다. 나는 결국 여기에도 동의하지 않게 되었지만. 개혁주의적인 정부가 통일 노동자당과 같은 정당을 귀찮은 존재로 여기는 것은 그럴 수도 있다고 생각한다. 그러나 이것은 직접적인 반역과는 완전히 다르다. 통일 노동자당이 정말로 파시스트 단체였다면 그 의용군이 왜 충성을 유지했는지 설명할 길이 없다. 1936~1937년의 겨울 동안 견디기 힘든 조건에서 통일 노동자당 의용군에 속하는 8000명 내지 1만 명의 병사들은 전선의 주요 부분을 담당했다. 그들 가운데 다수는 한 번에 너댓 달씩 참호에 있었다. 그들이 왜 그냥 전선에서 빠져나오거나 적에게 넘어가지 않았는지 알기 힘든 일이다. 그들은 언제나 그렇게 할 수 있는 힘이 있었다. 그리고 당시의 그런 행동은 전쟁에 결정적인 영향을 주었을 것이다. 그러나 그들은 계속 싸웠다. 통일 노동자당의 의용군(아직 인민군으로 재배치되기 전이다.)이 우에스카 동부에 대한 격렬한 공격에 참여하여 불과 하루 이틀 사이에 수천 명이 전사한 것은 통일 노동자당이 불법화된 직후의 일이다. 즉 아직 바르셀로나 시가전의 기억이 생생할 때였다. 따라서 모두들 통일 노동자당 의용군이 적과 내통하면서 계속 탈영을 시도할 것이라고 예상했을 것이다. 그러나 앞서 지적했듯이 탈주병 숫자는 극히 적었다. 또한 모두들 통일 노동자당측이 친파시스트 선전을 하거나, '패배주의'를 조장할 것이라고 예상했을 것이다. 그러나 그런 일은 기미도 보이지 않았다. 물론 통일 노동자당 내에 파시스트의 간첩이나 선동 분자가 있었던 것은 틀림없다. 어느 좌익 정당에나 그런 간첩들은 있었다. 그러나 다른 정당보다 통일 노동자당에 간첩들이 더 많았다는 증거는 없다.

공산주의 계열의 매체 가운데 일부는 통일 노동자당의 지도부만 파시스트에게 매수되었고 일반 당원들은 그렇지 않다고 마지못해 말했던 것도 사실이다. 그러나 이것은 일반 당원들을 지도부와 이간시키려는 시도일 뿐이다. 그들의 비난은 본질적으로 일반 당원, 의용군 등이 모두 함께 친파시스트 음모에 참여했다는 뜻을 내포하고 있다. 만일 닌, 고르킨을 비롯한 많은 사람들이 실제로 파시스트에게 매수당했다면, 그 사실은 런던, 파리, 뉴욕에 있는 기자들보다는 그들과 늘 접하고 있는 추종자들에게 알려졌을 가능성이 높기 때문이다. 어쨌든 통일 노동자당이 불법화되자 공산주의자들이 통제하는 비밀 경찰은 지도부만이 아니라 통일 노동자당에 소속된 모두가 유죄라는 가정하에 활동했으며, 통일 노동자당과 관련이 있는 사람들은 모조리 잡아들였다. 거기에는 부상자, 간호사, 통일 노동자당 당원의 부인, 심지어는 아이들까지도 포함되었다.

통일 노동자당은 6월 15~16일에 최종적으로 활동을 정지당하고 불법 단체로 선포되었다. 이것이 5월에 정권을 잡은 네그린 정부의 첫 조치 가운데 하나였다. 통일 노동자당 집행 위원회가 투옥되었을 때 공산주의 계열의 매체는 엄청난 파시스트 음모를 발견한 것처럼 떠들어 댔다. 한동안 전 세계의 공산주의 계열 언론은 다음과 같은 기사(6월 21일자 《데일리 워커》, 여러 스페인 신문 기사들을 요약하여 보도한 것)들로 활활 타오르다시피 했다.

스페인의 트로츠키주의자들, 프랑코와 공모

바르셀로나를 비롯한 각지에서 주도적 트로츠키주의자들을 다수 체포한 뒤에…… 주말 동안에 전시에 벌어진 가장 무시무시한 첩보전 가운데 하나가 낱낱이 드러났다. 이것은 오늘날까지 밝혀진 것 가운데 가장 추한 트로츠키주의자들의 반역 사건이다…… 경찰이 확보한 문건과 200명에 달하는 체포자들의 자세한 자백을 통하여 다음과 같은 사실이 입증되었다.

이렇게 해서 '입증'된 것들은 통일 노동자당 지도자들이 무전으로 프랑코 장군에게 군사 기밀을 전송했고, 베를린과 연락을 취했으며, 마드리드의 비밀 파시스트 조직과 협력하여 활동했다는 것 등이었다. 게다가 보이지 않는 잉크로 쓴 비밀 메시지, N(닌을 나타낸다.)이라는 문자로 서명된 수수께끼의 문서 등이 자세하게 드러나면서 흥분을 불러일으켰다.

어쨌든 최종적인 결과는 이런 것이다. 내가 이 글을 쓰는 시점, 즉 시가전이 일어나고 나서 여섯 달 뒤, 통일 노동자당의 지도부 대부분은 여전히 감옥에 있다. 그러나 그들은 재판을 받은 적이 없다. 무전으로 프랑코에게 연락을 했다는 등의 혐의는 단 한 번도 공식적으로 제기된 적이 없다. 만일 그들이 정말로 간첩죄를 지었다면 그들은 일주일 안에 재판을 받고 총살을 당했을 것이 틀림없다. 실제로 그전에 수많은 파시스트들이 그런 식으로 처형당했다. 그러나 공산주의 매체의 근거 없는 보도 외에는 단 한 건의 증거도 제출되지 않았다. 200건의 '구체적인 자백'이 있었다면, 통일 노동자당의 지도부 중 누구라도 유죄 판결을 피할 수 없을 것이다. 그러나 그 이야기는 다시 나오지 않았다. 사실 그것은 누군가의 상상력이 200번 작용한 결과에 불과하다.

이외에도, 스페인 정부의 각료 대부분은 통일 노동자당에 제기된 간첩죄 혐의를 믿지 않는다고 말했다. 최근 내각은 5대 2의 표결 결과에 따라 반파시스트 정치범들을 석방하기로 결정했다. 반대자 두 명은 공산주의자 각료였다. 8월에는 하원 의원 제임스 맥스턴을 단장으로 하는 국제 대표단이 통일 노동자당에 대한 혐의와 안드레스 닌의 실종을 조사하기 위하여 스페인으로 갔다. 국방장관 프리에토, 법무장관 이루호, 내무장관 수가사고이티아, 검찰총장 오르테가 이 가세트, 프라트 가르시아 등은 모두 통일 노동자당 지도자들에게 간첩죄가 없다고 말했다. 이루호는 사건 기록을 살펴보았지만 이른바 증거들 가운데는 검토할 만한 것이 없고, 닌이 서명했다고 하는 문서도 '무가치하다', 즉 가짜라고 덧붙였다. 프리에토는 통일 노동자당 지도자들이 바르셀로나 전투에는 책임이 있다고 생각하지만, 그들이 파시스트 간첩이라고 생각하지는 않는다고 말했다. 그는 또 이렇게 덧붙였다. '가장 심각한 문제는 통일 노동자당 지도자들의 체포가 정부에 의해 결정된 것이 아니라는 점이다. 경찰은 독자적인 권한으로 이들을 체포했다. 그런 행동을 한 자들은 경찰 수뇌부가 아니라 그들의 측근이다. 그들은 공산주의자들이 일반적 관행에 따라 침투시킨 자들이다.' 프리에토는 경찰이 자행한 다른 불법 체포 사건들도 이야기했다. 또 이루호는 경찰이 '준독립' 상태에 이르렀으며, 실제로는 외국 공산주의자들의 통제를 받는다고 단언했다. 프리에토는 대표단에게 러시아가 무기를 공급하는 동안에는 공산당을 건드릴 수 없다고 상당히 강하게 암시했다. 12월에 하원 의원 존 맥거번을 단장으로 하는 또 다른 대표단이 스페인에 갔을 때, 내무장관 수가사고이티아는 프리에토가 암시했던 바를 좀 더 분명하게 표현했다. '우리는 러시아로부터 원조를 받아 왔기 때문에, 마음에 들지 않는 행동들을 용인할 수밖에 없었다.' 교도소장과 법무장관이 서명한 명령서가 있었음에도, 맥거번을 비롯한 대표단은 바르셀로나에서 공산당이 관리하는 '비밀 감옥'에 들어갈 수 없었다고 한다. 이 재미있는 사실도 경찰의 독립성의 한 예라고

할 수 있겠다.[63]

이 정도면 문제가 분명해졌다고 생각한다. 통일 노동자당에 대한 간첩 혐의는 오로지 공산주의 계열의 매체에서 나온 기사와 공산주의자들의 통제를 받는 비밀경찰의 활동에만 의거하고 있다. 통일 노동자당 지도자들, 그리고 그들의 수십만 명의 추종자들은 여전히 감옥에 있다. 그리고 지난 여섯 달 동안 공산주의 계열의 매체는 '반역자'들의 처단을 요구하며 아우성치고 있다. 그러나 네그린을 비롯한 각료들은 이성을 잃지 않고 '트로츠키주의자들'의 대량 학살을 거부하고 있다. 그들에게 가한 압력을 고려할 때, 그들이 이제까지 처형을 거부해 온 것은 칭찬할 만한 일이다. 한편 내가 위에 인용한 것들을 볼 때, 통일 노동자당이 파시스트의 간첩 조직이라고 믿기는 매우 힘들다. 그렇게 믿으려면 맥스턴, 맥거번, 프리에토, 이루호, 수가사고이타이 등도 모두 파시스트에게 매수되었다고 믿어야 할 것이다.

마지막으로 통일 노동자당이 '트로츠키주의자'라는 혐의에 대해 살펴보자. 이 말은 이제 더욱더 자유롭게 사용되고 있다. 이 말은 오해를 불러일으키기가 매우 쉽고, 또한 실제로 오해를 불러일으키기 위해 사용되는 경우도 많다. 이에 따라 여기서 잠깐 트로츠키주의자에 대한 정의를 내려볼 필요가 있다. 트로츠키주의자라는 말은 세 가지 분명한 사실을 가리키는

---

63) (원주)두 대표단의 보고서에 대해서는《르 포퓔레르》(9월 7일),《라 플레셰》(9월 18일)를 보라. 맥스턴 대표단에 대한 기사는《인디펜던트 뉴스》에 실렸고, 맥거번의 팸플릿은《스페인의 공포》이다.

데 사용된다.

(1) 트로츠키처럼 '일국 사회주의'에 반대하여 '세계 혁명'을 옹호하는 자. 좀 더 포괄적으로 말하면 혁명적 극단주의자이다.

(2) 트로츠키가 우두머리로 있는 실제 조직의 구성원.

(3) 혁명가로 가장한 파시스트. 특히 소련에서 사보타지 활동을 하며, 전체적으로 좌익 세력을 분열시키고 그 힘을 약화시키는 자.

(1)의 의미에서 통일 노동자당은 트로츠키주의자라고 이야기될 수도 있다. 영국의 독립 노동당, 독일의 사회주의 노동당, 프랑스의 좌익 사회주의자 등도 마찬가지이다. 그러나 통일 노동자당은 트로츠키나 트로츠키주의자('볼셰비키-레닌주의자') 조직과는 아무런 관련이 없다. 전쟁이 발발했을 때 스페인에 온 외국의 트로츠키주의자들(열다섯 내지 스무 명 정도였다.)은 처음에는 통일 노동자당에서 일했다. 그들은 자신들의 관점에서 가장 가까운 정당을 골랐지만 그 당원이 되지는 않았다. 나중에 트로츠키는 그 추종자들에게 통일 노동자당 정책을 공격하라고 명령했다. 그 결과 트로츠키주의자들은 당의 간부직에서 숙청되었다. 그러나 몇 명은 의용군에 남았다. 마우린이 파시스트에게 잡힌 후 통일 노동자당 지도자가 된 닌은 한때 트로츠키의 비서였다. 그러나 몇 년 전 그를 떠나, 여러 반대파 공산주의자들을 지난날의 정당인 노동자 농민 연합과 합하여 통일 노동자당을 결성했다. 공산주의 계열의 매체는 닌이 한때 트로츠키와 관련이 있었다는 사실을 이용해 통일 노동자당이 트로츠키주의자들이라고 주장했다. 그런 논리라면 영국

공산당이야말로 파시스트 조직이라고 할 수 있다. 존 스트래치는 한때 오스왈드 모슬리 경[64]과 관계가 있었기 때문이다.

(2)의 의미, 즉 유일하게 정확히 정의된 의미에서 보자면, 통일 노동자당은 분명히 트로츠키주의가 아니다. 이런 구별은 중요하다. 공산주의자들 가운데 다수는 (2)의 의미의 트로츠키주의자는 반드시 (3)의 의미의 트로츠키주의자라고 생각하기 때문이다. 즉 트로츠키주의 조직이라는 것은 파시스트의 간첩 조직에 불과하다고 생각하는 것이다. '트로츠키주의'는 러시아의 파업에 관한 재판에서 대중에게 모습을 드러냈다. 따라서 어떤 사람을 트로츠키주의자라고 부르는 것은 그를 살인자, 선동 분자 등으로 부르는 것이나 다름없다. 그러나 좌익적 관점에서 공산주의 정책을 비판하는 사람도 트로츠키주의자라고 비난받기 쉽다. 그렇다고 혁명적 극단주의를 주장하는 사람이 모두 파시스트에게 매수되었다고 말할 수 있을까?

사실 그것은 지역적 형편에 따라 그렇기도 하고 그렇지 않기도 하다. 맥스턴이 앞서 언급한 대표단과 함께 스페인에 갔을 때, 《베르다드》, 《프렌테 로호》를 비롯한 공산주의 계열 신문들은 즉시 그를 '트로츠키-파시스트', 게슈타포의 간첩 등으로 비난했다. 그러나 영국 공산주의자들은 이런 비난을 똑같이 되풀이하지 않으려고 조심했다. 영국 공산주의 계열의 언론에서 맥스터는 그저 '노동 계급의 반동적인 적'으로만 묘사된다. 이런 표현은 막연하면서도 편리하다. 물론 그 이유는

64) 영국 파시스트 연합의 지도자다.

영국 공산주의 언론이 몇 번 뜨거운 맛을 보면서 문서 비방법에 대해 두려움을 갖게 되었기 때문이다. 비난에 대한 증거를 요구하는 나라에서는 그 같은 비난이 되풀이되지 않았다는 사실은 그것이 거짓말이라는 충분한 증거가 된다.

통일 노동자당에 대한 비난 문제를 내가 필요 이상으로 길게 논의한 것처럼 보일지도 모른다. 내란이라는 엄청난 불행에 비추어 보면 이런 종류의 정당간 내분은, 설사 불의와 거짓 비난이 불가피하다 해도, 사소한 일로 여겨질 수도 있다. 그러나 사실은 그렇지 않다. 나는 이런 종류의 비방과 언론을 통한 공세, 그리고 그것이 보여주는 정신의 습관은 반파시스트 대의에 가장 치명적인 피해를 줄 수 있다고 생각한다.

이 문제를 잠깐이라도 살펴본 사람은 날조된 비방으로 정적들을 제거하는 공산주의 전술이 결코 새로운 것이 아님을 알 것이다. 오늘날 핵심어는 '트로츠키-파시스트'지만 전에는 '사회주의-파시스트'였다. 러시아 국사범 재판에서 레옹 블룸[65]과 영국 노동당의 저명한 당원들을 포함한 제2인터내셔널이 소련에 대한 거대한 군사 침공 음모를 꾸몄다는 사실이 '입증'된 지 불과 육칠 년밖에 지나지 않았다. 그러나 오늘날 프랑스 공산주의자들은 기꺼이 블룸을 지도자로 받아들인다. 영국 공산주의자들은 노동당에 들어오기 위해 야단이다. 아무리 종파적인 관점에서라지만, 나는 이런 따위의 일이 도움이 될까 의심스럽다. 한편 '트로츠키-파시스트'라는 비방으로 인해

---

65) 프랑스 사회당 당수이다.

증오와 불화가 생긴다는 사실은 의심의 여지가 없다. 어디에서나 하급 공산주의자들은 지도자들의 말에 이끌려 '트로츠키주의자'에 대한 몰상식한 마녀 사냥을 벌인다. 통일 노동자당과 같은 유형의 정당들은 단지 반공산주의 정당이라는 이유로 몹시 불리한 처지에 몰린다. 세계 노동 계급 운동에는 이미 위험한 분열이 일어나고 있다. 평생 사회주의에 헌신해 온 사람들에 대한 비난이 조금이라도 더 쌓이게 되면, 통일 노동자당에 대한 혐의처럼 날조된 혐의들이 조금이라도 더 쌓이게 되면, 그 분열은 치유 불가능한 것이 될 수도 있다. 유일한 희망은 정치적 논쟁을 철저한 논의가 가능할 정도로 유지하는 것이다. 공산주의자들과 그들보다 더 좌익인, 또는 그렇다고 주장하는 사람들 사이에는 정말로 차이가 있다. 공산주의자들은 자본가 계급 일부와 동맹(인민 전선)을 맺음으로써 파시즘을 물리칠 수 있다고 주장한다. 그들의 반대자들은 이런 공작이 파시즘의 새로운 온상을 제공한다고 주장한다. 이 문제는 해결되어야 한다. 여기서 잘못된 결정을 내리면 우리는 몇 백 년 동안 반(半)노예 상태로 살 수도 있기 때문이다. 그러나 '트로츠키—파시스트!'라는 고함 외에 아무런 주장도 나오지 않는다면, 논의는 시작도 할 수 없다. 예를 들어 내가 공산당 당원과 더불어 바르셀로나 시가전의 옳고 그름을 토론하는 것은 불가능할 것이다. 공산주의자는, 다시 말해 '좋은' 공산주의자는 내가 사실을 진실하게 설명했다고 인정하지 않을 것이기 때문이다. 당의 '노선'을 착실하게 따른다면, 그는 내가 거짓말을 한다고 주장해야 한다. 기껏해야 내가 가망 없을 정도의 착각에 빠져 있으며, 사건 현장으로부터 1,500킬로미터 떨어진 곳에서 《데일리 워커》의 머릿기사를 흘끗 본 사람이 바르셀로나에서 일어난 일을 나보다 더 잘 안다고 주장하는 정도일 것이다. 그런 상황에서는 논쟁이 있을 수 없다. 필요한 최소한의 합의에도 이를 수 없다. 맥스턴 같은 사람들이 파시스트에 매수되었다고 말하는 것이 어떤 목적에 도움이 되겠는가? 진지한 논의를 불가능하게 만드는 것이 유일한 목적일 것이다. 그것은 마치 체스를 두다가 상대가 방화나 중혼죄를 지었다고 갑자기 악을 써 대는 것과 같다. 진짜 쟁점은 아무도 건드리지 않고 있다. 비방으로는 아무것도 해결하지 못한다.

12장

우리가 전선으로 돌아간 것은 바르셀로나 시가전이 끝나고 사흘쯤 뒤였을 것이다. 시가전이 끝나고 난 후라, 그러니까 신문에서 헐뜯기 경쟁을 보고 난 후라, 예전처럼 순진하고 이상주의적인 관점으로 그 전쟁을 생각하기가 어려웠다. 스페인에서 몇 주 이상을 보낸 사람이라면 틀림없이 어느 정도씩은 환멸을 느꼈을 것이다. 바르셀로나에 온 첫날 만났던 신문 특파원이 생각났다. 그는 나에게 이렇게 말했다. "다른 여느 전쟁과 마찬가지로 이 전쟁은 사기요." 그때 나는 그 말에 깊은 충격을 받았다. 지금 생각해 봐도 당시에는(12월이었다.) 그 말이 진실이 아니었다. 5월에도 그랬다. 그러나 이제 점점 진실이 되어 가고 있었다. 사실 모든 전쟁은 진행되는 과정에서 점차 타락해 간다. 개인적 자유나 진실한 언론 보도는 군사적 효율성과는 절대로 양립할 수 없기 때문이다.

이제 어떤 일이 벌어질지 추측할 수 있었다. 카발레로 정부가 무너지고 공산주의자들의 영향력이 더 강하게 작용하는 우익 정부가 들어서리라는 것은 쉽게 알 수 있었다. (한두 주 뒤에 실제로 그렇게 되었다.) 새로운 정부는 단번에 노동조합의 힘을 분쇄하는 일에 착수할 터였다. 나중에 프랑코에게 승리를 거둔다 해도, 이후의 전망은 장밋빛이 아니었다. 스페인을 재조직화하는 일과 같은 엄청난 문제를 이야기하는 것이 아니다. 신문에서는 이것이 '민주주의를 위한 전쟁'이라고 했는데, 그것은 눈속임에 불과했다. 제정신을 가진 사람이라면 전쟁이 끝났을 때 영국이나 프랑스에서와 같은 민주주의가 올 것이라는 희망을 품지 않았다. 전쟁이 끝난 뒤 스페인은 완전히 분열되고 탈진한 나라가 될 것이기 때문이다. 이 땅에는 독재가 들어설 수밖에 없을 것 같았다. 노동자 계급이 정권을 장악할 가능성은 사라져 버린 것이 명백했다. 그것은 곧 전체적인 움직임이 일종의 파시즘을 향하여 나아갈 것이라는 뜻이었다. 물론 파시즘이라는 이름 말고 좀 더 우아한 이름이 붙을 터였다. 그리고 이곳은 스페인이기 때문에 독일이나 이탈리아의 파시즘보다는 더 인간적이고 비능률적인 파시즘이 될 것이었다. 이제 남은 것은 악랄하기 짝이 없는 프랑코의 독재였다. 또한 스페인의 분단으로 전쟁이 종식될 가능성이 상존했다. 실제로 경계선이 그어질 수도 있고, 두 개의 경제 구역으로 나뉠 수도 있었다.

어느 쪽이든 우울한 전망이었다. 그렇다고 프랑코와 히틀러의 더욱 노골적이고 발전된 파시즘과 싸우는 현재의 정부를 위해 싸울 가치가 없다는 말은 아니었다. 또한 전후에 들어설 정부가 어떤 결함을 가지게 될지라도 프랑코의 통치는 그것보다 더 나쁠 것이다. 노동자들에게는, 도시의 프롤레타리아에게는 누가 이기든 결국 별 차이가 없을지도 몰랐다. 그러나 스페인은 기본적으로 농업 국가이다. 농민들은 정부의 승리에 의해 이익을 얻을 것이 틀림없었다. 적어도 몰수한 토지의 일부는 농민의 소유로 남을 터였다. 그렇게 될 경우 프랑코가 점령했던 곳에서도 토지 분배가 이루어질 것이었다. 그러면 스페인의 일부 지역에 남아 있던 실질적인 농노제는 부활하지 않을 것이다. 전쟁이 끝났을 때 정권을 장악할 정부는 어쨌든 성직 계급과 봉건제에 반대할 것으로 보였다. 적어도 당분간은 교회를 제어할 것이고 국가를 근대화할 것이다. 예를 들어, 도로를 건설하고, 교육과 보건을 장려하는 등의 일을 할 것이었다. 전쟁 동안에도 이런 방향으로 일이 얼마간 진행되었다. 그러나 프랑코는 단순히 이탈리아와 독일의 꼭두각시이기만 했던 것이 아니라 봉건적 대지주와 연결되어 있었으며, 케케묵은 교권주의적이고 군국주의적인 반동을 표방하는 존재였다. 인민 전선이 사기일지는 모르나, 프랑코는 시대 착오였다. 오직 백만장자나 낭만주의자들만이 그가 승리하기를 바랄 뿐이었다.

더욱이 파시즘의 국제적 위신에 타격을 주어야 한다는 과제가 있었다. 일이 년 전부터 그 문제가 악몽처럼 나를 따라다녔다. 1930년 이래 파시스트들은 늘 승리를 거두었다. 이제 그들이 매를 맞을 차례였다. 누구한테서 매를 맞는가는 중요하지 않았다. 우리가 프랑코와 그의 외국인 용병들을 바다로 몰아낼 수만 있다면, 설사 스페인 자체가 숨막히는 독재에 시달리고 유능한 인사들 모두가 감옥에 갇힌다 해도, 그 승리는 세계 정세를 바람직한 방향으로 돌려 놓는 엄청난 일이 될 터였다. 그것만으로도 이 전쟁은 이길 가치가 있는 것 같았다.

당시에 나는 이런 방식으로 상황을 파악했다. 지금은 네그린 정부가 처음 들어섰을 때와는 달리 그의 정부를 높이 평가하는 편이다. 네그린 정부는 훌륭한 용기를 가지고 어려운 싸움을 수행해 왔다. 그리고 기대 이상의 정치적 관용을 보여 주었다. 그러나 나는 전후 정부의 경향은 파시스트적인 것이 될 수밖에 없다고 믿는다. 스페인이 분열되어 예측할 수 없는 결과를 낳지 않는 한 말이다. 이런 식으로 다시 한번 내 의견을 밝혀 둔다. 시간이 지나면 대부분의 예언자들의 말이 들어맞듯 내 말도 그러 할지는 두고 볼 일이지만.

막 전선에 도착했을 때, 보브 스마일리가 영국으로 돌아가다 국경에서 체포되어 발렌시아의 감옥에 갇혔다는 소식을 듣게 되었다. 스마일리는 지난 10월부터 스페인에 있었다. 그는 몇 달 동안 통일 노동자당 간부로 일했으며, 다른 독립 노동자당 당원들이 도착하자 의용군에 입대했다. 석 달만 복무한 뒤에 영국으로 돌아가 순회 선전 활동을 한다는 조건이었다. 우리는 시간이 좀 지나고 나서야 그가 체포된 이유를 알수 있었다. 그는 독방에 감금되어 있었으며 변호사의 접견도 금지되었다. 스페인에는 현실적으로 인신 보호 영장이 없었다.

따라서 재판은 물론이고, 고발 없이도 몇 달 동안 감옥에 가두어 둘 수 있었다. 마침내 우리는 석방된 사람으로부터 스마일리가 '무기 소지죄'로 체포되었다는 사실을 알게 되었다. 그리고 그 무기란 전쟁 초기에 사용되던 원시적인 형태의 수류탄 두 개라는 것도 알게 되었다. 스마일리는 포탄 조각을 비롯한 다른 기념품들과 함께 그 수류탄을 순회 강연에서 청중에게 보여 줄 생각이었던 것이다. 탄약과 도화선도 제거한 상태였다. 그것은 그저 쇠로 만든 원통일 뿐, 아무런 해가 없는 것이었다. 결국 수류탄은 구실일 뿐이고, 통일 노동자당과의 연계가 알려져 있었기 때문에 체포된 것이 분명했다. 바르셀로나 전투가 막 끝난 당시는 당국이 그 전투에 대한 공식적 설명에 반박할 만한 사람들을 스페인 밖으로 못 나가도록 안달하던 시점이었다. 그 결과 많은 사람들이 별것도 아닌 일로 국경에서 체포되곤 했다. 스마일리의 경우도 처음에는 그저 며칠 붙들어 두려는 의도였을 가능성이 높다. 그러나 문제는 스페인에서 한번 감옥에 들어가면 재판이 있든 없든 다시 나오기가 힘들다는 점이었다.

우리는 여전히 우에스카에 있었다. 그러나 한참 더 우측으로 배치를 받았다. 우리가 몇 주 전에 잠시 점령했던 파시스트 요새의 맞은편이었다. 나는 서른 명가량의 병사(영국 사람들과 스페인 사람들이 섞여 있었다.)를 지휘하는 테니엔테를 맡게 되었다. 아마 영국군의 소위 계급에 해당될 것이다. 부대에서는 정식 임관을 신청해 놓았다. 그러나 내가 정식으로 임관될지는 불확실했다. 전에 의용군 장교들은 정식 임관 받기를 거부

했다. 정식으로 임관되면 더 많은 보수를 받게 되는데, 이것이 의용군의 평등 정신에 어긋났기 때문이다. 그러나 이제는 정식 임관을 받아들일 수밖에 없었다. 베냐민은 이미 대위로 임관되었고 콥은 소령이 되는 절차를 밟는 중이었다. 물론 정부는 의용군 장교들 없이는 버틸 수가 없었다. 그러나 의용군 장교들에게 소령보다 높은 계급은 절대 주지 않았다. 아마 더 높은 지휘권은 정규군 장교들과 '전쟁 학교' 출신의 새로운 장교들에게만 부여할 생각인 것 같았다. 그 결과 다른 많은 사단들도 마찬가지겠지만 우리 29사단에서는 사단장, 여단장, 대대장이 모두 소령 계급장을 다는 묘한 과도기적 상황이 벌어졌다.

전선에서는 별일이 일어나지 않았다. 하카 도로를 둘러싼 전투는 사그라들었으며, 6월 중순이 되어서야 다시 시작되었다. 우리 진지에서 가장 큰 문제는 저격병이었다. 파시스트 참호들은 150미터 이상 떨어져 있었다. 그러나 그들은 우리보다 높은 곳에 자리를 잡고 있었다. 또 우리는 직각으로 돌출해 있었기 때문에, 적은 우리의 두 면을 노릴 수 있었다. 돌출부의 모서리가 가장 위험했다. 그곳에서 늘 부상자가 발생했다. 파시스트들은 이따금씩 소총으로 발사하는 소형 폭탄이나 그와 비슷한 무기를 사용하여 우리 쪽을 공격했다. 그런 폭탄은 무시무시한 소리를 내며 터졌다. 그럴 때마다 우리는 기가 죽었다. 폭탄이 날아오는 소리를 들은 다음에 피하는 것은 시간적으로 불가능했기 때문이다. 그러나 실제로 그렇게 위험하지는 않았다. 그 폭탄으로 인해 땅에 생기는 구멍은 겨우 세숫대야만 했다. 밤에는 따뜻하고 쾌적했다. 그러나 낮에는 타는 듯이 더웠다. 성가신 모기들이 나타나기 시작했다. 바르셀로나에서 올 때 입었던 깨끗한 옷은 곧 더러워졌다. 저 너머 무인 지대의 버려진 과수원에는 버찌들이 하얗게 변색되었다. 이틀간 억수로 비가 퍼부었다. 개인호에는 물이 넘쳤고, 흙벽은 30센티미터 정도 가라앉았다. 그래서 며칠 동안 형편없는 스페인제 삽으로 끈적끈적한 진흙을 파내야 했다. 이 삽은 손잡이도 없었고, 양철 숟가락처럼 잘 휘었다.

상부에서는 중대마다 참호용 박격포를 한 대씩 주기로 약속했다. 나는 박격포가 오기를 고대하고 있었다. 우리는 밤이면 평소처럼 순찰을 돌았다. 전보다는 위험했다. 파시스트 참호에는 병력이 늘었고, 경계도 철저했기 때문이다. 그들은 철조망 바로 밖에 깡통들을 늘어놓았다. 딸랑거리는 소리만 들리면 기관총이 불을 뿜었다. 낮에는 우리가 무인 지대에서 저격을 했다. 100미터만 기어가면 키 큰 풀잎들에 가려진 도랑이 나타났다. 거기서 파시스트 흙벽의 틈이 보였다. 우리는 도랑에 소총 받침대를 설치했다. 한참 기다리면 카키색 군복을 입은 병사가 서둘러 그 틈을 지나치는 모습이 보이곤 했다. 나는 몇 번 사격을 했다. 누가 내 총에 맞았는지는 모르겠다. 아마 아무도 안 맞았을 것이다. 내 소총 사격 솜씨는 형편없었다. 그러나 재미는 있었다. 파시스트들은 어디서 총알이 날아오는지 몰랐다. 나는 언젠가는 한 명쯤 쓰러뜨릴 것이라고 자신했다. 그러나 파시스트를 쓰러뜨리기는커녕, 오히려 파시스트 저격병이 나를 쓰러뜨렸다. 전선에 가서 열흘쯤 있었을 때 일어난 일이었다. 총알에 맞는 경험은 아주 흥미롭기 때문에 자세히 묘사할 가치가 있을 것 같다.

아침 5시, 흉벽 한쪽 구석에서 있었던 일이다. 아침 5시는 늘 위험한 시간이었다. 동이 트면서 해를 등지게 되기 때문이다. 흉벽 위로 머리를 내밀면 하늘을 배경으로 머리 윤곽이 뚜렷이 드러났다. 나는 보초들에게 교대 준비를 하라고 이야기하고 있었다. 무슨 말을 하는 도중이었는데 갑자기 어떤 느낌이 왔다. 아주 생생하게 기억하기는 하지만, 그 느낌을 말로 표현하기는 무척 어렵다.

대략적으로 말해서, 폭발 한가운데 서 있는 느낌이었다. 크게 꽝 하는 소리와 함께 사방에서 빛이 번쩍거려 앞이 보이지 않았다. 나는 엄청난 충격을 느꼈다. 통증은 없었다. 아주 격렬한 충격만 느꼈을 뿐이다. 전극에 몸이 닿았을 때의 느낌과 동시에 완전한 무력감을 느꼈다. 짓눌리고 움츠러들어 무(無)로 변해버리는 느낌이었다. 앞에 있던 모래주머니들이 엄청난 거리로 멀어졌다. 아마 번개에 맞았을 때도 이런 느낌이 아닐까. 나는 즉시 총에 맞았다는 것을 알았다. 그러나 굉음과 섬광 때문에 바로 옆의 소총이 오발되어 맞은 줄 알았다. 이 모든 일이 눈 깜짝할 사이에 일어났다. 다음 순간 나는 무릎이 꺾이면서 쓰러졌다. 머리가 땅에 부딪히면서 꽝 하는 소리가 크게 났다. 그러나 다행히도 다치지 않았다. 멍하고 어찔어찔한 느낌이었다. 매우 심하게 다쳤다는 의식은 있었으나, 일반적인 의미에서의 통증은 없었다.

나와 이야기를 하던 미국인 보초가 앞으로 달려 나왔다. "이런! 맞았나요?" 사람들이 몰려들었다. 으레 있음 직한 소동이 일어났다. "들어 올려! 어디를 맞은 거야? 셔츠를 열어 봐!"
등등. 미국인은 내 셔츠를 찢기 위해 칼을 달라고 했다. 내 호
주머니에 칼이 있었기 때문에 그것을 꺼내려 했다. 순간 오른
팔이 마비되었다는 것을 알았다. 그러나 통증이 없다는 사실
때문에 모호한 만족감을 느꼈다. 아내가 틀림없이 기뻐할 거
라고 나는 생각했다. 그녀는 늘 내가 부상당하기를 바랐기 때
문이다. 그래야 큰 전투에서 전사하는 것을 피할 수 있다는
논리였다. 순간 갑자기 어디를 맞았는지, 얼마나 심하게 다쳤
는지 궁금해졌다. 아무것도 느끼지 못했지만, 총알이 몸의 앞
쪽 어딘가에 맞았다는 것은 의식하고 있었다. 말을 하려 했으
나 목소리가 나오지 않았다. 희미하게 꺽꺽거리는 소리뿐이었
다. 그러나 다시 시도를 하자 어디를 맞았냐고 물을 수 있었
다. 목이라고 병사들이 말했다. 들것 담당자인 해리 웹이 붕대
와 함께 응급 치료 때 쓰라고 준 작은 알코올 병 하나를 가져
왔다. 병사들이 내 몸을 들어 올리자 입에서 피가 쏟아졌다.
뒤에 있던 스페인 병사가 총알이 목을 관통했다고 이야기하
는 소리가 들렸다. 나는 알코올 기운을 느꼈다. 평소 같았으면
엄청나게 따가웠을 것이다. 그러나 이때는 상쾌할 정도로 시
원한 느낌을 주었다.

　병사들은 나를 다시 눕혔고, 누군가가 들것을 가져왔다. 총
알이 목을 관통했다는 것을 안 순간 나는 이제 끝장이라고
생각했다. 총알이 목 한가운데를 관통하고도 살아남은 사람
이나 짐승이 있다는 이야기는 들어 본 적이 없었다. 입 가장
자리에서는 피가 뚝뚝 떨어졌다. '동맥이 날아갔구나.' 나는

생각했다. 경동맥이 잘렸을 때 얼마나 오래 버틸 수 있는지 궁금했다. 내가 죽음을 예상한 시간이 2분은 되었을 것이다. 그것도 재미있었다. 그런 시간에 어떤 생각을 하게 되는지 아는 것도 재미있다는 뜻이다. 처음 떠올린 것은, 다분히 관습적이게도, 아내였다. 두 번째 떠오른 것은 세상(생각해 보면 결국 무척이나 마음에 드는 세상이었다.)을 떠나야만 한다는 사실에 대한 격렬한 분노였다. 나는 그 감정을 매우 생생하게 느낄 만한 여유가 있었다. 나는 이 터무니없는 불운에 격분했다. 얼마나 의미 없는 일이냐! 전투도 아니고 이 염병할 참호 한 귀퉁이에서 순간의 부주의 때문에 죽게 되다니! 나는 또 나를 쏜 사람 생각도 했다. 어떻게 생겼을까. 스페인 병사일까, 외국인 병사일까. 나를 맞혔다는 사실을 알까 등등. 그에 대해서는 분노를 느낄 수 없었다. 그가 파시스트였다면 나도 그를 죽였을 것이라는 생각이 들었다. 그러나 만일 그 순간에 그가 포로가 되어 내 앞에 끌려왔다면 잘 쏜 것을 축하해 주기만 했을 것이다. 물론 내가 정말로 죽어 가고 있었다면 완전히 다른 생각이 들었을지도 모르겠다.

병사들이 막 나를 들것에 올려놓았을 때 마비되었던 오른팔이 풀리면서 엄청나게 아파 오기 시작했다. 그때는 쓰러지면서 팔이 부러진 줄로 알았다. 그러나 이 통증 때문에 안심이 되는 면도 있었다. 죽어 갈 때 감각이 더 예민해지지 않는다는 것 정도는 알고 있었기 때문이다. 점차 정상적인 감각들을 가지게 되었다. 어깨에 들것을 메고 땀을 뻘뻘 흘리며 달리고 있는 가엾은 병사들한테 미안하기도 했다. 야전 병원까지는 2킬로미터 정도였다. 그러나 길이 고약했다. 울퉁불퉁하고 미끌미끌했기 때문이다. 나도 하루 이틀 전에 부상자를 운반한 적이 있어, 이것이 얼마나 힘드는 일인지 알고 있었다. 참호 가장자리를 따라 군데군데 늘어선 은백양의 나뭇잎이 얼굴을 스쳤다. 은백양이 자라는 세상에서 살아 숨쉰다는 것이 얼마나 좋은 일인가 생각했다. 그러나 팔의 통증이 극심했다. 입에서 욕이 튀어나올 정도였다. 그러나 애써 참았다. 숨을 거칠게 몰아쉴 때마다 입에서 피거품이 나왔기 때문이다.

군의관은 붕대를 다시 감고 모르핀을 한 대 놔 주고는 나를 시에타모로 보냈다. 시에타모의 병원은 서둘러 지은 목조 오두막으로, 부상병들은 보통 그곳에 두세 시간 머물다가 바르바스트로나 레리다로 이송되었다. 나는 모르핀에 마취되기는 했으나, 그래도 통증은 심했다. 거의 움직일 수가 없었다. 피만 계속 삼키고 있었다. 내가 이 지경인데도 미숙한 간호사는 병원 규정에 따른 식사(수프, 달걀, 기름기 많은 스튜 등으로 이루어진 엄청난 양의 식사였다.)를 강제로 먹이려 했다. 스페인식 병원 운영 방법의 전형적인 예였다. 내가 먹지 않으려 하자 간호사는 놀라는 것 같았다. 나는 담배를 달라고 했다. 그러나 담배 기근인 상태라 그곳에는 담배가 한 대도 없었다. 곧 몇 시간 자리를 비워도 좋다는 허락을 받은 동지 두 명이 나를 찾아왔다.

"이여! 살아 있군그래? 좋아. 손목시계, 권총, 손전등을 내놓게. 칼도 있으면 줘."

그들은 내 소지품을 모두 가지고 떠났다. 부상자가 생기면 늘 있는 일이었다. 즉시 부상병의 소지품을 나누어 갖는 것이다. 당연한 일이었다. 손목시계, 권총 등은 전선에서 귀중한 물건들이었으며, 그냥 부상병의 배낭에 넣어 두면 이송되는 도중에 어딘가에서 도둑맞기 십상이었기 때문이다.

저녁이 되자 조금씩 들어온 병자와 부상자들이 구급차 몇 대를 채울 만하게 되었다. 우리는 바르바스트로로 떠났다. 대단한 여행이었다! 흔히 이런 전쟁에서는 팔다리에 부상을 당하면 회복되지만 복부에 부상을 당하면 반드시 죽는다고들 이야기했다. 나는 이제야 그 이유를 깨달았다. 내출혈이 일어나기 쉬운 부상을 당한 사람은 포장 도로 위를 덜컹거리며 그먼 길을 가서는 살아남을 수가 없을 것 같았다. 이 도로는 무거운 트럭들 때문에 박살이 났지만, 전쟁이 시작된 이후로 한 번도 보수를 한 적이 없었다. 쾅, 덜컹, 우당탕! 나는 그 길을 가면서 어린 시절 화이트 시티 박람회에서 보았던 '위글 워글'이라는 무시무시한 물건이 떠올랐다. 야전 병원에서는 우리 몸을 들것에 고정시키는 것을 잊었다. 나는 그래도 왼팔에 힘이 남아 버틸 수가 있었다. 그러나 한 가엾은 부상병은 바닥에 떨어져 말로 못 할 고통을 겪었다. 또 한 부상병은 걸을 수는 있어 구급차 한구석에 앉아 있었는데, 그만 사방에 토해 놓고 말았다. 바르바스트로의 병원은 매우 혼잡했다. 침상들은 서로 닿을 듯 다닥다닥 붙어 있었다. 다음 날 아침, 우리 부상자들 가운데 많은 사람은 병원 열차에 실려 레리다로 후송되었다.

나는 오륙 일가량 레리다에 있었다. 큰 병원이었다. 병이 난

군인과 부상자들만이 아니라, 일반 민간인 환자들까지 되는 대로 뒤섞여 있었다. 내가 있던 병동에는 무시무시한 부상을 당한 환자들이 몇 명 있었다. 내 옆 침상에는 머리가 검은 젊은이가 있었다. 그는 이런저런 병으로 고생을 했는데, 병원에서 주는 약을 먹으면 에메랄드빛 녹색 오줌을 누었다. 그래서 그의 요강은 우리 병동의 구경거리 가운데 하나였다. 영어를 하는 네덜란드인 공산주의자는 병원에 영국인이 있다는 말을 듣고 나를 사귀러 왔다. 그는 영어 신문을 가져다주곤 했다. 그 네덜란드인은 10월 전투에서 큰 부상을 당했다. 그 후에 이럭저럭 레리다 병원에 자리를 잡게 되었고, 간호사와 결혼까지 했다. 부상 때문에 한쪽 다리가 오그라들어 굵기가 내 팔뚝만 했다. 휴가를 나온 의용병 두 명이 친구를 면회 왔다가 나를 알아보았다. 내가 전선에 나간 첫 주에 만났던 병사들이었다. 열여덟 살 정도의 아이들이었다. 그들은 내 침대 옆에 어색하게 서서 할 말을 생각해 내느라 애를 썼다. 이윽고 내가 부상을 당해 안타깝다는 마음을 보여 주기 위해 갑자기 호주머니에서 담배를 일제히 꺼내 나에게 주었다. 그러고는 돌려줄 틈도 없이 달아나 버렸다. 정말 스페인 사람들다웠다! 나중에야 나는 시내 어디를 가도 담배를 살 수 없다는 사실을 알았다. 그들이 일주일 치 배급받은 것을 몽땅 털어 주고 간 것이었다.

며칠이 지나자 나는 일어나서 한쪽 팔을 삼각건에 걸고 돌아다닐 수 있게 되었다. 어떻게 된 일인지 그냥 늘어뜨리고 있을 때보다 훨씬 더 아팠다. 한동안은 쓰러질 때 입은 상처로 인해 몸 안의 통증이 심했다. 게다가 목소리도 거의 사라져 버렸다. 그러나 한순간도 총상 때문에 아팠던 적은 없다. 보통 이런 식인 것 같다. 총알이 주는 엄청난 충격 때문에 국지적으로 감각이 마비되는 것이다. 반면 포탄 파편은 총알처럼 강한 충격을 주지는 않지만 통증은 지독하다. 병원 구내에는 아름다운 정원이 있었다. 정원의 웅덩이에서는 금붕어를 비롯하여 짙은 회색의 작은 물고기 몇 마리가 돌아다녔다. 잉어과에 속하는 물고기였던 것 같다. 나는 가만히 앉아 몇 시간씩 물고기들을 구경하곤 했다. 레리다에서 일이 돌아가는 모양새를 보니 아라곤 전선의 병원 체계가 어떤지 알 수 있었다. 다른 전선도 마찬가지였는지는 모르겠다. 병원들은 어떤 면에서는 아주 좋았다. 의사들은 유능했으며, 약과 장비도 부족하지 않은 것 같았다. 그러나 두 가지 심각한 결함 때문에 목숨을 건질 수도 있었을 수많은 사람들이 죽어 갔을 것이다.

그중 한 가지는 전선에 가까운 병원들이 모두 부상자 후송소 정도로만 사용되었다는 것이다. 그 결과 후송하지 못할 정도로 심한 부상을 당하지 않으면 그곳에서 치료를 받지 못했다. 말로는 부상자 대부분을 곧바로 바르셀로나나 타라고나로 이송한다고 했다. 그러나 운송 수단 부족으로 인해 목적지까지 도착하는 데 일주일에서 열흘이 걸리는 경우도 많았다. 그러면 중간에 시에타모, 바르바스트로, 몬손, 레리다 등지에 머물러야 했다. 그동안에는 붕대를 가끔 가는 것 외에 아무런 치료도 받지 못했다. 때로는 그런 치료마저도 받지 못했다. 포탄으로 뼈가 부러지는 등 심한 부상을 당한 병사들은 붕대와 소석고로 만든 일종의 덮개 같은 것으로 부상 부위를 싸 놓았다. 그리고 겉면에 연필로 부상 내용을 적었다. 그러면 보통 열흘 뒤에 바르셀로나나 타라고나에 도착한 다음에야 덮개를 벗을 수 있었다. 가는 도중에 부상 부위를 진찰하는 것은 불가능했다. 몇 안 되는 의사가 그 많은 일을 감당할 수는 없다. 그들은 서둘러 병상 옆을 지나가며 "그래요, 그래요, 바르셀로나에 가면 치료해 줄 거예요." 하고 말할 뿐이었다. 늘 마냐나에 병원 열차가 바르셀로나로 떠난다는 소문이 돌았다. 또 한 가지 결함은 유능한 간호사가 부족하다는 것이었다. 스페인에는 훈련받은 간호사를 공급해 주는 기관이 없는 듯했다. 아마 전쟁 전에는 간호사 일을 대부분 수녀들이 맡았기 때문인 것 같았다. 나는 스페인 간호사들에게 개인적인 불만은 없다. 그들은 나에게 아주 잘해 주었다. 그러나 그들이 무지했다는 점에는 의심의 여지가 없다. 그들 모두 체온을 재는 법은 알았다. 그들 가운데 일부는 붕대 묶는 법도 알았다. 그러나 그것이 전부였다. 그 결과 너무 아파서 스스로 자기 일을 해결하지 못하는 환자들은 무시해 버리는 어처구니없는 경우가 많았다. 간호사들은 어떤 환자가 일주일 동안 변을 못 보아도 그대로 놔두었다. 씻을 힘도 없어 가만히 있는 환자들을 씻겨 주는 일은 거의 없었다. 팔이 부러진 가엾은 친구는 나에게 세 주 동안 세수 한 번 못 했다고 말한 적이 있다. 심지어 병상도 며칠씩 그대로 내버려 두는 경우가 많았다. 어느 병원을 가나 음식은 아주 좋았다. 사실 너무 좋았다. 다른 곳도 그렇겠지만 스페인에서는 환자에게 먹을 것을 많이 주는 것이 전통인 모양이었다. 레리다에서는 식사가 아주 좋았다. 오전 6시경에 먹는 아침 식사에는 수프, 오믈렛, 스튜, 빵, 백포도주, 커피가 나왔다. 점심은 더 으리으리했다. 민간인 대부분이 식량 부족으로 심하게 시달릴 때인데도 이 정도였다. 스페인 사람들은 가벼운 식사 따위는 인정하지 않는 모양이다. 그들은 환자에게도 건강한 사람들과 똑같은 음식을 주었다. 늘 영양가가 높고 기름기가 흘렀다. 모두 올리브 기름을 듬뿍 적신 것이었다.

어느 날 아침 내 병동에 있는 사람들을 바르셀로나로 후송한다는 발표가 있었다. 나는 간신히 아내에게 곧 도착한다고 전보를 칠 수 있었다. 곧 병원 측에서는 우리를 버스에 빽빽하게 실어 역으로 보냈다. 기차가 출발을 하고 나서야 우리와 함께 가게 된 병원 잡역부들은 태연한 표정으로 우리가 가는 곳은 바르셀로나가 아니라 타라고나라고 말했다. 기관사의 마음이 바뀌었던 것인지도 모르겠다. '스페인답군!' 나는 생각했다. 그러나 내가 다시 전보를 치는 동안 기차를 세워 놓고 기다려 주기로 한 것도 역시 스페인다웠다. 그리고 그 전보가 아내에게 전달되지 않은 것은 더욱더 스페인다웠다.

우리는 나무 좌석이 놓인 평범한 삼등칸으로 들어갔다. 그러나 많은 사람들이 심한 부상을 입은 상태였다. 그날 아침 처음으로 병상에서 나온 사람들도 많았다. 오래지 않아 더위와 진동 때문에 반수가량이 쓰러져 버렸고, 몇 명은 바닥에 토했다. 병원 잡역부들은 사방에 시체처럼 쓰러진 형체들 사이를 요리조리 다니며, 커다란 염소 가죽 물통에 가득 든 물을 이 사람 저 사람 입에 뿜어 주었다. 정말 더러운 물이었다. 지금도 그 맛이 기억 난다. 우리는 해가 저물 무렵 타라고나에 들어섰다. 기차는 해안을 따라 달렸다. 돌을 던지면 닿을 만한 곳에 바다가 보였다. 우리 기차가 역으로 들어설 때 병사를 가득 실은 국제군의 열차가 역에서 빠져나오고 있었다. 철로 위의 육교에서는 사람들이 모여 손을 흔들었다. 아주 긴 열차였다. 열차칸이 터져 나갈 정도로 병사들이 빽빽했다. 뚜껑이 없는 화물차에는 야포들이 실렸고, 그 주위에는 더 많은 사람들이 매달려 있었다. 나는 그 열차가 노란 저녁빛을 받으며 지나가던 장면을 유난히 또렷하게 기억한다. 창문마다 시커먼 얼굴들이 웃음을 짓고 있었다. 총신들이 길게 가로눕고, 주홍색 스카프들이 펄럭였다. 열차는 우리를 지나쳐 천천히 미끄러졌다. 뒤로 청록색 바다가 펼쳐져 있었다.

"에스트란헤로스.(외국인들이야.)" 누군가가 말했다. "이탈리아인들이야."

물론 그들은 이탈리아인들이었다. 그렇게 그림처럼 모여서, 그렇게 우아하게 군중의 인사에 답례하는 사람들이 다른 나라 사람들일 리 없었다. 반수가량은 열차 위에서 포도주 병나발을 불고 있었지만, 그 우아함에는 변함이 없었다. 우리는 나중에 이들이 3월에 구아달라하라에서 큰 승리를 거둔 부대에 속하는 병력이라는 이야기를 들었다. 그들은 휴가를 마치고 다시 아라곤 전선으로 이동하는 중이었다. 그러나 안타깝게도 그들 가운데 다수는 불과 몇 주 뒤에 우에스카에서 전사했다. 우리 가운데 일어설 수 있을 정도로 상태가 좋은 사

람은 객차를 가로질러 지나가는 이탈리아인들을 응원했다. 창
밖으로 목발 하나가 흔들렸다. 붕대를 감은 앞팔로 적군처럼
경례를 하기도 했다. 전쟁을 우화적으로 그려 낸 그림 같았다.
열차를 가득 채운 싱싱한 남자들은 자랑스럽게 전선을 향하
여 위로 올라갔다. 부상당한 사람들은 전선으로부터 물러나
천천히 아래로 내려갔다. 나는 무개 화차의 야포를 보면서 가
슴이 뛰었다. 야포를 볼 때마다 생기는 현상이었다. 동시에 전
쟁은 결국 영광스러운 것이라는 지워 버리기 힘든 사악한 느
낌이 되살아났다.

　타라고나의 병원은 무척 컸으며, 모든 전선에서 후송된 부
상자들로 가득했다. 별의별 부상자가 다 있었다! 어떤 부상자
들은 최신 치료법에 따라 처치하는 것 같았다. 그러나 구경하
는 것은 끔찍했다. 부상 부위에 붕대를 감지 않고 그대로 펼쳐
두는 것이었기 때문이다. 철사에 한랭사 망을 걸쳐 놓아 파리
만 접근하지 못하게 했다. 한랭사 밑으로는 아물지 않은 상처
가 벌건 젤리처럼 드러났다. 얼굴과 목에 부상을 당한 사람이
있었는데, 그 사람은 한랭사로 만든 둥그런 철모를 쓰고 있는
것처럼 보였다. 입은 붕대로 막았으며, 입술 사이에 고정된 작
은 관을 통해 숨을 쉬었다. 아주 외로워 보이는 이 가엾은 친
구는 어슬렁거리며 한랭사를 통해 상대를 보았지만 말은 하
지 못했다. 나는 타라고나에 사나흘 머물렀다. 그동안에 원기
를 회복했다. 하루는 천천히 해변까지 걸어가 보기도 했다. 해
변의 생활은 평소와 거의 다름없이 이루어지고 있는 것이 신
기했다. 산책로를 따라 늘어선 멋진 카페들과, 1000킬로미터

이내에서는 전쟁 같은 것은 없는 양 해수욕을 하고 갑판 의자에 앉아 일광욕을 하는 뚱뚱한 지역 부르주아지들. 그러나 공교롭게도 나는 해수욕을 하던 사람이 익사하는 것을 목격했다. 그렇게 얕고 미지근한 바다에서는 도저히 있을 수 없는 일 같았는데.

전선을 떠난 지 여덟아홉 날이 지났을 때, 마침내 나는 진찰을 받을 수 있었다. 새로 도착한 환자들을 진찰하는 진료소에서는 의사들이 큰 가위를 들고 석고로 만든 가슴 받이를 잘라 내고 있었다. 늑골, 쇄골 등이 부서진 병사들의 가슴으로부터 전선 후방의 응급 치료소에서 씌워 놓은 덮개를 뜯어 내는 것이었다. 크고 지저분한 가슴 받이 위로 불안한 표정의 지저분한 얼굴이 튀어나와 있었다. 일주일 동안 깎지 못한 턱수염은 덥수룩했다. 활달하고 잘생긴 서른 살가량의 의사가 나를 의자에 앉히더니 거친 가제 조각으로 내 혀를 잡아 한껏 멀리까지 당겨 냈다. 이어 치과용 거울을 목구멍 쪽으로 들이대고 '아!' 하는 소리를 내라고 했다. 혀에서 피가 나고 눈에서 눈물이 날 때까지 들여다보더니, 의사는 성대 하나가 마비되었다고 말했다.

"언제 목소리를 찾게 되나요?" 내가 물었다.

"목소리요? 아, 목소리는 절대 찾지 못합니다." 의사가 명랑하게 대꾸했다.

그러나 결국은 그가 틀렸다. 한두 달가량 나는 속삭이는 정도로만 말을 할 수 있었다. 그러나 그 뒤로 어느 날 갑자기 목소리가 정상으로 돌아왔다. 다른 성대가 '보정'을 해 준 것이다. 팔의 통증은 총알이 목 뒤의 신경 가닥들을 끊어 놓았기 때문에 생긴 것이었다. 신경통처럼 쿡쿡 쑤셨다. 한 달가량 계속해서 아팠다. 특히 밤에 통증이 심해 잠을 제대로 자지 못했다. 오른손의 손가락들도 반쯤은 마비되었다. 다섯 달이 지난 지금도 검지손가락에는 감각이 없다. 목 부상의 결과치고는 희안하기는 하지만.

내 부상은 작으나마 진귀한 구경거리였다. 여러 의사가 혀를 끌끌 차며 부상을 살피고는 "케 수에르테! 케 수에르테!"[66] 하고 중얼거리곤 하였다. 한 의사는 아주 권위 있는 태도로 총알이 '약 1밀리미터 정도' 동맥을 벗어났다고 말했다. 그 의사가 그것을 어떻게 알았는지 모르겠다. 이 무렵 내가 만난 모두가(의사건, 간호사건, **프락티칸테**[67]건, 주위의 환자건)목에 관통상을 입고도 살아남은 사람은 지상에서 가장 운이 좋은 사람이라고 이야기했지만, 나는 선뜻 그 말을 받아들이지 못했다. 아예 총에 맞지 않았더라면 더 큰 행운이었을 거라고 생각했기 때문이다.

---

66) '다행이군, 다행이야.'라는 뜻이다.
67) '약사'이다.

13장

　내가 바르셀로나에 머물러 있던 마지막 몇 주일 동안, 그곳
에는 독특하고 흉흉한 기운이 감돌았다. 의심, 공포, 불안, 감
추어진 증오의 분위기였다. 5월 전투는 지울 수 없는 후유증
을 남겼다. 카발례로 정권의 붕괴 이후 공산주의자들은 확고
하게 정권을 잡았다. 치안 책임은 공산주의자 각료들에게 넘
어갔다. 그들은 기회만 주어진다면 그 즉시 정적들을 숙청해
버릴 것임을 아무도 의심치 않았다. 그러나 아직 아무런 일도
생기지 않았다. 나 자신도 앞으로 어떻게 상황이 진행될지 상
상도 할 수 없었다. 그런데도 늘 막연한 위기감을 느꼈다. 뭔
가 심상치 않은 일이 눈앞에 닥쳤음을 의식하고 있었다. 음모
와 아무 관계가 없는 사람이라도 꼭 음모에 가담한 것 같은
느낌이 들도록 강요하는 분위기였다. 하루 종일 하는 일이라

고는, 카페 구석 자리에서 소리 죽여 대화를 나누면서 혹시 옆에 앉은 사람이 경찰 첩자가 아닌가 의심하는 일뿐인 것 같았다.

언론 검열 때문에 온갖 종류의 불길한 소문이 나돌았다. 그 가운데 하나는 네그린-프리에토 정부가 타협을 통해 전쟁을 종결할 계획이라는 것이었다. 당시 나는 그 소문을 믿는 부류였다. 파시스트들이 빌바오로 밀고 들어오는데 정부는 그곳을 사수하기 위한 눈에 띄는 조치를 취하지 않았기 때문이다. 도시 전역에 바스크[68] 깃발이 나부꼈다. 처녀들이 카페에 들어와 모금함을 딸랑거리며 다녔다. 평소와 다름없이 '영웅적 방어자들'에 대한 방송이 흘러나왔다. 그러나 바스크 사람들은 실질적인 도움은 받지 못했다. 정부가 속 다르고 겉 다르게 행동한다고 생각하지 않을 수 없었다. 나중에 상황이 전개된 것을 보면 내가 완전히 잘못 생각했다는 것을 알 수 있다. 그러나 정부가 조금만 더 힘을 썼더라면 빌바오를 구할 가능성이 높았을 뻔했다. 아라곤 전선에서 공세에 나섰더라면, 비록 공격 자체는 성공을 하지 못했다 해도 프랑코는 병력의 일부를 그쪽으로 돌려야 했을 것이다. 그러나 정부는 아무런 공세도 취하지 않고 시간을 흘려 보냈다. 사실 빌바오가 함락될 때까지도 공세를 취하지 않았다. 전국 노동자 연맹은 '경계하라!'고 적힌 전단을 엄청나게 뿌렸다. 이 전단은 '어떤 정당'(공산주의자들을 가리킨다.)이 쿠데타를 획책하고 있다고 암시했

---

68) 스페인 북부로, 빌바오가 이곳에 있다.

다. 또 카탈로니아가 침공당할 것이라는 공포감도 널리 퍼져 있었다. 일전에 전선으로 돌아갈 때, 나는 전선 뒤로 수십 킬로미터 떨어진 곳에 막강한 방어 시설이 구축되고 있는 광경을 보았다. 바르셀로나 전역에서 공습 대피호를 새로 파고 있었다. 사람들은 공습이나 함포 사격에 대한 공황에 자주 빠져들었다. 대부분은 틀린 경보였지만, 사이렌이 울릴 때마다 도시 전역에 몇 시간 동안 등화관제가 이루어졌고 소심한 사람들은 지하실로 뛰어들었다. 사방에 경찰 첩자들이 깔려 있었다. 감옥은 여전히 5월 전투 때의 죄인들로 바글거렸다. 그뿐만 아니라 5월 이후에도 한두 명씩 감옥으로 끌려가는 일이 계속되었다. 그런 사람들은 물론 무정부주의자이거나 통일 노동자당 지지자였다. 알아본 바로는, 그때까지 재판을 받은 사람도 없고, 심지어 기소를 당한 사람도 없었다. '트로츠키주의'와 같은 분명한 혐의로 기소당한 사람도 없었다. 그냥 감옥에 들어가 줄창 갇혀 있는 것이었다. 또 보통은 연락도 안 되기 일쑤였다. 보브 스마일리는 여전히 발렌시아의 감옥에 있었다. 우리가 아는 것이라고는 현장으로 달려간 독립 노동자당 대표나 사건을 맡은 변호사조차도 허가가 떨어지지 않아 그를 만나지 못했다는 사실뿐이었다. 국제군이나 다른 의용군 출신의 외국인들이 투옥되는 사례가 점점 늘었다. 그들은 보통 탈영병으로 체포되었다. 당시 상황에서는 의용군이 자원병인지 아니면 정규군인지 확실히 알 수 없는 경우가 보통이었다. 몇 달 전만 해도 의용군에 입대한 사람들은 모두 자원병이었으며, 원하기만 하면 언제라도 제대증을 받을 수 있었다.

그러나 이제 정부는 마음을 바꾼 것 같았다. 의용군은 정규군이었으며, 집에 가려고 하면 탈영병으로 간주되었다. 그러나 이 점에 대해서도 확실히 아는 사람은 아무도 없는 것 같았다. 전선 일부 지역에서는 여전히 제대증을 쉽게 발급해 주었다. 그러나 국경에서는 이런 제대증이 통할 때도 있었고 통하지 않을 때도 있었다. 통하지 않으면 그 길로 감방행이었다. 나중에 감옥에 갇힌 외국인 '탈영병' 수는 수백 명으로 불어났다. 그러나 본국에서 시끄럽게 굴자 결국 그들 대부분을 송환해 주었다.

거리에서는 무장을 한 돌격대가 무리를 지어 사방을 돌아다녔다. 치안대는 여전히 전략 지점에 있는 카페나 건물들을 점거하고 있었다. 통일 사회당의 많은 건물들에는 여전히 모래주머니가 쌓여 있고, 바리케이드가 설치되어 있었다. 치안대나 단총 부대는 도시 곳곳에 초소를 설치해 두고 지나가는 사람을 붙들어 신분증 제시를 요구했다. 모두들 나에게 통일 노동자당 의용군 신분증을 내밀지 말고 여권과 병원 입원증만 제시하라고 주의를 주었다. 통일 노동자당 의용군에 복무했다는 사실만으로도 위험할 수 있다는 이야기였다. 부상을 당하거나 휴가를 나온 통일 노동자당 의용군들은 사소한 일로 곤란을 겪었다. 예를 들어 그들은 봉급을 타가는 것도 힘들었다.《라 바탈라》는 계속 간행되었지만 무자비한 검열로 인해 없는 것이나 마찬가지였다.《솔리다리다드》를 비롯한 다른 무정부주의자 신문들도 심한 검열을 받았다. 검열을 받은 부분은 비워 두지 말고 다른 기사로 채워야 한다는 새로운 규칙이 생겼다. 그 결과 어떤 기사가 잘려도 그것을 분간하는 것이 불가능할 때가 종종 있었다.

전쟁 기간 내내 나아졌다 나빠졌다 하던 식량 부족 사태는 심각한 상태에 이르러 있었다. 빵이 귀했다. 싸구려 빵에는 쌀을 섞어 팔았다. 병사들이 병영에서 얻는 빵은 접합제로 쓰이는 퍼티처럼 보기에도 끔찍했다. 우유와 설탕은 매우 귀했다. 담배는 아예 없는 것이나 다름없었다. 값비싼 밀수 담배들뿐이었다. 스페인 사람들이 대여섯 가지 용도로 사용하는 올리브 기름도 크게 부족했다. 올리브 기름을 사려는 여자들이 줄지어 늘어선 곳에서는 말을 탄 치안대원들이 감독을 했다. 치안대원들은 때때로 말을 뒷걸음치게 했다. 그러면 여자들은 말에게 발을 밟힐까 봐 혼비백산했는데, 치안대원들은 그 모습을 보고 즐거워했다. 이 무렵에 사소하지만 짜증 나는 일 하나는 잔돈이 부족하다는 것이었다. 정부에서는 은을 회수했다. 새로운 동전은 아직 만들지 않았다. 그래서 10센티모짜리 동전과 2페세타 50센티모짜리 지폐 사이에는 다른 화폐가 전혀 없었다. 게다가 10페세타 미만의 지폐들도 몹시 귀했다.[69] 극빈자들에게 이것은 식량 부족의 악화와 다름없었다. 10페세타짜리 지폐 한 장만을 가진 여자는 식료품점 밖에서 몇 시간씩 기다린 후에도 결국 아무것도 살 수가 없었다. 식료품점에는 잔돈이 없었고, 여자는 10페세타를 다 써 버릴 여유가 없었기 때문이다.

---

69) 1페세타의 구매력은 4펜스에 해당한다.

당시의 악몽 같은 분위기를 그대로 전달하는 것은 쉽지 않다. 늘 바뀌는 소문으로 인한 불안감, 검열당하는 신문과 사라지지 않는 무장 병력으로 인한 불안감은 매우 독특한 것이었다. 그 불안감을 전달하기가 쉽지 않은 것은 당시 분위기에 걸맞는 상황이 현재 영국에는 존재하지 않기 때문이다. 영국에서는 아직 정치적 불관용을 당연시하지 않는다. 물론 영국에도 사소한 정치적 박해는 존재한다. 만일 내가 광부라면 사장에게 공산주의자로 알려지는 것을 좋아하지 않을 것이다. 그러나 '훌륭한 정당인', 즉 대륙 정치에 등장하는 폭력배나 하수인 같은 인간들은 드물며, 자신과 의견이 일치하지 않는 모든 사람을 '숙청'하거나 '제거'한다는 생각은 아직 자연스럽게 느껴지지 않는다. 그러나 바르셀로나에서는 그것이 너무나 자연스럽게 느껴졌다. '스탈린주의자'들이 권좌에 올랐다. 모든 '트로츠키주의자'들이 위험에 처한 것은 당연한 일이었다. 결국 일어나지는 않았지만, 모두들 또 다른 시가전이 발발할까봐 두려워했다. 시가전이 일어나면 전처럼 모든 책임이 통일노동자당과 무정부주의자들에게 돌아갈 터였다. 나는 간혹 어디에선가 시가전을 알리는 첫 총성이 울려 퍼질 것 같아 귀를 곤두세우곤 했다. 사악한 지능을 가진 거대한 존재가 도시 위에 웅크리고 앉아 있는 것 같았다. 모두들 그것을 눈치채고 한마디씩 했다. 모두가 거의 똑같은 표현을 하는 것이 신기할 정도였다. "이곳 분위기 말이야, 이거 끔찍해. 꼭 정신 병원에 들어와 있는 것 같아." 하지만 '모두'라고 말한 것은 잘못인지도 모르겠다. 잠깐 스페인을 거쳐간 영국 방문객들, 그것도 호텔에서 호텔로만 옮겨다닌 방문객들 가운데 일부는 전체적인 분위기가 색다르다고 생각했던 것 같지 않다. 애솔 공작 부인은 다음과 같이 말한다.(《선데이 익스프레스》 1937년 10월 17일.)

나는 발렌시아, 마드리드, 바르셀로나에 있었다…… 이 세곳 모두 질서가 완벽하게 자리를 잡았고 폭력은 전혀 눈에 띄지 않았다. 내가 묵었던 호텔들은 모두 '정상적'이고 '훌륭할' 뿐 아니라, 버터와 커피가 부족했음에도 불구하고 매우 편안했다.

말쑥한 호텔 바깥에 있는 것은 아무것도 믿지 않다니, 정말 영국인 여행객답다. 애솔 공작부인을 위해 누군가 버터까지 구해 주었더라면 더 좋았을 것을.

나는 마우린 요양소에 있었다. 통일 노동자당이 운영하는 요양소들 가운데 하나였다. 티비바도산 근처의 교외였다. 티비바도산은 바르셀로나 뒤로 느닷없이 우뚝 솟은 신기한 모양의 산으로, 사탄이 예수에게 세상의 나라들을 보여 주었다는 전설적인 장소였다. (그래서 그런 이름이 붙었다.) 요양소는 한때 부유한 부르주아의 소유였으나, 혁명기에 접수되었다. 그곳에 있는 사람들 대부분은 전선에 있다가 병약해서 후송되었거나, 팔다리가 잘리는 등 영원히 불구로 살아야 하는 부상을 입고 후송된 사람들이었다. 그곳에는 나 말고도 영국인이 몇 명 더 있었다. 다리를 다친 윌리엄스, 결핵 증상이 있어 전선에서 후송된 열여덟 살의 스태퍼드 코트먼, 부서진 왼팔을 여전히 커다란 철망 구조물(스페인의 여러 병원에서 사용하는 그 구조물에는 비행기라는 별명이 붙었다.)에 묶고 다니는 아서 클린턴 등이었다. 아내는 여전히 콘티넨털 호텔에 묵고 있었다. 나는 보통 요양소에서 잠만 잤다. 아침에는 종합 병원에 가서 팔에 전기 치료를 받곤 했다. 이상한 치료였다. 따끔따끔한 전기 충격을 연달아 가하면 여러 곳의 근육들이 툭툭 튀어 올랐다가 다시 내려가곤 했다. 어쨌든 약간 효과가 있는 것 같았다. 손가락을 다시 쓸 수 있었고, 통증도 조금 가라앉았다. 아내와 나는 우리가 할 수 있는 최선의 일은 가능한 한 빨리 영국으로 돌아가는 것이라고 결정을 내렸다. 나는 몸이 몹시 약했다. 목소리도 나오지 않았다. 영원히 사라져 버린 것 같았다. 의사들은 적어도 몇 달이 지나야 다시 전장에 나갈 수 있을 것이라고 말했다. 게다가 나는 조만간 돈도 좀 벌어야 할 처지였다. 스페인에 죽치면서 다른 사람들의 식량이나 축낸다는 것은 의미가 없었다. 그러나 내 진짜 동기는 주로 이기적인 것이었다. 나는 이 모든 것으로부터 달아나고 싶은 엄청난 욕구를 느꼈다. 정치적 의심과 증오가 뒤섞인 끔찍한 분위기로부터, 무장한 사람들이 떼지어 몰려다니는 거리로부터, 공습, 참호, 기관총, 시끄러운 전차, 우유 없는 차, 기름을 넣은 요리, 담배 부족으로부터 벗어나고 싶었다. 스페인과 관련된 내가 아는 모든 것으로부터 떠나고 싶었다.

종합 병원의 의사들은 내가 의학적으로 전투 부적격자라고 확인해 주었다. 그러나 제대증을 얻으려면 전선 근처 병원의 군의관 위원회에 출두한 다음 시에타모로 가서 서류에 통일 노동자당 의용군 사령부의 직인을 찍어야 했다. 콥은 막 전선에서 나와 환희에 찬 모습이었다. 그는 나오기 직전 작전에 참가했는데, 우에스카가 드디어 우리 손에 넘어올 것 같다고 말했다. 정부는 마드리드에서 병력을 끌어와 우에스카 전선에 3만 병력을 집중 투입했다. 엄청난 수의 비행기들도 동원하였다. 내가 보았던 이탈리아인들은 타라고나에서 전선을 따라 올라가 하카 도로를 공격했으나 많은 사상자를 냈고 탱크 두 대를 잃었다. 하지만 우에스카는 함락될 거라고 콥은 말했다. (그러나 슬프게도 그의 말대로 되지 않았다. 그 공격은 엄청난 실패였으며, 신문이 거짓말 잔치를 벌이는 계기만 만들어 주었을 뿐이다.) 콥은 육군성에서 면접을 보기 위해 발렌시아로 가야 했다. 그는 동군을 지휘하는 포사스 장군으로부터 편지를 받았다. 콥을 '전폭적으로 신임하는 사람'이라고 부르면서 공병대에 특별 추천하는 내용의 평범한 추천장이었다. (콥은 군대에 오기 전에 기술자였다.) 그는 내가 시에타모로 떠나던 날 발렌시아로 떠났다. 6월 15일이었다.

나는 닷새간 바르셀로나를 비웠다. 나는 다른 사람들과 함께 화물 트럭을 타고 자정쯤 시에타모에 도착했다. 통일 노동자당 사령부에 도착하자마자 사령부는 우리를 줄세우더니 소총과 탄약통을 나누어주기 시작했다. 아직 이름도 묻기 전이었다. 곧 공격이 시작될 기세였기 때문에 예비군들이라도 다 동원하는 것 같았다. 나는 호주머니에 병원 입원증이 있었지만, 차마 참전 못 하겠다는 말을 할 수가 없었다. 나는 탄약 상자를 베개 삼아 땅바닥에서 잠을 청했다. 무척 곤혹스러운 기분이었다. 부상을 당하는 바람에 한동안 나는 기가 죽어 있었다. 부상을 당하면 보통 그렇게 되는 것 같다. 그래서 총알이 쏟아지는 곳으로 나갈 생각을 하니 무척 겁이 났다. 그러나 평소와 다름없이 이 일에도 '마냐나'적인 부분이 있었다. 결국 우리는 불려 나가지 않았다. 그래서 다음 날 나는 병원 입원증을 제시하고 제대증을 찾으러 갔다. 제대증을 찾으려니 여러 번 정신없고 짜증나는 걸음을 해야 했다. 그들은 평소와 마찬가지로 이 병원 저 병원을 돌아다니게 만들었다. 시에타모, 바르바스트로, 몬손, 그리고 다시 시에타모에 와서야 제대증에 직인을 받을 수 있었다. 그리고 나서 다시 전선을 따라 바르바스트로와 레리다를 경유해야 했다. 병력이 우에스카로 집결하면서 모든 운송 수단이 그곳으로 집중되는 바람에 다른 모든 곳이 혼란에 빠졌기 때문이다. 여러 이상한 곳에서 잠을 잤던 기억이 난다. 한번은 병원 침대에서, 또 한번은 도랑에서 잤다. 한번은 한밤중에 아주 좁은 벤치에서 잠이 들기도 했고, 또 한번은 바르바스트로의 시립 숙박소 같은 곳에서 잤다. 철로를 벗어나면 지나가는 트럭에 올라타는 것 외에는 이동할 방법이 없었다. 그러려면 길가에서 몇 시간을 기다려야 했다. 때로는 서너 시간을 기다리기도 했다. 오리나 토끼가 가득한 보따리를 든, 비탄에 잠긴 농민 무리와 함께 트럭이 지나갈 때마다 손을 흔들어야 했다. 마침내 사람이나 빵이나 탄약 상자로 가득 차지 않은 트럭을 하나 얻어 타게 되면, 이번에는 험한 도로에서 덜컹거리느라 진이 다 빠졌다. 말을 타도 그보다 더 높이 튀어오른 적은 없었을 것이다. 모두 똘똘 서로 붙들고 가는 수밖에 없었다. 창피하게도 나는 몸이 너무 약해 다른 사람의 도움 없이는 혼자서 트럭에 올라타지도 못했다.

군의관을 만나기 위해 간 몬손 병원에서 나는 하룻밤 신세를 졌다. 내 옆에는 왼쪽 눈을 다친 돌격대원이 있었다. 그는 다정하게 굴면서 나에게 담배를 주기도 했다. 내가 말했다. "바르셀로나에서 만났다면 서로 총질을 했겠군." 우리는 함께 웃음을 터뜨렸다. 어디든 전선 가까운 곳에만 가면 전반적 분위기가 완전히 달라지니 신기한 일이었다. 정당간의 악의에 찬 증오심은 모두, 혹은 거의 사라져 버렸다. 전선에 있는 동안 통일 사회당 추종자가 내가 통일 노동자당 관계자라는 이유로 나에게 적대감을 보인 기억은 전혀 없다. 그런 태도는 바르셀로나, 또는 그보다 전쟁에서 더 먼 지역에서나 나타나는 것이었다. 시에타모에는 돌격대원들이 아주 많았다. 우에스카 공격에 참여하기 위해 바르셀로나로부터 출전한 병사들이었다. 돌격대는 본래 전선 투입을 주목적으로 구성된 부대는 아니었다. 그래서 전에 총알이 쏟아지는 전선에 가본 적 없는 병사들도 많았다. 그들은 저 아래 바르셀로나에서는 거리의 왕이었다. 그러나 이곳에 올라와서는 킨토(신참)에 지나지 않았다. 전선에서 몇 달을 보낸 열다섯 살짜리 의용군 꼬마에게도 구박을 받는 처지였다.

몬손 병원의 의사는 다른 의사들과 마찬가지로 혀를 끄집어내고 거울을 들이밀었다. 그러더니 다른 의사들과 똑같이 명랑한 태도로 내가 다시는 목소리를 찾을 수 없을 거라면서 증명서에 서명을 해 주었다. 그곳에서 진찰 순서를 기다리는 동안, 수술실 안에서는 마취도 없이 무시무시한 수술이 이루어지고 있었다. 왜 마취를 하지 않았는지는 모르겠다. 수술은 계속 진행되었고 쉴새없이 비명이 터져 나왔다. 내가 들어갔을 때는 여기저기 의자들이 나뒹굴고 있었고, 바닥에는 피와 오줌이 흥건했다.

그 마지막 여행의 세세한 내용들은 이상하게도 내 마음에 또렷하게 남아 있다. 나는 그전 몇 달과는 다른 기분이었다. 좀 더 관찰을 하려는 태도였다. 나는 제대증을 받았다. 29사단 직인이 찍혀 있었다. '무능'이라고 적힌 의사의 증명서도 받았다. 이제 마음대로 영국으로 돌아갈 수 있는 자유의 몸이었다. 덕분에 나는 이제 비로소 스페인을 제대로 볼 수 있을 것 같았다. 나는 바르바스트로에서 하루를 지체했다. 기차가 하루에 한 번밖에 없었기 때문이다. 전에도 잠깐 지나가면서 바르바스트로를 본 적이 있었다. 그때는 그냥 전쟁의 일부로 보아 넘겼던 것 같다. 곳곳에 진창이 널린 잿빛의 차가운 곳. 끾음을 내는 트럭과 초라한 병사들이 가득한 곳. 그런데 이제는 묘하게도 달라 보였다. 나는 바르바스트로를 돌아다니며 여러 곳을 발견했다. 꼬불꼬불하고 재미있는 거리, 오래된 돌다리, 사람 키 높이의 커다란 술통이 즐비한 포도주 가게, 사람들이 수레바퀴, 단검, 나무 숟가락, 염소 가죽 물통을 만들고 있는 재미있는 반지하 상점들. 나는 염소가죽으로 물통을 만드는 것을 지켜보다가 아주 재미있는 사실을 알게 되었다. 털을 없애지 않고 털이 있는 부분을 안쪽으로 댄다는 것이었다. 그러니 그 물통으로 물을 마시면 염소털에 의해 불순물이 걸러진 물을 마시는 셈이었다. 나는 몇 달 동안 염소 물통으로 물을 마시면서도 그것을 몰랐다. 바르바스트로 뒤쪽으로는 옥빛의 얕은 강이 흘렀다. 강변에는 수직의 바위 절벽이 솟아 있었다. 그리고 바위를 파서 집을 지어 놓았다. 따라서 침실 창문에서 침을 뱉으면 수십 미터 아래 강물로 떨어졌다. 절벽의 구멍에는 헤아릴 수 없이 많은 비둘기들이 살았다. 레리다에는 곧 부서질 것 같은 낡은 건물들의 처마 장식 위에 수없이 많은 제비들이 둥지를 틀었다. 조금 떨어진 곳에서 보면 로코코 시대의 화려한 장식물처럼 보였다. 어떻게 지난 여섯 달 동안 그런 것을 보지 못했는지 신기한 일이었다. 제대증을 호주머니에 넣자 다시 인간이 된 것 같았다. 관광객이 된 듯한 느낌도 없지 않았다. 거의 처음으로 내가 오랫동안 가 보고 싶어 하던 나라 스페인에 있다는 느낌이 들었다. 레리다와 바르바스트로의 조용한 뒷골목에서 나는 잠깐이나마 모든 사람의 상상 속에 존재하는, 아득한 소문과 같은 나라 스페인을 본 것 같았다. 하얗고 뾰족뾰족한 산맥, 염소지기, 종교 재판을 하던 지하 감옥, 무어인의 궁전, 꾸불꾸불 줄지어 가는 검은 노새, 잿빛의 올리브나무와 레몬 숲, 머리에서 어깨까지 검은 베일을 덮어 쓴 처녀들, 말라가와 알리칸테의 포도주, 성당, 추기경, 투우, 집시, 세레칸테. 간단히 말해 이것이 스페인이었다. 유럽국들 가운데 나의 상상력을 가장 강하게 사로잡았던 나라였다. 마침내 이곳에 오게 되었는데, 어지러운 전쟁의 와중인 데다가 계절도 겨울인지라 이 북쪽 한 귀퉁이만 보게 된 것이 아쉽다는 느낌이 들었다.

바르셀로나로 돌아갔을 때는 시간이 늦었다. 택시가 없었다. 마우린 요양소는 시 경계선 바로 너머에 있었지만 거기까지 갈 수도 없었다. 그래서 나는 콘티넨털 호텔로 향했다. 가는 길에 저녁을 먹었다. 아버지와 같은 풍모를 지닌 웨이터와 떡갈나무로 만든 물병에 대해 나눈 대화가 기억난다. 그 식당에서는 구리를 감은 떡갈나무 병에 포도주를 담아왔다. 나는 그것을 하나 사서 영국에 가져가고 싶다고 말했다. 웨이터도 공감하는 눈치였다. 그래요, 아름답지요? 하지만 요즘에는 살 수가 없어요. 이제는 아무도 이런 것을 만들지 않거든요. 사실 아무것도 안 만들지요. 이 전쟁이란 게…… 참 안타까운 일이지요! 우리는 전쟁이 안타까운 일이라는 데 동의했다. 다시 나는 관광객이 된 느낌이었다. 웨이터는 나에게 다정하게 물었다. 스페인이 마음에 들었습니까? 다시 스페인에 오겠습니까? 아, 그럼요, 다시 오고말고요. 이 대화의 평화로운 분위기는 내 기억에 강하게 남아 있다. 바로 뒤에 일어난 일 때문이다.

호텔에 가자 아내는 라운지에 앉아 있었다. 그녀는 나에게 아무런 관심도 없는 듯 나에게 다가왔다. 그녀는 내 목에 팔을 두르더니 라운지에 있는 다른 사람들을 의식하여 달콤하게 웃음을 지으며, 입을 내 귀에 대고 작지만 날카로운 소리로 말했다.

"나가요!"

"뭐?"

"당장 여기서 나가요!"

"뭐라고?"

"여기 서 있지 말란 말이에요! 얼른 밖으로 나가야 해요."

"뭐? 왜? 무슨 소리야?"

아내는 내 팔을 잡더니 벌써 계단 쪽으로 이끌고 있었다. 계단을 반쯤 내려가다가 프랑스인을 한 사람 만났다. 그 사람 이름은 말하지 않겠다. 그는 통일 노동자당과 아무런 관련이 없었는데도 어려운 일이 있을 때마다 우리의 좋은 친구가 되어 주었기 때문이다. 그는 근심스러운 얼굴로 나를 보았다.

"잘 들어요! 당신은 여기에 들어오면 안 됩니다. 저 사람들이 경찰에 연락을 하기 전에 얼른 나가서 숨으세요."

그러더니 계단 밑에서는 통일 노동자당 당원인(아마 호텔 지배인은 모르고 있었던 것 같다.) 호텔 직원 하나가 엘리베이터에서 슬그머니 빠져나와 나에게 엉터리 영어로 어서 나가라고 말했다. 그때까지도 나는 무슨 영문인지 몰랐다.

"대체 왜들 이러는 거야?"

나는 보도로 나오자마자 물었다.

"못 들었어요?"

"아니. 뭘 들어? 난 아무것도 못 들었어."

"통일 노동자당이 불법화되었어요. 당국에서 모든 건물을 접수했어요. 거의 다 감옥에 갔어요. 벌써 총살을 시작했다는 소문이에요."

그랬던 것이다. 우리는 어딘가로 옮겨 이야기를 해야 했다. 람블라스 거리의 큰 카페에는 경찰이 득실거렸다. 결국 우리는 샛길에서 조용한 카페를 하나 찾아냈다. 아내는 내가 없는 동안 일어났던 일을 설명해 주었다.

6월 15일, 경찰이 갑자기 안드레스 닌을 그의 집무실에서 체포했다. 같은 날 팔콘 호텔을 습격하여 안에 있던 모든 사람들을 체포했다. 대부분은 휴가를 나온 의용병들이었다. 팔콘 호텔은 졸지에 감옥으로 바뀌었다. 얼마 안 있어 호텔은 온갖 종류의 죄수들로 가득 찼다. 다음 날 통일 노동자당은 불법 조직으로 선포되었고, 정부는 관련 사무실, 책방, 요양소, '붉은 원조' 센터 등을 접수했다. 한편 경찰은 통일 노동자당과 어떤 식으로든 관련이 있다고 알려진 사람들 가운데 눈에 띄는 사람은 모조리 체포했다. 하루 이틀 새에 40명의 집행 위원들 거의 전부가 투옥되었다. 한두 명은 체포를 피해 몸을 숨겼을지도 모르지만, 그럴 경우에 경찰은 부인을 인질로 삼는 책략을 썼다. (이 전쟁 동안 양편에서 널리 사용하던 수법이었다.) 얼마나 많은 사람들이 체포당했는지 알 도리가 없었다. 아내는 바르셀로나에서만 400명가량이 체포되었다는 소문을 들었다고 했다. 아무리 시기적으로 그런 때라고 하지만 너무나 엄청난 숫자임에는 틀림없었다. 별의별 사람들이 다 체포당했다. 심지어는 부상당한 의용병까지 병원에서 끌려나왔다.

정말 황당하기 짝이 없었다. 도대체 어떻게 된 영문이란 말인가? 통일 노동자당을 불법화한 것까지는 이해할 수 있었다. 그러나 왜 사람들을 체포한단 말인가? 내가 아는 한 아무런 이유가 없었다. 통일 노동자당의 불법화는 확실한 소급 효과를 가지는 것 같았다. 통일 노동자당은 이제 불법이다, 따라서 과거에 거기에 소속되었던 사람들도 현재의 법을 어기고 있는 셈이었다. 늘 그렇듯이 체포된 사람들은 정식으로 기소되지 않았다. 그러나 발렌시아의 공산주의 계열 신문들은 엄청난 '파시스트 음모'에 대한 기사로 열을 올렸다. 적과 무전으로 내통을 했고, 눈에 보이지 않는 잉크로 서명한 문서를 주고받았다는 등등의 이야기였다. 전에도 이미 접해 본 적이 있는 기사였다. 중요한 점은 그 기사가 오직 발렌시아 신문들에만 실렸다는 것이다. 바르셀로나 신문에는 공산주의 계열이든, 무정부주의 계열이든, 공화주의 계열이든 상관없이 '파시스트 음모' 기사나 통일 노동자당 불법화에 대한 기사가 단 한 줄도 실리지 않았다. 아마 내 말이 맞을 것이다. 우리가 통일 노동자당 지도자들에 대한 혐의의 성격을 정확하게 알게 된 것은 스페인 신문이 아니라 하루 이틀 뒤에 바르셀로나에 도착한 영국 신문들을 통해서였다. 그 당시 우리는 정부가 반역이나 간첩 혐의를 걸지 않았으며, 각료들이 오히려 나중에 그것을 부인했다는 사실을 알지 못했다. 우리는 그저 통일 노동자당 지도자들과 나머지 당원들이 파시스트에게 매수당했다는 비난을 받고 있다고 막연히 짐작만 했을 뿐이다. 사람들이 이미 감옥에서 비밀리에 총살을 당하고 있다는 소문이 돌고 있었다. 이 소문에는 많은 과장이 있었으나, 그런 일이 있었던 것은 사실이다. 닌이 바로 그런 경우였다. 닌은 체포된 뒤에 발렌시아로 이송되었다가 거기서 다시 마드리드로 이송되었는데, 6월 21일이라는 이른 시기에 바르셀로나에는 닌이 총살당했다는 소문이 돌았다. 나중에 이 소문은 좀 더 분명한 형태를 띠었다. 닌은 비밀 경찰에 의해 감옥에서 사살당했고, 그의 시신은 거리에 버려졌다는 것이다. 이 소식은 여러 소식통으로부터 나왔는데, 전직 각료인 페데리카 몬트세니스도 그 출처 가운데 하나였다. 그 후로 닌이 살아 있다는 이야기는 두 번 다시 듣지 못했다. 나중에 각국에서 파견된 대표단이 정부 측에 질문을 했을 때, 정부는 주저하면서 닌이 실종되었고 그 소재는 알지 못한다는 이야기만 했다. 일부 신문에서는 닌이 파시스트 영토로 탈출했다는 이야기를 실었다. 그러나 그 증거는 제시되지 않았다. 나중에 법무장관인 이루호는 에스파냐 통신사가 자신의 공식 성명을 왜곡했다고 말했다.[70] 어쨌든 닌처럼 중요한 정치범의 탈출을 허용했을 가능성은 거의 없다. 나중에 그가 살아 있는 모습으로 나타나지 않는 한, 우리는 그가 감옥에서 죽임을 당했다는 사실을 받아들여야 할 것 같다.

체포 소식은 몇 달간에 걸쳐 끊임없이 이어졌다. 결국 정치범의 숫자는 파시스트들을 제외하고도 수천 명으로 불어났다. 한 가지 주목할 만한 사실은 하위직 경찰관들의 자율적 행동이었다. 많은 체포 건수들이 명백하게 불법적이었다. 그러나 경찰서장이 석방을 명령한 많은 사람들은 감옥 문 앞에서 다시 체포되어 '비밀 감옥'으로 옮겨졌다. 쿠르트 란다우 부부가 전형적인 경우였다. 그들은 6월 17일경에 체포되었으며, 란다우는 즉시 '실종'되었다. 그러나 그의 부인은 다섯 달 뒤에도 그대로 감옥에 있었다. 재판도 받지 못했고, 남편 소식도 듣지 못했다. 그녀는 단식 투쟁을 선언했다. 그러자 법무장관은 그녀의 남편이 죽었다고 확인해 주었다. 그 직후 그녀는 석

---

70) 11장에서 언급한 맥스턴 대표단의 보고서를 보라.

방되었으나 즉시 다시 체포되어 재투옥되었다. 경찰은 적어도 처음에는, 그들의 행동이 전쟁에 미칠 영향에 대해 완전히 무관심한 것처럼 보였다는 점도 주목할 만하다. 그들은 미리 허락도 받지 않고 중요한 자리에 있는 군 장교들을 거리낌없이 체포해 갔다. 6월 말 무렵 29사단을 지휘하던 호세 로비라 장군은 바르셀로나에서 파견한 일군의 경찰관들에 의해 전선 근처에서 체포당했다. 그의 부하들은 육군성에 항의 대표단을 파견했다. 그러나 육군성도, 검찰총장 오르테가도, 경찰서장도 로비라의 체포를 몰랐다는 사실이 확인되었다. 이 모든 일 가운데 내가 가장 찜찜하게 생각했던 일은, 그다지 중요한 일은 아닐지 몰라도, 이런 상황에 대한 소식이 전선의 부대에는 전혀 알려지지 않았다는 것이다. 이제 곧 알게 되겠지만, 나나 그 밖의 어느 누구도 통일 노동자당의 불법화에 대해서는 아무런 소식도 듣지 못했다. 통일 노동자당 의용군 사령부, '붉은 원조' 센터 등은 평소와 다름없이 기능하고 있었다. 사건이 벌어지고 나서 한참 뒤인 6월 20일에도, 바르셀로나에서 불과 150킬로미터 정도밖에 떨어지지 않은 전선 근처 레리다에서는 아무도 소식을 듣지 못했다. 바르셀로나 신문에는 기사가 전혀 실리지 않았다. (간첩 기사를 실은 발렌시아 신문들은 아라곤 전선에는 오지 않았다.) 바르셀로나로 휴가를 나온 통일 노동자당 의용군을 모두 체포한 데에는 그들이 그 소식을 듣고 전선으로 가는 것을 막으려는 의도도 틀림없이 있었다. 6월 15일에 나와 함께 전선으로 갔던 신병들이 아마 전선으로 떠난 마지막 부대였을 것이다. 어떻게 그런 일이 비밀로 유지될 수 있었는지, 지금 생각해 봐도 신기한 일이다. 트럭에 의한 물자 수송은 계속 이루어지고 있었기 때문이다. 그러나 비밀이 유지되었다는 데는 의심의 여지가 없다. 나중에 많은 사람들로부터 확인한 것이지만, 전선의 병사들은 며칠이 지나도록 아무런 이야기도 듣지 못했다. 이 모든 일의 동기는 분명하다. 우에스카 공격이 시작되었고, 통일 노동자당 의용군은 여전히 별도의 부대 단위였다. 따라서 소식이 알려졌을 때 그들이 전투를 거부할 것을 우려했던 것이다. 그러나 실제로 소식이 전해졌을 때도 그런 일은 벌어지지 않았다. 그사이 며칠 동안 후방의 신문에서 자신을 파시스트라고 부른다는 사실을 모른 채 전사한 사람도 꽤 많을 것이다. 이런 일은 용서하기가 힘들다. 나도 전투하는 부대에게 나쁜 소식을 알리지 않는 것이 관례임은 알고 있다. 그러나 사람들을 전투에 내보내 놓고는 등뒤에서 그들의 당을 불법화하고, 지도자들을 반역자라고 비난하며, 그들의 친구와 친척들을 투옥했다는 사실을 알리지도 않는다는 것은 문제가 다르다.

아내는 우리 친구들에게 어떤 일이 생겼는지 이야기해 주기 시작했다. 영국인 몇 명을 비롯한 외국인들은 국경을 넘었다. 경찰이 마우린 요양소를 급습했을 때 윌리엄과 스태퍼드 코트먼은 체포당하지 않고 어딘가에 숨었다. 존 맥네어도 마찬가지였다. 그는 프랑스에 있다가 통일 노동자당이 불법화된 후에 스페인에 다시 들어왔다. 성급한 행동이라고 할 수도 있겠지만, 동지들이 위험에 처했는데 안전한 곳에 머물러 있을 수만 없었던 것이다. 나머지 사람들은 그저 '누구누구를 잡아

갔어요.' 하는 아내의 끊임없는 이야기 속에 들어가 있었다. 거의 모두가 잡혀간 것 같았다. 그러나 조지 콥이 잡혀갔다는 소식에는 깜짝 놀라지 않을 수 없었다.

"뭐! 콥이? 콥은 발렌시아에 있는 줄 알았는데."

콥은 바르셀로나에 돌아온 모양이었다. 그는 육군성 장관이 동부 전선에서 공병 활동을 지휘하는 대령에게 보내는 편지를 소지했다. 물론 그는 통일 노동자당이 불법화되었다는 사실을 알았다. 그러나 경찰관들이 긴급한 군사적 임무를 띠고 전선으로 가는 그를 체포할 정도로 바보는 아닐 것이라고 생각했던 모양이다. 그는 잠낭을 가지러 콘티넨털 호텔로 돌아왔다. 아내는 나가고 없었다. 그런데 호텔 사람들이 거짓말로 그를 붙들어 두고 경찰에 신고를 했다. 콥의 체포 소식을 들었을 때 나는 솔직히 화가 났다. 그는 개인적으로 내 친구였다. 나는 그의 밑에서 몇 달을 복무했다. 나는 그와 함께 총알이 빗발치는 곳을 뛰어다녔다. 나는 그가 살아온 날들을 잘 알고 있다. 그는 파시스트와 싸우기 위해 가족, 국적, 생계 등 모든 것을 희생하고 스페인에 온 사람이었다. 허가도 받지 않고 벨기에를 떠나 벨기에 예비군인 상태에서 외국군에 입대했다. 그전에는 스페인 정부를 위해 불법 탄약 제조를 도왔기 때문에 본국으로 돌아가면 감옥에서 몇 년을 썩어야 할지 모르는 일이었다. 콥은 1936년 10월부터 전선에 있었으며, 밑바닥에서부터 출발하여 소령이 되었고, 몇 번인지도 모를 작전에 참여하였으며, 한 번 부상을 당했다. 5월 시가전 동안 내가 직접 보았듯이, 자기 지역에서 전투가 벌어지는 것을 막았으며,

그 덕분에 열 내지 스무 명의 생명을 구했다. 그런데 그 보답이란 것이 고작 그를 감옥에 처넣는 일이라니. 화를 내보았자 시간 낭비일 뿐이었다. 그러나 이런 식의 어리석은 악의는 인내심을 시험했다.

내 아내는 잡아가지 않았다. 아내는 콘티넨털 호텔에 남아 있었는데도 경찰은 아내를 체포하려 하지 않았다. 아내가 분명 미끼 역할을 하는 것 같았다. 그러나 이틀 전 새벽에 사복 형사 여섯 명이 호텔 우리 방으로 밀고 들어와 방을 수색하기는 했다. 그들은 우리가 가진 서류를 모두 가져갔다. 그러나 다행히도 여권과 수표책은 남겨 두었다. 그러나 내 일기, 책, 몇 달 동안 모아 둔 신문 스크랩(도대체 그 신문 스크랩들이 저들에게 무슨 의미가 있는지 의아할 때가 많다.), 전쟁 기념품, 편지 등은 모두 가져가 버렸다. (그들은 내가 독자들로부터 받은 편지들도 많이 가져갔다. 그 가운데 일부는 답장도 하지 않은 것이었고, 물론 주소도 따로 가지고 있지 않았다. 내가 지난번에 출간한 책에 대해 편지를 보내고도 답장을 받지 못한 분들은 이 대목을 사과로 받아주기 바란다.) 나중에 나는 경찰이 마우린 요양소에 두고 온 내 소지품도 모두 가져갔다는 사실을 알았다. 그들은 심지어 빨려고 벗어 둔 속옷까지 가져갔다. 거기에다 투명 잉크로 메시지를 써놓았다고 생각했던 모양이다.

그래도 아내는 호텔에 있는 편이 더 안전할 것 같았다. 어쨌거나 당분간은 그랬다. 만일 아내가 숨으려 한다면 저들이 즉시 쫓아올 터였다. 그러나 나는 곧장 숨어야 했다. 그 생각을 하자 역겨움이 치밀었다. 수많은 사람들이 체포되었음에도 불구하고, 내가 위험에 처했다고 믿는 것은 무척이나 어려웠다. 모든 일이 너무나 무의미하게 보였다. 콥도 그렇게 느꼈을 것이다. 콥도 이 의미 없는 맹공격을 심각하게 받아들이지 않았기 때문에 감옥에 가게 되었을 것이다. 나는 줄곧 되뇌었다. 왜 나를 잡아간단 말이야? 내가 무슨 짓을 했길래? 나는 통일 노동자당의 당원도 아닌데. 물론 나도 5월 시가전 때 무기를 소지하기는 했다. 그러나 그때 무기를 소지한 사람은 대략 사오천 명은 될 터였다. 게다가 나는 극도로 수면이 부족한 상태였다. 체포될 위험을 무릅쓰고 호텔로 돌아가고 싶었다. 그러나 아내는 내 말을 들어주지 않았다. 아내는 차분하게 상황을 설명했다. 당신이 무슨 짓을 했느냐는 중요하지 않다. 이것은 범죄자 검거가 아니다. 단지 공포 정치일 뿐이다. 당신은 어떤 특정 범죄를 저지른 것이 아니라 '트로츠키주의'라는 죄를 지었다. 당신이 통일 노동자당 의용군에 복무했다는 사실만으로도 감옥에 갈 만한 죄가 된다. 법을 지키기만 하면 안전할 거라는 영국식 사고 방식에 매달려 봤자 소용없다. 법은 경찰이 마음먹는 대로 만들어졌다. 당신이 해야 할 일은 몸을 숨기고 통일 노동자당과 관계되는 사실을 감추는 것이다. 우리는 호주머니에 있는 서류를 뒤졌다. 아내의 재촉 때문에 나는 P.O.U.M.(통일 노동자당)이란 활자가 크게 찍혀 있는 의용군 카드를 찢었다. 의용군 동지들과 함께 찍은 사진도 찢었는데, 배경에 통일 노동자당 깃발이 나부끼고 있었던 탓이다. 그 즈음에는 그런 이유만으로도 체포당할 수 있었기 때문이다. 그러나 제대증은 그대로 가지고 있어야 했다. 사실 제대증도 위험했다. 거기에는 29사단 직인이 찍혀 있었는데, 29사단은 곧 통일 노동자당이었다. 경찰도 그 사실을 알고 있을지 몰랐다. 그러나 제대증이 없으면 탈영병으로 체포당할 수 있었다.

이제 우리는 스페인을 빠져나갈 방법을 강구해야 했다. 조만간에 투옥될 것이 틀림없는데 그곳에 남아 있을 이유는 없었다. 사실 우리 둘 다 몹시 남고 싶어 했다. 상황을 끝까지 보고 싶었기 때문이다. 그러나 우리는 스페인 감옥이 몹시 지저분한 곳임을 이미 알고 있었다. (실제로 그곳은 내가 상상했던 것보다 훨씬 나빴다.) 그리고 한번 감옥에 들어가면 언제 나올지 알 수 없었다. 게다가 나는 팔도 아프고 건강도 몹시 나빴다. 우리는 다음 날 영국 영사관에서 만나기로 했다. 코트먼과 맥네어도 그곳으로 오기로 했다. 여권을 정리하려면 이틀은 걸릴 것 같았다. 스페인을 떠나려면 세 군데의 관공서에서 여권에 도장을 받아야 했다. 경찰서장, 프랑스 영사, 카탈로니아 이민국. 물론 경찰서장은 위험했다. 그러나 영국 영사라면 우리가 통일 노동자당과 관계가 있다는 사실을 감추고 도장을 받을 수 있을 것 같았다. 분명히 '트로츠키주의자'란 혐의를 받고 있는 외국인들의 명단이 있을 것이고, 우리 이름도 거기 들어 있을 가능성이 높았다. 그러나 운이 좋으면 명단보다 앞서 국경에 도착할 수도 있었다. 혼란과 '마냐나' 정신 때문에 명단 전달이 지체될 것이 틀림없었기 때문이다. 다행히도 이곳은 독일이 아니라 스페인이었다. 스페인 비밀 경찰은 게슈타포 정신을 어느 정도는 가지고 있으나 능력에서는 훨씬 못 미쳤다.

그래서 우리는 헤어졌다. 아내는 호텔로 돌아갔고, 나는 잘

곳을 찾아 어둠 속을 헤맸다. 우울하고 따분했던 기억이 난다. 침대에서 하룻밤 자기를 간절히 바랐는데! 갈 곳은 없었다. 피난처로 삼을 만한 집은 없었다. 통일 노동자당은 지하 조직이 거의 없었다. 지도자들도 당이 불법화될 가능성이 높다는 사실을 틀림없이 인식하고 있었을 것이다. 그러나 이런 식의 전면적인 마녀 사냥은 전혀 예상하지 못했다. 통일 노동자당이 불법화되던 당일까지도 집행부 건물개조 작업(전에 은행이었던 집행부 건물 안에 극장을 만드는 것이 가장 큰 일이었다.)을 단행하고 있었으니까. 그 결과 모든 혁명 정당이라면 당연히 가지고 있어야 할 접선 장소나 은신처가 통일 노동자당에는 존재하지 않았다. 그날 밤 얼마나 많은 사람들(경찰에게 집을 습격당한 사람들)이 거리에서 잠을 잤는지는 아무도 모른다. 나는 제대증을 얻기 위해 닷새 동안 짜증나는 여행을 하면서 도저히 잘 수 없는 곳에서 잤다. 팔이 몹시 아팠다. 그런데도 이 멍청이들이 나를 추적하는 바람에 또다시 땅바닥에서 자야 했다. 내 생각은 거기까지밖에 못 미쳤다. 나는 적절한 정치적 사고는 하지 못했다. 나는 일이 벌어지는 와중에는 절대 그런 생각을 못한다. 전쟁이나 정치에 말려들 때면 늘 그런 것 같다. 신체적 불편함과 그놈의 터무니없는 수작이 끝나기를 바랄 뿐이다. 나중에야 사건들의 의미를 볼 수 있다. 그러나 일이 벌어지는 동안에는 그저 거기서 벗어나고 싶은 마음뿐이다. 저열한 성품이라고 아니할 수 없다.

　나는 한참을 걷다가 종합 병원 근처에서 발을 멈추었다. 캐기 좋아하는 경찰관에게 신분증 제시를 요구받지 않고 누워

있을 수 있는 장소를 찾고 싶었다. 나는 방공 대피소에 들어가
보았다. 새로 파서 몹시 축축했다. 이윽고 무너진 교회와 마주
쳤다. 혁명 기간 동안 내부가 파괴되고 불에 탄 곳이었다. 껍
질만 남은 셈이었다. 지붕도 없는 담벼락이 잡석 더미를 둘러
싸고 있었다. 나는 어두컴컴한 곳을 쑤시고 다니다가 누울 만
한 공간을 찾았다. 깨진 돌덩어리들 때문에 등이 편하지는 않
았다. 그러나 다행히도 따뜻한 밤이었다. 덕분에 몇 시간은 잘
수 있었다.

14장

바르셀로나와 같은 도시에서 경찰에게 수배를 당할 때 가장 힘든 것은 모든 곳이 너무 늦게 문을 연다는 점이다. 한데서 자면 늘 새벽녘에 눈을 뜨게 된다. 그러나 바르셀로나의 카페들은 모두 9시 가까이 되어야 문을 열기 시작한다. 그래서나는 눈을 뜨고 나서 몇 시간이나 기다려야 커피 한 잔을 마시거나 면도를 할 수 있었다. 이발소에는 팁이 금지되었음을 알리는 무정부주의자들의 벽보가 여전히 붙어 있었는데, 느낌이 묘했다. 벽보에는 '혁명이 우리의 사슬을 끊었다.'고 쓰여있었다. 나는 이발사들에게 조심하지 않으면 그 사슬이 다시돌아올 것이라고 말하고 싶었다.

나는 다시 어슬렁어슬렁 도심으로 돌아갔다. 통일 노동자당 건물들 위에 걸렸던 적기는 뜯겨나가고, 대신 공화주의자들의 깃발이 바람에 휘날렸다. 현관에서는 무장한 치안대원들이 끼리끼리 모여 빈둥거렸다. 카탈루냐 광장 모퉁이에 있는 '붉은 원조' 센터의 창문들은 경찰이 재미삼아 거의 다 부수어 버렸다. 통일 노동자당 책방에는 책이 한 권도 없었고, 람블라스 거리 아래쪽의 게시판에는 통일 노동자당에 적대적인 만화가 붙어 있었다. 가면을 벗기면 파시스트의 얼굴이 나오는 그 만화였다. 람블라스 거리를 끝까지 내려가 항구 근처에 이르렀을 때 나는 묘한 광경과 마주쳤다. 전선에서 막 돌아온 듯이 넝마를 걸친 진흙투성이의 의용병들이 구두닦이용 의자에 한 줄로 축 늘어져 앉아 있었다. 나는 그들이 누구인지 알았다. 실제로 그 가운데 한 병사는 나와 안면이 있는 사이였다. 그들은 통일 노동자당 의용병들로, 전날 전선에서 내려왔다가 통일 노동자당이 불법화된 사실을 알았다. 집마저 습격을 당했기 때문에 그들은 거리에서 밤을 보낼 수밖에 없었다. 이 무렵 바르셀로나에 돌아온 통일 노동자당 의용병들은 은신과 감옥행 중에 하나를 택할 수밖에 없었다. 서너 달을 전선에서 보낸 뒤에 받는 대접치고는 유쾌한 것이 아니었다.

우리는 묘한 상황에 처해 있었다. 밤이면 추적당하는 도망자 신세였지만, 낮에는 거의 정상적인 생활을 할 수 있었다. 통일 노동자당 지지자들을 숨겨 준다고 알려진 항구의 모든 집은 감시를 당했다. 어쨌든 그럴 가능성이 높았다. 호텔이나 하숙집으로 가는 것은 불가능했다. 호텔 주인은 낯선 사람이 들어오는 즉시 경찰에 신고해야 한다는 포고를 내렸기 때문이다. 결국 한데서 밤을 보낼 수밖에 없었다. 그러나 바르셀로나는 큰 도시였기 때문에 낮에는 상당히 안전한 편이었다. 거리에는 치안대원, 돌격대원, 단총 부대, 일반 경찰관들이 우글거렸다. 그 외에도 사복을 입은 첩자들은 또 오죽 많았을까. 그러나 그들이라고 지나가는 모든 사람을 세워 신분증 제시를 요구할 수는 없는 일이었다. 따라서 정상적으로만 보이면 눈에 띄지 않고 피해 다닐 수 있었다. 통일 노동자당 건물 근처에서 어슬렁거리는 일, 얼굴을 알아보는 웨이터가 있는 카페나 레스토랑에 가는 일은 삼가야 했다. 나는 그날, 그리고 다음 날도 어느 공중 목욕탕을 찾아가 오랫동안 목욕을 했다. 그것이 시간을 때우면서도 사람들 눈에 띄지 않는 좋은 방법이었기 때문이다. 그러나 불행히도 많은 사람들이 똑같은 생각을 한 것 같았다. 내가 바르셀로나를 떠나고 난 며칠 뒤에, 경찰이 대중 목욕탕 한 곳을 습격하여 벌거벗은 '트로츠키주의자들'을 다수 잡아갔다.

람블라스 거리를 따라 반쯤 올라갔을 때, 나는 마우린 요양소에서 보았던 부상자 한 사람과 마주쳤다. 우리는 당시 사람들이 하던 대로 슬쩍 눈짓을 교환한 뒤, 남들 눈에 띄지 않고 거리 위쪽의 한 카페에서 만날 수 있었다. 그는 마우린 요양소가 습격당했을 때 체포는 피했지만, 다른 사람들처럼 거리로 쫓겨날 수밖에 없었다. 그는 저고리도 채 못 걸치고 달아났기 때문에 셔츠 차림이었다. 돈도 한 푼 없었다. 그는 치안대원 하나가 마우린의 커다란 채색 초상화를 벽에서 떼어 내 발로 짓밟은 이야기를 해 주었다. 마우린(통일 노동자당의 창건자 가운데 한 사람)은 파시스트들의 포로가 되어, 그 무렵에는 이미 사살당한 것으로 여겨지고 있었다.

　나는 10시에 영국 영사관에서 아내를 만났다. 맥네어와 코트먼도 곧 나타났다. 그들은 먼저 보브 스마일리가 죽었다는 이야기부터 해 주었다. 발렌시아의 감옥에서 죽었다고 했다. 사인은 확실치 않았다. 스마일리는 죽은 직후에 매장되었으며, 현장을 찾은 독립 노동당 대표 데이비드 머리가 시신을 보려고 했으나 허가를 얻지 못했다.

　물론 나는 이야기를 들은 즉시 스마일리가 총살당했을 것이라고 짐작했다. 당시에는 모두가 그렇게 믿었다. 그러나 그 뒤에 나는 내 추측이 틀렸을지도 모른다고 생각하게 되었다. 나중에 그의 사인이 맹장염이라고 발표되었고, 그 후에도 어떤 석방된 죄수로부터 스마일리가 감옥에서 아팠던 이야기를 들었기 때문이다. 따라서 맹장염 이야기가 맞을 수도 있다. 머리의 사체 확인을 허락하지 않았던 것은 단순한 악의 때문이었을 수도 있다. 그러나 이 말은 해 두어야겠다. 보브 스마일리의 나이는 불과 스물둘이었다. 게다가 그는 신체적으로 볼 때 내가 만난 사람들 가운데 가장 강인한 편이었다. 영국 병사와 스페인 병사를 막론하고 참호에서 석 달 동안 병 한번 안 걸린 사람은 아마 스마일리가 유일할 것이다. 그렇게 튼튼한 사람은 제대로 돌봐 주기만 하면 맹장염으로 죽지는 않는다. 그러나 스페인 감옥(정치범들을 가두어 두는 임시 감옥)을 본 사람이라면, 그곳에서 병자가 제대로 간호를 받을 가능성이 얼마나 희박한지 알 수 있을 것이다. 그 감옥은 고성의 지하 감옥 같은 곳이라고밖에 말할 수 없다. 영국에서 그런 감옥과 비교할 만한 곳을 찾으려면 18세기까지 거슬러 올라가야 한다. 사람들이 조그만 방에 빽빽하게 들어차 누울 자리도 없었다. 지하실이나 어두컴컴한 장소에 갇히는 일도 흔했다. 이것은 일시적 조치가 아니었다. 네다섯 달 갇혀 있는 동안 빛을 못 보는 경우도 있었다. 식사는 더럽고 불충분했다. 하루에 수프 두 접시에 빵 두 조각이었다. (그러나 몇 달 뒤에 식사는 약간 나아진 것 같다.) 과장이 아니다. 스페인에서 정치범으로 갇힌 경험이 있는 사람 누구에게나 물어보라. 나는 수많은 사람들에게서 스페인 감옥에 대한 각각의 이야기를 들었다. 게다가 나는 어떤 스페인 감옥은 몇 번씩 내 눈으로 확인하기도 했다. 나중에 투옥된 적이 있는 다른 영국인 친구는 직접 감옥 생활을 해 보니 '스마일리의 경우를 더 쉽게 이해할 수 있었다.'고 말한다. 스마일리의 죽음은 내가 쉽게 용인할 수 있는 것이 아니다. 스마일리는 용감하고 재능 있는 청년이었다. 그는 파시즘과 싸우기 위해 글래스고 대학의 자리를 내팽개쳤다. 또한 내가 목격한 대로, 그는 흠 잡을 데 없는 용기와 흔쾌함으로 전선에서 자신의 임무를 수행했다. 그런데 저들이 그에게 해 준 일이라고는 그를 감옥에 집어넣고 방치된 동물처럼 죽게 만드는 것뿐이었다. 막대한 인명이 희생되는 대전쟁의 와중에 한 개인의 죽음을 놓고 너무 법석을 떠는 것이 소용없는 일임은 나도 안다. 혼잡한 거리에 비행기가 폭탄 하나만 떨구어도 정치적 박해를 여러 번 가하는 경우보다 더 큰 고통이 생긴다. 그러나 내가 이런 죽음에 화가 나는 것은 그것이 아무런 의미가 없기 때문이다. 전투 중에 죽는 것, 그래, 그것이야말로 우리가 기대하는 바이다. 그러나 투옥이 되고, 그것도 날 조된 범죄 혐의도 없이 그저 맹목적이고 어리석은 악의로 인해 투옥이 되고, 혼자 내팽겨진 채 죽어 간다는 것은 완전히 다른 문제이다. 이런 따위의 일(스마일리의 경우는 예외적인 것 같지도 않다.)이 어떻게 전쟁의 승리를 앞당길 수 있다는 것인지 나는 도무지 모르겠다.

아내와 나는 그날 오후에 콥을 찾아갔다. 독방 감금이 아닌 죄수들은 면회가 허용되었다. 그러나 한두 번 이상 면회하는 것은 그 자체로 위험한 일이었다. 경찰이 오가는 사람을 감시했기 때문이다. 감옥에 면회를 너무 자주 가면 '트로츠키주의자'의 친구로 낙인 찍혀 감옥에 갈 수도 있는 상황이었다. 벌써 많은 사람들에게 그런 일이 일어났다.

콥은 독방 감금이 아니었기 때문에 우리는 어렵지 않게 면회 허가를 얻을 수 있었다. 안내를 받아 감옥으로 들어가는 강철 문들을 통과하는데, 전선에서 알았던 스페인 의용병이 두 치안대원에게 이끌려 나오는 모습이 보였다. 서로 눈이 마주쳤다. 이번에도 우리는 보일 듯 말 듯 눈짓을 했다. 감옥 안에서 처음 본 사람은 며칠 전에 고국으로 떠난 미국인 의용군 병사였다. 그는 서류를 다 갖추어 출국했음에도 국경에서는 상관없이 체포해 버렸다. 아마 여전히 코듀로이 바지를 입고 있어 의용병 출신이라는 것이 드러났는지도 모른다. 우리는 전혀 모르는 사람들처럼 지나쳐 갔다. 그것이 무서운 것이었다. 나는 그와 몇 달 동안 알고 지냈다. 개인호를 함께 쓰기도 했다. 내가 부상당했을 때는 그가 들것을 들어 주기도 했

다. 그럼에도 우리는 모른 체하고 지나칠 수밖에 없었다. 파란
옷을 입은 경비병들이 사방에서 기웃거리고 있었다. 너무 많
은 사람들을 아는 것은 치명적인 결과를 낳을 수도 있었다.

　이른바 감옥이라는 것은 상점의 1층이었다. 각각 20평방미
터 정도 되는 두 방에 거의 백 명이 갇혀 있었다. 이곳은 정
말이지 18세기 뉴게이트 감옥 기록에서나 나올 법한 모습이
었다. 먼지에서는 곰팡내가 났고, 사람들 몸은 아무렇게나 겹
쳐 있었고, 가구라고는 찾아볼 수 없었다. 돌바닥에는 긴 의
자 하나와 너덜너덜한 담요 몇 장뿐이었다. 안은 어둑어둑했
다. 더러운 벽에는 '비스카 P.O.U.M!', '비바 라 레볼루시온!' 등 혁
명적 구호들이 휘갈겨져 있었다. 그곳은 지난 몇 달 동안 정치
범들을 내다 버리는 쓰레기장 노릇을 해 왔다. 목소리들이 시
끄럽게 뒤섞여 귀가 멍멍할 정도였다. 면회 시간이었기 때문
에, 만원을 이룬 사람들로 움직이기도 힘들었다. 거의 모두가
노동 계급에 속하는 극빈자들이었다. 투옥된 남편을 위해 싸
들고 온 보잘것없는 음식을 풀어 놓는 여자들의 모습이 보였
다. 죄수들 가운데는 마우린 요양소 출신의 부상자들도 몇 명
있었다. 두 사람은 다리를 절단한 환자였다. 그 가운데 하나는
목발을 챙기지 못해, 감옥 안을 한 발로 껑충껑충 뛰어다니고
있었다. 열두 살이 채 안 돼 보이는 사내아이도 하나 있었다.
아이들도 잡아들이는 모양이었다. 적절한 위생 시설 없이 사
람들을 무더기로 가두어 놓았을 때 늘 생기기 마련인 심한 악
취가 코를 찔렀다.

　콥은 팔꿈치로 사람들을 헤쳐 가며 우리를 만나러 왔다. 혈

색 좋은 통통한 얼굴은 평소와 다름없었다. 그 더러운 곳에서도 제복은 단정했고, 어떤 수를 썼는지 면도까지 했다. 죄수들 가운데는 인민군 군복을 입은 장교가 또 있었다. 그 장교와 콥은 비좁은 틈으로 간신히 지나쳐 가면서도 경례를 했다. 어쩐 일인지 그 모습이 애처로워 보였다. 콥은 기분이 무척 좋아 보였다. "글쎄, 우리 모두 총살을 당할 것 같은데." 콥이 명랑하게 말했다. 나는 '총살' 소리를 듣고 속으로 부르르 떨었다. 그전에 총알이 내 몸을 뚫고 들어온 적이 있는 터라 그 느낌이 아직도 생생했기 때문이다. 그런 일이 잘 아는 사람에게 생긴다고 생각하니 그닥 유쾌하지 않았다. 당시에 나는 콥을 포함한 통일 노동자당의 주요 인물들이 총살당하는 것을 당연하다고 생각하고 있었다. 닌의 사망 소식이 막 전해졌던 때였고, 우리는 통일 노동자당이 반역과 간첩 혐의로 비난받는다는 사실도 알고 있었다. 이 모든 일이 날조된 범죄에 의거한 대대적인 재판과 그에 따른 지도자급 '트로츠키주의자들'의 대량 학살을 암시하고 있었다. 친구가 감옥에 있는 것을 보고도 도울 힘이 전혀 없다는 사실을 깨닫는 것은 견디기 힘들다. 그러나 내가 할 수 있는 일은 실제로 아무것도 없었다. 벨기에 당국에 호소하는 것도 소용없었다. 콥은 스페인에 옴으로써 이어 벨기에의 법을 어겼기 때문이다. 나는 이야기하는 일을 대부분 아내에게 맡겨 둘 수밖에 없었다. 그 시끄러운 곳에서 내 끽끽거리는 목소리는 제대로 들리지도 않았기 때문이다. 콥은 우리에게 새로 사귄 죄수들이나 간수들에 대해 이야기했다. 간수들 가운데 일부는 좋은 사람들이지만, 일부는 소심한 죄수들을 욕하고 때린다고 했다. 그는 또 음식이 '돼지 죽' 같다고 했다. 다행히도 우리는 오기 전에 먹을 것과 담배를 준비해 오는 데 생각이 미쳤다. 이어 콥은 체포되기 전에 빼앗긴 서류들에 대해 이야기하기 시작했다. 그 가운데는 육군성에서 동부 전선의 공병 작전을 책임지는 대령에게 보내는 편지도 들어 있었다. 경찰은 그 편지를 빼앗고 돌려주려 하지 않았다. 편지는 경찰서장실에 있다고 하였다. 그 편지를 되찾게 되면 상황이 달라질지도 몰랐다.

나는 즉시 그 일의 중요성을 깨달았다. 육군성과 포사스 장군의 추천서가 담긴 공식 문서라면 콥의 선의를 입증해 줄 수 있을 것 같았다. 그러나 문제는 그런 편지의 존재를 입증하는 것이었다. 경찰서장실에서 편지를 개봉하면, 이런저런 하수인이 편지를 없애 버릴 것이 틀림없었다. 그것을 돌려받을 가능성이 있는 사람은 딱 하나뿐이었다. 원래 그 편지를 받기로 되어 있는 장교였다. 콥도 이미 그런 생각을 하여 그 장교에게 보내는 편지를 써 두었다. 콥은 나한테 그 편지를 몰래 가지고 나가 붙여 달라고 했다. 물론 직접 가는 것이 더 빠르고 더 확실했다. 나와 아내는 콥과 헤어져 얼른 그곳을 나왔다. 우리는 한참 헤맨 끝에 택시를 한 대 발견했다. 나는 무엇보다 시간이 중요하다는 것을 알았다. 그때 시간이 5시 반쯤이었다. 장교는 6시면 퇴근할 것 같았다. 내일이면 편지가 또 어디에 가 있을지 알 수 없었다. 누가 없애 버릴 수도 있었고, 용의자들이 계속 체포되어 들어오면서 쌓여 가는 엄청난 서류 더미 속에 사라져 버릴 수도 있었다. 대령의 사무실은 항구 옆의 육군성에 있었다. 내가 서둘러 계단을 올라가자 문에서 보초를 서던 돌격대원이 긴 총검으로 내 길을 막으며 신분증 제시를 요구했다. 나는 그에게 제대증을 흔들어 보였다. 그는 글을 읽지 못하는 것이 분명했다. 그는 '신분증'이라는 모호하고 신비한 물건에 감명을 받고 나를 통과시켜 주었다. 안에 들어가보니, 중앙의 뜰을 둘러싼 거대하고 복잡한 토끼 굴처럼 사무실들이 배치되어 있었고 층마다 사무실이 수백 개였다. 이곳은 스페인이었기 때문에, 내가 찾는 사무실이 어디에 있는지 아무도 몰랐다. 나는 계속 되풀이했다. "엘 코로넬 아무개, 헤 페 데 인헤니에로스, 에헤르시토 데 에스테!(동부군 공병 사령관 아무개 대령!)" 사람들은 웃음을 지으며 우아하게 어깨를 으쓱거릴 뿐이었다. 뭔가 답을 가지고 있는 사람들은 나에게 어딘가를 가리켜 보였는데 모두 방향이 달랐다. 계단을 오르내리며 끝도 없는 통로들을 따라가다 보면 막다른 곳이 나오곤 했다. 시간은 흐르고 있었다. 마치 악몽을 꾸는 듯한 묘한 느낌이 들었다. 계단을 뛰어 오르내리고, 수수께끼 같은 사람들을 지나쳤다. 열린 문 안을 들여다보면 사방에 서류가 널려 혼잡스러운 사무실에서 타자기의 딱딱거리는 소리가 들렸다. 시간은 계속 흘렀다. 생명이 저울 위에 올라가 있는지도 모르는데.

결국 나는 시간 안에 목적지에 도착했다. 그러나 접견을 허락받지 못했다. 나는 약간 당황했다. 결국 나는 아무개 대령을 보지 못했다. 그러나 작고 가냘픈 몸집에 말쑥한 양복을 입은 부관인지 비서인지가 나를 곁방으로 데려가 면담했다. 나는 큰 눈을 가늘게 뜬 그 사내 앞에서 내 이야기를 쏟아 놓기 시작했다. 나는 나의 상관인 게오르게스 콥 소령을 대신해서 왔다. 그는 급한 임무를 띠고 전선으로 가는 도중 실수로 체포당했다. 아무개 대령에게 보내는 편지는 극비 사항이라 지체 없이 되찾아야 한다. 나는 콥 밑에서 몇 달 동안 복무했는데, 그는 훌륭한 성품을 지닌 장교이다. 그의 체포는 실수임이 분명하며, 경찰은 그를 다른 사람으로 오해한 것 같다 운운. 나는 계속 전선과 관련된 콥의 임무가 얼마나 긴급한지에 대해 과장해서 이야기했다. 그것이 내 말 가운데 가장 설득력 있는 부분임을 알았기 때문이다. 그러나 이상한 이야기로 들린 것이 틀림없었다. 나의 형편없는 스페인어는 중요한 대목마다 프랑스어로 바뀌었다. 무엇보다도 곤혹스러웠던 것은, 이야기를 시작하자마자 목소리가 거의 사라져 버려 안간힘을 써야만 그나마 껄껄거리는 소리가 나올 뿐이었다는 점이다. 나는 내 목소리가 완전히 사라지지나 않을까, 이 작은 몸집의 장교가 내 이야기를 들으려고 애쓰다가 그만 싫증을 내지나 않을까 두려움에 사로잡혔다. 이 장교는 내 목소리에 뭔가 문제가 있다고 생각할까? 아니면 내가 술에 취했다고 생각할까? 아니면 죄의식 때문에 괴로워한다고 생각할까?

그러나 장교는 내 이야기를 참을성 있게 들어 주었다. 그는 수도 없이 고개를 주억거리며 내가 하는 말에 조심스럽게 동의해 주기도 했다. 그렇군요, 실수가 있었을 수도 있겠군요. 반드시 그 일을 조사해 보도록 하겠소. 마냐나……. 나는 이의를 제기했다. 마냐나는 안 된다! 이것은 대단히 급한 일이다. 콥은 벌써 전선에 가 있어야 한다. 장교는 다시 동의하는 것 같았다. 이어 내가 두려워하던 질문이 나왔다.

"그 콥 소령이란 사람 말이오, 그 사람이 어느 부대에 근무했소?."

무시무시한 말이 나올 수밖에 없었다.

"통일 노동자당 의용군입니다."

"통일 노동자당!"

충격을 받은 그의 목소리를 제대로 전달할 수 있으면 좋겠다. 당시 사람들이 통일 노동자당을 어떤 눈으로 바라보았는지 기억을 해 보라. 간첩에 대한 두려움이 최고조에 이르렀을 때였다. 모든 선량한 공화주의자들은 적어도 하루 이틀 동안통일 노동자당이 독일에 매수된 거대한 간첩 조직이라고 믿었을 것이다. 따라서 인민군의 장교에게 그런 이야기를 한다는것은 빨갱이에 대한 공포가 확산된 뒤에 영국 기병대 클럽에가서 자신이 공산주의자라고 밝히는 것이나 다름없었다. 그의 짙은 눈이 사선으로 내 얼굴을 가로질렀다. 다시 긴 정적이흘렀다. 이윽고 장교가 천천히 말했다.

"그리고 당신은 그와 함께 전선에 있었다는 거요? 그렇다면당신도 통일 노동자당 의용군에서 복무했다는 이야기요?"

"그렇습니다."

그는 몸을 돌리더니 대령의 방으로 들어갔다. 흥분하여 이야기를 나누는 소리가 들렸다. '다 틀렸구나.' 나는 생각했다.콥의 편지는 절대 돌려받지 못하겠구나. 게다가 나는 나 자신도 통일 노동자당에 있었다는 사실을 고백할 수밖에 없었다.저자들은 나를 체포해 가라고 경찰에 신고를 하겠지. 나도 트로츠키주의자가 되어 한 묶음에 넘어가겠구나. 장교는 모자를 쓰고 다시 나타나더니 엄한 표정으로 따라오라고 했다. 우리는 경찰서장 사무실로 갔다. 먼 거리였다. 20분을 걸어야 했다. 자그마한 장교는 앞장 서서 군인다운 자세로 뻣뻣하게 행진해 갔다. 우리는 가는 길 내내 한마디도 나누지 않았다. 경찰서장 사무실에 도착했을 때 문 밖에는 무시무시해 보이는 악당들이 우글거리고 있었다. 경찰의 하수인이거나 정보원, 혹은 첩자들인 것이 분명했다. 작은 몸집의 장교는 안으로 들어갔다. 안에서는 열띤 대화가 오랫동안 이어졌다. 목소리가 사납게 높아지기도 했다. 난폭한 몸짓, 어깨를 으쓱거리거나 탁자를 치는 동작을 상상할 수 있었다. 경찰은 편지를 내주지 못하겠다고 고집을 부리는 것이 분명했다. 그러나 마침내 장교는 시뻘개진 얼굴로 커다란 공식 봉투를 들고 나타났다. 콥의 편지였다. 우리는 작은 승리를 거둔 것이다. 그러나 결과적으로는 아무것도 달라지지 않았다. 편지는 제대로 전달되었지만 콥의 상관은 그를 감옥에서 꺼내 줄 수 없었기 때문이다.

장교는 편지를 반드시 전달하겠다고 약속했다. 하지만 콥은요? 내가 물었다. 콥은 석방시킬 수 없습니까? 장교는 어깨를 으쓱했다. 그것은 다른 문제였다. 그들은 콥이 무슨 일로 체포되었는지 몰랐다. 장교는 정식으로 조사가 이루어질 것이라고만 대답했다. 더 이상 할 말이 없었다. 헤어질 시간이었다. 우리 둘 다 약간 고개를 숙여 인사를 했다. 순간 묘하고도 감동적인 일이 일어났다. 작은 몸집의 장교가 잠시 망설이더니 나에게 다가와 악수를 했던 것이다.

그 행동이 나에게 얼마나 깊은 감동을 주었는지 제대로 전달할 수 있을지 모르겠다. 사소한 일처럼 보이겠지만 결코 그렇지 않다. 먼저 당시 분위기를 상기해야 한다. 의심과 증오가 가득한 무시무시한 분위기. 사방에 거짓말과 헛소문이 난무했다. 게시판에는 나 같은 모든 사람이 파시스트의 간첩이라고 악을 써대는 포스터들이 붙어 있었다. 게다가 우리가 경찰서장 사무실 바깥에 서 있었다는 사실도 기억해야 한다. 그곳은 밀정이나 하수인과 같은 지저분한 인간들이 득실거리는 곳이었다. 그들 가운데 혹 내가 경찰에서 '수배 중인' 사람임을 눈치챈 사람이 있을지도 모르는 일이었다. 그의 행동은 제1차 세계 대전에서 독일인과 공개적으로 악수하는 것과 같았다. 아마 그는 어떤 식으로든 내가 파시스트의 첩자가 아니라고 판단한 것 같았다. 그렇다 해도 악수까지 한다는 것은 대단한 일이었다.

내가 사소해 보일 수도 있는 이런 일을 기록하는 것은, 그것이 왠지 스페인적인 현상으로 보이기 때문이다. 즉 최악의 상황에서도 순간적으로 나타나는 스페인 사람들의 아량을 보여 주었기 때문이다. 나는 스페인에 대해서 매우 나쁜 기억들을 가지고 있다. 그러나 스페인 사람들에 대해서는 나쁜 기억이 거의 없다. 내가 스페인 사람에게 정말로 화를 낸 기억은 두 번밖에 안 된다. 그 두 번도 모두 나의 잘못이었다. 스페인 사람들이 관대하다는 사실은 의심의 여지가 없다. 사실 그들은 20세기에 속하지 않는 고귀한 종족이다. 이 점 때문에 스페인에서는 파시즘이라 해도 상대적으로 느슨하고 견딜 만한 형태가 될 것이라는 희망을 가지게 된다. 스페인 사람들 중에 현대 전체주의 국가가 요구하는 지독스러운 효율성과 일관성을 가진 사람은 거의 없다. 며칠 전 밤에 경찰이 아내의 방을 수색했을 때도 이런 사실을 보여 주는 작은 예가 있었다. 사실 그 수색은 매우 재미있는 일이었기 때문에 나도 현장에 있었더라면 좋았을 거라는 생각도 든다. 물론 내 성질을 누르지 못했을 것이 뻔하기에 실제로는 그 자리에 없는 편이 나았을 테지만.

경찰이 수색을 진행하는 방식은 소련의 비밀 경찰이나 독일 게슈타포의 방식과 같았다. 새벽에 문을 쾅쾅 두드린 다음 여섯 명의 남자가 밀려 들어와 전등을 켜더니 사전에 약속이나 한 듯 즉각 여러 장소로 이동했다. 이어 그들은 상상할 수 없을 정도로 철저하게 방과 목욕탕을 수색했다. 벽도 두드려 보고, 현관의 매트도 들어 올리고, 바닥도 살피고, 커튼도 만져 보고, 욕조와 라디에이터 밑도 살피고, 서랍과 가방에 든 것도 몽땅 꺼내 보고, 옷도 모두 만져 보고 빛에 비추어 보기까지 했다. 그들은 쓰레기통에 든 서류까지 모조리 압수했다. 게다가 책도 다 쓸어 갔다. 그들은 히틀러가 쓴 『나의 투쟁』의 불어 번역본이 우리에게 있다는 사실을 알고 의혹의 증거를 찾아냈다는 환희에 젖었다. 만일 그들이 발견한 책이 그것 하나뿐이었다면 우리의 운명은 그쯤에서 결정되었을 것이다. 『나의 투쟁』을 읽는 사람은 파시스트임에 틀림없기 때문이다. 그러나 다음 순간 그들은 스탈린의 팸플릿인 "트로츠키주의자와 다른 이중 거래자들을 숙청하는 방법들."을 발견했다. 그들은 그 팸플릿 때문에 어느 정도 마음을 놓았다. 한 서

랍에서는 빈 담뱃갑이 쏟아져 나왔다. 그들은 담뱃갑들을 일일이 뜯어 종이를 살펴보았다. 혹시 무슨 메시지가 적혀 있지나 않을까 하는 생각 때문이었다. 그들은 이런 일에 두 시간 가까이 소비했다. 그러나 이 두 시간 동안 그들은 한 번도 침대를 수색하지 않았다. 아내는 내내 침대에 누워 있었다. 베개 밑에 트로츠키주의자들의 문건이 한 무더기 있을 수도 있고, 매트리스 밑에 기관 단총이 여남은 자루 있을지도 모르는 일이었다. 그러나 형사들은 침대에는 손을 댈 생각을 하지 않았다. 심지어 침대 밑도 들여다보지 않았다. 소련의 비밀 경찰이라면 이렇게 했을 리 없다. 경찰이 공산주의자들에 의해 거의 완벽히 장악되어 있었다는 점을 잊지 말아야 한다. 그 경찰관들도 공산당원일 가능성이 높았다. 그러나 그들은 동시에 스페인 사람들이기도 했다. 여자를 침대에서 끌어낸다는 것은 무도한 행위로 여겨졌다. 결국 그들이 그런 행동을 하지 않음으로써 수색 전체를 무의미한 것으로 만들고 말았다.

그날 밤 나는 맥네어, 코트먼과 함께 방치된 주택 부지 가장자리의 풀이 무성한 곳에서 잠을 잤다. 그맘 때치고는 추운 밤이었기 때문에 모두 잠을 푹 자지 못했다. 잠에서 깬 뒤에는 오랜 시간을 우울하게 배회하고 나서야 커피 한 잔을 마실 수 있었다. 나는 바르셀로나에 온 뒤 처음으로 성당을 보러 갔다. 현대식 성당으로 세상에서 가장 흉측한 건물의 하나라고 할 수 있었다. 총안이 달린 첨탑이 네 개 있었는데, 각각이 마치 라인 와인병처럼 생겼다. 그 성당은 바르셀로나의 대부분의 교회와는 달리 혁명 기간에 피해를 보지 않았다. 사람들 이야기로는 성당의 '예술적 가치' 때문에 화를 면했다 한다. 무정부주의자들에게 기회가 주어졌을 때 그 건물을 파괴하지 않은 사실은 그들이 지닌 심미안의 수준을 보여 준다. 물론 그들은 첨탑 사이로 검붉은 기를 내걸기는 했다. 그날 오후 나는 아내와 함께 마지막으로 콥을 보러 갔다. 우리가 콥을 위해 해 줄 수 있는 일은 없었다. 작별 인사를 하고, 그에게 먹을 것과 담배를 전할 수 있는 스페인 친구들에게 돈을 맡겨 두는 일 외에는 아무것도 없었다. 그러나 우리가 바르셀로나를 떠난 뒤 얼마 후에 그는 독방으로 옮겨졌다. 그 바람에 먹을 것도 가져다줄 수 없게 되었다. 그날 밤 우리는 람블라스 거리를 걷다가 카페 모카를 지나쳤다. 그곳은 치안대가 여전히 무력 점령하고 있었다. 나는 충동적으로 카페로 들어가 어깨에 소총을 멘 채 카운터에 기대고 있는 치안대원 두 명에게 말을 걸었다. 나는 그들에게 5월 시가전 때 그곳에 근무하던 동지들을 아느냐고 물었다. 그들은 모른다고 했다. 이어 스페인 사람들 특유의 모호한 태도로 찾을 방법이 없다고 했다. 나는 그들에게 말했다. 내 친구 호르게스 콥이 감옥에 있는데, 5월 시가전에 연루되어 재판을 받을지도 모른다. 여기서 근무를 하던 사람들이라면 그가 싸움을 중단시켜 몇 사람의 목숨을 구했다는 사실을 알 것이다. 그들이 증언을 해 주어야 한다. 내가 이야기를 나눈 사람은 뚱뚱한 체구에 둔해 보이는 사람이었다. 그는 연방 고개를 저었다. 차량들의 소음 때문에 내 목소리를 들을 수 없었기 때문이다. 그러나 나머지 한 사람은 달랐다. 그는 자기 동지들 몇 사람한테서 콥의 행동에 대해 들었다고 말했다. 콥은 부엔 치코(좋은 사람)라고 했다. 그러나 나는 그런 말들이 다 쓸데없다는 것을 알고 있었다. 만일 콥이 재판을 받게 된다면, 늘 그렇듯 날조된 증거들이 제출될 것이다. 그러나 만일 그가 총살을 당한다면(그럴 가능성이 높아 걱정이 된다.), 부엔 치코가 그의 묘비명이 될 것이다. 지저분한 조직 체계의 구성원이나, 훌륭한 행동을 훌륭하다고 평가할 정도의 인간성을 갖춘 치안대원이 말하는 부엔 치코.

우리는 도저히 정상적이라 할 수 없는 특이한 생활을 해 왔다. 밤이면 우리는 범죄자였다. 그러나 낮이면 잘나가는 영국인 방문객들이었다. 어쨌거나 우리는 그런 척하고 돌아다녔다. 한데서 잤어도 면도를 하고 목욕을 한 다음 구두만 깨끗이 닦으면 겉모습이 완전히 달라 보였다. 이제 가장 안전한 일은 가능한 한 부르주아처럼 보이는 것이었다. 우리는 시내의 고급 주택가를 자주 찾았다. 그곳에 가면 우리 얼굴을 아는 사람이 없었기 때문이다. 또 고급 레스토랑을 찾아다녔다. 그런 곳에 가서도 웨이터들에게 영국인들처럼 행동했다. 나는 생전 처음 벽에다 낙서를 하기 시작했다. 몇 군데 고급 레스토랑 복도에 가능한 한 큰 글자로 '비스카P.O.U.M.!'을 휘갈겨 놓은 것이다. 굳이 따지자면 일종의 은신 생활이었지만, 위험하다는 느낌은 들지 않았다. 모든 것이 너무 우스꽝스러웠다. 나에게는 법을 어기지 않는 한 체포당하지 않는다는 영국인의 믿음이 지워지지 않은 채로 남아 있었다. 정치적 학살이 횡행하던 시기에는 매우 위험한 믿음이었다. 맥네어에 대한 체포 영장은 이미 나와 있었다. 우리 나머지도 명단에 올라가 있을 가능성이 높왔다. 체포, 급습, 수색이 쉴 없이 계속되었다. 이제 우리가 아는 사람들 가운데 전선에 있는 사람들을 빼고는 거의 모두가 감옥에 들어가 있었다. 심지어 경찰은 피난민을 정기적으로 실어 나르는 프랑스 선박들에까지 올라타서 '트로츠키주의자' 용의자들을 잡아들였다.

친절한 영국 영사 덕분에 우리는 여권에 도장을 다 받을 수 있었다. 영사는 매우 힘든 일주일을 보냈을 것이다. 빨리 떠날수록 좋았다. 저녁 7시 30분에 보우 항구로 떠나는 기차가 있었다. 그러면 8시 30분쯤 떠난다고 생각하면 맞았다. 나는 아내에게 택시를 미리 대기시켜 놓되, 짐을 꾸리고 호텔비를 치른 뒤 호텔을 떠나는 일은 가능한 한 미루라고 했다. 호텔 사람들이 미리 알아채면 경찰을 부르러 보낼 것이 틀림없었기 때문이다. 나는 7시쯤 역으로 갔다. 그러나 기차는 이미 떠나고 없었다.

7시 10분 전에 떠난 것이다. 역시 기관사의 마음이 바뀐 것이다. 다행히도 나는 아내에게 미리 연락을 할 수 있었다. 다음 날 아침 일찍 기차가 또 있었다. 나는 맥네어, 코트먼과 함께 역 근처 작은 레스토랑에서 식사를 했다. 조심스럽게 질문을 던진 결과, 레스토랑 주인이 전국 노동자 연맹 조합원이며 또 다정한 사람이라는 사실을 알았다. 그는 우리에게 침대 세 개가 딸린 방을 빌려주었다. 물론 경찰 따위는 잊어 주기로 했다. 나는 닷새만에 처음으로 옷을 벗고 잘 수 있었다.

다음 날 아침 아내는 무사히 호텔을 빠져나왔다. 기차는 한 시간 연착했다. 나는 그 시간 동안 육군성에 보낼 긴 편지를 썼다. 콥의 사건에 대해 진술했다. 그는 실수로 체포된 것이 분명하다. 그는 전선에서 꼭 필요한 사람이다. 그가 무죄임을 증언해 줄 사람은 수없이 많다 운운. 공책에서 찢어 낸 종이에 흔들리는 필체로(손가락들은 여전히 부분 마비 상태였다.), 더 흔들리는 스페인어로 쓴 그 편지를 누가 읽어 주었을지 모르겠다. 어쨌든 이 편지도, 또 다른 어떤 방법도 효과가 없었다. 지금 이 글을 쓰고 있는 순간, 그 사건이 있은 후로 여섯 달이 지난 이 순간에도 콥은 여전히 감옥에 있다. (총살당한 것이 아니라면.) 기소되지도, 재판을 받지도 않았다. 처음에는 콥에게서 두세 통의 편지가 왔다. 석방된 죄수가 몰래 가지고 나와 프랑스에서 부친 것이었다. 모두 같은 이야기였다. 더럽고 어두운 방에 갇혀 있다, 음식은 형편없고 불충분하다, 그런 수감 조건 때문에 몸이 몹시 아프다, 의사를 불러 달라고 해도 듣지 않는다. 나는 이 모든 사실을 다른 사람들(영국인과 프랑스인들)로부터 확인했다. 얼마쯤 지나자 콥은 '비밀 감옥'으로 사라졌다. 그곳에서는 어떤 식으로도 외부에 소식을 전할 수 없는 것 같다. 콥만이 아니라 수십, 수백 명의 외국인들이 같은 상황에 처해 있다. 그런 상황에 처한 스페인 사람들의 수가 얼마나 되는지는 아무도 모른다.

결국 우리는 무사히 국경을 건넜다. 기차에는 일등칸도 있었고 식당칸도 있었다. 스페인에서는 처음 보는 것들이었다. 카탈로니아에는 최근까지도 기차의 등급이 없었기 때문이다. 형사 두 명이 기차를 돌아다니며 외국인들 이름을 적었다. 그러나 우리는 식당칸에 있었기 때문에, 그들은 우리가 품위 있는 사람들이라고 안심한 모양이었다. 모든 것이 바뀌어 버렸다는 사실이 신기했다. 무정부주의자들이 지배하던 여섯 달 전만 해도 프롤레타리아처럼 보여야 존경을 받을 수 있었다. 프랑스의 페르피냥에서 스페인의 세르베레로 가는 도중에 같은 칸에 탄 한 프랑스 상인이 아주 엄숙한 표정으로 나에게 말했다. "그런 차림으로 스페인에 들어가면 안 되오. 칼라와 타이를 떼시오. 바르셀로나에 가면 그곳 사람들이 그것을 떼어 버릴 것이오." 그의 말은 과장이었다. 그러나 당시 사람들이 카탈로니아를 어떻게 보고 있었는지가 잘 드러났다. 국경에서는 무정부주의자 경비병이 옷을 잘 차려입은 프랑스인 부부를 돌려보내기도 했다. 내 생각에 그 이유는 그들이 너무 부르주아처럼 보였기 때문이다. 그런데 이제는 반대가 되었다. 부르주아처럼 보이는 것만이 살 길이었다. 여권 심사자들은 용의자 명단에 우리 이름이 올라 있는지 확인했다. 그러나 경찰의 비효율성 때문에 우리 이름은 들어 있지 않았다. 맥네어의 이름조차 없었다. 우리는 머리에서 발끝까지 수색을 당했지만 범죄의 증거가 될 만한 것은 나오지 않았다. 예외라면 내 제대증 정도였다. 그러나 나를 수색한 단총부대들은 29사단이 통일 노동자당이라는 사실을 몰랐다. 덕분에 우리는 장애물을 통과할 수 있었다. 그리고 꼭 여섯 달만에 나는 다시 프랑스 땅을 밟았다. 스페인에서 가지고 나온 기념품은 염소 가죽 물통과 아라곤의 농민이 올리브 기름을 태우는 데 쓰는 아주 작은 쇠등잔뿐이었다. 이 등잔들은 2000년 전 로마인들이 쓰던 테라코타 등잔들과 모양이 비슷했다. 나는 어떤 다 쓰러진 오두막에서 그것을 주웠는데, 어찌 된 일인지 내 짐에 그대로 딸려 왔다.

결국 우리는 우리가 아슬아슬하게 탈출했다는 사실을 알게 되었다. 우리가 처음으로 본 신문에 맥네어가 간첩 혐의로 체포되었다는 기사가 났기 때문이다. 그러나 스페인 당국이 약간 서둘러 발표한 셈이었다. 다행히도 프랑스에서 '트로츠키주의'는 범인을 인도할 만한 범죄가 아니었기 때문이다.

당신이라면 전쟁 중인 나라를 떠나 평화로운 땅에 첫발을 내디뎠을 때 어떤 행동을 하겠는가? 나는 얼른 담배 판매점으로 달려가 호주머니에 쑤셔 넣을 수 있는 대로 시가와 궐련을 샀다. 그런 다음 우리는 모두 역 구내 식당으로 가서 차를 마셨다. 몇 달 만에 처음 마셔 보는, 신선한 우유를 넣은 차였다. 며칠이 지나서야 원할 때면 언제라도 담배를 살 수 있다는 생각에 익숙해졌다. 그전에는 담배 가게에만 가면 늘 문에 빗장이 질러져 있고 창문에는 '담배 없음'이라는 푯말이 붙어 있을 것 같은 느낌이었다.

맥네어와 코트먼은 파리로 갈 예정이었다. 나와 아내는 첫 번째 역인 바니월에서 내렸다. 쉬고 싶었기 때문이다. 그러나 우리가 바르셀로나에서 왔다는 사실이 드러나자 대접이 별로 좋지 않았다. 나는 수도 없이 똑같은 대화를 해야 했다. "스페인에서 왔다고요? 어느 편에서 싸웠소? 정부? 아!" 이어 분위기가 눈에 띄게 냉랭해졌다. 이 작은 도시는 확실히 프랑코를 지지하는 것 같았다. 이따금씩 스페인으로부터 나오는 스페인 파시스트들 때문인 것이 틀림없었다. 내가 자주 가는 카페의 웨이터는 프랑코를 지지하는 스페인 사람이었다. 그는 아페리티프를 갖다주면서 내리깐 눈길로 나를 보곤 했다. 페르피냥은 분위기가 달랐다. 그곳에는 인민 전선 정부파가 많았다. 또 그곳에서는 온갖 분파들이 서로에 대해 음모를 꾸미고 있었다. 바르셀로나와 비슷했다. 그곳에는 '통일 노동자당'이란 한 마디로 즉시 프랑스 친구들이 모이고 웨이터에게서 미소도 받을 수 있는 카페도 한 곳 있었다.

우리는 바니월에 사흘 있었다. 이상하게도 불안정한 시간이었다. 폭탄, 기관총, 먹을 것을 사기 위해 늘어선 줄, 선전, 음모 등으로부터 멀리 떨어져 있는 이 한적한 어촌에서 우리는 깊은 안도감과 고마움을 느껴야 마땅했다. 그러나 우리는 그런 것은 전혀 느끼지 못했다. 스페인과의 거리는 멀어졌을지만, 스페인에서 우리가 보았던 것들이 뒤로 물러나 적당한 비율로 줄어들지는 않았다. 대신 쏜살같이 우리 뒤를 덮쳐, 모든 것이 전보다 훨씬 더 생생하게 느껴졌다. 우리는 끊임없이 스페인에 대해 생각하고 이야기하고 꿈을 꾸었다. 지난 몇 달 동안 우리는 '스페인에서 나가면' 지중해 근처의 어딘가로 가서 한동안 조용히 지내며 낚시라도 하자는 말을 자주 했다. 그러나 막상 그런 곳에 오니 따분함과 실망뿐이었다. 날씨는 쌀쌀했다. 바다로부터 끈질기게 바람이 불어왔다. 물은 탁하고 물결은 거칠었다. 항구 둘레를 따라 재, 코르크, 생선 내장이 더껑이를 이루어 돌에 부딪히고 있었다. 미친 소리처럼 들리겠지만, 우리는 스페인으로 돌아가길 원했다. 그것이 어느 누구에게도 도움이 되지 않는다 해도, 아니 오히려 누군가에게 심각한 피해를 준다 해도, 우리 둘 다 다른 사람들과 함께 투옥된 상태이기를 바랐다. 스페인에서 보낸 몇 달이 나에게 어떤 의미를 가지는지 제대로 전달하지 못한 것 같다. 외적인 사건들은 약간씩 기록을 했지만, 그 사건들이 나에게 남긴 느낌은 기록할 수 없다. 그것들은 모두 글로는 전달할 수 없는 광경이나 냄새, 소리와 뒤섞여 있다. 참호의 냄새, 가없이 뻗어나가는 서광, 땅땅거리는 싸늘한 총소리, 폭탄의 굉음과 섬광. 지난 12월, 사람들이 아직 혁명을 믿고 있던 시절의 바르셀로나를 찾은 아침의 맑고 차가운 빛, 병영 연병장에서 쿵쿵거리는 군홧발 소리. 음식을 사기 위한 줄과 검붉은 깃발과 스페인 의용군 병사들의 얼굴. 무엇보다도 스페인 병사들의 얼굴. 전선에서 만났지만 이제는 어디로 흩어졌는지 모르는 사람들. 일부는 전사하고, 일부는 불구가 되고, 일부는 투옥되었겠지. 바라건대 그들 모두가 여전히 안전하기를. 그들 모두에게 행운이 있기를. 그들이 전쟁에서 이겨 독일인, 러시아인, 이탈리아인 할 것 없이 모든 외국인들을 스페인에서 몰아낼 수 있기를 바란다. 내 역할에 무력함을 느꼈던 이 전쟁은 나에게 대체로 나쁜 기억만을 남겼다. 그러나 전쟁이 없었기를 바라지는 않는다. 이런 참사(어떻게 끝이 나건 스페인 전쟁은 살육과 신체적 고통은 별도로 하고라도 경악할 만한 참사였다는 것이 드러날 것이다.)를 잠깐 보았다고 해서 꼭 환멸과 냉소만 생기는 것은 아니다. 이상한 일이지만, 그 경험 전체를 통해 인간의 품위에 대한 나의 믿음은 약해지기는커녕 오히려 강해졌다. 내가 한 이야기가 사람들을 오도하지 않기 바란다. 이런 문제에 대해서는 누구도 완벽하게 진실하지도 않고 또 진실할 수도 없다고 생각한다. 자신의 눈으로 직접 본 것 외에는 그 어떤 것에 대해서도 확신하기 힘들며, 모두가 의식적이건 무의식적이건 당파적인 입장에서 글을 쓰게 된다. 혹시 앞에서 말하지 않았을지도 모르니 지금 말해 두겠다. 나의 당파적 태도, 사실에 대한 오류, 사건들의 한 귀퉁이만 보았기 때문에 생길 수밖에 없는 왜곡을 조심하라. 또한 스페인 전쟁의 이 시기를 다룬 다른 책을 읽을 때도 똑같이 조심하라.

우리가 실제로 할 수 있는 일은 아무것도 없었지만, 어떤 의무감 때문에 우리는 계획보다 더 일찍 바니월을 떠났다. 북쪽으로 갈수록 프랑스의 녹음은 더 짙어졌고 그 느낌도 한층 부드러워졌다. 우리는 산과 포도나무를 떠나 초원과 느릅나무로 돌아가고 있었다. 앞서 스페인에 가는 중에 통과했던 파리는 퇴락한 듯 음울해 보였다. 8년 전에 보았던 파리, 생활비도 싸고 히틀러의 이름도 들어 보지 못했던 파리와는 사뭇 달랐다. 내가 알던 카페의 반이 손님이 없어 문을 닫았다. 모두가 부담스런 생활비와 전쟁에 대한 두려움에 사로잡혀 있었다. 그러나 가난한 스페인에 갔다 오니 파리마저도 기운차게 번창하는 도시로 보였다. 박람회도 한창 활기를 띠고 있었다. 물론 우리는 그곳을 찾지 않았지만.

이어 다시 영국으로 왔다. 영국 남부는 아마도 세상에서 가장 산뜻한 풍경을 지닌 고장일 것이다. 그쪽을 지날 때, 특히 임항 열차의 편안한 쿠션 위에 앉아 평화롭게 뱃멀미로부터 회복되고 있을 때는, 어딘가에서 무슨 일이 벌어지고 있다는 느낌이 전혀 들지 않는다. 일본의 지진? 중국의 기근? 멕시코의 혁명? 걱정 말라. 내일 아침이면 현관에 우유가 놓여 있을 것이고, 금요일에는 《뉴 스테이츠먼》이 나올 것이다. 산업 도시는 멀었다. 연기와 궁핍의 얼룩은 지구 표면의 완만한 곡선에 감추어져 있었다. 이곳은 내가 어린 시절 알던 영국 그대로였다. 철로 때문에 파헤친 곳은 야생화로 덮여 있다. 외진 풀밭에서는 윤택한 빛을 발하는 준마들이 풀을 뜯으며 생각에 잠겨 있다. 천천히 흐르는 냇가에는 버드나무들이 우거져 있다. 느릅나무의 녹색 가슴, 오두막 정원의 참제비고깔. 이윽고 런던 외곽의 드넓고 평화로운 광야, 진창 같은 강물 위의 짐배, 낯익은 거리, 크리켓 시합과 왕족의 결혼을 알리는 포스터, 크리켓 투수 모자를 쓴 남자들, 트라팔가 광장의 비둘기, 빨간 버스, 파란 제복의 경찰관. 모두가 영국의 깊고 깊은 잠을 자고 있다. 나는 때때로 우리가 폭탄의 굉음 때문에 화들짝 놀라기 전에는 결코 그 잠에서 깨어나지 못할 것 같다는 두려움에 사로잡힌다.

공공연하게 정치적인, 어떤 전쟁의 기록

조지 오웰(George Orwell, 1903~1950)은 자신의 『카탈로니아 찬가』가 '공공연하게 정치적인 책'이라고 말했다(민음사 간행 『동물농장』에 수록되어 있는 「나는 왜 쓰는가」 참조). 물론 이 발언은 발언 이태 전에 나왔던 『동물농장』(우화적으로 에둘러 간 정치 이야기)에 비해 그렇다는 뜻일 수도 있지만, 『카탈로니아 찬가』에서 작가 스스로도 꺼림칙하면서도 결국 정당화할 수밖에 없었던 한 장(章)이 계속 마음에 걸린다는 뜻일 수도 있다. 오웰은 이 '신문 기사 등을 인용한 긴 장'(본 번역본에서는 11장)은 '프랑코와 공모했다는 비난을 받은 트로츠키파를 변호하기 위해 쓰인 것'이지만, '일이 년 시간이 지나면 보통 독자들로선 흥미를 느끼지 못할 이런 장이 거기 끼어 있다는 것은 책을 망칠 것이 분명했다.'고 말한다. 그러면서도 트로츠키파의 억울함으로 인한 분노가 아니었다면 그는 '아예 그 책을 쓰지 않았을 것'이기 때문에, 오웰로서는 그 장을 생략할 수 없었다고 덧붙인다.

오웰은 이런 갈등에서 선택권을 슬며시 독자에게 넘긴다. 독자가 복잡한 정치적 상황에 관심이 없다면 빼고 읽어도 좋다고 허락해 준 것이다. 5장에서도 비슷한 언급이 나오는데, 판본에 따라서는 오웰의 말을 확대 해석하여 아예 5장과 11장을 부록으로 돌린 경우도 있는 것 같다. 그러나 본 번역본이 원본으로 삼은, 1987년에 간행된 미국 하코트 브레이스사의 판본은 두 장을 모두 본문에 포함시키고 있다. 이 번역본 역시, 오웰의 책이 나오고 나서 두 세대가 지난 뒤에 한국의 독자들을 대상으로 간행되는 것임에도 불구하고, 두 장 모두 본문에 포함시켰다. 그렇게 한 데에는 오웰의 '정치적' 의도를 존중해 주자는 의도도 있지만, 더 중요한 것으로, 오웰이 변화해 나가는 과정을 독자가 함께 경험해 나가는 것도 의미가 있을 것이라는 판단도 있었다.

오웰은 '나는 스페인에 처음 왔을 때, 그리고 그 후 얼마 동안도, 정치적 상황에는 관심이 없었을 뿐 아니라 알지도 못했다. 전쟁이 벌어지고 있다는 것만 알았지, 어떤 종류의 전쟁인지도 몰랐다.'고 말한다. 그런데 애초에 왜 스페인으로 갔으며, 왜 외국 땅에서 목숨을 걸고 싸웠을까? 그 과정에서 어떤 변화가 있었길래 스스로 부담스러워할 정도의 긴 '정치적인' 장을 쓰게 되었을까? 오웰은 어떤 면에서는 시원시원하고 직선적인 작가이니만큼 이런 질문에 대해서 스스로 간단하고 추상적인 답을 내놓기도 하지만(『카탈로니아 찬가』 내에서 또는 「나는 왜 쓰는가」 같은 답변서에서), 뭐 그 답을 그대로 받아들일 필요는 없다는 것이 옮긴이의 생각이다. 그런 간단하고 추상적인 답으로 만족할 독자는 드물 것이기 때문이다. 사실 그런 답이 가능했다면 『카탈로니아 찬가』 같은 분량의 책을 쓸 필요도 없지 않았겠는가. 그 답은 『카탈로니아 찬가』에 담긴 곡절의 구비구비를 다니다 보면 언뜻언뜻 내다보이는 정도일 텐데, 거꾸로 말하면 그런 어렵고 중대한 문제들을 대면하면서도 몸소 살아낸 기록이라는 점에서 『카탈로니아 찬가』의 의미가 있다고도 할 수 있다.

어쨌든 스페인에 처음 갔을 때 '정치적 상황에 관심이 없었을 뿐 아니라 알지도 못했다.'는 오웰의 말이 공연한 겸손은 아니라는 것, 나아가 오웰 자신은 집단의 정치적 입장에 크게 얽매이지 않고 행동했다는 것은 책을 읽어 나가다 보면 충분히 확인할 수 있다. 따라서 자세한 사전 지식 없이 오웰과 비슷한 입장에서 바로 1930년대의 바르셀로나에 뛰어들어 오웰이 인도하는 대로 몸을 내맡긴 채 오웰의 변화를 따라가 보는 것도 독자로서 이 책을 읽는 한 가지 유력한 방법일 것이다. 만일 이런 독서 방법이 가능하지 않다면, 오웰이 「나는 왜 쓰는가」에서 인용한 어느 평론가의 말대로, 이 책은 좋은 책이 되지 못하고 저널리즘으로 끝나고 말았다는 판결을 내릴 수밖에 없을 것이며, 따라서 우리나라에서 내는 '세계문학전집'의 한 권으로 자리를 잡은 것에 대해서도 의문을 제기할 수밖에 없을 것이다.

그러나 1930년대 중반에 스페인에 '전쟁이 벌어지고 있었다'는 사실을 확인해 주기 위해서라도(또는 다른 독서 방법을 원하는 독자나 다 읽은 뒤에 정리를 해보고 싶어하는 독자를 위해서) 스페인 내전에 대해 간략하게 설명을 하는 것이 번역한 사람의 책임일 수 있겠다.

1930년대에 스페인에서 일어났던 내전(관점에 따라서는 혁명이라고 부르기도 한다.)을 살펴보기 위해서는 역사를 약간 더 거슬러 올라가 보아야 한다. 내전 당시 스페인은 제2공화국 체제였는데, 스페인에 처음 공화국이 선포된 것은 1873년이다. 그러나 11개월 동안 대통령이 세 번이나 바뀌는 등 혼란이 계속되었으며, 결국 군부가 정권을 장악하여(제국주의의 주요 세력이었던 스페인은 예전부터 군부가 막강했다.) 이듬해인 1874년에 부르봉 왕조가 부활했다. 알폰소 12세는 1876년에는 헌법 제정을 통해 세습 입헌 군주제를 채택했다. 그러나 대외적으로 스페인은 19세기 말에 들어서면서 제국주의 열강들과의 각축에서 밀리는 추세였는데, 1898년 미국과의 전쟁에서 패하면서 쿠바와 필리핀 등을 상실한 것이 열강에서 낙오하는 결정적인 계기가 되었다. 그러나 해외 파병 등을 통해 팽창한 군부의 힘은 여전히 막강했으며, 필요한 상황에서는 늘 무력을 통한 개입을 서슴지 않았다. 20세기 초에는 노동 운동이 활발해졌는데, 무정부주의자들의 활동이 특히 왕성했다. 1902년에는 사라고사와 바르셀로나에서 노동자들이 봉기했는데(바르셀로나는 이미 스페인의 혁명 기지 노릇을 하고 있었다.), 정부는 탄압을 통해 일시적으로 질서를 회복했지만 노동조합 운동은 점점 강화되어 갔다.

1902년에서 1923년 사이에는 정권이 33번 교체될 정도로 정치적 혼란이 심했으나, 그래도 제1차 세계 대전 기간에는 절대 중립을 통해 어느 정도의 경제적 성장을 이룰 수 있었다. 그럼에도 카탈루냐와 바스크의 분리주의 운동은 매우 활발했고(분리주의 운동은 그 이전부터 계속 머리를 내밀고 있었는데, 오웰은 중요하게 거론하지 않지만, 카탈루냐는 노동 운동이 활발한 곳일 뿐 아니라 분리주의적 경향이 강한 곳이기도 했다.), 사회주의자들의 활동도 변함이 없었다. 오히려 1917년 러시아 혁명의 영향을 받아 군대의 무력 탄압이 아니고는 막을 길이 없을 정도로 노동 운동이 고조되었다. 1923년에는 모로코에서 스페인이 패전한 사건(스페인은 곧 다시 모로코를 점령하는데, 장차 반란을 주동하게 되는 프랑코는 모로코 주둔군 책임자였다.) 등의 영향으로 정치적 갈등이 심해지면서, 프리모 데 리베라가 쿠데타로 권력을 장악하고 군사 독재 내각을 수립했다. 그러나 1929년 세계 공황의 여파로 군사 독재가 흔들리면서 1931년에는 군주제를 반대하는 혁명 위원회가 결성되었으며, 이들 공화파는 지방 선거 승리를 바탕으로 공화국 수립을 선언했다. 즉 제2공화국이 성립된 것이며, 혁명 위원회는 임시 정부가 되었다.

좌익계 공화파는 1931년 6월 제헌의회 선거에서 압도적 다수를 차지하고 스페인을 '모든 노동자의 민주 공화국'으로 규정하는 민주적 헌법을 제정했다. 1932년 10월에는 부재지주의 토지 몰수를 규정한 신농업법을 공포하기도 했다. 한편 1932년 9월에는 카탈루냐 자치법이 성립되어 카탈루냐는 독자적인 정부와 의회를 가지고 카탈루냐어를 사용할 수 있게 되었다. 그러나 보수 세력의 반격으로 좌파 정권은 물러나고, 1933년 우익인 알레한드로 레룩스가 정권을 맡았다. 이에 반대하여 1934년 10월 역시 카탈루냐에서 무장봉기가 일어났으며, 바르셀로나에 '스페인 연방공화국의 카탈루냐 국가'가 선포되었다. 그러나 카탈루냐의 10월 투쟁은 유혈 진압되었다. 1936년 1월에는 선거를 통해 공화파, 공화좌파, 사회당, 공산당 등으로 이루어진 인민 전선 정부가 수립되었다. 그러나 우익인 군부가 이에 대항함으로써 소요는 끊이지 않았다.

결국 1936년 7월 스페인령 모로코에서 프란시스코 프랑코가 지휘하는 군이 파시스트 반란을 일으켰으며, 이는 본토 각지의 병영에도 파급되었다. 사실 정부는 군부의 반란을 진압할 힘이 없었다. 군부는 과거의 경험에 비추어 쉽게 쿠데타에 성공할 것이라고 예상했으나, 노동 계급이 강력한 저항에 나섰다. 노동 계급은 마드리드, 바르셀로나, 발렌시아 등 전국의 3분의 2 지역에서 군부를 막아내는 승리를 거두었고, 스페인은 내전으로 돌입하게 되었다. 파시스트 국가인 독일과 이탈리아는 즉각 반란군을 지원했으며, 스페인 내전이 파시즘 대 반파시즘의 싸움이라는 것이 분명해지면서 오웰을 비롯한 많은 지식인들이 반파시즘 전선에 뛰어들고 소련도 스페인 정부를 군사적으로 지원했다.

노동 계급의 반란군 저지는 단지 반동으로의 회귀를 막는

데 그친 것이 아니라, 그간 엉거주춤한 상태에 머물러 있었던 혁명을 급진전시키는 결과를 낳았다. 노동 계급이 각 지역의 실질적 권력을 장악하는 상황이 벌어진 것이다. (오웰은 『카탈로니아 찬가』의 앞 부분에서 이 상황을 구체적으로 묘사하고 있다.) 정부의 형식적 권력과 노동자 계급의 실질적 권력이 따로 노는, 이른바 이중 권력의 상황이었다. 정부를 포함한 노동 계급의 입장에서는, 기계적으로 이야기해서, 밖으로 반란군과 싸우는 과제와 안으로 혁명을 전진시키는 과제를 어떻게 해결할 것인가 하는 문제에 대한 답을 찾아야 했다. 충분히 예측할 수 있는 일이고, 또 오웰도 이 책에서 다루고 있듯이, 두 과제의 선후를 정하는 문제 또는 동시에 해결하는 문제를 놓고 의견이 갈렸다. 혁명을 일시 중단하고 전쟁에서 승리하는 일에 몰두하자는 입장, 혁명을 진전시켜 완수하는 것이 곧 전쟁에서 승리하는 길이라는 입장, 혁명을 후퇴시키고(부르주아 혁명 수준으로까지) 전쟁에서 승리하는 일에 몰두하자는 입장 등 대체로 세 가지가 있었다고 볼 수 있다. 대부분의 좌파는 첫 번째 입장이었고, 오웰이 얼떨결에 속했던 통일 사회당은 두 번째 입장이었고(오웰 자신은 대체로 첫 번째 입장이었다.), 공화주의자들 가운데 우파, 그리고 어떤 의미에서는 뜻밖에도, 공산당이 세 번째 입장이었다.

문제는 반란군이 독일과 이탈리아의 지원을 받았듯이 정부도 소련의 지원을 받았다는 것이다. 유럽 각국과 미국에서 온 대규모 지원병 부대인 국제 여단(오웰이 가담하려고 계속 노력하던 부대다.)도 있었지만 실제 전투력에서는 소련의 지원에 미치지 못했다. 즉 스페인 공산당의 입장은 소련의 입장을 대변하는 것이었고, 그들의 입장이 실질적인 힘을 갖는 입장이 되었다는 것이다. 결국 그들은 힘으로 혁명의 진전을 되돌리고, 나아가서 그들과 입장이 다른 좌익(그들의 입장에서 보면 극좌 모험주의자들)을 탄압하게 되었다. 오웰이 이 책의 후반부에서 초점을 맞추고 있는 1937년 5월 사태가 바로 이런 맥락에서 벌어진 것이며, 오웰이 이 책을 쓰는 동기가 되었다고 말한 '분노'도 이 상황과 관련된 것이다.

어쨌든 이 내전에서는 군부 반란군이 승리를 거둔다. 1939년 3월 정부군의 지배하에 있던 마드리드와 발렌시아가 함락되자 프랑코는 라디오를 통해 내란 종결을 선언했다. 3년에 걸친 내전에서는 70만 명의 희생자가 발생했다. 내란이 끝나는 것과 더불어 스페인 공화국은 사라졌고, 프랑코를 통령으로 하는 파시즘 국가가 탄생했다. 그리고 프랑코의 독재는 오웰이 죽고 나서 25년 뒤인 1975년까지 이어졌다.

오웰이 영국으로 돌아왔을 때, 영국의 좌익 내에서도 스페인의 통일 사회당을 공산당의 선전대로 '파시스트의 앞잡이'로 믿는 분위기가 지배적이었다. 오웰은 자신이 목격한 사실을 전하려고 노력했음은 말할 것도 없다. 오웰의 입장에서는 1938년 1월에 탈고된 『카탈로니아 찬가』 역시 그런 노력의 일환이라고 볼 수 있다. 그러나 영향력 있는 좌익 출판업자 빅터 골란즈는 소련 공산당의 입장을 믿고 지지했기 때문에 이 원고의 출판을 거절했다. 반면 골란즈는 스페인의 1937년 5월 사태에 대해 오웰과 다른 입장에서 서술한 책들은 출판해 주었다. 결국 『카탈로니아 찬가』는 스탈린주의에 적대적인 사회주의자들의 책을 많이 내는 바람에 공산주의자들의 따돌림으로 운영도 어렵던 프레드릭 워버그의 출판사에서 1938년 4월에 나왔다. 그러나 오웰의 기대와는 달리 그의 책은 별 반향을 일으키지 못해, 독일과 전쟁이 시작되기 전까지 900부 정도밖에 팔리지 않았다고 한다. 역시 '공공연하게 정치적'이었던 대가를 치른 것일까?

그러나 한 가지 분명한 점은 오웰이 스페인 통일 사회당의 입장을 대변한다는 의미에서 정치적이지는 않다는 것이다. 사실 그런 면에서는 어떤 정치적 조직의 입장을 대변한다고도 할 수 없다. 오웰이 말하고자 하는 핵심은 '무고한 사람들이 그릇되게 비난받고 있다는 사실'에 분노했다는 것이며, 그 '무고한 사람들'이 '트로츠키파'라는 것(이 자체도 정확한 표현은 아니라는 것이 오웰이 얼마나 '정치적'이지 않은지를 보여 주는데)은 부차적인 문제다. 또한 오웰은 당시 영국에서 은폐되었던 사실을 폭로하는 데 초점을 맞추느라, 공산당이 무고한, 또 사실은 동지 관계라고 할 수 있는 통일 사회당에게 없는 죄를 뒤집어씌워 탄압한 사실에 분노했다는 이야기만 하지만, 책을 쭉 읽다 보면 그는 또 한 가지 사실에 분노했다는 것을 알 수 있다. 그것은 공산당이 혁명을 후퇴시켰다는 사실인데(1장에 나오는 그가 처음 만난 바르셀로나의 상황과 나중에 전선에서 돌아왔을 때의 바르셀로나의 상황의 대비에서 극적으로 드러난다.) 오웰이 정치적이라면 오히려 이런 점에서 정치적이라고 말할 수 있을 것이다.

이 '정치'는 사실 이 책의 중요한 대목들과 긴밀하게 관련을 맺고 있다. 오웰이 느끼는 분노의 뒷면에는 오웰이 스페인에서 느꼈던 환희가 있는데, 이것은 기본적으로 사람 사이의 관계가 이제까지 보기 힘들었던 새로운 국면으로 진입했을 때 느끼는 해방감과 설레임이라고도 할 수 있을 것이다. 『카탈로니아 찬가』 서두에 나오는 이탈리아인 의용병과의 만남에서도 그런 면이 여실히 드러나는데, 이런 새로운 실험과도 같은 관계를 눈앞에 두고 얼마나 마음이 조마조마했으면 '그에 대한 내 첫인상을 유지하려면 그를 두 번 다시 보면 안 된다.'고 말했을까. 이 만남에서부터 시작해서 이 책의 서두에서 서술되고 있는 해방된 바르셀로나의 상황, 그리고 오웰이 거기서 맛본 희열(오웰 특유의 절제된 방식으로 표현되고 있기는 하지만)은 나중에 공산당의 행태에서 느낀 실망감과 더불어 오웰의 작가로서의 삶(오웰의 생애는 『동물농장』의 작품 해설 참조)에 결정적인 영향을 주었다.

스페인 전쟁과 1936~1937년의 기타 사건들은 정세를 결정적으로 바꿔 놓았고 그 이후 나는 내가 어디에 서 있는가를 알게 되었다. 1936년 이후 내가 진지하게 쓴 작품들은 그 한 줄 한 줄이 모두 직접적으로나 간접적으로나 전체주의에 반대하고 내가 아는 민주적 사회주의를 위해 씌어 졌다.

　　　　　　　　　　　　　　　　　　—「나는 왜 쓰는가」에서

이때의 '내가 아는 민주적 사회주의'는 물론 넓은 의미의 사회주의와 무관할 리 없지만, 특정한 정치 조직의 정강 정책을 가리키는 것은 아닐 것이다. 마찬가지로 '전체주의' 역시 오웰이 파시즘이나 스탈린주의를 염두에 두지 않고 말했을 리 없지만, 이 또한 특정한 정치 체제에 한정되지는 않을 것이다.

『카탈로니아 찬가』에서 많은 부분을 차지하고 있는 전투에 대한 기록도 단지 '전투 현장에 대한 뛰어난 사실적 기록'이라는 말로는 그 성과를 다 표현했다고 보기 힘들다. 그 기록이 색다르게 다가오는 것은 모든 전투에 일반적인 요소들에 대한 적실한 묘사 때문만이 아니라, 다른 전쟁에서는 찾아보기 힘든 독특한 병사들의 이야기 때문이다. 물론 오웰을 포함한 용병이 아닌 독특한 외국인 부대원들도 큰 특징이지만, 스페인 병사들 역시 바르셀로나를 해방시킨 또 그 해방의 볕을 쬔 경험이 있는 바로 그 사람들이라는 점도 중요한 특징이다. 이 두 부대원이 어울려 싸우는 전선의 이야기는 해방된 바르셀로나의 이야기의 연장선상에 있으며, 그래서 지루하고 고단한 전선의 이야기가 어둡지 않은 색조로, 때로는 쾌활하게 다가온다. 이렇게 구축된 기초가 있기 때문에, 전선에서 돌아온 뒤 다시 찾은 바르셀로나에서 오웰이 느끼는 씁쓸함과 분노가 실감나며, 나아가 1937년 5월 이후에 파시스트가 아닌 아군의 손에 박해를 당하는 사람들이 단순히 '무고한 사람들'도 아니고 단순히 '트로츠키파'도 아닌 바로 그때 그 사람들로 다가오게 된다. 결국 오웰이 분노 때문에 이 책을 쓰게 되었다는 말은 혁명 바르셀로나에서 맛본 희열 때문에 이 책을 쓰게 되었다는 말과 똑같다고 할 수 있으며, 그런 의미에서 이 책은 '공공연하게 정치적인' 책이라고 말할 수도 있을 것 같다.

사실 오웰은 스페인을 다녀온 뒤 '나는 왜 쓰는가'에 대한 답 네 가지 가운데 맨 마지막이었던 정치적인 목적이 가장 앞자리를 차지하게 되었다고 토로한다. 우리는 이제 이 말을 『카탈로니아 찬가』가 나올 무렵의 영국 지식인들처럼 정치적으로 오해할 필요는 없을 것이다.

정치적 목적, '정치적'이란 용어는 이 경우 가능한 한 넓은 의미의 것이다. 세계를 특정 방향으로 밀고 가려는 욕망, 성취하고자 하는 사회가 어떤 사회여야 할 것인가라는 문제를 놓고 다른 사람들의 생각을 바꿔 보려는 욕망. 다시 말하지만, 어떤 책도 진정한 의미에서 정치적 편견으로부터 자유롭지 않다. 예술은 정치와 무관해야 한다는 견해 자체도 하나의 정치적 태도이다.

—「나는 왜 쓰는가」에서

작가 연보

1903년   6월 25일 인도 벵골에서 태어났다. 본명은 에릭 아서 블레어(Eric Arther Blair)이며 조지 오웰은 필명이다. 오웰의 아버지 리차드 블레어(Richard Blair)는 인도 주재 영국 공관의 공무원이었다.

1922년   영국의 이튼 학교를 졸업한 후 버마의 인도 제국 경찰로 근무했으나 식민지의 악을 통감하고 사직한다. 이때의 경험을 토대로 나중에 쓴 소설이 『버마 시절(Burmese Days)』(1935)이다.

1933년   첫 번째 작품 『파리와 런던 안팎에서(Down and Out in Paris and London)』를 출판했다. 이 작품은 버마 시절 이후 오웰 스스로가 택한 가난에 대한 체험을 사실적으로 기술한 것이다.

1935년	소설 『목사의 딸(A Clergyman's Daughter)』이 출판되었다.
1936년	소설 『그 엽란(葉蘭)을 날게 하라(Keep the Aspidistra Flying)』가 출판되었다.
1937년	다큐멘터리 『위건 피어로 가는 길(The Road to Wigan Pier)』이 출판되었다. 영국 랭커셔 지방 광부들의 궁핍한 삶을 치밀하면서도 호소력 있게 묘사했다.
1938년	다큐멘터리 『카탈로니아 찬가(Homage to Catalonia)』가 출판되었다. 1937년 말 오웰은 스페인 내전에 참가하여 공화파 의용군으로 싸우다가 바르셀로나 전선에서 부상당했다. 좌익 내부의 당파 싸움에 휘말렸다가 간신히 귀국했는데 이때의 경험과 환멸을 담은 다큐멘터리가 『카탈로니아 찬가』이다.
1939년	소설 『숨 쉬러 올라오기(Coming up for Air)』가 출판되었다.
1945년	스탈린주의를 비판하는 현대적이인 우화 『동물농장(Animal Farm)』이 출판되어 명성을 얻게 되었다.
1949년	지병인 결핵으로 입원 중 미래의 관료화된 국가에 대한 공포를 형상화한 『1984년(Nineteen Eighty Four)』가 출판되었다.
1950년	1월 21일 런던의 한 병원에서 갑작스런 각혈 후 사망했다. 에세이 『정치학과 영국 언어(Politics and English Language)』가 출판되었다.
1968년	에세이, 기사, 편지 모음집이 4권으로 출판되었다.

세계문학전집 46

카탈로니아 찬가

1판 1쇄 펴냄 2001년 5월 15일
1판 50쇄 펴냄 2022년 4월 4일

지은이 조지 오웰
옮긴이 정영목
발행인 박근섭, 박상준
펴낸곳 (주)민음사

출판등록 1966. 5. 19. (제 16-490호)
서울특별시 강남구 도산대로1길 62(신사동) 강남출판문화센터 5층 (우편번호 06027)
대표전화 02-515-2000 팩시밀리 02-515-2007
www.minumsa.com

ISBN 978-89-374-6046-3 04800
ISBN 978-89-374-6000-5 (세트)

* 잘못 만들어진 책은 구입처에서 교환해 드립니다.

세계문학전집 목록

세계문학전집은 계속 간행됩니다.